쥠레는 거기에

쥠레는 거기에

쫌레는 거기에

크러스너호르커이 라슬로   김보국 옮김

은행나무세계문학 에세 • 30

은행나무

D.J.를 기리며

내가 말했다.

차례

일러두기

1 원문에서 강조한 경우 고딕체로 표기했고, 특히 대문자로 강조한 경우 진하게 표시했다.

2 본문 하단의 각주는 모두 옮긴이의 것이다.

1장

더 이상은 불을 때지 않겠다.

장작 난로 속의 불꽃이 완전히 꺼질 때까지 그 속의 불꽃을 바라보며, 아니야, 어떤 경우에도 이건 아니야, 여기까지야, 더 이상은 아니야, 지금까지 뜨거웠던 것이 이제는 차갑고, 지금까지 달아올랐던 것은 꺼져버렸다, 삶은 나를 더 이상 건드리지 않고 나는 거기에 관심도 없다, 어떤 변화도 없을 거야, 마지막 순간의 심장처럼 삶은 그렇게 멈출 것인데, 글쎄, 그는 여기서 아직 뭔 놈의 것을 찾고 있는지, 종말이여, 오라, 뭐가 대수인가, 볼 것은 충분히 보았고, 족할 정도로 투쟁했으며, 몸속에서 피와 림프와 근육과 신경은 그만하면 되었다 할 정도로 자기 일을 했으니 천상의 주 하느님께서 이곳에 오시기를, 아, 폐하, 최소한 산책이라도 한번 하시지요, 폐하께서는 숲에서 가장 높은 지점, 바로 산 정상에 살고 계시지 않습니까, 집 뒤쪽 테라스 너머로 이 산이 그대로 골짜기로 곤두박질치듯 내려앉아 있고 어머니 자연은 이보다 더 천상의 것을 만들어낸 적이 없지 않느냐고, 이 고요한 아름다움 속에서 하루에 적어도 한 번, 단 한 시간만이라도 산책을 하면, 숲과 덤불, 작은 새들, 그리고 맑은 공기가 있어 건강이 지켜지지 않겠느냐고 권한들 아무 소용 없으나, 우리의 가장 큰 기쁨이자 존경의 대상인 그분은 앞으로도 오랫동안, 수많은 해 동안 우리 곁에 머물 것이고 경탄과 찬탄의 이유가 될 것이다, 물론 이런 말로 표현되지는 않고, 그들 특유의 투박한 방식으로 드러나겠지만, 그들은 소박한 사람들의 자식들이며 그 안에는 선의가 있기에, 그들의 노력과 기쁨, 존경과 경탄, 그리고 찬탄을 마땅히 헤아려주어야 하는데, 알려진 바에 따르면, 그들은 수십 년 동안 그를 찾아다니며 도서관과 문서보관소, 중고서적상들을 뒤졌고, 가계도와 문장을 샅샅이 훑고 추적하며 사냥하듯 탐색해, 결국 찾아낸 것이다, 반드시 존재해야 한다는 것을 알고 있었고, 그가 어딘가에 살아 있다는 것을 알고 있었기에, 어느 날 문득 그의 집 대문을 두드렸는데, 정확히 말하자면 작은 경비 공간 아래의 조그마한 종을 울려 자신들이 누구인지 알렸다, 누구요?, 반쯤 열린 문 너머로 그가 대문을 향해 소리쳤지만 대답은 없었다, 그저 뭔가 질질 끄는 소리와 부산스러운 기척만 들리기에 다시 한번 밖에 누가 있느냐고 묻자, 저희입니다, 라는 대답이 돌아왔다, 그가 밖으로 나가 대문을 열었을 때, 그들은 믿기지 않는다는 듯 경건한 표정으로 그를 바라보았다, 요즘은 좀처럼 그러지 않던 노견인 쥠레조차 고개를 들었을 정도였기에, 그 역시 그들에게 무례하게 굴고 싶지 않았고, 당연히 밖으로 나가 문을 열었는데, 방문객들은 한동안 대문 앞에서 꼼짝도 하지 않은 채, 마치 자기 눈을 믿을 수 없다는 듯 그를 바라보기만 했다, 뒤섞인 말들 속에서 겨우 알아들을 수 있었던 것은 그들이 경의를 표하고 싶어 이곳에 왔다는 사실뿐, 그렇다면 여기까지 왔으니 들어오라는 손짓을 했고, 그들은 오리 떼처럼 줄을 지어 그의 뒤를 따라 집 안으로 들어왔으나 앉으려 하지는 않았다, 저희는 당신 앞에서 앉지 않을 것입니다, 찾아 헤매고 파헤치고 추적하여, 결국 찾아냈으니, 이제부터는 당신을 섬길 것이기 때문입니다, 하지만 그는 도대체 자신을 섬긴다는 것이 무엇인지 전혀 떠오르지 않는 데다, 서둘러 장작 난로 쪽으로 몸을 돌려야 했다, 장작 난로는 이미 오래전부터 아무 쓸모도 없이 그저 전열기 받침으로만 쓰이고 있는데, 방금 점심으로 감자국수를 만들기 시작했기 때문에 눌어붙을까 봐 급히 달려간 것이다, 단호한 동작으로 몇 번 저어주고,

나무 주걱에 달라붙은 것을 냄비 가장자리에 탁탁 쳐서 떼어낸 다음, 불 세기를 한 단 낮추고, 작은 꽃무늬 금속 컵으로 냄비에 물을 조금 부어 넣었는데도, 방문객들은 여전히 이 경의라는 것이 도대체 무엇을 의미하는지 밝히지 않았기에, 그는 그 문제를 슬쩍 넘기고자 했다, 그 엄숙한 억양 속에서 불길한 예감을 느꼈기 때문인데, 즉 그들이 정말로 알아내어, 그가 이제 막 성(聖) 조지 기사단*의 검을 받았고 이미 오래전에 그 기사단에 선출되었다는 사실까지 밝혀낸 것이 아닐까 하는 예감이 들었다, 이제부터는 그가 새 기사들을 서임할 것이기에, 그 검을 이제야 받은 것이었는데, 원한다면 곧바로 보여줄 수도 있었지만, 말을 이어가기 전에 어깨 너머로 뒤를 돌아보며, 커피는?, 막 다 내렸는데 따라도 되겠소?, 묻자, 그들은 한사코 사양하며, 아, 그런 일로 온 것이 아니고, 번거롭게 하고 싶지도 않으며, 다른 이유로 왔다고 말했으나 결국에는 받아들였다, 물론 잔이 충분하지 않았기에, 처음 네 사람이 내려진 커피를 홀짝이고 있는 동안, 그는 감자국수 냄비 옆의 다른 화구(火口)에 4인용 서르버시** 모카포트로 다시 한번 커피를 올리며, 나는 이걸 쓰고 있소, 아직 한 번

*   중세 헝가리에 실제로 존재했던 기사단. 오늘날 전통·상징·이름을 계승했다고 주장하는 단체들은 민간 단체들로, 중세 기사단의 직접적·법적 연속체는 아니다.
**   헝가리산 커피 메이커.

도 실망한 적이 없다오, 일곱 명쯤 되는, 아니 몇 명인지도 모를 얼떨떨한 사람들이 그저 서서, 그를 보기 위해 비유적인 의미에서 아주 긴 길을 걸어왔다는 말만 되풀이하더니, 자기들이 이야기를 거의 제대로 하지도 못하고 말문이 막혀 있는 것은 신경 쓰지 말라며, 대신 지금 당장 그를 위해 무엇을 할 수 있는지만 말해달라고 했으나, 현재로서는 그를 위해 그들이 할 일은 없는 터, 여전히 그에게는 아무것도 떠오르지 않았고, 그들이 무슨 생각을 하고 있는지도 제대로 이해하지 못했으며, 무엇을 얼마나 알고 있는지도 확신할 수 없었다, 물론 어렴풋이 짐작은 하고 있었지만 그들이 하필이면 이렇게 소박한 사람들이라는 점은 몹시 현실성이 없어 보였다, 소박해 보이긴 하지만, 그래도 각자 누구냐고 물었을 때, 한 사람은 각종 전기 관련 기술자라고 했고, 다른 한 사람은 기타를 치는 유랑 가수였으며, 세 번째는 자동차 도장공, 네 번째는 이른바 토종 종마의 사육사였으며, 그 밖에도 말단 경찰 한 명, 고문 회계사 한 명, 체구가 다부진 퇴역 원사 한 명이 있었고, 끝으로 그들 가운데에는 전직 고등학교 교사 한 명도 있다는 사실이 드러났는데, 다른 이들은 그를 '교수님'이라고 불렀으며, 그는 이러한 호칭을 거부하지는 않았다, 다만 '교수님'이라는 말이 나올 때마다 고개를 왼쪽으로 한 번, 오른쪽으로 한 번, 그리고 다시 같은 순서로 한 번 더 흔들었을 뿐, 그런 다음 헛

기침을 하고는 코 위로 내려온 안경을 고쳐 썼다, 그 이후로 누군가가 말을 해야 한다면 바로 그가 했는데, 밖에서 작은 종을 당긴 것은 중요한 일을 방해하려는 것이 아니었다는 점을 다시 한번 강조했고, 다만 농담 삼아 표현하길, 무엇이든 아주 사소한 일이라도 그를 위해 무언가를 행할 수 있을 때까지 그들은 이곳을 떠나지 않겠다며, '행하다'라는 단어를 유난히, 특히 강조하면서, 빈 커피 잔을 갈색 포장지로 덮인 부엌 식탁 위 다른 잔들 사이에 부딪히지 않도록 조심스럽게 다시 내려놓고는 계속해서 간청했다, 적어도 뭔가 쓸모 있는 작은 일이라도 없을까?, 그들이 해낼 수 있는 일이 없을까?, 그들은 말이 아니라 행동으로 자신들을 소개하고 싶었다, 그렇게 그들은 합의를 본 것이라며, 만약 허락해준다면 그 일을 하고 나서야 마음이 놓일 것이라고, 그렇게 저녁이 되기까지 그들은 영지의 네 귀퉁이를 모두 말끔히 정리했다, 그는 만약 무엇 하나에 대해 고마움을 느낀다면, 그것은 바로 바깥의 그 네 귀퉁이일 것이라고 털어놓았는데, 그 네 귀퉁이는 수년째 너무 어수선하게 방치되어 있어 거슬렸었다며, 물론 그 영지 전체는, 그의 표현을 빌리자면, 완전히 타락하지는 않은 몇몇 시골 사람들 덕분에 어느 정도는 정돈되어 있으며, 풀은 가끔 베였고, 채소밭에는 가끔 관개가 이어졌고, 과일나무 역시 이따금씩 가지치기가 되었으나, 그 시골 사람들과도 나름의 문제가 있었기에, 그는 그 특정한 일, 즉 귀퉁이를 정리하는 일만큼은 그들에게 한 번도 맡긴 적이 없었는데, 전혀 시간이 나지 않았기에 자기 힘으로 하는 것도 애초에 생각할 수 없었다고 그렇게 둘러댔다, 거짓말을 해야 했다는 사실이 부끄러웠고, 바쁘다는 핑계를 댄 것이 얼굴이 달아오를 만큼 창피했기에, 그는 곧바로 자기 자신에게 화가 났다, 사실은 부족한 체력을 이유로 들었어야 했으나, 그렇다고 해서 그 네 귀퉁이에 대해 정말로 뭔가를 해야 한다는 최소한의 자각조차 하지 못한 그 사실을 인정하는 것은 더욱 하고 싶지 않았으며, 낯선 사람들인 그들 앞에서 약한 모습을 보이고 싶지 않았다, 언젠가 나중에 기회가 되면 그들을 받아들이겠지만, 피상적인 인간관계의 순간들 속에서 그는 육체적 약함을 성격의 결함, 정확히 말하자면 그 결함을 인정하는 행위로 보았고, 그런 수치심을 느끼기보다는 차라리 자신의 상당한 일거리들로 원인을 돌리는 편이 더 나아서, 잡초가 남아 있다는 표현을 했던 것인데, 그 일곱 명인지 몇 명인지 모를 사람들이 마치 모르는 곳에서 튀어나온 것처럼 나타나 저녁이 될 때까지 그것들을 말끔히 없애버렸기에, 그는 도대체 그렇게 많은 잡초가 어디로 사라졌는지도 알지 못했고, 어떻게 감사해야 할지도 몰라, 일이 끝나면 차 한 잔이라도, 아니면 와인 한 잔이라도 대접할까 생각했지만, 네 귀퉁이의 잡초가 사라진 것처럼 그들 역시 영지에서 흔적도 없이 사라져버렸다, 어둠이 내린 뒤 멀어져가는 여러 대의 자동차 엔진 소리만이 들렸을 뿐이었는데, 그는 다음 날까지 이 모든 일을 곰곰이 생각해보았다, 문제는 과연 자신이 누구인지 밝혀지는 것을 그가 원하느냐는 것이었으나, 아니, 그는 원하지 않았지만 이미 그런 일이 벌어졌다면, 그에 대해 뭔가를 해야 했기에, 당분간은 그들을 정중하게 물리치기로 결심했다, 다음번에 그들을 정중하게 맞이하며 했던 말들이 너무나도 정중하게 다듬어지는 바람에, 그들은 그 말의 뜻을 이해하지 못했는데, 즉 다시는 오지 말라는 의미였는데도 오히려 그들은 그가 얼마나 알아듣기 쉽게 말하는지를 듣고는 매료된 듯 보였고, 마치 그가 자기들의 언어를 쓰는 것 같다고 느꼈으며, 그것은 그들이 그에게서 전혀 기대하지 않았던 모습이었다, 그들은 부엌에 앉으려는 의지 또한 더더욱 보이지 않았고, 다시 한번 극구 사양한 끝에 커피를 받아들였는데, 이번에도 그는 다른 것으로는 대접할 수 없었기에, 커피 아니면 차, 아니면 작은 잔의 와인 정도였고, 그러면 커피로 하겠다고 그들은 답했다, 그는 다리 문제와 간헐적인 균형 장애 때문에 자리에 앉았고, 크게 후루룩 마시는 소리만 오갈 뿐 아무도 입을 열지 않았는데, 상황은 첫 번째 만남 때와 다르지 않았다, 네 사람은 말없이 커피를 마시고 있었고, 기다리던 이들 가운데 한 사람, 그의 말에 따라 자원해서 나선 원사가 서르버시 모카포트를 다시 채우는 데 몰두하고 있었기에 고요했는데, 그러니까 다시 고요해질 뻔했는데, 이 고요함은 자명하게도 그에게 지나치게 불편하게 다가왔기에, 그는 갑자기 일어섰다, 약한 다리와 간헐적인 균형 장애에도 불구하고 여전히 빠른 몸놀림을 유지하고 있었던 덕에, 괴팍한 시골 사람들은 그를 '날쌘이'라고 불렀는데, 그러니까 그는 벌떡 일어나 방으로 뛰어 들어가 옷장 위에서 검을 내려 들고나와, 커피를 마시던 이들에게 잔을 좀 더 안쪽으로 밀어달라고 손짓했다, 그런 다음 빨강, 하양, 초록*으로 칠해진 양모 천에서 검을 식탁 위에 풀어놓고, 칼날에 화려하게 새겨진 글자들을 손가락으로 짚어가며 보여주었는데, 거기에는 **국제 성 조지 기사단**이라고 적혀 있었다, 일곱인지 몇인지 모를 머리들이 하나하나 글자 위로 숙여졌고, 상징문이 그곳에 적혀 있는데, 그는 검을 돌려, 여기다 그것을 새겨두었다고 보라며, 손잡이 아래의 각인 위로 손가락을 짚어 그들이 따라 읽을 수 있게 했다, 그것은 **IVISHFS****라는 약자이며, 이것이 그들의 상징어라고 속삭이더니, 이것은 사실상 영국 여왕이 자신에게 보낸 것이며, 기사단을

*   헝가리 국기 색상.
**   성 조지 기사단의 모토인 In Veritate Iustus Sum Huic Fraternali Societati
      (진실로 나는 이 형제단에 의롭다)의 약자이다.

통해 전달받은 것이라고 설명했다, 영국 여왕의 주변 사람들이 그의 주소로 어떻게 보내야 할지를 조사한 뒤에 한 일이라고 덧붙였는데, 여러분은 이미 어떻게든 알아내었소, 라며 그는 공모하듯 그들에게 윙크를 했다, 에게를로바시*, 탄치치 미하이 거리 23/d번지, 다시 자리에 앉으며 시선을 들어, 영국 왕실 고문들에게는 주소에 관한 모든 것이 처음부터 이미 분명했고, 그들은 그가 어디에 사는지 알고 있었으며, 이후 기사 작위를 부여하는 것이 적합하다고 판단되어 그들이 가져왔다며, 커피는 이미 다 끓었는지 퇴역 원사를 향해 물었다, 커피가 다 되었다고 하자 다른 셋도 마셨는데, 만약 그만큼의 사람들이 있었다면 그랬다는 말이다, 그리고 세 번째 만남에서도 정확히 같은 일이 벌어졌는데, 다만 이번에는 사람들이 훨씬 더 많았다는 차이가 있었다, 비좁았고, 아니 사실은 그 작은 부엌 안에 거의 다 들어가지도 못해 몇몇은 현관에 서 있을 수밖에 없었으며, 그곳에서 숨을 죽인 채 듣고 바라보고 있었다, 그는 실상 아무 말도 하지 않은 채, 또다시 어떤 화제를 선택해야 할지 모르는 불편함을 느꼈는데, 커피를 마실 수 있었던 이가 후루룩 마시더니, 조심스럽게 약간

---

* 헝가리에서 이러한 명칭의 행정구역은 없다. 소설 전체에서 자신이 거주하는 곳에 대한 언급이 다수 등장하지만 모두 자기 서사의 소품이며, 현실 좌표의 의미는 아니다.

떨리는 손으로 찻잔을 부엌 식탁 위에 내려놓았다, 그때 그는 지미 카터(Jimmy Carter)**가 자신에게 보낸 편지를 보고 싶은지 그들에게 물었는데, 그것은 자신의 고귀한 마음에 귀를 기울인 지미 카터가 마침내 그 왕관을 헝가리에 돌려주었을 때*** 보낸 것이었다, 그들은 궁금해하며, 지미 카터라고 뒤쪽 그리고 현관 쪽으로 속삭이며 그 편지가 맞는지 물었다, 그는 그렇다며, 방에서 회색 서류철을 들고나와 여기 있다고 말하고는 이 안에서 모든 것을 볼 수 있다고 했는데, 서류철을 식탁 위에 내려놓고 열더니, 문제의 편지를 찾아 이것은 복사본일 뿐이라고 설명했다, 원본도 자신이 가지고 있지만 어딘가 숨겨두었다고, 자, 보라고 했는데, 가까이 서 있던 운 좋은 이들은 몸을 앞으로 기울여 그 편지를, 아니 정확히는 그 봉투만을 볼 수 있었다, 봉투에는 우표 아래에 지미 카터가 자기 이름을 휘갈겨 써놓았으며, 물론 그들이 쓰는 방식대로 J와 C로 썼다고 그가 덧붙였고, 그의 목소리에는 미국인들이 글자를 쓰는 방식이 얼마나 흥미로운지를 보라는 듯

**　　헝가리어식 표기는 Zsimi Karter이다.

***　　헝가리의 중요한 국가 보물 중의 하나인 '성스러운 왕관'이 미국에서 헝가리로 반환된 것을 의미한다. 이 왕관은 유럽에서 현존하는 가장 오래된 즉위 왕관으로, 미국 내 다수의 헝가리인들이 공산주의 국가인 모국으로 반환되는 것에 반대하는 입장이었음에도 헝가리와 미국의 긴장 완화 시기에 반환 논의가 본격화되어 1978년 1월에 헝가리에 인도되었다. 현재 헝가리 국회의사당에 소장 중이다.

한 약간의 기이함이 숨어 있었다, 다른 이들도 이제 막 다음 차례가 되어 볼 수 있었건만, 바로 그때 그가 서류철을 덮고는 이제는 그들 앞에서 더 이상 숨길 필요가 없다는 것을 알았다며, 그러니 차라리 솔직하게 말하는 것이 낫겠다고 했다, 그도 그럴 것이, 사실 그는 숨어 지내고 있었는데, 온 가족이 처음에 세게드*에서 살다 떠났으며, 그 이후로는 이곳저곳에서 살았고, 19세기 말에는 미국의 디트로이트에서도 살았으며, 결국에는 그가 마지막 법적 상속자로서 아내와 함께 이곳, 모두 알고 있듯이 에게를로바시, 탄치치 미하이 거리 23/d번지에 정착하게 되었기 때문이라고 했다, 손님들은 이것을 어떻게 받아들여야 할지 몰랐는데, 그들은 지금 에게를로바시에 있지도 않은데, 그가 벌써 두 번이나 이를 언급한 것이다, 하지만 당장은 누구도 이에 대해 재차 묻지 않았고, 그들은 이 에게를로바시 이야기를 그대로 받아들였으며, 나중에야 이해하게 되겠지 하고 생각했다, 어쨌든 그는, 이 사람들이 말이야, 하고는 혐오스러운 듯 마을 쪽을 가리키며 찡그리더니, 그들은 자기들 마을에 누가 사는지도 전혀 모른다며, 하지만 다른 한편으로 그것은 아주 바람직하다고, 자신을 날쌘이라고 놀릴 때에도 그는 그들에게 뭐라고 하지 않는데, 부를 테

* 헝가리 남동부 저지대의 중심 도시.

면 부르라는 것, 게다가 예전에는 사실 날쌨으나, 이제 더 이상 그렇지도 않은데, 그것은 부친으로부터 물려받은 것, 그의 부친은 진짜 그렇게, 계속해서 몸을 움직이는 분이셨고, 결코 멈추는 법이 없었으며, 늘 달리셨고, 앉아서 쉬는 일 따위는 하지 않으신 데다, 이리저리 바쁘게 뛰어다니며 항상 일을 하셨으니, 그도 그런 피를 물려받은 것이지만, 그래도 세월은 그를 비켜 가지 않았다고 그는 고개를 번쩍 들며 말했다, 믿지 않을 것이라 예상하며 자부심 가득한 눈빛으로 시선을 한 바퀴 돌리고는, 그가 이미 아흔을 넘겼는데, 생각이나 했느냐?, 묻자, 아니, 뭐라고요?!, 아니요오오오!, 라고 믿지 못하겠다는 대답이 즉시 합창처럼 터져 나오더니 현관 뒤쪽 구석에서 서서히 사그라들었다, 사실이 그렇다고 그가 말했고, 올해 1월 6일에 아흔두 살이 되었다고 했는데, 물론 아주 팔팔하다고는 말하지 않겠지만, 그래도 보다시피 이렇게 버티고 있다고 덧붙였으며, 그의 아내는 벌써 열두 해째, 그래, 가엾게도 세상을 떠난 지 정확히는 열두 해가 되었는데, 그녀에게도 말하지 않았기에, 그녀는 그 모든 사실을 몰랐다고 했다, 그래도 다행스럽게도 긴 결혼 생활이었고, 평화롭게 지냈다고 했는데, 일로너는 말수가 적은 선한 영혼으로서 오로지 그를 위해 살았으며, 집 안과 집 주변의 모든 일을 도맡아 했다, 은둔하는 삶의 방식에는 손에 쥔 어떤 직업적 기술이 필요하다는 것도 포함되기에, 그는 은퇴할 때까지 일을 하러 다녔는데, 그는 일을 멸시한 적이 없었고 일하는 사람들을 존중했으며, 높은 혈통을 가졌음에도 제자리를 지키는 사람들을 존경, 아니 정확히 말하면 그렇기 때문에 존경한다고 했다, 왜냐하면 진정한 귀족의 태도란 보통 사람들이 상상하는 것처럼 게으름을 피우고 인사치레를 하고 춤을 추며 착취하는 데 있는 것이 아니라, 운명이 우리에게 무엇을 안겨주든 세상 속에서 제 몫을 해내는 데 있기 때문이오, 오, 참 멋진 말씀입니다, 폐하, 하고 그때 그의 왼편에서 각종 전기 관련 기술자가 외쳤다, 그 말투 때문에, 그러니까 이 시골식 말투, 이 맛깔스러운 방언 때문에 그는 곧장 다시 지상으로, 즉 이 산으로, 현실의 이 작은 부엌으로, 말하자면 여기 부엌과 현관에 둘러서 있는 이 사람들 한가운데로 돌아왔는데, 그는 세 번째 만남의 한가운데에 있으면서도 이들이 실제로 무엇을 원하는지 여전히 잘 알지 못했다, 그래서 그는 이번에는 훨씬 단호하게 직접 물어보았는데, 글쎄요, 저희 말은 이렇습니다, 하고 식탁 쪽을 향해, 식탁 다리의 끝자락이 바닥과 맞닿는 곳을 유심히 내려다보던 고등학교 역사 교사가 말하길, 우리가 바라는 것은, 이제 마침내 당신을 찾았고 모든 예언이 실현된 지금, 더 이상 말 돌리지 않겠습니다만, 말 돌리는 것이 제 습관도 아니고, 그러니까 왕국을 복원하자는 것인데, 우리 생각에 왕국은 사라진 적이 없고, 지금도 법적 연속성이 존재하며, 당신이 바로 그 살아 있는 증거이기 때문입니다, 하지만 여기에서, 중간에 그가 말을 끊어야 했고, 실제로 말을 끊었다, 1945년에 자신은 정치에 개입하지 않기로 결심했으며, 그 결정을 지금까지 지켜왔다고, 여기 이 작은 집에서 아무것도 모르는 채 그와 함께 몸을 숨기고 살아왔던 가여운 일로너, 알다시피 그녀는 이미 열두 해 전에 세상을 떠났지만, 영혼으로는 여기에 있고, 정치에 관해서는 말도 꺼낼 수 없다고 하자, 저희도 정치에 관해 말하는 것은 아닙니다, 폐하, 라며 고등학교 역사 교사가 눈에 띄게 당황하며 말했다, 저희에게 왕국은 정치가 아니며, 당신 곧 국왕 폐하는 정치의 일부가 아니라 성스러운 왕관의 교의에 따른 그 위탁자시며 소장지십니다, 그는 부정하지는 않겠다며, 호르티 미클로시*와 몇몇 사람들이 모든 것을 알고 있었다는 이야기를 나중에 해주겠지만, 그들이 이 사실을 어떻게 알았는지는 전혀 모르겠고, 지금까지 이 일을 알고 있던 사람은 아무도 없었다고 했다, 그런 시대는 이미 지나갔고, 이제는 세상도, 그리고 우리 신성한 조국도, 뉴스에서 읽다시피, 연말에 예상되는 세계의 종말과 그 지저분한 흑인

---

* 해군 장교 출신으로 1920년 3월부터 1944년 10월까지 헝가리 왕국을 통치했다. 이 기간 동안 그는 국왕이 없는 왕국의 섭정으로, 실질적으로 헝가리 최고 권력자였다.

대통령의 당선 가능성 같은 것들에 더 정신이 팔려 있으며, 그는 정치를 하지 않는다고 했다, 지금은 말할 수 없는 이유로 어느 시점에서 가족의 전통을 따르기로 결심해 신분을 숨기고 살기로 했고, 실제로 그렇게 했으며, 전기 기술과 농업 기계 기술을 익혀 기술자로서 신성한 헝가리 조국에 도움이 되었고, 언제나 바로 그 도움이 필요한 곳에 있었으나, 정치는 전혀 아니라는 것을, 그것은 말도 안 된다는 것을 이해해달라고 했다, 이것은 45년이 아니라 44년에 이미 호르티에게 맹세한 것이고, 그는 그것을 지켜왔으며, 앞으로도 지킬 것이라고 하자, 고등학교 역사 교사가 주위를 둘러보며 말하기를, 저희는 무엇을 하라고 설득하거나 강요하려는 것이 전혀 아니며, 그럴 리도 없고, 저희는 존중이라는 것을 알고 있기에, 이 사람들 역시 정치라는 것이 벌레 낀 것 같고 추하고 나병 같은 것이라고 생각하며, 자신들과는 거리가 먼 일이라고 여기고 있습니다, **바로 그래서** 그들은 그를 찾아 헤매고 뒤지고 사냥하듯 추적하여, 결국 그를 찾아냈고, 지금 이렇게 여기 와 있는 것이며, 믿어달라고, 그들에게는 그를 찾았다는 사실만으로도 이미 충분한 기쁨의 이유가 되며, 왕국에 관한 문제는……, 글쎄요, 만약 반대하시지 않는다면, 그것은 그들이 알아서 처리할 것이라며 그의 목소리는 간청하듯 했고, 그에 대한 확신을 더하는 깊고 낮은 목소리는 설득력이 있었다, 여기 보이는 이들이라며, 교사는 식탁 다리에서 시선을 들어 동료들을 가리키면서 말하고는, 이들은 오직 순수한 것을 찾고, 도덕의 회복을 갈망하며, 이를 위해서라면 생명까지도 내놓을 수 있다고 하자, 그는 말을 끊으며, 그럼 그것으로 충분하다고 했고, 그들에게 목이 마르지는 않느냐고 물었다, 약간의 와인이 있는데, 아마도 그것으로 며칠 전 그들이 영지의 귀퉁이들을 정리해준 데 대한 감사를 표하고 싶다고 했다, 아, 그럴 것 없다며 사람들이 여기저기서 중얼거렸고, 아무것도 아닙니다, 폐하, 라고 하자 그는 어떤 한 가지에 대해서는 합의를 하자며, 만약 그들에게 더 장기적인 계획이 있고, 이번 방문이 마지막이 아니라면, 우선 다시는 그렇게 부르지 말아달라며 교사를 바라보았지만, 그 말은 모두를 향한 것이었고, 목소리를 높여 자신은

요지* 아저씨

, 일 뿐이라고, 이것은 필요한 것이니 명심하라고 했다, 예, 알겠습니다, 따르겠습니다, 라고 전기 기술자가 고개를 끄덕였다, 하지만 불은 좀 더 지피시라고 했는데, 그들이 알게 된바, 첫 번째

*　요제프의 애칭이다.

방문 때도 불이 피워져 있지 않았고, 두 번째도 그랬으며, 지금도 그러한데, 아직 3월이며 밤은 쌀쌀하기 때문이라고 했다, 그것은 말도 안 되는 소리라고 그가 말을 끊고는, 이제 더 이상 장작불을 피우지 않겠다고, 지금도, 앞으로도 그러지 않겠노라며, 이것은 나에게 있어 한동안 금언(金言) 같은 것이오, 그는 기세를 이어 다시 한번 그러지 않겠노라고 반복했다, 알다시피 그것은 태만이나 절약 때문이 아니라 다른 이유 때문인데, 자신이 더 이상 장작불을 피우지 않겠다고 말할 때 그것은, 여기서 그는 잠시 말을 멈추고, 그 또한 아까 교사가 무엇을 그토록 흥미롭게 보았는지 알아보려는 듯 식탁의 다리를 바라보기 시작했다, 그때 결정한바, 그는 **전혀**, 어떤 의미에서도 더 이상 장작불을 피우지 않기로 했으며, 그것은 결코 다시는 그러지 않겠노라는 의미였고, 여기 이 장작 난로나 저기 안쪽의 페치카에서만이 아니라, 그 어떤 것에서도 아니며, 다시 말해 이제부터는 살면서 다시는 그러지 않겠다는 의미였다, 물론 이에 대해 즉각적으로 모두는 이해할 수 없다는 항의를 쏟아냈다, 그는 손가락을 들어 올리며 자신이 바라는 것은 그들이 이해해주는 것이라고, 그 이유는 이제 이 삶에 지쳤기 때문이며, 벌써 세 번째 만남이라는 이 시점에서 그는 그들에게 신뢰가 간다고 여기기에 솔직하게 고백하는데, 아주 작은 노력조차도 육체적으로 자신을 지치게 하며, 이제 그만하고 놓아도 된다는, 마지막이라는 신호로 받아들이고 있기 때문이라 했다, 이만하면 충분하고, 한 사람의 인생으로는 아흔한 해면 충분하지 않느냐?, 그는 너무도 많은 것을 보았고, 너무도 많은 일을 겪었으며, 너무도 다양한 것들을 견뎌야 했지만, 그는 결국 그것들을 이겨냈고, 가족과 종교적 계율과 사랑하는 조국이 그에게 요구한 대로 품위를 지키며 살아왔으나, 이제는 이만하면 되었다고, 매일 음식을 해 먹고, 설거지를 하고, 잠자리에 들고, 제때 일어나지만, 그것은 단지 모든 것이 제 궤도를 따라 흘러가게 하기 위해서일 뿐이라면서, 그는 주위를 둘러보며 말했다, 몇몇 사람들의 직업은 이미 알고 있지만, 매우 부끄럽게도, 이름은 처음에 외우지 못했다고 하자, 집주인이 화제를 바꾸었다는 사실에 사람들이 안도하며 하나씩 말하기 시작했는데, 모두가 작은 부엌 식탁을 향해 서투르게 고개를 숙이며, 저는 요르치크 페렌츠, 저는 페슈티 라슬로, 저는 퍼쿠서 페테르, 저는 너지 러요시입니다, 라고 공손히 말했으며, 이어서 베코니 벤데구즈, 두다시 루돌프, 소르시-비로 졸탄, 크리슈토피 졸탄, 그리고 몰나르 베레시 요제프라는 이름이 등장했고, 그 다음으로는 서보 얼폰즈, 치세르 외르시, 페트라시 요제프, 크러스너호르커이 라슬로가 이어졌다, 이후 부더펄비 도모코시, 엔드레 야노시, 사보스드-우바시 다니엘, 비테즈 우헬 루돌프, 레하르 얼러요시, 치리치안 벨러, 시그러이 루돌프, 그리고 퍼이르후고가 계속 이어졌고, 그다음부터는 잘 들리지도 않았고, 그는 기억하려고 하지도 않았는데, 그는 이름들을 누구와 연결지어야 할지 어차피 알 수 없다는 것을 알았고, 아직 더 많은 사람들이 있었음에도 불구하고, 끝에는 현관에서부터 그들이 속한 조직의 이름만을 외치고 있었다, 이는 헝가리 근위대*, 고대 헝가리교**, 세계민족 인민주권당***, 피와 명예****, kuruc.info*****, 헝가리인을 해치지 마라******, 밀레스 크리스티*******, 헝가리 왕국 옹호 연맹********, 헝가리인의 화살*********, 64개 주(州) 청년 운동**********, 그리고 고대 헝가리 샤먼교*********** 등이었다, 저희는 하나의 조율된 플랫폼이며, 스스로를 '조율된 플랫

폼(Koordinált Platform)', 즉 줄여서 KP라고 부릅니다, 저희가 당신을 찾았을 때 서약을 했습니다, 페……, 아니 요지 아저씨, 그러자 그가 말하기를, 보시오, 말실수는 이미 다 용서하였으니 이 일로 걱정하지는 마시오, 다만 이미 말했듯이, 맑은 물을 컵에 붓고 싶소, 나의 의도와 무관하게, 아니 나의 의도에 반하여, 당신들이 나를 찾아냈다는 사실만으로도 충분히 만족하시오, 다 좋지만 한 가지 부탁하고자 하오, 요지 아저씨, 말씀하십시오, 라는 소리가 사방에서 들려오자, 당신들이 발견한 사실, 즉 나 자신이 존재한다는 것과 여기에서 우리가 이렇게 만난다는 사실은 일곱 겹으로 봉인된 비밀로 남아야 하오, 알겠지만 누구도, 아무도 이것을 알아서는 안 되며, 아무도 내가 누구인지, 어디에서 찾을 수 있는지 알아서는 안 되오, 예를 들어 이렇게 많은 사람이 한꺼번에 오지 말고, 눈에 띄지 않도록 소그룹으로 나눠서 오시오, 지금처럼 이렇게 많이 오면 눈에 띌 수밖에 없소, 우선 이 마을에는 매우 어리석지만 아주 폭력적인 치안 경찰관이 한 명 있소, 사실은 범죄자라는 소문이 있는데, 패거리를 거느린 채

********* 헝가리 민족주의와 영토적 수정주의에 기반한 극우 청년 조직이다. 64는 1920년 트리아농 조약 이전 헝가리 영토에 있던 주(州)의 개수다.
********** 헝가리의 네오페이건 종교 단체로서 고대 헝가리의 전통적 영성과 샤먼적 신앙을 현대적으로 부활시키고자 하는 종교 단체이다.

밤마다 지프를 타고 거리를 돌아다니고 사람들에게 겁을 주고 있소, 그가 무슨 짓을 할지 누가 알겠소?, 그럴 때면 나는 침대에 있을 때이기에 잘은 모르오만, 비록 잠을 잘 자지 못하고, 이 나이가 되면 그렇듯, 자주 깨어나기도 하지만, 중요한 것은 그것이 아니라, 내가 부탁한 것을 받아들이고 반드시 지켜달라는 것이오, 당신들은 이해하겠지만, 나 자신이 지금까지 익명을 지켜올 수 있었던 만큼, 당신들의 안전 역시 존중하오, 당신들에게 주목이 쏠리는 것도 결코 좋게 보이지 않을 것이기에 이해할 것이오, 이에 대해 저희는 전적으로 동의합니다, 라고 교수라는 호칭과 함께 퍼쿠서라는 이름으로도 불리는 선생이 대답했다, 그는 고개를 숙인 채 서 있는 시간이 너무 길어, 안경이 늘 그렇듯 이번에도 앞으로 미끄러졌기에 콧등 위로 안경을 다시 밀어 올렸고, 이제는 다시 안경이 제자리에 놓인 상태였으므로 반응하길, 그들에게는 요지 아저씨가 허락만 해준다면, 때때로 찾아와 경의를 표하고, 그가 삶에서 그들에게 가장 먼저 들려주고자 하는 이야기를 듣는 것만으로도 충분하며, 그와 동시에 그에게 필요한 일이라면 무엇이든 처리하겠다는 것이었고, 이제부터 요지 아저씨는 혼자가 아니시며, 저희는 결코 당신을 홀로 두지 않겠습니다, 하지만 저희가 받아들이기 힘든 것은 당신께서 그토록 훌륭하게, 그러나 너무도 슬프게 표현하신 그 말씀, 즉 더 이상 장작불을 피우지 않겠다는 당신의 말씀입니다, 오, 요지 아저씨, 저희는 모든 면에서 당신을 따르지만, 포기하려 하신다는 것만큼은 받아들일 수 없으니, 오히려 더 건강한 생활 방식으로 당신을 설득하고자 합니다, 이것은 아주 사소한 부탁일 뿐인데, 왜 산책조차 하시지 않는지 이해할 수 없기 때문입니다, 당신은 숲의 가장 높은 지대에 살고 계시고, 산꼭대기에 계시며, 당신의 집 테라스 앞에서 이 산은 바로 계곡으로 직하하는데, 자연이 이것보다 더 신성한 것을 만들어낸 적이 없으니, 적어도 하루에 한 번, 이 고요함을 뿜어내는 이곳에서, 숲과 덤불과 작은 새들과 맑은 공기 속에서 단 한 시간만이라도 산책을 하시면 당신의 건강은 지켜질 것입니다, 당신은 앞으로도 오랫동안, 수많은 해 동안 저희 곁에 머무실 것이고, 저희의 가장 큰 기쁨이자 존경과 경탄과 찬탄의 대상이 될 것입니다, 저희는, 불 때는 것이 더 이상 없으리라는 말씀의 뜻을 이해하고, 물론 당신께서 무엇을 말씀하려는지도 이해합니다, 하지만 그렇다고 해서 여러분은 그것에 동의할 수는 없으며 받아들일 수도 없습니다, 그렇지 않으신가요?!, 이때 요지 아저씨가 그에게 소리쳤다, 그러면 당신들, 더 이상은 오지 마시오, 그를 둘러싸고 있던 사람들은 즉시, 모두 걸음을 물렀는데, 뒤쪽 줄에 서 있던 사람들만은 앞에서 무슨 일이 벌어졌는지 이해하지 못했지만, 그들에게도 결국 메시지는 전해진바, 폐하라는 호칭은 없고, 이제부터 가칭(假稱)과 호칭은 요지 아저씨이며, 여기서 일어나는 모든 일에 대해서는 완전한 비밀 유지가 적용되고, 불을 땔 일은 없다는 것, 뭐요?, 뭐가 없다고요?, 하고 현관에서 물었다, 글쎄, 불 때는 것이 없다고, 우리가 아는 것은 이게 다야, 오케이, 밖에 서 있던 사람들이 이렇게 말했다, 그러면 없는 것이군, 폐하……, 아니 요지 아저씨께서 **아직은** 없다는 뜻으로 말씀하신 것이 분명해, 좋아, 이해했어, 뒤쪽도 모두 명확하다고 앞쪽으로 전달했고, 그날 저녁 그들은 그렇게 돌아갔으며, 폐하와의 사이에 공동의 비밀이 형성되었다는 기분 좋은 흥분 속에 그들의 운명은 그렇게 서로 얽히게 되었다, 맨 앞의 차를 몰던 사람이 힘껏 가속페달을 밟았고, 마을을 빠져나가는 굽이진 길, 150미터쯤 떨어진 지점에서 곧바로 노루 한 마리를 들이받았는데, 말 그대로 제대로 박은 셈이었다, 그들은 차를 세웠고, 뒤따르던 차들도 물론 급제동을 걸었으며, 사고를 낸 차량에서 두 사람이 나와 꽤 심하게 부서진 차의 앞부분을 쓱 한번 훑어보았지만, 숲 관리인이나 다른 누군가에게 들킬까 봐 지금은 거기에 신경 쓸 여유가 없었기에, 쏟아져 나온 내장을 급히 수습해 사체를 뒤쪽 트렁크에 던져 넣고 트렁크를 쾅 하고 닫은 다음, 다시 곧바로 출발해 굽이진 길을 따라 내려갔다, 이런 식으로 일련의 일이 이어져 그들은 매주 한 번씩 찾아왔고, 그는 서서히 그들의 이름을 연결하여 누가 누구인지 알기 시작했는데, 맨 처음으로는 이 젊고 덩치 큰 청년, 즉 크러스너호르커이 라슬로였다, 그 이름은, 타로거토*의 고통스러운 소리에 실린 노래가 어찌나 아름답게 울렸던지, 처음 들었을 때부터 마음에 남았던 것이다, 한번은 그가 노래를 시작하자, 아름다운 이름의 이 젊은이가 늘 케이스에 넣어 메고 다니던 기타를 곧바로 꺼내 들고는 a단조를 울려 기본음을 잡았다, 요지 아저씨는 의자에서 일어나 청년에게 눈길을 던지고 윙크를 한 다음, 정확히 두 음 반을 올려 노래를 시작했고, 많은 경험을 한 듯한 그 아름다운 이름의 젊은이가 울리는 조성을 즉시 알아차리고 d단조로 옮겨 가자, 그는 벌써 시선을 저 멀리 높은 곳 어딘가로 들어 올린 채 즉시 노래를 시작했는데,

크러스너호르커의 자랑스러운 성- 위에
밤의 어-둠이 내려앉고
탑의 마루마다 가을바람
아-득한 옛 영광을 전하네

* 헝가리 민속 음악에 사용되는 목관악기.

라코치*의 찬-란했던 그 시절

다시는 돌아오지 않는다네, 다-시는

전사들은 오-래 잠들었고

떠돌던 군-주의 머리 위에

탑에서 늦은 저녁

타로거토 소리 멀리 못 가네

이토록 적-막하고

이토록 아-득한

크러스너호르커의 자랑스러운 성-이여**

그의 목소리는 낮고 약했지만 맑고 생생했으며, 그 안에는 그러
한 슬픔이 윙윙 울리고 있어, 적잖은 방문객들의 눈가에는 눈물
이 맺혔다, 마치 '세케이 찬가'***를 듣는 것 같았기 때문이었고,

*.   라코치 페렌츠 2세(1676~1735)를 의미한다. 트란실바니아와 헝가리의 군주로
      서 합스부르크로부터의 완전한 독립을 위해 1703년부터 1711년까지 전쟁을 지
      속했으나 성공하지 못했다. 리스트 페렌츠의 유명한 '라코치 행진곡'은 원래 18세
      기에 헝가리 군민에서 전승되던 선율을 리스트가 정전화한 것이다.
**   '크러스너호르커의 자랑스러운 성이여'라는 장중한 선율의 민요로서 라코치 페
      렌츠 2세의 반(反)합스부르크 독립 투쟁 이후를 배경으로 하고 있다. 크러스너
      호르커 성은 현재 슬로바키아에 속해 있다.

마지막 d단조 종지가 끝난 뒤에는, 이보다 더 아름다울 수는, 정말로 더 아름다울 수 없는 이 목소리!, 하고 속삭일 용기밖에 내지 못했다, 그러는 동안 그는 천천히 의자에 몸을 기대어 앉아, 팔꿈치를 식탁 위에 괴고 그 청년을 바라보았는데, 청년은 아직 악기를 내려놓지 않은 채, 요지 아저씨가 어쩌면 또 다른 무엇인가를 시작할지도 모른다고 기다리다가, 다시 현을 튕기기 시작했다,

아름다운 너, 찬란한 너, 헝가리여!****

의 멜로디 첫 음이 울리자 그가 손짓으로 제지하며, 그래, 잘한다, 애야, 연주도 곱다, 하지만 이제 됐으니, 그 아름다운 크러스너호르커 성과 네가 무슨 연관이 있는지 말해줄 수 있겠느냐, 라고 하자, 그는 이 질문을 이미 여러 번 들어본 사람처럼 고개만 저었다, 그러면, 그가 말을 잇더니, 이 발랄라이카***** 말고 좀 더 본격적인 것은 없느냐?, 혹시 타로거토는 있느냐?, 아, 아니

*** 세케이 지역은 트란실바니아 동부에 있는 헝가리인들의 역사적 거주지인데, 트리아농 조약에 의해 루마니아로 편입된 1920년대 초부터 '세케이 찬가'가 불렸다.
**** 실재하는 노래이며, '노터'라는 장르의 민요풍 대중가요이다.
***** 러시아 유래의 민속 악기로서 발현악기이다. 다소 원시적이며 유랑 음악가들이 애호한 악기였으나, 19세기 말에 거장들을 거쳐 세계적으로 알려져, 음악 장르에서도 제대로 된 위상을 가지게 되었다.

요, 없습니다, 얼굴을 붉히며 유랑 음악가 러치*가 대답했다, 요
지 아저씨는 이렇게 애칭으로 불러도 된다고 그가 제안했던 터
였다, 한편 그는 옛 헝가리 지역을 두루 다니면서 자신을 유랑
음악가라고 공연에서 소개하는데, 가장 외진 작은 학교조차 마
다하지 않고 트란실바니아**, 펠비데크***를 다니며 아이들부터
노인들까지 옛날의 아름다운 선율들을 노래해 들려주면서, 우
리가 누구인지, 그리고 머지않아 우리가 누가 될 것인지를 잊지
않게 하기 위해서라고 했다, 이것을 우리의 유랑 음악가가 아주
잘 설명해주지 않았소?, 하고 요지 아저씨가 일행을 바라보자,
모두 고개를 끄덕이며 동의했고, 크러스너호르커이는 겸손하게
장작 난로 옆으로 비켜섰다, 이 장작 난로에 대해서도 그는 곧
할 말이 있었던바, 지금까지는 전기로 난방을 했고, 어쩌다 보니
전기 레인지도 사용해왔지만, 요즘은 터무니없이 오른 요금 덕
분에 장작으로 바꾸었으나, 이제는 이미 설명했듯, 그것마저 더
이상 사용하지 않았다, 하지만 요리할 때는 다시 전기로 돌아갔

*　라슬로의 애칭이다.
**　1920년 트리아농 조약에 의해 루마니아로 양도된 지역이다. 지금도 많은 헝가
리인이 거주하고 있으며, 특히 세케이 지역의 경우, 주요 도시에는 아직도 헝가
리인들이 거주 인구의 약 90퍼센트에 달한다.
***　현재 대부분은 슬로바키아에 속하는, 과거 헝가리 영토의 북부 지역에 대한 헝
가리어 명칭이다.

는데, 전기는 껐다 켰다 하면 그걸로 끝, 하지만 불은 한번 붙이면 필요 없을 때도 계속 타기 때문에, 그러니 더는 설득하지 마시오, 자신의 결정을 바꾸게 할 수는 없으니, 그는 결정을 결코 바꾸지 않으며, 어떤 문제든 충분히 오래 생각한 뒤에 결정을 내리기 때문에, 일단 결정이 내려지면 그 결정은 아주, 매우 깊이 고려한 것이라면서, 그래서 아니라고, 온화한 자연 속 산책도 아니고, 불도 아니고, 장작도 아니고, 삶도 아니라는 것이다, 그 온화한 자연에 대해 한마디 덧붙이자면, 만약 권하는 대로, 특히 매일 한 번 산책을 나가기라도 한다면, 당장 개에게 엉덩이를 물릴 것이라고 했는데, 여기 이 미쳐 돌아간 마을에서는 요즘 장난 삼아 밤뿐 아니라 낮에도 괴물 같은 개들을 풀어놓는 것이 습관이 되었는데, 그 개들은 그의 개와는 달리 진짜 시골 개들이며, 그중에서도 가장 덜 사나운 개의 이름이 악마일 정도라고, 그러니까 그 개들은 농담이 아니라는 것이다, 자기들에게 낯선 사람이 보이기만 하면 곧장 떼로 달려드는데, 그가 아무 근거 없이 말하는 것이 아니라, 이미 네 번이나 물렸고, 한 번은 갈기갈기 찢겨 죽지 않으려고 간신히 빠져나왔을 정도라고 했으며, 낙담한 얼굴로 말하길, 그의 의견으로는 이 개들은 100퍼센트 물도록 훈련받았음이 틀림없으며, 자, 그러니 무슨 산책이 있을 수 있으며, 무슨 건강이며, 숲과 맑은 공기와 작은 새들은 또 무엇이냐고, 아니, 아니요, 아니라고, 그는 나가지 않겠다며, 여러 선생님, 이 주제는 이미 끝났소, 그러고는 고개를 다른 쪽으로 돌리며 덧붙이길, 그런데 셀레츠키 지타*가 나를 사랑했었다는 걸 아느냐, 셀레츠키 지타가 누구였는지 아느냐, 아, 아마 여러분은 그 세대가 아닐 텐데, 그녀는 스타였고 진짜 영화배우였기 때문에, 한때는 모든 헝가리인이 셀레츠키 지타를 알았고 알아야만 했지, 이후 여러 사정으로 먼저 아르헨티나로 갔고, 그다음에는 미국으로 가서, 거기서 카터 가족과 매우 가까운 사이였소, 어떤 의미에서는 지미 카터가 왕관을 돌려준 것도 그녀 덕분이라고 할 수 있으니, 오, 지타, 선생님들, 그녀 목소리가 얼마나 달콤했고, 장난기와 생기가 가득했는지, 우리의 사랑은 고작 두 주 동안 뿐이었지만, 그래도 그만한 값어치는 있었소, 그는 고개를 숙이며 말했고, 기억들이 밀려오자 미소를 지었다, 한동안 아무도 말을 하지 않았으며, 요지 아저씨가 과거에 잠겨 사색하도록 그들은 그를 그대로 놔두었다, 청년 크러스너호르커이가 옆에 서 있던 자동차 도장공 베코니 벤데구즈에게 작은 소리로 말을 걸더

---

* 헝가리의 여배우이자 가수(1915~1999). 수십 편의 영화와 연극에 출연했으나 정치적인 이유로 오스트리아, 이탈리아, 아르헨티나를 거쳐 1962년에 미국에 정착했다. 헝가리의 체제 전환 이후 대법원에서 무죄를 선고받고 복권됐으며, 1998년에 헝가리로 영구 귀국을 했으나 1년도 채 되지 않아 사망했다. 미국에서는 이후 본문에 등장하는 작가 버시 얼베르트와도 긴밀한 협력을 했다.

니, 이후 다음에 그들이 다시 찾아왔을 때, 유랑 음악가와 이 베코니 벤데구즈는 전축을 하나 가져와 부엌 찬장 위에 올려두었고, 연장선을 이용해 전원을 연결하자마자 완전한 교향악단의 소리가 울려 퍼졌으니, 셀레츠키 지타의 노랫소리가 벌써 들리는데,

아, 얼마나 아름답고 파란 눈을 가졌나요, 당신은

이 세상에 그런 눈을 가진 이는 또 없어요

당신을 볼 때마다 내 심장은 뛰고,

당신의 입맞춤 하나에 나는 죽어도 좋아요, 은방울꽃 같은 그대!

그런데 여기서 요지 아저씨도 벌떡 일어나 셀레츠키 지타와 함께 이렇게 노래하기 시작했다,

낮에도 나는 그 미소를 꿈꾸고

밤에는 그 노래를 집시에게 켜게 하지요,

아, 얼마나 아름답고 파란 눈을 가졌나요, 당신은

이 세상에 그런 눈을 가진 이는 또 없어요**……

**　실제로 '지타의 노래'라고 하는 노터 장르의 음악이다. 기존의 이 노래를 셀레츠키 지타가 불러 더 유명해졌다.

자, 내 눈이 무슨 색인지 말해보시오, 요지 아저씨도 이제 다른 사람들처럼 퍼쿠서를 교수라고 칭하며, 반대편에 앉은 그에게로 몸을 돌리고는, 자, 말해보시오, 어떻게 보이는지, 파랗지, 그렇지, 보시오, 라며 웃음을 터뜨렸다, 그녀는 네케제니*에 안장되었지, 그는 음악을 멈추게 했다, 이번 목요일에, 만약 누군가 그쪽으로 볼일이 있는 사람을 찾게 된다면, 나는 그곳에 갈 생각이오, 여기서 가깝다고 할 수도 있고, 그러니까 아주 멀지는 않은데, 구글로 찾아보니 겨우 두 시간 반, 이미 오래전에 확인해 두었소, 기술자인 나는 컴퓨터를 잘 다루오, 그녀의 장례식에는 두통 때문에 병원에 누워 있어 참석하지 못했고, 그 이후로도 계속 준비하고 또 준비해왔으나, 다만 아직 마땅한 기회가 없었을 뿐이었소, 하지만 만약 내가 정말로 집 밖으로 발을 내딛는다면 그 이유는 셀레츠키 지타일 것이오, 이 성스러운 우리의 땅이 그렇게 작고 요염한 여인인 동시에 위대한 헝가리인을 품었던 적은 없었기 때문이오, 말할 것도 없이 제일 젊은 이들 가운데서 두 명이나 자원자가 나섰는데, 그들은 벌써 다음 주 오전에 찾아와, 요지 아저씨, 그러면 우리 중 누구의 차를 선택하시겠습니

---

* 헝가리 동북부에 위치한 읍. 실제로 이곳에 있는 공동묘지에 셀레츠키 지타가 영면하고 있다.

까, 왜요, 나를 어디로 데려갈 거요, 네케제니로요, 예인(藝人) 지타의 무덤으로요, 한 사람은 젊은 요르치크 페렌츠로, 스즈키 지프를 몰고 왔고, 다른 한 사람은 회계사인 몰나르 베레시 요제프로, 볼품없는 오래된 포드를 몰고 왔다, 교수는 늦게 도착했고, 집에 아무도 남아 있지 않았기에, 그는 그 기회를 이용해 마을을 조금 둘러보았다, 마을에는 그다지 인상적인 것이 없었고, 최소한 요즘의 다른 마을들보다 더 특별한 것은 없었는데, 그는 이미 오래전에 지난 수십 년 동안 대(大)헝가리**의 거의 모든 마을을 다니며 헝가리가 어떻게 쇠락하고 줄어들고 있는지, 또 헝가리의, 또는 아예 시대를 넘어 고대 헝가리의 어떤 보물과 기억과 폐허와 언덕을 현재와 미래를 위해 지켜야 하는지를 조사해왔기 때문에, 이에 대한 식견이 있었다, 박공지붕을 한 카다르*** 시대의 주택들, 앞마당이 딸린 집들과 그곳에 가득한, 이제 막 봉오리를 틔우기 시작한 장미 덤불들, 그리고 방치되어 야생처럼 변한 뒤뜰들, 사람들이 모일 만한 건물이라고는 문을 연 술집 하나와 문을 닫은 술집 하나, 그리고 면사무소 하나뿐이었고, 그다음

**   트리아농 조약으로 국토의 약 3분의 2를 잃기 전의 헝가리 영토를 의미한다.

*** 카다르 야노시(1912~1989)는 1956년 헝가리 혁명 이후 소련의 지원으로 집권해 1988년까지 헝가리를 통치한 공산당 지도자이다. 초기에는 억압적인 정책을 펼쳤으나, 이후 제한적 경제 개방과 생활 안정을 특징으로 하는 이른바 '굴라시 공산주의' 체제를 이끌었다.

으로 버스 정류장 하나에다 문에 부고(訃告)가 못으로 박혀 있는 작은 예배당 하나, 그것이 전부였다, 사람 그림자는 어디에도 없었고, 버스 정류장 옆 벤치에 앉아 있는 두 명의 십대만이 있었는데, 그들은 등받이 위에 걸터앉아 군화를 좌석 널빤지에 얹어놓고 담배를 피우고 있었다, 그중 한 명이 여드름을 짜며 다른 한 명에게 무언가를 속삭이자, 그들은 킥킥대며 그를 향해 슬쩍슬쩍 음흉한 시선을 던졌는데, 누굴까, 여기서 뭘 하려는 걸까, 라는 눈빛이었다, 그는 좁은 골목길을 따라 다시 요지 아저씨의 집으로 기어오르듯 가서, 차로 돌아가는 편이 낫겠다고 생각했다, 아, 헝가리 사람들, 헝가리 사람들 하며, 그는 이를 악물고 중얼거렸는데, 이 마을에는 거의 전적으로 순수한 슬로바키아인들만 산다는 사실은 아직 알지 못한 채였고, 에휴, 이 다문화 세상에서는 모든 게 다 망가졌구나, 하고 조심스럽게 차를 몰고 버스 정류장까지 내려갔다, 십대 두 명은 이미 사라지고 없었으며, 그다음에는 마을을 빠져나와, 비어 있는 오래된 파란 지프 옆을 지나쳤는데, 그 지프의 지붕에는 붉은 경광등이 규칙적으로 깜박이고 있었고, 차체 옆에는 **우리가 잠든 동안***이라는 문구가 적

<hr>

* 셀레츠키 지타가 주연을 맡은 영화이며, 그녀는 영화에 등장하는 동명의 노래도 직접 불렀다.

혀 있었다, 그는 속도를 조금 줄인 채 굽이진 길을 따라 도시 쪽으로 느긋이 내려갔고, 그곳에는 각종 차량의 통행과 사람들과 삶이 그를 기다리고 있었으며, 그곳에서 그는 한동안 폐 속에 조금 억눌러두었던 숨을 깊이 내쉬었다.

2장

나는 사실상 칭기즈 칸의 손자의 손자라오, 그는 늘 앉아 있는 그 자리에서 다시 한번 덧붙여 말했다, 몽골인들이 헝가리 왕국을 점령했을 때 벨러 왕, 그러니까 벨러 4세*가 나라를 구하고자 했지, 오고타이 칸이 서유럽 쪽으로 군대를 돌려 철수하는 조건으로, 딸 욜런더**를, 칭기즈 칸 사후의 혼란 속에서 헝가리 주둔군을 이끌던 오고타이의 아들 카단 칸에게 시집보내기로 했소이다, 그 혼인은 실제로 성사되었고, 몽골군은 물러났으며, 카단 칸은 그 혼인을 숨겼었소, 이는 한편으로 혈통의 정통성 문제

---

* 헝가리 왕 벨러 4세(1206~1270)의 재위 기간에 몽골의 침략이 있었다.
** 실제로 벨러 4세에게는 동명의 딸(복자(福者) 욜란다)이 있었는데, 현재 기록으로 그녀의 남편은 폴란드의 볼레스와프 공작이었다.

로 당시 교황의 승인을 받을 수 없었을 터이고, 다른 한편으로는 이것이 벨러 국왕으로부터의 왕위 계승을 대비한 비밀 보험이 되었을 것이기 때문이었소, 만약 벨러 왕의 아들 이슈트반[***]이 죽게 되면 욜런더의 혈통이 왕조를 이어가게 될 수 있었기에, 이 일을 비밀로 유지하고 아르파드 왕가[****]의 왕위 계승이 끊어지지 않게 하기 위해, 욜런더와 깊은 사랑에 빠져 있던 카단 칸은 자신의 이름을 바꾸었소, n자를 하나 떼어내어 카다라는 이름으로, 눈부시게 아름다운 욜런더의 남편이 되었는데, 그녀는 자신의 아름다움으로 그를 설득해 헝가리에 머물도록 했으니, 그것은 참으로 큰 사랑이었소, 그들은 세게드로 내려와 살며, 그곳에서 아들 하나를 낳게 되는데, 그가 어린 벨러였으나, 그들의 결혼과 사랑은 오직 다섯 해만 지속될 수 있었소, 카단 칸, 즉 카다의 사망으로 욜런더는 이후 폴란드의 한 공작과 다시 결혼하게 되었으며, 아이 즉 어린 벨러는 우리의 헝가리 왕 벨러 4세의 철통같은 비밀 속에서 위탁 가정에 맡겨졌고, 그곳에서 아이는 가톨릭 신자가 되었으며, 세례 때 아르파드 가문의 카다 벨러라는 이름을 받았소, 물론 곧 이름에서 아르파드 가문이라는 표

[***] 이후 벨러 4세를 이어 헝가리 왕 이슈트반 5세으로 즉위한다.
[****] 헝가리를 건국한 초대 왕조이다. 9세기 말부터 14세기 초까지, 약 400년 동안 지속되었다.

시는 떼어졌소, 그렇게 그들은 750년 동안 살아왔는데, 자신들이 누구인지 철저히 숨긴 채로 아버지들은 아들들에게 오직 죽는 순간에만 그 비밀을 전해주었고, 바로 여기에서 그가 말하길, 지금 그들의 눈으로 보고 있는 바로 그 자신이 등장하게 되는 것이며, 이 모든 일이 이렇게 모든 사람으로부터 숨겨진 채 이루어진 것은 필요할 경우 왕위 계승이 이루어질 수 있도록 하기 위함이었다는 것이다, 지금 다시 합스부르크가*가 움직이기 시작했는데 특히 그 오토 폰 합스부르크**가 아주 요란하게 설치고 있고, 또 그 얼빠진 에두아르트니 카를이니 게오르크니 하며, 오, 예수 마리아님이시여, 세상 곳곳에 아직도 합스부르크가가 얼마나 많이 살아 있는지 알고 계시나이까?!, 대략 500명쯤이라오, 500, 그는 손가락으로도 그 수를 직접 보여주었다, 뭐, 아무튼, 요컨대 위험은 충분하다는 것이오, 바로 그 때문에 그가 나섰고, 청원서를 하나 작성해, 물론 비밀리에 국회에 현재 상황이

---

* 합스부르크 왕가는 한때 중부 유럽과 스페인, 네덜란드, 이탈리아를 포함, 신대륙까지 아우른 유럽 최대의 왕조로, 유럽 정치 질서의 중심에 있었다. 헝가리에서는 외세 지배의 기억과 함께 근대화와 번영에 대한 긍정적 향수라는 이중적 인식 속에 자리하기도 한다.

** 오토 폰 합스부르크(1912~2011)는 합스부르크 가문의 마지막 황태자이자, 오스트리아-헝가리 제국 최후의 황제 카를 1세의 장남으로, 제국 붕괴 후에는 범유럽주의자이자 유럽의회 의원으로 활동하며 유럽 통합을 옹호했다.

어떠한지를 알렸다고 했다, 그 더러운 합스부르크 사람들이 다시 돌아오는 일만큼은 생각만 해도 몸서리쳐지기 때문이며, 그것은 품위와 명예와 기개, 그리고 조국에 대한 책임감이 결코 허락하지 않기 때문이라며, 합스부르크 사람들에 관한 한 이미 충분히 겪었고, 이제는 분명히 정리해야 할 때이기에, 그는 이 청원서를 통해 실제로 실행에 옮겼고, 지금은 답변을 기다리고 있다고 했다, 원래는 다음 주 목요일로 약속했지만, 내무부에서 이 일을 맡은 담당 공무원에 따르면, 그는 말을 이어가며 그 공무원을 다소 변호하듯 설명했다, 요즘 귀화 문제로 일이 너무 많다고 그 공무원이 비밀스럽게 이야기해주었는데, 카르파티아***-우크라이나 사람들과 트란실바니아 사람들뿐 아니라 러시아인들, 투르크메니스탄인들, 아제르바이잔인들, 불가리아인들, 마케도니아인들까지 몰려오고 있다며, 더는 열거하지 않겠다고 했다, 실제로 더 이상 열거하지도 않았는데, 요컨대 그 공무원은 그에게 아직 더 기다려달라며 사과했고, 그러면 기다리겠다고 했다, 자, 그럼, 이제 가족의 과거에 대해서는 일단 여기까지요, 그는 목소리를 낮추었고, 방문객들은 사건의 진실한 이야기를 듣고

*** 1차 세계대전 종전 시까지 헝가리 영토였으며, 현재는 우크라이나에 속한다. 현재도 주민의 약 10퍼센트 정도는 헝가리인이다.

그저 감탄할 뿐, 예, 교수는 흥분하며 말했다, 많은 것을 짐작하고는 있었지만 이렇게, 이런 식으로, 이렇게까지 세세하게는 아니었다며, 그가 돌아와주겠다고 한 것에 대한 감사의 표시로 기꺼이 그 앞에 무릎을 꿇고 싶다고 하자, 자, 그것은 아닌 것 같소이다, 그가 끼어들며, 엎드리거나 폐하라고 부르는 것, 그런 것은 결코 원하지 않는다고 했고, 어쩌면 훗날 정말로 왕좌에 앉게 된다면 모를까 하며 덧붙이더니, 아직은 국회로부터 문서로 된 답변이 오지 않았으니 그때까지는 이곳에서 조용히 있어야 한다는 것을 잊지 말라고, 그리고 이 일은 이제 더 이상 국회만의 문제도 아니고 특히 내무부의 그 담당 공무원, 그 선량한 사람 한 명에게만 달린 일도 아니라고 했다, 게다가 지금 이 오르반*이 권력을 쥐고 있는 동안에는, 그리고 그 기간이 아직 2년이나 남아 있으니, 사실상 아무 일도 일어나지 않을 것이라고 했다, 2년이라며 교수는 중얼거렸고, 서로를 의문스레 바라보며 다른 이들도 함께 중얼거렸는데, 그들 중에는 이번에 처음으로 방문자 무리에 합류한 이름 있는 역사학자 두 사람도 있었다, 그중 한 명이 2년이라고 말했는데, 그는 도착했을 때 자신을 버디지 소시 레네 주

* 오르반 빅토르 미하이(1963~). 헝가리 변호사이자 정치인으로, 1998년부터 2002년까지, 2010년부터 2026년 2월 현재까지 헝가리의 정부 수반인 총리를 맡고 있다.

니어(ifjabb)**라고 소개한 인물이었다, 아시다시피 그건 좋기도 하고 좋지 않기도 합니다, 그는 눈썹을 치켜올리더니 금속성의 단단한 목소리로 말을 이었다, 좋지 않다는 것은, 가장 바람직한 것은 요지 아저씨를 2년 뒤가 아니라 즉시 당신께 합당한 자리에 모셔야 하기 때문입니다, 역사적 혼란의 시기, 이 글로벌주의자들의 파괴가 모든 헝가리인의 건전한 감각을 해치고 파괴하고 있으니 지금 당장 끝내는 것이 좋지만, 다른 한편으로는 2년이 좋기도 한데, 저희에게 준비할 시간을 주기 때문입니다, 요지 아저씨도 분명 여기에 동의하시겠지만, 군주제의 복원이라는 것은, 다시 말해 이 군주제가 한 번도 보지 못한 본래의 찬란함 속에서 다시 빛나기 위해서는 가장 적절한 순간에 시작되어야 하며, 이것은 거대하며 시간이 걸리는 엄청난 과업이기에 기본권과 헌법의 차원에서 피의 조약***과 성(聖) 이슈트반****의 문서들

<hr>

**   원문의 ifjabb은 헝가리 성명 체계에서 Jr.(주니어)에 해당하지만 영어에서처럼 성명에 포함되지 않고, 다만 가계의 동일한 이름을 가진 경우 상대적으로 젊은 사람을 표기하는 형용사로 쓰인다. 실제로 버디지는 64세이지만, 본문에서는 이하 '젊은 버디지'로 표기했다.

***   헝가리는 오랜 이동을 거쳐 지금의 자리에 정착하는데, 그 전에 일곱 부족의 지도자들이 각자의 피를 그릇에 섞어 동맹을 맺은 것을 뜻한다.

****   헝가리 왕국을 건립한 초대 헝가리 왕이다. 이전 부족들의 연합으로 형성된 헝가리 공국을 통일된 가톨릭 국가로 재편했다. 헝가리 왕 이슈트반 1세가 공식 명칭이며, 사후 성인으로 시성되었다.

의 효력을 회복하는 일, 그리고 금인칙서*의 잊힌 의미를 되살리는 일, 나아가 특히 1713년의 실용칙서**와 1790/91년 법률 제10조***, 그리고 1848~1849년 법률들****의 관련 조항들을 철저히 단호하게 파기하고 무효화하고 거부하며 영원히 철회하는, 이 모든 것을 해내야 합니다, 이 모든 것은 사안을 면밀하게 정비하기 위해 가장 강도 높은 노력으로 임해야 함이 요구되는바, 기초 없이는 아무것도 이루어지지 않기에, 바로 그 기초가 정리되지 않은 상태나 고대법의 불명확한 해석, 그리고 우리 운동의 기둥들이 혹시라도 흔들릴 수 있다는 이유로 패배하는 것을 우리는 원하지 않습니다, 결코, 그가 단언했다, 그들이 이곳에 다니기 시작한 이후 젊은 버디지가 처음이었는데, 그때 식탁

---

* 헝가리에서는 1222년에 최초의 금인칙서가 제정된 것으로 알려져 있으며, 이와 유사한 영국의 마그나카르타는 1215년에 제정되었다.

** 합스부르크의 황제(신성로마제국의 황제) 카를 6세가 합스부르크 영토의 불가분성을 유지하기 위해 여성도 상속 가능하도록 한 법률적 조치를 의미한다. 이를 통해 마리아 테레지아가 왕위를 계승한다. 헝가리는 1723년에 이를 승인하면서 그 대가로 헝가리의 헌정과 특권을 재확인하였으나, 합스부르크 지배의 법적 유효성이 공고화되었다.

*** 헝가리가 합스부르크 군주 아래에서도 고유한 법과 헌정을 지닌 독립 왕국임을 명시한 헌정 조항이다.

**** 헝가리는 1848년에 합스부르크에 대항하여 독립전쟁(1848~1849)을 시도했으나 러시아의 개입으로 성공하지 못한다. '1848~1849년 법률'은 헝가리 혁명기에 제정된 개혁 입법으로, 봉건제를 폐지하고 입헌·시민 국가를 수립하려 한 근대 헌정의 기초였다.

옆으로, 요지 아저씨의 맞은편 자리에 앉는 것이었다, 그는 몸을 뒤로, 의자에 기대려다가, 너무 열중한 나머지 부엌의 식탁 주변에는 의자가 아니라 등받이 없는 스툴만 있다는 사실을 깜빡 잊었다, 하지만 사고가 나기 전에 뒤에 서 있던, 고대의 헝가리 방식으로 가축 사육을 하는 농부 레하르가 친근한 손길로 젊은 버디지의 등에 손을 내밀어 살짝 닿게 하여, 이 좌석에는 등받이가 없다는 것을 알려주었다, 이로써 그는 균형을 되찾아 몸을 바로 세웠고, 입술을 쭉 내미는 동작으로 마치 잃을 뻔한 권위를 되찾기라도 한 듯한 표정을 지었는데, 그 와중에 요지 아저씨가 갑자기 젊은 버디지에게 말하길, 혹시 그가 셀레츠키 지타를 얼마나 사랑했는지를 당신이 이미 들어서 알고 있는지, 그는 정말로 그녀에게 미쳐 있었다며, 그 사랑은 오늘날에는 상상조차 할 수 없을 만큼 참된 사랑, 아니 그것이야말로 진정한 사랑이었소, 일로너에게는 당연히 이 일에 대해 단 한마디도 하지 않았지요, 물론 그의 일로너는 너무나도 선량했으며, 태생부터 이미 고귀한 영혼이었기에 그의 어떤 과거사에도 거의 관심을 두지 않았고, 그저 자기의 일을 하며 살았을 뿐, 그의 연구와 권력자들과의 관계 같은 것들도 마치 아주 먼 별에서 일어난 사건처럼 받아들였다고, 그것이 자신과 사실상 아무런 상관도 없다고 여겼다고 했다, 그런 사람이었소, 나의 사랑하는 일로너는 황금 같은 심장을 지닌 영혼이었소, 그는 한숨을 쉬며 말했고, 젊은 버디지의 공감을 이끌어내려는 듯했다, 그러고는 젊은 버디지가 마침 아직 균형을 잡고 입술을 내미는 데 정신이 팔려 있는 틈을 타, 마무리하듯 덧붙이기를 자신은 대화를 지나치게 무겁게 만들고 싶지도 않고, 일로너 이야기를 자꾸 꺼내고 싶지도 않지만, 그래도 어쩌겠느냐고, 이렇게 12년이 지난 지금까지도 불쑥불쑥 떠오르는데 어쩔 도리가 없다며, 사람은 사랑했던 사람에게서 그렇게 쉽게 벗어날 수 없다는데, 진정한 사랑 지타도 그렇고, 사랑했던 아내 일로너도 그렇듯, 이 두 여자가 그의 삶을 규정해왔다고, 이제 며칠 전, 마침내 지타의 묘소에서 예를 다할 기회를 갖게 되자 마음이 놓였으며, 그 일만으로도 자기 일은 이미 정리되었다고 느낄 자격이 있다며, 여기서 그들이 매주 나누는 다른 모든 이야기는 그저 덤일 뿐, 그는 아무것도 억지로 밀어붙이지 않을 것이고, 여기 있는 모두에게도 그렇게 하자고 권한다고, 억지부릴 것 없으니, 일은 어차피 천상의 하느님께서 알아서 정리하실 것이며, 자신은 이 아르파드 왕가 복원의 계획이 어떻게 흘러가든 왕좌를 받아들일 준비도 되어 있고, 또 그것을 시도조차 하지 않을 준비도 되어 있으며, 다시 말해 이미 자신의 삶을 끝내도 좋다고 받아들일 수 있는 사람이라고 했다, 그는 다가오는 것을 받아들이는 사람이며, 그것이 왕국이든 마지막 작별이든 마

찬가지라고 하자, 방문객들은 늘 그렇듯 약간은 과장된 명랑함
으로, 마지막 작별이라고 말씀하신 것은 아직 한참 멀었다고 저
희는 확신합니다, 요지 아저씨께 남은 것이 아직도 정말로 많고
많으며, 조만간 대관식이 있을 것입니다, 이에 그는 합스부르크
사람들을 배제해야 한다는 데에는 깊이 동의한다고 답하고는,
그들이 요즘 너무 분주히 움직이고 있어서 마치 모든 헝가리인
이 그들이 여기서 무슨 짓을 저질렀는지를 이미 다 잊어버렸다
고 생각하는 것 같고, 그들이 사실상 존재한 적도 없다고 여기는
듯하다며, 이해하겠소?!,

절대로

이자들은 우리에게서 권력을 가질 자격이 없소, 왜냐하면, 기
억해봅시다!!, 이자들은 우리의 성스러운 조국을 점령하여 우
리의 왕이 되었을 뿐이기 때문이오, 진정한 법통은 아르파드
왕가에 있고, 따라서 현재 왕위는 바로 그 왕가의 사람에게 속
하기에, 이런 합스부르크 사람들의 부산한 움직임이 불안하
게 느껴지는 것도 당연한데, 특히 오토 일가의 움직임이 그렇
다며, 오토는 무언가를 몹시 원했던 자, 도대체 어떤 늙은이인
지…… 뭐였는지는 말하고 싶지 않은데, 누가 알랴, 왜 그가 아

직도 그렇게 유럽 곳곳을 돌아다니는지를, 네덜란드 어디, 스웨덴, 리히텐슈타인, 벨기에, 덴마크, 러시아 어디를 오가더니, 또 아르헨티나, 미국이었다가 이리저리 신경질적인 참새처럼 날뛰지 않는가, 아, 그런 자들이 바로 합스부르크 사람들이며, 그들 때문에 마음이 편할 수가 없다고, 물론 핵심은 최종적인 진실이 불시에 그들을 깨닫게 하는 것, 언젠가 국회가 혹시라도 그를 그 존엄의 자리로 다시 올려놓게 될 때에, 아니 정확히 말하면 그 자리에 처음으로 앉히게 될 때에 말인데, 그는 이 점만큼은 아무리 반복해도 부족하지 않다고 생각했으며, 곧 그의 가문이 750년 동안 유지해온 이 은밀한 은폐가 너무도 성공적이었기 때문에, 가문의 현재 왕위 계승자인 그 자신에 관한 사실은 호르티 미클로시 한 사람만이 알고 있었고, 그 또한 그의 부친 카다 벨러에게서 들은 것이었다고 했다, 그의 부친과 호르티는 세게드에서 매우 가까운 사이였고, 젊은 시절, 거의 아이였을 때부터 평생 이어질 우정을 맺었으며, 그 결과 필요한 때 호르티는 그의 부친을 자신의 비밀 고문으로 임명했는데, 이 모든 일은 너무도 은밀하게 진행되어 임명조차 구두로 이루어졌다고 했다, 그 시절에는 말로 한 약속에도 명예가 있었고, 악수를 하면 그것이 영원히 유효했으며, 모두가 그것을 지켰다는 것, 자, 그래서 내가 무슨 말을 하려 했더라, 아, 맞다, 왕관이야기였소, 바로 그때 젊은 버디지가 말을 끊으며, 요지 아저씨, 저희한테만 솔직히 말씀해주십시오, 왜 헝가리 국회에 편지를 쓰신 겁니까, 당신은 이른바 그 국회를 인정하십니까?, 그러자 그는 고개를 끄덕이고는, 무슨 뜻인지 이해한다며, 이론적으로는 그들이 왕위 박탈이라는 불법을 법률로 정당화한 헌법을 근거로 삼고 있기 때문에 국회를 인정하지 않는다고 말하는 데서 시작해야 한다는 것도 알고 있지만 말이오, 그렇다면 내가 누구에게, 다른 선택지가 있었겠는가, 나는 최근에 유럽연합에서 일하고 있는 네메시 야노시*에게도 편지를 썼는데, 그는 공개적으로 자연을 걱정하고 보호하고 가꾸는 사람인데, 그런 사람이라면 나쁜 인간일 리 없다고 생각했기에 그에게도 편지를 썼으나, 물론 이것으로 민주주의를 인정하는 것은 아니지만, 아주 정중하게 써서 그의 상사에게 내 문제, 나를 왕위로 되돌려놓든지 아니면 최소한 내 존엄에 걸맞은 연금을 지급해달라는 것을 전달하라고 요청하였소, 자존심 있는 정부라면 많은 군주국에서 그렇게 하고 있는바, 알다시피 내가 노동의 대가로 받는 돈으로는 굶어 죽지 않을 정도밖에는 안 되기 때문에 그랬는데, 유감스럽게도 이분은 아직 답장을 주지 않았소, 그때 나는 에스테르

*   실존 인물이 아니다.

곰*의 대주교에게 편지를 썼는데 그 사람은 털끝 하나 움직이지 않았소, 아마도 어딘가에서 이미 알아버렸을 것이오, 내가 비록 수백 년째 가톨릭 신자이긴 하지만, 그렇지, 어린 벨러 왕자**가 세례를 받은 일 때문에 그렇지만, 그래도 나는 그들의 교회를 도저히 견딜 수가 없었소, 왜냐하면 이자들이, 예컨대 공산주의자들에 맞서서 무슨 일을 한 적이 있느냐고?!, 빌어먹을, 뭘 했겠느냐고, 한 짓이란 하나도 없었고, 겁쟁이에다 탐욕스럽고 야합에 찌든 인간 말종들뿐이었소, 그는 에스테르곰 쪽을 향해 손짓하며 말했는데, 그들은 아예 답장조차 하지 않아서 나는 국회로 방향을 틀었소, 그는 말을 이어, 거기에는 그래도 진짜 헝가리 사람이 하나 있지 않소, 국회의장 말이오, 뿌려진 양귀비씨 같은 콧수염을 한 그 사람, 알지 않소, 나는 그에게 정말 뭔가를 기대했고, 사실 실망하지도 않았소, 그가 나를 이 내무부 공무원에게로 보냈기 때문이오, 그 공무원은 내게 사과를 하면서, 지금 당장은 내 일에 착수할 수 없다고 했는데, 워낙 일이 많아서 밤낮으로 귀화 업무만 처리하고 있다는 거요, 아무튼 나는 목요일에 올 답변을 기다리고 있소, 전에 이미 동료 여러분께 말했듯이,

* 헝가리 가톨릭의 중심지로, 헝가리 초대 국왕 이슈트반 1세가 대주교좌를 설치한 곳이며 오늘날까지 에스테르곰-부다페스트 대주교구의 본산이다.
** 이 작품 속 벨러 4세의 손자. 욜런더와 카다 사이에 태어난 아들이다.

독일 공화국 대통령에게도 서신을 보냈기에 그에게서도 답변을 기다리고 있는데, 우리는 친분이 있소이다, 왜냐하면 내가 독일 병사들의 무덤 6천 기를 찾아냈고, 그 공로로 쾰러 대통령***에게서, 아니 잠깐, 그는 이전 대통령이었고, 그때는 무슨 카르스텐스****라는 사람에게서 호이스인가 하는 훈장*****을 받았던 것인데, 나는 말하자면 영웅, 전쟁 영웅인 셈이오, 그가 이렇게 말하고는, 자신의 탁월함을 젊은 버디지에게 납득시켜야 한다고 느꼈기에, 특히 그를 바라보았는데, 자기가 뭔가를 하지 않으면, 이 젊은 버디지가 자기 위로 치고 올라올 것임을 그가 바로 알아차렸던 바였으나, 어쨌든 그가 과연 이 모든 일에 계속 마음이 남아 있다면, 이 부엌에서는 그가 왕위 계승자였고, 이곳에서는 왕위 계승자가 무엇을 할지 말지를 정하는 것이 법이다, 한 가지 밝힐 것은, 그는 그날 이른 저녁에, 대부분의 사람들이 이미 돌아간 뒤, 고대 헝가리 방식으로 가축 사육을 하는 농부 레하르에

*** 호르스트 쾰러는 2004년부터 2010년까지 독일연방공화국의 대통령이었다.
**** 1979년부터 1984년까지 서독 대통령이었던 카를 카르스텐스를 칭하는 것으로 보인다.
*****1964년에 설립된 테오도어 호이스 재단이 민주주의와 시민적 용기에 기여한 인물에게 수여하는 민간 공로상으로, 지금도 존속하며 수여되고 있으나, 소설 속 요지 아저씨의 설명처럼 대통령이 수여하는 것도, 그가 주장하는 공훈으로 수여하는 것도 아니다.

게 이 젊은 버디지 소시 레네 주니어가 그다지 마음에 들지 않는
다고 털어놓았다는 점이다, 그럼에도 불구하고, 불과 며칠 뒤 절
반은 옛 얼굴들이고, 절반은 새로운 얼굴들인 일행이 다시 나타
나 작은 종을 울렸고, 또다시 그 젊은 버디지가 그들 속에 있었
다, 자리를 권하자, 이번에도 그 혼자 이를 받아들여 그와 마주
앉아 말했다, 요지 아저씨, 이제는 말씀을 진지하게 하셔야 합니
다, 저희도 합스부르크는 원하지 않습니다, 저희는 당신을 원합
니다, 하지만 그러려면 당신도 적응해주셔야 합니다, 요지 아저
씨가 물었다, 커피를 마시겠소?, 젊은 버디지는 그가 장작 난로
쪽으로 갈 수 있도록 자리에서 일어났는데, 젊은 버디지가 새로
온 사람이었기에 일부러 그에게 설명하듯이, 나는 장작 난로를
사용하오, 전기가 너무 비싸져서 가진 돈의 거의 전부가 거기로
나가기는 하지만, 불을 때는 것은 그만두었기에, 저것은 전기로
작동되는 것이오, 하루 치 요리와 컴퓨터 사용에 필요한 만큼만
이용하오, 먹는 건 필수니까, 그리고 뉴스와 그 배경 설명, 이메
일, 연구를 위해 컴퓨터도 필요하고, 그리고 보니 아르카눔*이
다음 주에는 무료라고 하오, 뭐, 아무튼 그냥 생각나서 말이오,

* 과거의 신문, 잡지 등 정기 간행물과 정부 기관지 등을 검색할 수 있는 동유럽
최대의 유료 포털이다.

자, 그렇지, 전기, 그 이야기를 하다 말았소, 글쎄, 이거 없이는 나도 더는 살 수가 없소, 비록 내가 올해 1월 6일에 아흔한 살이 되었지만 말이오, 어쨌든 그래서 장작 난로인 거요, 나무로 때지는 않지만, 그렇게 말하며 그는 커피를 올렸고, 젊은 버디지 쪽으로 몸을 돌려, 당신도 마시겠소, 하고 물었으며, 고맙지만 괜찮습니다, 버디지가 거절하자, 그는 다시 장작 난로 쪽으로 돌아서서 모카포트에 물을 채우고, 어깨를 으쓱했다, 이는 안 마신다면 어쩔 수 없지, 나는 물어봤을 뿐이야, 라는 뜻이었고, 그는 이 사람이 분명히 마음에 들지 않았지만, 다른 사람들 때문에, 그에게 무례하게 굴고 싶지는 않아서 하려던 말들을 삼켰으며, 커피가 다 내려지기를 기다렸다가 네 개의 잔에 나누어 따르고, 그중 하나를 집어 들고는 제자리에 앉으며 말을 이었다, 자기는 솔노크**에서 10만 명을 구해냈다고 했는데, 그때 공군에 배속되어 신호병으로 근무하고 있었고, 매우 기지가 필요한 과업이었지만 성공적으로 수행했기 때문이라고 했다, 지금은 도시 주변에서 하늘을 향해 탐조등을 쏘고 있으니 그것들을 농가 쪽으로 옮겨 거기에 설치하자고 내가 참모총장에게 제안하여, 실제로 그

**　　헝가리 중부에 위치한 도시로 2차 세계대전 말기 전략적 교통·군사 요충지이며, 1944~1945년 동부전선에서 격전과 공습을 겪었다.

것이 받아들여졌소이다, 러시아군은 그 방향으로 폭격했고, 그렇게 도시는 살아남아서, 그 공로로 이후 불의 십자라는 훈장*을 받았소, 부다페스트에서도 마찬가지였는데, 어느 날 소환되어 갔을 때 비밀 장교 양성소가 있는 곳이 폭격되리라는 통보를 받았기에, 나는 강의실로 뛰어 들어가 즉시 방공호로 내려가라고 알렸소, 강연자는 강의를 멈추지 않고 모두가 그대로 남아 있었기에, 나는 말 그대로 강연자를, 다행히 키가 작고 마른 사람이어서 가능했는데, 대장 계급의 그 장군을 그대로 들어 올려 방공호로 데려갔소, 그러자 400명 전원이 나를 따라 내려갔으며, 그렇게 해서 그들을 구해냈소, 나는 영웅이며, 훈장이 너무 많아, 어떤 것이 어떤 것이고, 언제, 왜 받은 것인지조차 알 수 없소이다, 밖에서 봐서 알겠지만, 집에는 위층이 하나 더 있는데, 가족들과는 오래전부터 사이가 나빠서, 그들은 이 집을 빼앗으려 하고 내가 죽기만을 기다리고 있소, 위로 올라가는 복도 계단에는 쇠창살까지 설치해 위층으로 올라가지 못하게 해두었소, 거기에는 박물관을 꾸밀 생각이었소, 여기에는 수많은 문서와 사진, 이런 보물 저런 보물이 있다오, 성 머르기트**의 머리 장식도 보고 싶소?, 젊은 버디지에게 물었고, 그는 요지 아저씨가 말한 문

서들에 대한 생각에 골똘히 잠긴 채, 나중에 기회가 되면 기꺼이 보겠다고 하자, 그는 입을 삐죽이며 주위를 둘러보았고, 팔을 벌려 보이며 이게 대체 뭐냐, 이건 또 누구냐는 표정을 지었고, 그래서 그들은 다음번에는 젊은 버디지를 더 이상 데려오지 않았다, 대체로 예전의 그 무리가 왔는데, 늘 오던 교수는 물론 있었고, 그다음으로 퇴역 원사 사보스드-우바시 다니엘, 그리고 비테즈 우헬 루돌프, 또 서보 얼폰즈, 치리치안과 시그러이도 있었다, 그는 이 사람들 위에서는 뭔가를 세울 수 있겠다고 느꼈으며, 그것을 입 밖에 내자 그들은 어색하게 손사래를 쳤고, 그러고는 먼저 옛 교황이 찰스 1세***를 복자품에 올린 일에 동의하느냐고 그에게 물었는데, 합스부르크 가문의 역사에서 반쯤 모자라고 오만하거나 아예 피 묻은 폭군들 사이에 가끔씩 얼간이 하나가 끼어 들어온 경우가 드물게 있는데, 바로 그게 이 찰스라는 것 말고 무슨 다른 말을 할 수 있겠느냐면서, 그는 아주 큰 얼간이였다고 했으며, 그 소위 귀환 시도라는 걸 하면서 소프

**　벨러 4세의 딸이며, 도미니코회 수녀로서 1276년에 시복되고 1943년에 시성되었다. 현재 부다페스트의 머르기트 섬은 그녀의 이름에서 유래한다.

***　원문에는 카로이 4세로 되어 있는데, 이는 오스트리아-헝가리 제국의 마지막 황제인 카를 1세를 의미한다. 참고로 체코어로는 카렐 3세, 영어로는 일반적으로 (오스트리아의) 찰스 1세로 표기한다.

론*에서 대체 무슨 짓을 했느냐?!, 외치고는, 무슨 찰스 1세냐고!!, 기껏해야 찰리 정도라고 했고, 그래서 기껏 인정할 수 있는 건, 합스부르크 가문의 역사가 최소한 제대로 된 교황 하나가 그들의 일에 엮이면서 마무리된다는 점뿐이라며, 만약 정말 그 역사가 끝난다면, 하고는 검지를 들어 올리며 말했는데, 그에게, 그 찰스에게 복자 지위를 따내준 건 그들 스스로였고, 그만큼의 권력은 아직 남아 있었던 셈이지만, 더는 남지 않기를 바란다고 했으며, 그렇지 않느냐?, 묻고는, 데네슈퍼**에서, 소프론에서, 부더외르시***에서 그가 무슨 짓을 했느냐?!, 다시 따졌고, 그런 인간은 왕이 되어서는 안 되며, 전기공으로도 채용하지 않겠다고 했다, 아, 그런데 말이야, 하고는 너지 러요시 씨에게, 당신은 혹시 그 너지 러요시****와 무슨 관계가 있나?, 물었는데, 아니-요, 그럴 리가요, 하고 지목된 이는 변명하듯 말했다, 아주 멀고,

---

* 헝가리-오스트리아의 국경도시이며, 1차 세계대전 이후 주민 투표로 헝가리에 속하게 된 도시이다. 본문의 사건은 1921년 오스트리아-헝가리 제국의 마지막 황제 찰스 1세(카로이 4세, 카를 1세)가 스위스에 망명한 상태에서 헝가리로 왕위 복귀를 시도한 것을 가리키며, 이는 소프론을 포함한 서헝가리 혼란과 맞물려 실패로 끝났다.

** 헝가리-오스트리아 국경 지역의 헝가리 마을이며, 1921년 3월에 찰스 1세가 암암리에 입국하여 왕정 복귀를 위해 호르티와 협상을 시도한 장소이다.

*** 부다페스트의 위성도시로서, 1921년 10월에 찰스 1세가 왕정 복귀를 위해 무장한 왕당파 부대를 이끌고 진입하여 헝가리 정부군과 교전을 벌인 곳이다.

정말 아주 멀며, 아마도 기껏해야 이름만 같을 뿐이라고, 오히려 그게 다행이오, 그는 그 일은 거기서 접고는, 함께 와인 한 잔씩 하자고 제안했고, 현관을 가로질러 작은 식품 저장실로 뛰어가 와인을 무릎에 얹어 기울이더니, 서 있는 사람들에게 10리터짜리 대형 유리병에서 곧바로 따라주었다, 이건 가끔 예뇌*****에게서 받아두는 건데, 손님이 있을 때 대접할 게 없을까 봐서 그런 거라오, 대단한 와인은 아니지만 마실 만하지 않소?, 그가 묻자, 맞아요, 아주 맛있군요, 이가 시린 신맛에 얼굴을 찡그린 채 방문객들이 말했고, 산미가 있네요, 너지 러요시도 인정하듯 고개를 끄덕이며 덧붙였는데, 이로써 요지 아저씨가 생각한 그 너지 러요시와는 거리를 두고 싶었으나, 실제로 요지 아저씨가 언주 왕가의 위대한 왕을 떠올리고 있다는 사실은 짐작도 하지 못한 채였다, 뭐, 다 좋은 게 좋은 거지, 천천히 말이야, 그는 중얼거리며 와인을 들이켰고, 잔을 식탁 위에 내려놓았는데, 잠시 침묵이 흘렀다, 아마도 취기가 올랐기 때문이었을 텐데, 어쨌든 무슨 이유에서인지 갑자기, 한순간에 잠이 그를 덮쳤으며, 눈이 감

**** 너지 러요시는 헝가리 남자 이름으로 흔한 성과 이름의 조합이다. 요지 아저씨가 언급한 너지 러요시는 헝가리 왕 러요시 1세(1326~1382)를 의미한다. 그는 아르파드 왕가 이후 언주 왕가의 헝가리 국왕으로, 14세기 헝가리의 전성기를 이끈 군주이며 폴란드 왕위를 겸한 동유럽 강대국의 통치자였다.
***** 일반적인 헝가리 남성의 이름이다.

기고 고개가 앞으로 툭 내려졌다, 무리는 말소리를 죽이고, 잔을 든 채 아르파드 왕가의 왕위 계승자를 바라보면서, 이만한 시간이 흐른 지금도 그들이 여기에 그와 함께 있을 수 있고 이렇게 가까이에서 그를 볼 수 있다는 사실에 감정이 북받쳐 있었으며, 그제야 비로소 그의 두개골 위, 오른쪽 눈 위쪽으로 한 뼘쯤 올라간 곳, 정수리 쪽에 자리한 크고 약간 붉어진 머리의 상처를 좀 더 자세히 바라볼 수 있었다, 길이가 대략 6, 7센티미터쯤 되었지만, 그들이 흥미롭게 여긴 것은 그 길이가 아니라, 무엇이 그를 때렸든 간에 그 힘이 얼마나 컸는지가 짐작된다는 점이었다, 그것은 6, 7센티미터에 걸쳐 양쪽에서 뼈가 그대로 눌려 들어가 있었고, 좁지만 깊은 도랑처럼, 두개골 위에 파인 협곡처럼 보였으며, 그것을 가릴 만한 것은 아무것도 없었다, 두개골에는 여전히 머리칼이 넉넉히 남아 있었고, 그것도 윤기 나고 풍성한 눈부신 백발이었지만, 머리의 중앙 가르마를 기준으로 양옆은 이미 벗어져 있어서 그 도랑 같은 상처가 오히려 더 또렷이 드러나 보였다, 대체 무엇이 이런 상처를 만들었을까, 방문객들은 서로를 바라보았으나 누구도 묻지 못했고, 이전에도 그랬듯이, 언젠가는 저절로 화제에 오르겠지 하며 기다렸으나, 그렇게 되지는 않았다, 요지 아저씨는 단 한 번도, 단 한 차례도 이것이 무엇인지, 왜 그런지 언급한 적이 없었고, 마치 거기에 상처가 없는 것처럼 행동했으며, 그래서 결국 그들도 익숙해졌고, 무뎌졌고, 마치 거기에 아무것도 없는 것처럼 여겼다, 사실상 보지도 않게 되었고, 그것과 함께 요지 아저씨의 고운 얼굴을 그대로 받아들였는데, 좁은 입 위에 가지런히 다듬어진, 눈부시게 하얀 콧수염과 생기 있는 푸른 눈을 가진 얼굴이었다, 어느 날 산을 내려가며 치세르가 한마디 하기를, 정말로 아흔이 넘었다면, 천상의 하느님께서 내가 일흔이 되었을 때 저분의 지금 모습처럼 보이게 해주시기를 바란다고 했다, 야, 친구야, 하고 원사가 웃으며 그에게, 너는 지금도 그렇게 멋져 보이지는 않아, 라고 한 말에 웃음이 터져 나왔다, 그들은 기분 좋게 아래, 초원으로 내려왔으나, 그때 그들은 젊은 버디지가 모는 차가 굉음을 내며 그들 곁을 쏜살같이 스쳐 지나가, 그들과 마주 보며 산 위로 치고 올라가서, 요지 아저씨 집 앞에서 바퀴가 반 미터쯤 앞으로 미끄러질 만큼의 급제동 끝에 멈춰 섰던 것을 전혀 알지 못했다, 보세요, 요지 아저씨, 그는 안으로 들어서자마자 곧바로 말을 꺼냈다, 부엌 식탁 옆의 스툴 하나를 차지해 앉더니, 서류가방을 열고 안에서 서류들을 꺼내놓으며 말하기를, 보세요, 저는 사람 보는 눈이 꽤 좋습니다, 저는 쉽게 속는 사람이 아니에요, 당신은 카다 요제프일 뿐이고, 그 이상도 이하도 아닙니다, 당신에 대해 조사해보았고, 이 모든 이야기는 동화입니다, 이건 우리 둘 다 분명히 알고 있는 사실이죠, 당신은 여기서 온갖 말을 마구 늘어놓고 있습니다, 제발 웃기지 마세요, 우리 중 누군가, 왕당파 가운데 누군가가 이걸 꿰뚫어 보지 못할 거라고 생각했습니까, 당신은 우리에게 아이들의 동화를 들려주고 있을 뿐, 당신은 하늘 아래 그 어떤 것, 그 무엇과도 아르파드 왕가와 연관이 없고, 호르티와도, 지미 카터와도, 심지어 셀레츠키 지타와도 아무 관계가 없습니다, 하지만 우리는 당신이 필요합니다, 이해하시겠습니까, 요지 아저씨, 우리에게는 아르파드 왕가가 끊어지지 않았다는 이 좋은 서사가 필요합니다, 우리는 왕이 필요하고, 당신은 바로 그 자리에 딱 맞습니다, 하지만 여기에서 더는 집주인이 참을 수가 없어, 부엌 식탁 옆에서 벌떡 일어나 얼굴이 벌겋게 달아오른 채, 그 침입자에게 소리쳤다, 지타는 건드리지 마, 알겠소?!, 당신은 지타와 아무런 관계도 없다고요, 이해하시겠어요?!, 만약 내가 왕위 계승자가 아니었다면, 지금 당장 결투를 신청해서 갈기갈기 찢어버렸을 것이오, 그리고 지금은 아르파드 왕가의 요제프 1세로서 이 자리에서 명하니 당장 내 집을 떠나시오, 만약 다시 한번 발을 들여놓기만 하면 영국 여왕이 성 조지 기사단을 통해 보내 나에게 전달한 그 검으로 당신의 손주들까지도 두고 두고 회자되게끔 호되게 응징하겠소, 이에 젊은 버디지는 마지 못해 입꼬리를 씰룩거리며 천천히 일어나 서류들을 챙기더니,

그것으로 무언가를 증명하려는 듯 다시 서류 가방에 넣고는, 그를 쳐다보지도 않은 채 느긋하게 집을 나갔다, 대문에서 돌아서서, 이걸로 끝이 아니에요, 다른 사람들과 함께 무엇을 해야 하는지 서면으로 보내겠어요, 응하지 않으면 폭로하겠어요, 라고 했고, 그는 문턱에서 발을 동동 구르며, 네 어미나 폭로해라, 라며 고함을 질렀다, 문을 세게 닫아버려 문이 제대로 닫히지도 않았고, 잠금쇠가 그 강한 충격에 제자리에 걸리지도 않았으나, 그는 그런 것에는 신경 쓰지 않고 흥분한 채 부엌에서 식탁 주위를 오가며 어느 정도 가라앉을 때까지 몸을 움직였다, 그래도 분이 풀리지 않아 선반에서 머그잔을 집어 들어 바닥에 내던지기도 하고, 쓰레기통을 세게 걷어차기도 했는데, 그만큼 이 악당이 그의 속을 뒤집어놓았기 때문이었다, 그는 그때부터 젊은 버디지를 악당이라고 불렀으며 완전히 흥분에 빠져 있었다, 이후 방문객들이 다시 인사를 하러 왔을 때, 그는 먼저 젊은 버디지와 무슨 일이 있었는지는 말하지도 않고, 지금 당장 자신에게 충성을 맹세한다면 머물러도 되고 계속 찾아와도 되지만, 그렇지 않다면 다시는 그들을 보고 싶지 않다고, 여기서 추방한 그 악당 젊은 버디지와는 말도 섞고 싶지 않으며, 만약 그들에게 그 젊은 버디지라는 인간이 그렇게 중요하다면, 그들 역시 다시는 이곳에 발을 들여놓지 말라고, 그럼 차라리 서로 잊어버리자고 했다,

일은 다른 방식으로 해결하겠다고 덧붙였다, 결국 내가 먼저 당신들을 찾은 게 아니오, 두 손을 펼쳐 보이며, 당신들이 나를 찾아온 것이잖소, 하지만, 하지만, 하지만, 방문객들은 숨을 몰아쉬며, 저희는 도무지 상황을 이해하지 못하겠습니다, 무슨 일이 있었습니까, 그제야 그는 간단히 이야기했는데, 그 악당이 그의 정체를 의심하며 용납할 수 없는 말투로 말을 걸어왔다는 것이었고, 언제?, 어디서?, 어떻게?, 라는 질문이 빗발쳤다, 그 빌어먹을 젊은 버디지라며, 말단 경찰인 소르시-비로 졸탄이 주먹으로 손바닥을 치며 외쳤다, 늘 잘난 체하고 다녔지만 이제 더이상은 그러지 못할 거야, 내가 박살을 내주지, 어차피 큰 코, 그래도 남지 않겠어, 니기미 씨발, 전기 기술자도 분노를 터뜨리더니 비슷한 전투적인 표정을 지었다, 감히 요지 아저씨를, 이라며 모두가 고함을 질렀으며, 치세르가 몸소 보여주는 바에 따라 모든 방문객이 한쪽 무릎을 꿇고, 아르파드 왕가의 카다 요지 아저씨를 왕위 계승자로서 충성스럽게 섬기고 목숨을 걸고라도 보호하겠다고 맹세했다, 그러자 왕은 흥분한 무리를 달래듯 자신도 달래며, 자, 됐어, 좋아, 괜찮아, 이제 이 정도면 충분하오, 그대들이 모두 진정으로 충성스러운 신하들이라는 것을 확인했으니, 그 악당과 있었던 일은 이제 잊고, 앞으로 나아갑시다, 커피는?, 그는 장작 난로 쪽으로 가서 전기 레인지를 켜고, 서르버시 모카포트에 물을 채우고, 커피 가루를 넣어 꾹꾹 눌렀다, 손이 아직 심하게 떨려 조금 흘리기도 했으나 개의치 않고, 빠르게 달 궈진 화구 위에 주전자를 올려놓고, 식탁에 앉아 한동안 진지하 게 앞을 바라보았다, 침묵이 흘렀다, 일어나시오, 아직도 반쯤 무릎을 꿇고 있던 무리에게 말한 뒤, 부엌을 나가 문을 활짝 열 고 돌아와서는, 이번에는 창문들을 열어 맞바람이 들게 했다, 여 전히 분노한 채로 설명했는데, 아르파드 가문의 카다 요제프라 면 마땅히 이래야 한다는 듯이, 여기에는 맞바람이 필요하다며, 저 인간이 남기고 간 그 공기를 나는 들이마시지 않겠소, 그사이 모카포트가 끓기 시작하자 그는 그것을 불판에서 내리고 장작 난로 위에 둔 전열기를 끄고, 다시 커피?, 몇 명의 손이 올라갔으 며, 그들은 말없이 커피를 마셨고, 이번에도 퇴역 원사 사보스 드-우바시가 손가락을 들며 말하길, 요지 아저씨, 저희끼리는 이미 모든 것이 다 이야기가 되었습니다, 아시겠지만 저희 사이 에서는 이미 강연이라고 칭하고 있으니, 그 표현을 사용하겠습 니다, 그러니까 다음 강연 때까지 집 안이나 집 주변에서 또 뭔 가를 하게 해주십시오, 그는 시큰둥하게 손을 내저으며 아무것 도 떠오르지 않는다고 하자, 치세르가 말을 꺼내, 왜 가족과의 관계가 그렇게 나쁜지 말해달라고 했다, 그게, 그러니까, 추한 이야기인데 정말 듣고 싶은 거요?, 예, 정말 그렇습니다, 그는 아주 짧게 상황을 정리했는데, 그것은 혈족이 아니라 사위 때문이며, 바로 그 사위가 딸과 손주들까지 부추겼다는 것이었다, 그 손주들이란 것도 말만 손주지, 온전한 자기편도 아니며, 자, 어쨌든 그 사위는 나를 늙은이라고 부르고, 늙은이에게 이 정도면 충분하다고, 작은 부엌과 작은 식료품 저장실, 그리고 방 하나와 욕실 딸린 작은 침실이면 충분하다며, 위층으로 올라가는 복도 계단을 쇠창살로 막아버렸소, 그래서 가족과 나라와 가톨릭 신앙을 위해 나 자신의 기억들로 박물관을 꾸미려는 그 위층에 나를 올라가지 못하게 했소이다, 그곳에 얼마나 많은 것이 있는지 상상도 못 할 것이오, 수천, 아니 수만 개의 문서와 편지와 유물이 있으며, 서명을 수집한 거대한 책자도 있는데, 교황에서부터 영국 왕위 계승자까지, 공작과 백작과 온갖 사람들, 브래드 피트하며 안젤리나 졸리하며 영화배우들까지 망라한 서명도 있다고, 이것은 자산이며 국가적 자산이오, 지금도 나는 많은 이와 좋은 친구 사이로 지내고 있소, 예를 들면 마하라자*와 아랍 석유 재벌도 있고 룩셈부르크 공작 가문과도 친분이 있으며, 특히 로이스가(家)의 하인리히 23세 왕자와는 독일어로 완벽하게 소통할 만큼 가깝소이다, 그들도 방법은 다르지만 나와 같은 것을

*　인도, 동남아시아 등지에서 통치자를 의미한다.

원하오, 나는 그들과 같은 수단을 가질 수 없소, 지금은 바로 당신들만이 나에게 있으나 그것으로 충분하오, 나는 정치를 하지 않지만 그들은 하며, 나 자신은 평화로운 길로 나라와 조상들을 위해 진정한 헝가리의 미래를 향해 봉사를 바칠 뿐이라오, 필요하면 하고, 아니면 하지 않는 것이니, 이는 나 자신에게 달린 일은 아니오, 일이 안 되면 여기서 시간이 흘러가기를 기다릴 뿐, 방문자들이 서로 말을 가로챘다, 그 시간은 왕좌에 앉을 때가 아니면 끝나지 않을 것입니다, 요지 아저씨, 우리는 바로 그것을 위해 있으며 끝까지 버틸 것이니, 저희를 믿어도 됩니다, 저희는 결심한 일을 어떤 대가를 치르더라도 실행할 것이니, 힘이 없다거나 의욕이 없다거나 죽음이 이렇고 저렇다는 말씀은 하지 말아주십시오, 그때까지는 아직 우리에게 시간이 있다는 시구를 민족 시인 버시 얼베르트**가 썼습니다, 그것은 마치 요지 아저씨에게 직접 한 말 같다고 시그러이가 말했기에, 교수와 음유시인이 순간적으로 그를 나무라듯 바라봤지만, 요지 아저씨가 그것을 무척 좋아하고 마음에 들어 하는 것을 보고는 아무 말도 하지 않았다, 그들은 요지 아저씨가 대형 유리병을 이미 꺼냈기에

**　트란실바니아 출신의 헝가리 작가(1908~1998). 2차 세계대전 이후의 망명 경험 속에서 트란실바니아의 자연과 고향, 상실의 정서를 헝가리인의 관점에서 작품화했다. 그에 대한 평가는 논쟁적이지만 영향력 있는 인물로 요약된다.

가져오게끔 그냥 두었는데, 다른 일행은 운전을 해야 하고 할 일이 많다며 사양했기에, 결국 와인을 마실 사람은 그와 러치만이 남았다, 그는 이미, 지난번에 그의 이름을 듣고 노래를 시작했던 그때, 그렇게 아름답게 반주해주었던 그 유랑 음악가를 러치라고 부르고 있었다, 둘은 잔을 부딪치고, 와인을 들이켰다, 음유 시인의 얼굴 근육은 미동도 없었으며, 기강이 선 젊은이여서, 그는 그것이 마음에 들었다, 점점 더 이 청년이 마음에 들어, 마음속으로만이지만 결심까지 하게 되었는데, 그것은 만약 자신이 왕좌에 오르게 된다면 전통적인 민족 문화유산의 보존과 관리를 청년에게 맡기겠다는 것이었다, 청년의 마음속에는 조국에 필요한 행동력이 갖추어져 있다고 느꼈으며, 목소리도 충분히 좋고, 이것저것 연주할 줄도 알고 있으니, 자신은 그저 그 왕좌에 어떻게든 앉아만 있으면 될 것이라 여겨졌는데, 과연 그 왕좌를 찾기만 한다면 말이지, 그는 의미심장하게 검지를 치켜세웠다, 한번은 부다에서 부다 성(城) 재건 공사가 어떻게 진행되고 있는지 보러 갔을 때 보안 요원 한 명을 만난 적이 있었고, 그에게 왕좌가 어디 있느냐고 물었다, 아, 하고 손을 내저으며, 누구도 짐작도 못 해요, 아마 페스트의 어떤 공동주택에서 관리인이 자기 엉덩이 밑에 무엇이 있는지 짐작도 못 한 채 그 위에 앉아 있을지도 모를 일이지요, 자, 그래서 오늘은 여기까지요, 선생님들, 하고 그는 대화를 마무리했으며, 이제는 쉬어야 하니 혼자 있고 싶다는 뜻을 몸짓으로 분명히 했다, 그렇다, 문제는 바로 이것, 바로 이 끊임없는 피로였는데, 지금까지 아흔한 해를 살아왔으니 뭔가 잘못된 상태라고는 할 수 없었으나, 예컨대 어떤 것이든 후다닥 해치우는 것에는 익숙하지 않기에, 대형 유리병을 들고 왔다 갔다 하는 것만 해도, 그들이 보았듯이, 곧바로 앉아야 했다, 벌써 땀이 줄줄 흘렀으나, 약해진 다리는 그래도 어떻게든 버텨주고 있었으며, 정신도 완전히 멀쩡했지만, 이 피로감이란, 고개를 저으며, 이것이 그의 삶을 어렵게 만들고 있는데, 혼자 남았을 때 그는 이 문제를 어떻게 해결할 수 있을지 곰곰이 생각했으나, 아무 생각도 떠오르지 않았다, 지금 이제 겨우 한 시간 반을 함께 있었을 뿐인데 이미 녹초가 되어버렸기에, 눕기로 작정했으며, 몸을 쭉 펴자 너무도 좋았고, 삶이 다시 몸속으로 돌아왔으나, 이렇게 누워 있을 때만 좋을 뿐, 그렇다면 이제 남은 시간을 그냥 누워서 보내면 어떨까, 그는 갑자기 유쾌하게 생각하며, 이렇게까지 힘들다면 괜히 서서 버틸 필요가 없지 않은가, 이불을 끌어당기고 그대로 옷을 입은 채 침대에 편안히 자리를 잡고는, 처음으로 그들이 찾아와 자신이 누구인지 알고 있다고 알렸던 그때 이후 무슨 일이 있었는지를 다시 떠올리기 시작했다, 그들이 어떻게 알게 되었는지는 아직까지도 밝혀지지 않았지만, 언젠가는 분명히 밝혀질 것이고, 어쨌든 이것은 완전히 다른 상황이었다, 그 전까지는 그저 시간이 흘러가며 가치 있다고 여긴 것들을 모으고, 부다페스트와 솔노크와 세게드와 서버드펄버*와 테메슈바르** 등지에 아는 사람들을 가끔 찾아가고, 빨래를 하고, 청소를 하고, 씻고, 이를 닦고, 물론 이런 것들은 대충 했지만, 요리는 매일 했고, 식욕도 좋았으며, 위장도 좋고, 소화도 거뜬했고, 변기에 남기는 배설물조차 젊은 사람도 부러워할 만큼 형태가 좋았으니 무엇을 불평하겠는가, 아무 불평 없이 그는 삶에 만족했다, 오르내림, 나쁜 것과 좋은 것이 섞여 있었으나, 하느님 아버지께서 지금까지 자신을 건강하게 지켜주신 것에 감사할 뿐, 몇 해에 한 번씩 찾아오는 참을 수 없는 두통만은 예외인데, 그것에 걸리면 집에서 약으로도 해결할 수 없어 입원을 해야 했다, 에게르***에 있는 병원에 가서 자신의 거주지와 그 주변에 대해서 말해야 할 때면, 항상 그렇듯, 병원 사람들을 향해 어색한 미소를 짓곤 했는데, 거기서는 두어 주, 길

* 헝가리 왕국 시기 바나트 지역에 속했던 마을로, 현재는 루마니아 티미쇼아라의 프라이도르프구(區)이다.
** 현재 루마니아 서부의 도시로서 역사적으로는 헝가리 왕국의 바나트 지역 중심 도시였다. 중세 이후 군사·행정·상업의 요충지였으며, 18~19세기에는 다민족·다언어 도시로 발전했다. 1차 세계대전 이후 트리아농 조약에 따라 루마니아로 편입되었으며, 루마니아어 지명은 티미쇼아라이다.

면 세 주쯤 이것저것 요란하게 그를 돌리며 이런 검사, 저런 엑스레이를 찍어대다가, 집으로 돌려보내며 한동안은 얌전히 쉬라고 했다, 머리에 박힌 파편은 제거할 생각이 아예 없었고, 아예 허락하지 않았기에, 1944년 이후로 아무도 거기에 손대려 하지 않았다, 그것은 그 누구도 건드려서는 안 된다는 확신을 가지고 있어서 지금까지 건드리지 않았으니, 이제 와서 손을 댄다 해도 무슨 소용이랴, 다만 최근에 과학이 발전해 머리를 절개하지 않고도 제거할 수 있는 방법이 있을지도 모른다는 말이 나왔고, 병원에서 젊은 의사가 이 말을 꺼냈을 때, 그럴 수도 있겠지, 했지만, 곧바로 단호하게 아니라고, 절대로 안 된다고 못 박았기에, 의사는 설득을 단념했다, 그리고 그는 집으로 돌아올 수 있었고, 파편 조각은 하느님 아버지께서 멈추게 하시기에 합당하다고 여긴 바로 그 자리에 그대로 남겨질 수 있었는데, 그것이야말로, 그의 뇌 속에서 유일하게 가능한 자리이기에 그에게 해를 끼칠 수 없는 곳, 단 1밀리미터도 이쪽도 저쪽도 아닌 바로 그 지점에 그분이 고정해두신 것이라고 확신했기 때문이다, 그렇게 해서 그는 1944년 12월 21일부터 파편과 함께 살아왔고, 파

*** 헝가리 북부의 역사적 도시로, 1552년 에게르 성 전투와 가톨릭 대주교좌로 잘 알려져 있다. 요지 아저씨는 현재 헝가리와 슬로바키아 국경 지역에 거주하는 것으로 묘사되며, 헝가리 병원에서 치료받는 상황을 그리고 있다.

편과 조용히, 평화롭게 공존해왔다, 이제는 앞으로도 계속 이렇게 될 것이라고, 그런 생각으로 그날 잠에 들었고, 다음 날도 그전과 다를 바 없이 모든 것이 흘러갔으며, 1주일이 지나고, 2주일이 지나는 사이, 정원에서는 첫 번째 관목들이 잎을 틔우기 시작했다, 풀 사이사이에서 성질 급한 사과나무와 자두나무들이 싹을 올렸으며, 아래쪽에는 서어나무와 참나무와 갈대밭이 있었고, 테라스에서 계곡을 내려다보면 그것들이 보였다, 그는 며칠째 그렇게 지내고 있었고, 한동안 아무도 찾아오지 않았기에, 자신이 보고 있는 것에 넋을 잃고 한 시간씩 작은 벤치에 앉아 있기도 했고, 잠깐만 테라스로 나올 생각이었지만, 오래 그곳에 머물게 되었다, 모든 것이 초록으로 덮여가는 모습이 너무도 경이로워서, 특히 봄마다 그 신선하고 그 무엇과도 비교할 수 없는 색, 초록을 사랑했으며, 담요로 받쳐 허리를 따뜻하게 한 작은 벤치에 앉아 아래의 숨 막히는 풍경을 바라보았다, 때로는 소 떼가 계곡 가장 깊은 곳으로 들어가기도 했고, 때로는 새끼 양들을 거느린 한 무리 양 떼가 지나가기도 했으며, 그럴 때마다 정말 모든 것이 낙원과도 같았다, 그는 그 광경에서 벗어날 수 없었고, 시간이라는 감각도 그에게서 사라졌다, 원래부터 시간에는 별로 신경을 쓰지 않던 터라, 어느 하루가 다른 하루와 다를 바 없었고, 이런 식이라면 충분히 그럭저럭 지낼 수 있을 터였다,

아침에는 약간의 기름 바른 빵과 커피, 점심에는 달걀국 조금에다 굴라시나 감자국수, 물론 후추를 좋아했으니 그것을 뿌려서, 저녁에는 한 컵의 우유를 마셨는데, 그 우유는 매일 오후, 거리 초입에 사는 미친 토니가 가져다주었다, 그 집에는 아직 젖을 짜는 소 두 마리가 있었기 때문인데, 그 미친 아이는 미친 만큼이나 눈치가 빨라서, 나중에 드러난바, 얼마나 많은 사람이 그를 찾아오는지도 살펴보고 있었고, 다음번에 그들이 왔을 때에는 그 미친 얼굴로 자신도 집 안으로 비집고 들어오려 했으나, 물론 들이지는 않았다, 미친 아이가 머물 자리는 밖인데, 바깥 공간은 요지 아저씨의 개, 쵬레도 마찬가지였다, 쵬레 역시 제자리가 있었지만, 너무 늙어서 수년 동안 아무도 짖는 소리를 듣지 못했으며, 숲에서 마른 나무를 조금 훔치러 마을 사람이 길을 따라 올라와도 고개조차 들지 않았고, 다만 저녁에 남은 음식을 양철 그릇에 담아주고 물을 갈아줄 때면, 고개만 드는 것이 아니라 슬픈 눈으로 그를 바라보며, 주인님, 앞으로 몇 번의 저녁이 더 남았나요?, 라고 마치 계속해서 묻는 듯하다가 천천히, 아주 천천히 물을 핥아 마셨고, 그 후 음식 쪽을 바라보았지만 거의 입도 대지 않았다, 그는 맞은편 이웃에게도 말해두었는데, 혹시 새끼 강아지에 대한 소식을 듣게 되면 알려달라고, 쵬레는 오래 버티지 못할 테니까, 그리고 정말 그렇게 되었다, 방문객들이 다시 돌아오기도 전에, 어느 날 저녁, 쥠레는 더 이상 고개를 들지 않았다, 그는 그 순간, 즉시 끝이라는 걸 알았으며, 아, 가엾은 영혼이구나, 한숨을 쉬며, 정원 끝에 서 있는 큰 참나무 아래에 묻어주었다, 그렇게 해서, 쥠레는 한동안 공백이 있은 뒤 다시 찾아온 방문객들을 이제 눈으로조차 맞이할 수 없게 되었으니, 그들이 경비 공간에서 그 작은 종을 당겼을 때에도, 울타리 바깥의 외부 세계에서 들려오던 유일한 소리인 그 작은 종 소리는 쥠레를 언제나 눈 뜨게 만들었는데, 아, 하고 그는 한숨을 쉬었다, 이제 쥠레는 더 이상 그러지 못할 것이다.

3장

쥠레는 가버렸소, 그가 다시 찾아온 그들에게 낮은 목소리로 말하자 잠시 정적이 흘렀으며, 사람들이 부엌에 자리를 잡고 나서야 교수가 입을 열었다, 그 역시 낮은 목소리였고, 사실 그 전까지는 그들 가운데 누구도 이 집에 개가 있다는 사실에 거의 주의를 기울이지 않았으면서도, 애도의 말을 전했다, 조의를 표합니다, 요지 아저씨, 저희도 마음이 아픕니다, 개란 모든 헝가리인의 충직한 동반자이고 어떤 개는 인간의 마음속으로 그렇게 깊이 들어와서, 하느님께서 그 영혼을 데려가시면, 인간은 애도하게 되는 법입니다, 잠시 멈추었다가, 저기 있는 저 친구들 말입니다, 뒤쪽에 서 있던 체구가 큰 두 젊은이를 가리켰다, 기름때가 잔뜩 묻은 작업복을 입고 있었고, 그 차림새만 봐도 절대

벗지 않는 옷이며, 아마 그 옷 그대로 잠도 잘 것처럼 보였다, 여기 저들이 있습니다, 자, 소개들 하세요, 장비를 가져왔습니다, 요지 아저씨께서 허락해주신다면요, 무엇을 허락하라는 겁니까?, 곧 보시게 될 겁니다, 교수가 두 작업복 차림의 젊은이들에게 손짓을 했고, 그들은 공손히 고개를 끄덕였지만, 너무 긴장한 나머지 이름조차 제대로 말하지 못했다, 곧 복도 쪽에서 쉿소리와 날카롭게 비명을 지르는 절단기의 소리만 들려왔으며, 그는 이제 막 일어나 그쪽으로 가서 무슨 일을 하는지 보려 했다, 하지만 이미 늦었는데, 그가 도착했을 때는 계단 입구를 막고 있던 쇠창살이, 그것은 사실상 쇠문이었는데, 이미 제거되어 있었고, 교수와 다른 이들은 칭찬을 기대하듯 그를 향해 웃고 있었다, 그는 처음에는 말을 잇지 못한 채 계단 앞 바닥에 놓인 쇠창살만 바라보았다, 곧바로 내다 버릴 겁니다, 교수는 눈을 반짝이며 말하고는, 두 작업자에게 정리하라는 손짓을 했다, 그러자 그들은 더 말할 것도 없이 왕의 눈앞에서 최대한 빨리 사라지려는 듯 그것들을 들고 밖으로 나갔는데, 그들은 부엌에 있는 이 작은 노인이 바로 왕이며, 이를 비밀로 해야 한다고 들었기 때문이었다, 물론 그들은 약속을 하기는 했으나, 무슨 일인지 전혀 이해하지는 못했으며, 돈은 미리 각각 5천 포린트*를 받았다, 교수는 대문 앞에서 그들의 손에 돈을 쥐여주며, 이것에는 영원한 비밀 유지도 포함되어 있다고 덧붙였다, 알겠습니다, 그들은 더듬거리며 대답했다, 우리에게서 새어 나갈 일은 없습니다, 왕을 힐끗 보고는 경첩과 손잡이 쪽에서 쇠창살을 잘라내어 들고나와, 폭스바겐 미니버스에 던져 넣은 후, 거리 아래로 쏜살같이 달아나 최대한 멀리 사라졌다, 그는 복도에 서서 트인 계단 입구를 바라보다가 놀라움에 처음으로 입을 열었다, 자, 이제는 제대로 장애물이 없는 상태가 되었소, 그는 계단을 아래에서 위로 한 칸씩 바라보며, 마치 보물 창고로 가는 길이 열린 것처럼 느끼고는, 이건 훌륭하오, 정말 훌륭하오, 그의 설명이 뒤따랐다, 하지만 이 일로 꽤 큰 소동이 벌어질 거외다, 아이디어를 낸 것도, 이렇게 순식간에 실행한 것도 기쁘지만, 가족들에게는 이 쇠창살을 설치할 법적 문서가 있고, 알다시피 법원의 결정으로 합법적으로 설치된 것이오, 그렇지만 요지 아저씨, 그 점에 대해서는 걱정하실 필요 없습니다, 낮은 목소리로 지금껏 거의 말하지 않던 퍼이르 후고가 말했다, 그 일은 저희가 처리하겠습니다, 몇 가지 정보만으로도 그들은 요지 아저씨의 사위를 불과 하루 만에 찾아냈기에, 실제로 그렇게 처리되었다, 이후 그의 사위는 매우 심하게 얻어맞은 상태로 에게르의 중환자실에 누워 있었기에, 경

*   헝가리 화폐 단위.

찰들이 그가 말을 할 수 있게 된 뒤에, 무슨 일이 있었는지, 무엇을 기억하는지, 가해자 그리고/또는 가해자들을 묘사해달라고 물어도 소용이 없었다, 그가 기억하는 것은 단 하나뿐, 즉 경찰이 그런 질문을 하거든 한마디도 대답해서는 안 된다는 것, 제대로 대답하면 다음번에는 말 그대로 두들겨 맞아 죽게 될 것이라는 거였다, 말하자면 이 점에서, 집의 사정은 계단 입구의 맨 위 단까지 정리된 셈이었는데, 실은 그는 아직 그 위로 올라가려 하지 않았다, 당장은 사태가 어떻게 흘러갈지, 경찰 또는 그의 가족이 나타날지부터 지켜보고 있었기 때문인데, 아무도 오지 않았으며, 그는 한동안 이것을 이상하게 여겼고, 더 이상 그들을 두려워하지 않아도 된다는 사실을 쉽게 믿지 못했지만, 방문객들, 특히 피에르가 이를 여러 차례 확인해주었다, 그러다 보니 결국 익숙해졌고, 그들은 그에게 걱정하지 말라고도 말하곤 했으며, 이제는 그 복도에 쇠창살이 다시는 설치되지 않을 것이고, 위층에서는 이제부터 무엇이든 마음대로 해도 된다고 했으며, 실제로 위층 방들의 문도 열어주었다, 이를 위해 전문가 한 사람만을 불렀는데, 그는 몇 분 만에 위층 자물쇠들을 모두 처리했다, 그래서 남은 것은 추억의 물건들을 위로 옮기라는 명령이었지만, 그는 그 명령을 내리지 않고 여전히 이를 미루기로 생각했다, 가족 구성원들이 이에 대해 뭐라고 할지를 기다렸으나 알 수 없게 되었는데, 이전에는 대략 2주에 한 번쯤은 자물쇠와 쇠창살이 제대로 있는지 보러 집에 들르던 가족들이 더 이상 나타나지 않았기 때문이었다, 사위도 딸도 손주들도 오지 않았는데, 비록 왕위 계승의 칭호는 딸에게 넘어가고 그다음에는 손주들에게 넘어갈 터였지만, 이제 자식이 없는 셈이 되었다, 나의 삶에서 사랑이 참 많았기에, 물론 다른 자식이 있을 수도 있고, 여러 명일 수도 있겠소만, 그는 한번은 신나게 눈을 찡긋하며 털어놓았다, 그렇게 속되게 말하자면, 훌륭한 여자들 중 누군가는 미끼를 물었을지도 모르겠으나, 내가 그것을 모르고 있을 뿐이오, 처음에는 추종자들이 그가 무슨 말을 하는지 이해하지 못했으나, 이내 그가 자식이 없다는 사실이 그의 탓은 아니라는 점을 분명히 했고, 그는 진정한 헝가리 남자에게 기대되는 모든 것, 아니 그 이상을 했다고 말했다, 그는 가장 가까이에 서 있던 음유시인을 향해 눈을 찡긋했는데, 이제 여러 의미에서 제일 가까운 존재가 그였다, 다른 이들도 좋아했지만 이전부터 그를 좋아했는데, 누구보다 이 덩치 큰 청년을 특별히 마음에 담았고, 그들이 방문할 때마다 그에게 노래를 시키고 싶어 했다, 그 이유는 첫째로 그 청년은 항상 기타를 가져왔는데, 그는 기타와 함께 잠을 잔다며, 옆에 두고 자다가 꿈속에서 제가 할 수 있는 가장 아름다운 노래가 떠오르면 바로 연주할 수 있도록 하기 위해서라고 털어놓은 적이 있기 때문이다, 둘째로는 그 자신, 즉 이 러치도 노래를 잘 불렀기 때문인데, 가끔 조금 음 이탈이 있기는 했어도, 중요한 것은 요지 아저씨가 젊었을 때 무척 좋아하던 노래들을 그가 알고 있다는 점이었다, 제가 지금 열거해볼까요?, 대답을 기다리지도 않은 채 묻더니, 하나씩 나열했다,

보름달 뜬 밤에
한 번의 입맞춤 외에는 다른 어떤 것도
아직 끝나지 않았어
사그라드는 담배 꽁초
러시아 어딘가에서[*]

, 오, 아이고, 하느님 맙소사, 그 시절에는 정말 아름다운 선율들이 많았소, 그가 한숨을 쉬며 슬프고 눈물이 고인 눈으로 크러스너호르커이를 올려다보자, 그는 곧바로 그 의미를 알아차리고 등에 메고 있던 케이스를 벗어 기타를 꺼내 들고,

아직 끝나지 않았어

[*]   시대 차이는 있지만 헝가리에서 실제로 유명한 대중가요들이다.

의 첫 음을 튕기기 시작했으나, 요지 아저씨는 그 노랫가락의 기억만으로도 너무 깊이 흔들려 이번에는 노래를 부를 수 없었다, 청년은 혹시 그가 따라 부를까 하여 잠시 더 연주했지만, 곧 조용해졌고, 다른 이들이 손짓하는 것을 보고는 연주를 멈추었다, 그 격한 손짓은, 이제 충분하니 지금은 요지 아저씨가 과거 속을 헤매도록 더 방해하지 않는 것이 낫다는 뜻이었으며, 실로 그는 과거 속을 깊이 헤매고 있었다, 얼굴들, 공원들, 벤치들, 작은 선술집들, 언드라시 거리, 오페레타 극장**, 옛 엘리자베트 다리에서 본 부다 성, 세너 광장, 아아, 기름이 둥둥 뜬 우이하지 스타일의 닭고기 수프*** 한 그릇, 그리고 세게드의 헐라스차르다****, 세체니 광장, 대성당, 티서 강변, 엘리자베트 공원, 레외크 궁전, 운게르머예르 하우스, 그로프 궁전, 그리고 아아, 안나 분수, 시선들, 산책들과 수많은 데이트들, 아름다운 여성들의 잊을 수 없는 눈빛들, 그 웃음소리들, 그는 그 웃음소리를 들었고, 가장 위

** 부다페스트 오페레타 극장이며, 헝가리 국립 오페라하우스가 아니다. 이 두 공연장은 아주 가까이 있지만, 오페라하우스가 고급 귀족문화의 향유 공간이라고 한다면, 오페레타 극장은 도시적이고 대중적인 문화 공간이라고 할 수 있다.

*** 헝가리 전통 닭고기 수프이다. 유명 배우의 이름에서 유래했으며 맑은 육수와 삶은 닭고기, 채소, 면을 곁들인 헝가리의 대표적인 보양식이다.

**** 세게드는 매운탕과 비슷한 헐라슬레로도 유명한데, 그 음식을 하는 식당을 의미한다. 그 외는 모두 세게드의 명소들이다.

대한 성인조차 유혹될 듯한 그 목소리들을 들었다,

당신, 지금 솔직히 말씀하시는 거예요?

, 그리고 그들은 요염하게 돌아서는데, 갑자기 일로너의 묘비 장면이 스치듯 떠올라 모든 것을 씻어내버렸고, 그때 그는, 와인병을 가지러 가겠소, 지금 이 순간에는 반드시 한 잔을 마셔야겠소이다, 여러분도 함께하시기를 바라오, 라고 했으며, 당연히 모두 한마음으로 이에 동참했고, 와인 한 잔 마실 잔은 충분히 있었으니, 그들은 가능한 한 빨리 그 일을 끝내기 위해, 거의 모두 눈을 감은 채 빠르게 단숨에 들이켰다, 반면 나는 1구역*의 명예시민이기도 하오, 그가 갑자기 말했으나, 일행은 이 말에 어떻게 반응해야 할지 몰랐고, 몇몇은 인정하듯 고개를 끄덕이기는 했지만, 어딘가 확신이 없었다, 그가 말을 이어가는데, 또다시 하나의 화제가 튀어 올랐다, 일이 너무 많아 정말로 다른 어떤 것도 할 시간이 없소, 이 문서들을 정리해야 하오, 방문객들을 방으로 초대했는데, 그 방은 문이 늘 열려 있었음에도 불구하고, 그들이

---

* 부다페스트는 한국의 구(區)에 해당하는 12개의 구역으로 나뉘어 있으며, 1구역
은 부다 성을 중심으로 한 주변 지역이다.

지금껏 한 번도 들어가본 적이 없는 곳이었다, 그들을 들여보낸 뒤 선반에 가지런히 늘어선 파일들과 봉투들을 하나하나 가리 켰다, 모든 칸마다 하나의 주제를 모아두오, 여기저기를 가리키 며 설명했다, 이것은 예컨대,

나의 훈장들

, 저쪽은,

나의 연애들

그리고,

나의 대관식

또,

벨러 4세까지 헝가리 고대사

, 그리고 여기 위쪽을 보라 하자, 나란히 놓인

, 가 보였다, 나에게는, 알다시피, 역사는 여기까지이며, 이는 곧 나 자신의 역사라는 뜻이오, 그 이후의 750년은 모험적이었는데, 때로는 생명의 위험도 있었지만, 나에게는 벨러 4세가 마지막 국왕이며, 나의 선대 국왕이라는 의미요, 아, 나는 여러분이 감당하지 못할 만큼 많은 이야기를 할 수 있지만, 이제 됐소, 목소리를 낮추었고, 훈장들도 여기 보관하느냐는 질문을 받자, 짧게 아니라고 답한 뒤, 잠시 침묵 후, 그것들은 숨겨두었다고 덧붙였다, 그들을 다시 부엌으로 내보내기 시작했고, 여기에는 흥미로운 것들이 많지 않소?, 자랑스럽게 물으며 강조하길, 이것들은 모두 내가 내 두 손으로 모으고, 분류하고, 칸에 정리하고, 표식을 붙인 것들이오, 나는 조수가 필요 없소, 실제로 매우 매력적인 여자들이 와서 기꺼이 도와주겠다고 했지만, 두 사람이 무언가를 하면, 그것은 두 사람이 하는 것이지 한 사람이 하는 것이 아니기에 즉시 거절했소, 나는 내 손으로 직접 하는 것을 좋아하는데, 이해할 수 있지 않소?, 그래야 이것은 어디에 두었고 저것은 어디에 두었는지 알 수 있기 때문이오, 누군가가 오면, 누구는 여기에 두고 나는 저기에 두게 될 것이니, 그건 안 되오, 그는 고개를 세차게 저으며, 나는 그런 걸 견딜 수 없소, 그래

서 지금 가장 시급한 과제도 혼자 맡고 있으며, 밤새도록 생각해 본 결과, 무엇보다도 사적인 일들을 먼저 정리해야 한다는 결론이오, 안타깝게도 가족과의 관계가 나쁘며, 이런 상태로는 그냥 둘 수 없다오, 나는 그들에게 화가 나 있고, 그들도 나에게 화가 나 있으나, 우리 같은 가문에서는 이런 일을 허용할 수 없소, 앞서 말했듯, 나는 제대로 된 자식이 없지만, 딸에게는 둘이 있으며, 그중 하나, 아마도 작은 벨루슈커가, 하늘의 아버지께서 나를 부르시고 내가 그분이 이끄는 곳으로 갈 때, 내 뒤를 이어 왕좌를 잇게 될 것이오, 그러니 어떻게든 가족과 화해해야 하며, 그것은 내 책임이오, 여러분이 무엇을 하든 나는 말리지 않겠지만, 나로서는 지금 왕국 문제에 매달릴 시간이 없소, 놀라지 마시오, 내가 원하지 않는다는 뜻은 아니고, 필요하다면 모든 지원을 하겠지만, 과업은 여러분이 처리하시오, 나에게는 본업 외에도 정원과 요리와 세탁과 세면, 세목(洗沐)과 다림질이 있고, 알다시피 나는 아흔한 살이지만, 전능하신 창조주 덕분에 아직 힘은 좋다오, 우선순위를 세워야 하오, 여러분이 여러분의 과업을 해결하고 성으로 오라고 부르면, 나는 가서, 아직 남아 있다면 왕좌에 앉았다가, 다시 돌아와 가족 문제를 정리해야 하오, 다른 사람들은 요지 아저씨의 이런 갑작스러운 분위기 변화가 무엇인지 이해하지 못한 채, 그저 서서 얼어붙은 듯 바라만 보며, 지금 이게 도대체 무슨 일인가 하고 있었는데, 그 젊은 버디지가 이 일 전체를 완전히 망쳐놓은 거야?!, 이런 생각이 그들에게 스쳤고, 그래서 그들은 요지 아저씨에게 아주 조심스럽게 설명하기 시작했다, 집안일이든 무엇이든 모든 것을 도와주겠으며, 부탁하는 것은 즉시 할 것이며, 지금까지 그래왔듯이 앞으로도 그렇게 하겠다고 말하려 했지만, 끝까지 말하기도 전에, 그는 곧바로 그들을 제지하며 필요 없다고 했다, 요지 아저씨, 무슨 뜻이에요?, 그들이 묻자 지금 막 설명했지만 아무 소용이 없다는 듯, 그는 지금까지도 모든 것을 혼자 해왔고, 앞으로도 혼자 할 것이며, 그렇다고 해서 왕좌에 앉지 않겠다는 뜻은 아니고, 부르면 앉을 것이라고, 그 점을 몇 번이고 반복했다, 정원 일을 도와준 것과 호의로 철창을 제거해준 것에는 감사하지만, 가족과의 문제를 해결하기 전까지는, 예를 들어 위층에는 올라가지 않겠다며, 이것은 지난밤에 그가 스스로 정한 것, 왕위 계승자가 필요하다는 사실은 당신들도 알고 있소, 어쩌면 나에게 남은 시간이 몇 시간밖에 없을지도 모르고, 게다가 나의 리듬에서 벗어나 점점 더 많은 것을 당신들에게 맡기게 되면, 그 리듬이 무너진다오, 아시겠소?, 방문객들은 몹시 당황한 채 고개를 끄덕였지만, 사실은 무슨 말인지 제대로 이해하지 못했고, 그러고는 요지 아저씨가 불편해하지 않는다면 다음에 다시 오겠다며, 이제 그만 가겠다고 했다, 요지 아저씨의 인생 이야기를 듣는 것이 너무 좋으며, 피로 얼룩진 헝가리 역사 속에서 요지 아저씨가 알고 겪어온 일들이 놀랍다고 말하더니, 곧장 차에 올라타 이전과 마찬가지로 굽이진 길을 따라 서둘러 마을을 떠났다, 문제는 갑자기 모든 것이 이전과 같지 않게 되었다는 점이었고, 요지 아저씨는 나이가 들어 기분 변화가 있는 사람일 뿐이니 존중의 차원에서 이해해주자고 더 이상 말하지 않고, 오히려 젊은 버디지식(式)의 전환 이후 이 **대의**에 정말로 물이 새기 시작한 것은 아닌지, 그렇다면 앞으로 어떻게 해야 할지, 어디로 가야 할지를 두고 논쟁했다, 요컨대 요지 아저씨를 포함해서 그들 위로 더 짙은 먹구름이 모여드는 듯했고, 물론 요지 아저씨는 언제나 조금 예측 불가능했는데, 왕들에게는 이것이 낯선 일이 아니지만, 그들로서는 이 어두운 구름을 걷어내고 왕정복고라는 성스러운 목표로 향하는 과정을 더 분명하고 명확하게 바라볼 필요가 있으며, 그것은 곧장 그 방향으로 나아가야 했기 때문인데, 나라가 바닥에 떨어져 죽어가고 쇠약해지고 붕괴되고 있는 지금, 그들에게는 시간이 많지 않기에, 두 번째 차 안에서 교수가 늘 지니고 다니던 천 조각으로 안경을 닦기 시작하며 정리하듯, 새로운 계획이 필요하며 무엇을, 언제, 어떻게 할지를 다시 짜야 한다고 했다, 첫 번째 차와 세 번째 차에서도 대체로 같은 결론에 이르렀으며, 그렇게 침묵이 흘렀고, 평야로 세 대의 조용한 차가 도착했는데, 그 안에서 모두가, 그래, 이것이 현실이라면, 그렇다면 좋은 해결책은 무엇일까, 를 곱씹고 있었고, 한편 저기 위쪽의 집에 있는 요지 아저씨에게도 이제 곰곰이 생각할 거리가 생겼으며, 그 역시 좋은 해결책은 없다고 생각했다, 처음 그들이 방문했을 때 기분 좋게 했던 그 감정이 이제 더는 느껴지지 않았기 때문에, 그리고 이번에는 오히려 조급해지고 화가 났는데, 그들이 자신에게는 왕좌에 앉는 것보다 가족 문제를 정리하는 일이 더 중요하다는 점을 전혀 이해하지 못한다고 느꼈기 때문이었다, 적어도 자신에게는 왕좌에 앉느냐 마느냐보다 그것이 더 중요했으며, 이것은 그에게도 비교적 새로운 인식이었거나, 아니면 새롭지는 않더라도 이제야 분명해진 우선순위였다, 이런 점에서 선의를 가진 이 사람들이 오히려 짐처럼 느껴졌는데, 그들이 자신과 정확히 같은 것을 원하지 않는다는 것을 느꼈기 때문이었다, 강조점이 달랐거나 달라졌거나, 아니면 단지 이제야 그것이 분명해졌을 뿐인지 그는 알지 못했지만 상관하지도 않았다, 그는 평생 동안 자신의 왕국을 실현하기 위해 비밀스럽게 홀로 싸워왔고, 그 뒤에는 750년의 시간이 있었다, 그 750년의 시련과 은신과 굴욕과 때로는 끔찍하기까지 한 부담을 견뎌온 역사, 곧 가족과 나라에 대해, 자신이 옳다고 여기는 일을 정확히 행함으로써 그에

응답해야 한다고 느꼈으며, 지금 그는 이 과정에서 갑자기, 분명히 다른 이해관계들이 등장했다는 점이 마음에 들지 않았기에, 다음에 그들이 왔을 때 그가 에둘러 말하며 밝힌바, 그 유쾌한 만남들은 당분간 끝이라고 했다, 벌써 문간에서 그들을 돌려보내며 지금은 적절하지 않다고, 자신을 용서해달라고, 하지만 지금은 아니라고 말했고, 이미 이런 방식으로 연락을 주고받고 있던 교수에게 이메일로 다시 언제가 적절할지 알리겠다고 했다, 아무 문제도 없으니 걱정하지 말라고, 다만 당분간은 대화를 계속할 수 없을 뿐이라고 했고, 그로 인해 물론 이 선의의 사람들 사이에는 큰 소동이 일어났다, 서로를 비난했으며, 특히 젊은 버디지를 향해 무언가 크게 망쳐버렸다고, 왕이 상처를 입었다고, 무엇인가를 잘못했다고, 전혀 하지 말았어야 할 말을 그에게 했다고, 교수는 몹시 우울하게, 앞선 헝가리의 왕들을 떠올리며 말했다, 그들은 대단히 예민할 수 있고, 우리는 무엇 때문에 그런지도 짐작하지 못하지만, 그들은 우리가 잔을 잘못 쥔다거나, 전혀 받아들이지 말았어야 할 무언가를 받아들이는 것만으로도 쉽게 상처받아요, 그래, 좋다, 그러면 그들은 이제 무엇을 해야 할까?, 그들은 서로를 바라보며, 혹시 누군가에게 기발한 생각이 있지 않을까 했지만, 누구에게도 기발한 생각은 없었다, 모두가 매우 깊이 생각하는 척했으나 생각할 수가 없었는데, 그 모든 것이 여전히 분명하지 않았기 때문이었다, 결국 당분간 방문을 중단하고, 요지 아저씨를 그대로 두어, 그가 우리를 용서했음을 스스로 알리게 하자는 결정이 내려졌는데, 사실 그는 전혀 삐친 것이 아니라, 다만 지금까지의 리듬을 방해받았을 뿐이었고, 그것을 그가 갑자기 이해하게 된 것이니, 그 이후로 일상의 나날들은 더 좋아지고 더 유연해졌다, 모든 일에 시간이 충분했고, 자기 속도로 아침과 점심과 저녁을 해결했으며, 두 통의 이메일을 썼고 심지어 세 번째 이메일도 거의 끝냈는데, 하나는 오래된 향토사 연구자인 바츠*의 이전 시장(市長)에게 보내는 것이었다, 에게르시(市)를 왕립 도시의 지위로 승격해달라는 청원을 자기 자신, 즉 아르파드 왕가의 카다 요제프 1세의 이름으로 어떻게, 어떤 형식으로 제출해야 하는지, 특히 어디에, 누구에게 제출해야 하는지에 대해 그 전 시장이 알아보겠다고 약속했던 터였다, 그 다음에는 오래전부터 미뤄두었던 이메일도 마침내 썼는데, 즉 독일연방공화국 대통령에게 보내는 청원으로, 자신이 독일의 전쟁 영웅으로서 물질적 보상 또한 받아야 한다는 내용이었고, 그의 생각에 호이스 훈장에는 연금이 딸려야 하는데 그것을 그

---

*   부다페스트 북쪽 다뉴브강 연안의 도시로, 가톨릭 주교좌가 있는 교회 도시이자 18세기 바로크 건축과 헝가리 근대 종교사의 중심지로 알려져 있다.

는 오늘날까지도 받지 못했다며, 주소와 직함과 계급을 적어 넣고, 마침내 보내고 나니 마음이 놓였다, 또한 열의에 차서 한 통의 편지를 쓰기 시작했는데, 그 편지는 친구의 조언에 따라 에스테르곰에서 교황이 아니라 장차 교황이 될 사람, 즉 추기경인 로마의 베르골리오 대주교**에게 보내는 것이었는데, 자신 즉 아르파드 왕가의 카다 요제프 1세의 선조인 복자 욜란다의 유해를 폴란드에서 에게르로 이장하는 데 있어 중재를 요청하는 것이었다, 그곳이야말로 좋은 자리이고, 그곳에는 임레 왕***과 언드라시 공작이 묻혀 있으며, 대성당은 이슈트반 왕이 세웠고, 또 그곳 즉 여기에서 나 또한 33년을 살고 있다****고, 아마 이것으로 충분할 것 같지만 잘 모르겠다고 덧붙였다, 그의 나날은 실제로 평온해졌고, 최근 몇 주 동안은 사람들이 늘 찾아왔기 때문에 포기해야 했던, 테라스에서 보내는 저녁 시간이 점점 많아졌다, 이제는 전과 같지 않았으며, 시골 교회가 6시를 알리면, 그는 작

**　　2013년에 제266대 교황으로 즉위한 교황 프란체스코를 의미한다.

***　 아르파드 왕가의 헝가리 국왕(재위: 1196~1204)으로, 가톨릭 왕권을 공고히 한 군주로 평가되며, 동생 언드라시 공작과의 권력 갈등으로도 잘 알려져 있다.

****　편지에서 요지 아저씨는 현재 에게르에 살고 있다고 하시만, 소설의 전제적인 맥락을 보자면 에게르와 가까운 뷔크 산지 너머 헝가리와 슬로바키아의 국경 마을에 거주하는 것으로 보인다. 이곳은 지리적으로도 에게르와 60~80킬로미터의 거리에 있기에 멀지 않은 곳이다.

은 벤치에 앉아 담요들 사이에 편안하게 몸을 두고, 아래쪽 계곡을 내려다보았다, 항상 자신이 무엇을 보고 있는지 의식하고 있다고는 말하지 않겠는데, 왜냐하면 정신이 이리저리 맴돌곤 했기 때문이라고 어느 날 맞은편 이웃에게 말했다, 요즘 들어 정말로 꽤 자주 정신이 흩어진다는 것을 알아차렸다고, 그러니까, 말하자면 무언가를 하다가, 예를 들어 계곡과 그 뒤로 솟아오른 산들을 보기 위해 테라스로 나가 앉아 있다가, 사람들이 말하듯, 마음이 이탈해버린다는 것이었으며, 예전에는 자신이 하고 있는 일에 매우 집중할 수 있었지만 요즘은 그렇지 않다고 했으나, 괜찮다고, 그것이 방해되지 않는다고, 기분이 좋다고 했다, 좋은 공기를 마시러 밖에 나와 있으며, 그러다 마음이 떠돌면 떠도는 것이라고, 그것이 누구를 괴롭히느냐, 아무도 아니라면서, 이것은 바로, 사실 그와 그다지 가깝지는 않은 맞은편 이웃에게 한 말이었다, 그는 이후 교수에게 보내는 이메일에 쓰기를, 이제 쥠레가 없으니, 그런 개가 필요하다고, 집에는 개가 있어야 한다고, 늘 그에게 개가 있었고, 지금도 필요하다고, 개 없는 집이 어디 있느냐고, 그는 여기 마을에서 꽤 떨어져 살고 있고, 이 위쪽에는 몇 사람만 살고 있으니, 무슨 일이 생기면, 누가 공격이라도 하면, 누가 무엇을 꾸미는지 알 수 없으니, 그럴 때는 개가 거기 있어 무슨 소리를 들으면 짖어주어야 한다고 했다, 맞은편의 이웃은, 자신은 아무것도 모르겠다고 두 손을 벌리며 말했고, 작은 가게에도 물어보고, 사제관에도 물어보았지만 알아보겠다고만 했을 뿐 아직은 아무 소식이 없다고 했다, 그는 뭐라도 있으면 알려달라 하고는 작별 인사를 한 뒤 집으로 돌아갔다, 빵 끝자락 한 조각을 꺼내, 버터값이 이제는 그가 감당할 수도 없고 감당하고 싶지도 않은 수준이 되었기에, 돼지기름을 발라 우유와 함께 씹어 먹었다, 그 우유는, 늘 그렇듯, 미친 토니가 제시간에 가져다준 것이었고, 이로써 저녁은 해결했으며, 텔레비전은 볼 마음도 없었고, 어차피 곧 잠이 들 텐데, 하느님 덕분에 잠은 잘 자는 편이라고 그는 교수에게 같은 메일에 썼는데, 그 메일에서 그는 왜 아직 약간의, 혼자만의 시간이 필요한지도 설명했다, 교수는 둘 사이에 연락이 끊어진 이후로 이것이 첫 번째 메일이었기에, 이 기별에 무척 기뻐했다, 다른 사람들도 좋아했으며, 요지 아저씨 주변에는 모든 것이 괜찮다는 소문이 순식간에 퍼졌고, 보아하니 용서한 것 같다고 했으며, 곧 다시 만날 수 있으리라는 희망을 품기 시작했다, 그 희망은 근거 없는 것이 아니었던바, 얼마 지나지 않아 실제로 두 번째 이메일에서 다시 그들을 반갑게 맞이하겠다고 썼는데, 다만 부탁이 하나 있다면, 평소처럼 그렇게 오래 머물지 말아달라는 것, 함께 있는 시간이 몇 시간씩 이어지면 항상 몹시 피곤해지기 때문이라고 교수에게 설명했다, 교수는 즉시 이 상황을 사람들에게 알렸고, 방문은 한 시간으로 하되 절대로 그 이상은 안 된다고 전했으며, 모두가 이를 이해했다, 그래도 아흔한 살이니 이를 고려했어야 했기에, 이런 생각을 스스로 하지 못했다는 것이 그들을 아프게 했는데, 그래서 첫 재방문에서는 정확히 한 시간이 지나자 작별 인사를 했다, 요지 아저씨의 가장 최근 소식도 들었는데, 빠르게 피로해지는 상태는 나아지지 않고, 왜 그런지, 무엇이 원인인지 전혀 모르겠으며, 정원에서는 그 전보다 일을 덜 하고, 그 작은 집안일이라는 것도 정말 아무것도 아닌데, 무엇을 시작하든 그렇게 기운이 빠져 있으니 아예 무언가를 시작하지도 않는다는 것이었다, 그러자 일행은 물론 다시 무슨 일이든 자신들이 기꺼이 돕겠다고 했지만, 그는 오히려 자신이 자기 일을 직접 하겠다며 거절했다, 덜 할 수 있으면 덜 하면 되는 것이고, 그러지 않으면 스스로 항복한 것처럼 느껴질 것이며, 그러면 죽음이 금세 다가올 것인데, 그것은 아직 계획에 없다고 했다, 그러고는 기타를 치는 음유시인을 밝게 올려다보았는데, 청년이 너무도 반짝이는 눈으로 모든 동작에 시선을 떼지 않기에 타박을 해야 했다, 그만, 내 아들 러치야, 그만 좀 해라, 뭘 그렇게 나를 보느냐?, 그 청년이 더듬거리며 말하길, 나는 그냥 요지 아저씨를 보고 있었을 뿐이에요, 그래, 좋아, 그럼 보아라, 그러고는 갑자기 전기 기술자를 향해 돌아서더니, 나는 11구역에서도 명예시민이오, 오, 그거 참으로, 전기 기술자가 이 소식을 받아들였지만, 문장을 끝맺지 못한 채 말을 더 이을 수 없어 보였으며, 그저 고개를 끄덕였다, 글쎄, 그렇다니까, 그러고는, 그럼 나중에, 이렇다니까, 그렇지, 이렇게, 라는 말로 그가 말을 이어받았고, 이제 늘 자신과 함께 하는 이 피로가 아마도, 어떻게든…… 몹시 기운이 빠져버린 상태와도 관련이 있을 것 같다고 했다, 그래서 처음에 더 이상 불을 피우지 않겠다는 말을 그렇게 많이 했던 것이며, 슬프다거나 그런 뜻은 아니고, 오히려 모든 것이 다 상관없어져버린 느낌이라 했다, 이렇게 되든 저렇게 되든 다 괜찮다는 것이었으며, 마침내 가족과의 문제를 정리하기 위해 이미 몇 가지 조치를 취했다고 했는데, 알다시피 가족과는 서로 등을 돌린 상태지만, 최근에는 사위가 아무런 예고도 없이 갑자기 나타났는데, 지팡이 두 개에 몸을 의지하고 있었으며, 얼굴도 꽤나 보기 흉해 보여, 아마 술집에서 누군가와 시비가 붙었던 것 같다고 했다, 술도 마시니까, 뭐 이렇든 저렇든, 그는 입을 삐죽 내밀고는, 개인적으로도 그렇고, 그의 딸 아그네시도 그렇고, 그리고 손주들까지도 모두 다툼과 트집 잡기를 그만두기로 결정했다고 했다, 그리고 자기 자신을 가리키며, 사위가 말하길 만약 그가 그러고 싶다면 집의 윗부분도 쓰도록 허락할 뿐만 아니라, 원한다면 거기에 두거나 전시하고 싶은 것들을 옮기는 것도 도와주겠다며, 모든 일에 매우 협조적인 태도를 보였고, 그는 이것을 어떻게 받아들여야 할지 모르겠지만 기쁘다고 했다, 긴장 하나가 줄었으며, 결국 자신이 옳았다는 것, 즉 자신이 이겼다는 것이었지만, 이것은 자기 자신을 위해서가 아니라 그들, 특히 손주들을 위해서였다면서, 손주들은 두 아들로 페티와 작은 벨루시가 있는데, 제법 당찬 두 말썽꾸러기이며, 왕좌에 앉히기에는 괜찮을 거라고, 사보스드-우바시 쪽을 향해 눈짓을 했다, 하지만 솔직히 말하자면, 하느님 아버지께서 이로써 그의 삶에서 큰 가시 하나를 뽑아주셨음에도 불구하고, 이것조차도 그의 기분을 바꾸지는 못했다, 이제 그는 왕좌로의 복귀에 대해서도 더 자주 생각하게 되었으며, 날들이 지나가고 있으나, 어쩌면 그것은 날들이 아니라 시간들일지도 모르고, 그렇다면 이미 끝이라는 뜻이겠지만, 어쨌든 손님들인 그들이 자신에게 무슨 새로운 소식이라도 전해줄 수 있는지 궁금해했다, 이에 그들은 서로를 바라보았으며, 교수의 눈짓에 따라 전기 기술자 너지 러요시가 조심스럽게 말을 꺼냈다, 그게 말하자면 자기들에게 하나의 생각이 있기는 한데, 혹시 요지 아저씨가 어떤 이유로든 마음에 들지 않는다면 그냥 말씀만 하시면 된다고, 자신들이 뒤에서 조용히 청원서와 다른 일들을 처리하는 동안, 언젠가 요지 아저씨가 드디어 기분이 좋을 때, 대관식을 한번 연습해볼 수 있지 않겠느냐고 생각했다는 말을 꺼냈다, 마침 버시 오트마르 주니어라는 신부님 한 분이 그들에게 나타났고, 기꺼이 시험 삼아 의식을 진행해주겠다고 했다는 것이었고, 훗날 그들의 희망대로, 머지않아 부다 성의 연회장에 왕좌가 빛나게 놓이고 마침내 그가 대관식을 올리게 될 때를 대비해서라고 했다, 하지만 곧바로 제지받는 바람에 더 말을 잇지 못했다, 친구여, 그것은 대관이 아니라 단지 왕좌에 오르는 것이네, 나는 이미 한 번 대관식을 치렀기에, 대관식을 올릴 필요가 없소, 일행에게 더 가까이 오라고 손짓을 한 뒤 목소리를 한층 더 낮추어 말했다, 나의 부친은 호르티를 잘 알고 있었고, 이것은 이미 당신들이 내게서 들었을지도 모르지만, 거기서 더 나아가 아마 이것은 아직 듣지 못했을 텐데, 호르티가 나의 부친을 비밀 고문으로 임명했고, 호르티는 나의 부친을 통해 아르파드 왕가가 멸절되지 않았다는 사실을 알게 되었소, 그 이유는 내가 법통상 존재하기 때문이었소, 전쟁 훨씬 이전, 그러니까 세게드 시절부터 이미 총독 각하께서는 이 사실을 알고 있었으며, 이를 일종의 예비 카드처럼 다루어, 역사가 그렇게 흘러갈 경우 나라를 구하는 데 사용할 수 있도록 해두었고, 이는 실제로 그렇게 되었소, 1944년 3월 19일부터 독일군이 이미 들어와 있던 상황에서, 6월에 갑자기 나를 불러들였고, 내가 어떻게 거기까지 가게 되었는지는 여기서는 건너뛰겠소, 요컨대 나를 데리러 소장(少將) 한 명을 보냈는데, 참고로 그 사람은 부더외르시에서 그 더러운 찰스 1세를 막아선 인물이라고 했고, 아무튼 그 소장의 이름은 아치였소, 그는 나를 성으로 데려갔고, 그곳에서 총독 각하께서 는 내게 말하길, 보아라, 아들아, 이제 너는 전에 한 번도 받은 적 없고 앞으로도 다시는 받을 수 없을 그런 선물을 받게 될 것이 다, 이제 우리가 네게 대관을 거행할 것이기 때문이니라, 라고 했으며, 나를 매우 화려한 방으로 안내했소, 그곳에는 이미 많은 사람이 있었는데, 당시의 총리와 장관들, 그리고 총독 각하의 부 관과 독일 국가를 대표해 사복을 입은 한 사람과 국회의장, 그리 고 세레디 유스티니안 수석 대주교 추기경*이 있었고, 총독 각하 께서 연설을 했는데, 그 속에는 세케슈페헤르바르**와 포조니*** 그리고 부다 성에 대한 이야기가 있었지만 그것에 대해 여기서 는 생략하겠소, 이어서 추기경도 무언가를 말했으나 그것 또한 생략하겠으며, 그다음에는 망토를 나에게 씌우고 왕관을 내 머

---

* 에스테르곰 대주교, 헝가리의 수석 대주교 추기경이었으며, 20세기 전반에 헝가 리 가톨릭 교회의 최고위 성직자였다.
** 부다페스트에서 남서쪽으로 약 70킬로미터 정도 떨어진, 중세 헝가리에서 왕의 대관식이 이루어졌던 도시이다.
*** 슬로바키아의 수도 브라티슬라바의 헝가리식 표현과 발음이다. 근대 헝가리 왕 국(합스부르크 시대)의 국회가 있었던 곳이다.

리에 올려놓았고, 나는 그를 위해 마련된 기도대 같은 것에 무릎을 꿇어야 했소, 그다음에는 궁전 구역으로 이동했고 왕관은 여전히 내 머리 위에 있었으며, 그때 나를 왕좌에 앉히고 내 손에 홀과 국구를 쥐여주었고, 그 자리에서 나는 그곳에 있던 모든 이가 충성을 맹세하는 것을 받아들였는데, 마지막에 총독 각하는 내 머리에서 성스러운 왕관을 내려 추기경님에게 건네주었고, 여기서 일어난 일에 대해 그 누구에게도 결코 말하지 않겠다고 모두가 맹세하게 했으며, 우리 모두는 맹세했고, 마침내 내게 말하기를, 아들아, 한 가지만은 절대 잊지 말아라, 너는 헝가리인이라는 것을, 물론 나는 헝가리인이기에 그 말은 영원히 내 기억 속에 각인되었소, 그때부터, 아니 어쩌면 그 이전부터 그의 명령으로 이미 누군가가 늘 내 곁에 있어 아무 일도 생기지 않게 했고, 나를 전선에 보내지 않았으며, 오히려 비엔나로 보냈소, 소령으로 임명하면서 참모 기술 장교 학교로 보냈는데, 나는 그곳에 있다가 다시 헝가리로 돌아왔고, 그곳에서 러시아인들에게 붙잡혔소, 그 이후로는 끔찍한 일들이 내게 벌어졌으며, 그것에 대해서는 지금은 말하고 싶지 않소이다, 오늘은 이쯤이면 충분할 것 같소, 이제 당신들은 내 대관 이야기를 알게 되었소, 원하든 원하지 않든 이제 당신들 역시 내가 허락하기 전까지는 이 자리, 이 순간 나에게 맹세해야 하오, 자신들이 알게 된 것을 비밀로 하겠다고 맹세해야 하오, 그러자 경건한 침묵이 흘렀고, 이어서 그가 미리 불러준 말들을 따라 말했는데, 나는 누구누구로서 이에 이것과 저것에 맹세하며, 오늘 알게 된 일을 결코 다른 누구에게도 말하지 않기로 하느님께서 나를 도와주시기를 바랍니다, 감사합니다, 여러분, 이제 오늘은 여기서 인사를 하겠소이다, 당신들이 이해하도록 내 비밀을 밝힐 수밖에 없었소, 왜 내가 시험 대관식에 참여할 수 없는지, 그 이유는 이미 한 번 내게 일어났기 때문이고, 나는 그때 내 몫의 일을 다 해냈으며, 만약 당신들 또한 자신의 몫을 해내고자 한다면, 내가 대관한 왕으로서 헝가리의 왕좌에 앉을 수 있도록 조건을 만들어야 할 것이고, 아니면 아닌 것이오, 여기서 그는 잠시 말을 멈췄다, 사실 나는 그다지 관심이 없소, 아마도 이것은 당신들이 이해하지 못할지도 모르지만, 내가 쉽게 피로해졌다는 것과, 그리고 나에게는 모든 것이 약간은 다 상관없어졌다는 것과 관련이 있소, 또다시 이 상태에 이르렀네요, 차 안에서 굽이진 길을 내려가며 사보스드-우바시가 말했다, 이 좋지 않은 심기가 무엇 때문인지 모르겠다고 하자, 옆에서 너지 러요시가 말을 받아, 어쨌든 요지 아저씨는 활동적이고 갑자기 일어설 때에도 균형 장애가 거의 없으며, 아흔한 살의 사람에게는 이것이 단지 드문 일이 아니라 거의 특별한 일이지, 그렇지, 왕은 왕이야, 실제로도 그러했는데,

그들 뒤로 그가 대문을 닫자마자 다시 두 가지 나쁜 느낌이 한꺼번에 밀려왔다, 하나는 또다시 피로가 몰려왔다는 것이었고, 다른 하나는 이 모든 것이 다 상관없다는 안개가 사라지지 않는다는 것이었다, 그는 테라스로 나가 석양을 보면 기분이 좀 나아질까 하여 나갔는데, 테라스는 정확히 서쪽을 향해 있었고, 매일 저녁 엽서 속 풍경 같은 노을이 펼쳐졌으며, 다시 작은 벤치 담요들 사이에 자리를 잡고 석양을 바라보았다, 태양이 넓은 띠로 색을 구름 위에 끌어 올리는 모습을 보았으나, 거의 즉시 정신이 흩어졌고, 생각은 어딘가로 사라져, 멍하니 앉아 있었으며, 시간 밖으로 빠져나간 듯 어디에 있는지도 몰랐지만, 모든 것이 다 상관없기에 이것도 상관없었다, 다음 날 맞은편 이웃에게 묻기를, 집에 새로운 개 한 마리가 집에 필요하네, 혹시 알아본 게 있는가?, 아니요, 그런데 아주 적절할 때 물으셨네요, 미친 토니네 옆에 사는 호르니크 선생 댁에서 얼마 전에 새끼들이 한 무더기 태어났다는 이야기를 가게에서 들었어요, 거기 가서 한번 물어보세요, 아직 남아 있을지도 모르겠어요, 그는 고맙다는 말과 함께 곧장 호르니크 씨 집으로 내려가 초인종을 눌렀고, 새끼 강아지를 얻었다, 그들은 작은 담요 하나도 주며 그것으로 강아지를 싸서 건넸는데, 그는 그 강아지를 품에 안고 집으로 데려왔고, 대문에 들어서자마자 곧장 쥠레의 집으로 가 몸을 낮추어 조심스럽게 거기에 넣어주었다, 곧바로 물과 약간의 우유를 그릇에 담아 오려고 서둘렀는데, 작은 녀석은 주둥이가 짧고 털이 부스스했으며, 곧바로 생기가 넘쳐 물을 한 모금 마셨으나, 그다지 마음에 들지 않았는지, 저쪽으로 기어서 우유에 코가 닿게끔 했다, 그것은 훨씬 입에 맞아 한동안 핥아 먹더니 그대로 잠이 들었고, 그는 기쁘게 생각하며, 자, 이제 다시 쥠레가 생겼다, 당연히 그것이 이름이 되었으니, 이 집에는 33년 동안 많은 개가 있었지만, 모두 이름이 쥠레였으므로, 이 녀석도 그 이름이 되었으며, 잠자리에 들기 전 한 번 더 나가 많이 돌아다니지는 않았는지 살펴보았으나, 아니, 여전히 혹은 다시 잠들어 있었다, 요지 아저씨를 잘 지켜라, 나는 네 주인이고, 내가 명령하며, 너는 내 개이고, 네 이름은 쥠레다, 알겠니?, 쥠레, 밤에 춥지 않도록 덮어주고는, 집 안으로 돌아와 문을 잠그고, 자신도 빵과 함께 우유를 마신 뒤 잠자리에 들었다, 오늘은 힘든 날이었다고 콧수염 아래로 중얼거리다, 아니, 사실 힘들지는 않았고 다만 세월이 무거워졌을 뿐이라고 스스로 고쳐 말했다, 그래도 상관없다고, 하느님 아버지께서 다시 하루를 주셨고, 그 하루가 다 찼다고, 잘되었다고 중얼거렸고, 자신이 기도 구슬이라 부르는 묵주를 손에 쥔 채, 늘 그렇듯 잠들기 전 성모마리아의 마음가짐을 떠올리며 마음속으로 기도를 올렸다, 잠시 묵주를 굴리다가 오래가지는 못해 오늘은 묵상이 생략되었고, 내적 고백 이야기는 더 말할 것도 없었는데, 그것은 성모마리아에게조차 한 번도 제대로 한 적이 없었기 때문이다, 점점 더 느리게 이쪽에서 저쪽으로 눈이 옮겨 가다, 마침내 한쪽에 멈춰 더 이상 움직이지 않았고, 마지막으로는 바깥 개집에 있는 쥠레를 떠올리고는, 자신이 담요를 잘 덮어주었기를 바라며, 그렇게 그날 잠에 들었다.

4장

그다음에 그들이 왔을 때 말하기를, 요지 아저씨, 오늘 저희가 모시고 가겠습니다, 마침 주말이었고, 그는 이날도 다른 날들과 마찬가지일 거라고 생각했지만, 글쎄, 그렇지 않았다, 단정히 차려입어야 했기에, 그것도 기사단에 속한 복장과 망토와 모자와 장화를 권했기 때문이었다, 집 주변에 이리저리 주차된 네 대의 차 가운데 두 번째 차에 그렇게 올라탔고, 맞은편 이웃은 이곳은 주차장이 아니니 당장 차를 빼라고 소리쳤다, 우리는 곧 갑니다, 그가 손짓했고, 이웃은 일그러지고 붉어진 얼굴로, 그래, 좋아요, 당신이라면 괜찮아요, 하지만 여기가 주차장은 아니잖아요, 그건 당신이라도 아닌 거예요, 이웃은 같은 손짓으로 대응을 하더니 투덜거리며 집으로 들어갔다, 그들은 실제로 곧 출발해, 굽이진 길을 따라 내려갔다, 그는 검은 폭스바겐 뒷좌석에 혼자 앉아 있었으며, 시그러이가 운전했고, 조수석의 사보스드-우바시는 요지 아저씨가 편안한지, 물이 필요한지, 컵은 깨끗한지 살피는 역할을 맡았다, 아니요, 자신은 병째로 마신다고 했고, 허세는 필요 없다고 했다, 그는 허세를 알지도 못했고 좋아하지도 않았는데, 어쨌든 칭기즈 칸도, 그의 손자 카단 칸도 귀족 가문 출신이 아니었으니, 아버지 쪽으로 보자면 자신 역시 귀족이 아니며, 그래서 그렇게 보이고 싶지도 않다고, 그럴 이유도 없다고, 자신은 아르파드 왕가의 소박한 왕일 뿐이라고 말을 이어갔다, 이번에는 앞자리에 앉은 사람들이 오로지 가장 안전하도록 하는 데에만 신경을 썼으며, 그들이 부다페스트에 도착하자, 정오 무렵이었음에도 곧바로 속도가 느려졌다, 교통 체증으로 세 곳을 힘들게 통과해야 했고, 페퇴피 다리를 건너 겨우 페스트 쪽으로 들어선 뒤 월뢰이 거리로 접어들었다, 그곳에서는 사정이 조금 나아져 비교적 여유 있게 쾨바녀 쪽으로 빠져나갔는데, 쾨바녀로 나가고 있다는 것은 분명했다, 그는 그것을 알고 있었지만, 거기에서 도대체 어디로 데려가는지는 알지 못했고 묻지도 않았는데, 그들이 자신에게 보였던 들뜬 흥분으로 봐서, 납치기 아니라 무언가 좋은 일이 일어날 것임을 확신할 수 있었기 때문이었다, 혹시 왕좌가 마련된 걸까?, 스스로에게 물으며, 곧 알게 되

겠지, 하고는 창밖으로 회색 건물들과 음울한 사람들의 무리를
바라보았는데, 그들은 이리저리 뒤엉켜 움직이며, 마치 아무도
다른 사람들과 같은 방향으로 가고 싶어 하지 않는 것처럼 보였
고, 그 의지가 그들의 주의를 너무 붙잡아 움직임은 혼란스럽고
무의미하기까지 했다, 결국 모두가 같은 곳, 즉 거대한 아무 데
도 아닌 곳에 이르기 때문이라고, 그는 폭스바겐 뒷좌석에서 생
각하고 있었다, 그때 갑자기 마치 어떤 사절단처럼 차들이 잇달
아 오른쪽으로 머글로디 거리로 꺾었고, 다시 한번 방향을 틀어
끼익 소리를 내며 멈췄으며, 뒤따르던 차에서 누군가 뛰어내려
그를 위해 문을 열어주었다, 거대한 공장 정문 앞에 서 있었기
에, 그는 내려서도 여기가 대체 무엇을 하러 온 곳인지 전혀 알
수 없었는데, 여기가 옛날 맥주 공장이 맞지요?, 시그러이에게
묻자, 그렇습니다, 요지 아저씨, 여기가 맞지만 이미 오래전, 아
주 오래전부터 안에는 아무것도 없고, 중국인들만 있으며, 요즘
은 여행사니 외국 회사니 메드 사이언티스 같은 곳에서도 여기
서 돈을 짜내려 하지만, 모든 것이 너무 크고 안팎으로 너무 심
하게 망가져 있고, 보시다시피 대형 창고들은 비어 있으며, 정확
히 말하자면 그냥 썩도록 내버려둔 상태라고 했다, 요지 아저씨,
저를 따라오십시오, 제가 가는 쪽으로 오십시오, 그가 먼저 출발
했고, 그는 안쪽으로 더 들어가고 싶지 않은 사람처럼 머뭇거리

며 그의 뒤를 따랐으며, 마침내 시그러이는 좁은 안뜰에서 멈춰
서 철문 하나를 열고 아래로 내려가는 계단을 가리키더니 곧 내
려가기 시작했다, 그는 요지 아저씨에게 손짓을 했다, 어서, 주
저 말고 따라오십시오, 다른 이들은 그들 뒤로 몰려 내려갔으며,
아래쪽은 몹시도 추웠기에, 이것 참 끔찍하군, 그가 중얼거리며
몸을 움츠렸는데, 이렇게 엄숙한 얼굴로 대체 어디로 데려가는
지 궁금해하던 차에, 이쯤에서야 그에게 무언가를 말해주었다,
퍼이르가 뒤에서 곁으로 다가와 설명하기를, 이 터널 체계가 한
편으로는 널리 알려져 있고, 다른 한편으로는 대중에게 전혀 알
려지지 않았습니다, 그곳은 한때 거대한 통들에서 맥주를 숙성
하고 맥아를 다루던 양조장의 유명한 지하 통로들이었고, 전체
길이가 대략 30킬로미터쯤 된다고 하면서, 앞을 가리켰다 뒤를
가리켰다 하더니, 마침내 머리 위로 원을 그려 보였다, 어느 정
도라고?!, 그가 되묻자, 30킬로미터예요, 아무것도 아닌 것은 아
니지요, 그렇지 않나요, 여기서는 늘 무언가를 시도하긴 하는데
요, 어떤 때는 영화를 찍고, 어떤 때는 관광객을 안내하지만, 적
어도 3분의 1 정도는 분명히 아직 발이 닿지 않은 곳입니다, 저
희가 가는 바로 그 구간은 상태가 매우 나빠 천장들이 무너질까
봐 비계를 세워두고, 노란 띠로 구역을 막아놓았어요, 지금 저희
가 지나가는 이쪽도 그 가운데 하나입니다, 퍼이르는 슬쩍 웃으

며 말했다, 그렇게 그들은 계속 걸었고, 이리로 꺾고 저리로 꺾으며 나아갔으며, 그는 이미 어디서 왔는지조차 가늠이 되지 않았다, 더더욱 어디로, 왜 가는지는 전혀 알 수 없었고, 그러다 축축하고 얼음처럼 차가운 갈색 벽들 사이의 한 공간에 도착했는데, 정확히 말하면 하나의 대형 창고였고, 그 끝에서 앞서 말한 노란 띠들 아래로 그를 숙여 지나가게 한 뒤 계단을 올라 작은 안뜰로 나왔다, 그 앞에는 노란색으로 칠해진, 비교적 상태가 좋은 귀족 저택 비슷한 건물이 서 있었다, 차라리 처음부터 여기로 오는 게 더 간단하지 않았소?, 이는 목적지가 바로 여기임을 짐작했기 때문이었고, 실제로도 그랬다, 그들은 그를 위해 건물의 문을 열었고, 안으로 들어서자, 특히 미로 같은 곳에서 보낸 답답한 시간들 뒤여서인지, 그는 거의 입이 벌어질 정도였으며, 여기가 어디이며 이게 무엇인지 묻기도 했지만, 그들은 그저 웃기만 했다, 마침내 아직 장식이 그대로 남아 있는 문을 활짝 열어 그를 어떤 방으로 안내했는데, 발밑에는 마루가 깔려 있고, 벽에는 아름다운 붉은 벽지가 붙어 있으며, 천장을 받치는 금빛 카리아티드*들이 둘러싸고 있었다, 양옆에는 바닥까지 닿는 거대한 거울이 하나씩 서 있어, 요컨대 바로크 양식 성의 내부군, 하지

* 고전 건축에서 여신의 모습을 조각한 기둥.

만 그들이 여기서 무엇을 찾는지 그것만은 모르겠다는 말만 되풀이했다, 그런 다음 그를 방 오른쪽 구석의 작은 문으로 데려가자, 그들은 더 작은 다른 공간으로 들어섰는데, 마룻바닥이 무기들로 가득 차 있었다, 그는 벼락을 맞은 사람처럼 꼼짝도 하지 못했으며, 다른 이들이 뒤따라 몰려와 그를 둘러싸고 그의 반응을 살피는 동안, 숨조차 제대로 쉬지 못할 만큼 수없이 많은 무기의 광경에 압도되었다, 이것들은 대체 무엇이냐?!, 마침내 힘겹게 입 밖으로 말을 내뱉자, 여기에는 모든 것이 있다고 설명했고, 이번에는 퍼이르가 오른쪽으로 다가와 그것들을 나열하며 가리키기 시작했다, 이것들은 기관총과 자동소총이고, 저기에는 각종 권총류와 소총과 저격총들이 있으며, 뒤쪽에는 보시다시피 최신형 수류탄들이 있습니다, 보시는 대로 저희는 오래된 것들도 마다하지 않기에, 손쉽게 작동하는 지뢰들과 여러 종류의 단거리 로켓들이 있습니다, 예컨대 맥심 기관총도 높이 평가해서 서른 대가 넘는 맥심을 구해 복원했습니다, 자, 보십시오, 요지 아저씨, 그는 늘어진 얼굴로 주위를 둘러보며, 절망적으로 팔을 벌리고는 말했다, 여기는 박물관이 아니야!, 퍼이르는 태연하게 답했다, 그렇습니다, 요지 아저씨, 안심하십시오, 이것은 그저 시연일 뿐입니다, 수백 수천도 더 되는 무기와 막대한 탄약을 가지고 있지만, 모두를 여기에 들여놓을 수는 없었기에, 이것은 오로지 선생님을 위해 꺼내 배치한 것입니다, 저희가 준비가 되어 있음을 보여드리는 것이지요, 군주제의 복원은 사실상 시간문제이며, 그것도 머지않은 시간의 문제입니다, 공식 군대는 너무도 황폐해져 아무 힘도 없기에, 그들이 입도 뻥끗하기 전에 저희는 게임 아웃을 선언할 수 있을 것입니다, 현 정부의 가장 민감한 지점들이 어디인지에 대해 구체적인 계획이 마련되고 있습니다, 그것은 언론과 텔레비전-라디오 방송국, 수도와 가스, 연료 비축분, MOL*, MVM**, 국방부, 대테러 센터, 경찰청 본부, 그리고 병영과 공항들까지 포함되며 나열하자면 끝이 없습니다, 계획은 계속 다듬어지고 있으며, 저희 말고는 아무도 이것에 대해, 특히 여기의 이 모든 것에 대해 모릅니다, 퍼이르는 크게 손짓으로 둘러가며 가리켰다, 그러자 그는 이제 어느 정도 정신을 추슬러 단호하게 말했는데, 아니라고,

아니야

, 그 목소리는 칼날처럼 날카로웠다, 무슨 말씀이십니까, 요지

---

* 헝가리의 대표적 석유·가스 에너지 기업.
** 헝가리의 국영 전력·에너지 기업.

아저씨?!, 퍼이르가 물었지만, 나는 아무것도 보지 못했으니, 당장 나를 산 위의 집으로 데려가라, 그들은 거울의 방으로 되돌아가기 시작했고, 거기서 다시 안뜰로 급히 나갔으며, 수행원들은 무기들 사이에 그대로 서서 조금 전 요지 아저씨의 얼굴에 비쳤던 것과 똑같은 놀라움을 안은 채 얼어붙어 있었다,

아니야

, 밖에서 그들이 이렇게 될 것이다 저렇게 될 것이다 하고 설명하려 하자, 그가 말했다,

아니야

, 머글로디 거리 쪽으로 출발한 뒤 차 안에서도 아니라고 했고, 페스트와 부다를 가로질러 산 쪽으로 향하는 내내 그 말을 반복했으며, 마침내 집 앞에서 폭스바겐에서 내리자 자물쇠를 열고는 돌아서서 수행원들을 향해 검지를 들어 위협하며, 마지막으로 한 번 더 되풀이했다,

아니야

, 그러고는 쾅 하는 소리가 나도록 대문을 닫았으며, 곧장 개집으로 가 쥠레가 있는지 살폈지만 보이지 않았고, 어딘가로 기어나간 듯해 먼저 정원을 뒤졌다, 개집에서 꽤 떨어진 곳, 라즈베리 덤불 사이 아래쪽에서 비틀거리고 있는 쥠레를 발견했는데, 아직 균형을 잡지 못하고 있었기에 얼른 안아 다시 데려와 담요를 덮어주었다, 이미 해가 기울고 있었으므로 신선한 물을 가져다주었으며, 미친 토니가 그가 집에 없을 때면 늘 그렇게 하듯 바깥 문간을 지키는 작은 경비 공간에 두고 가는 우유 통에서 우유를 조금 따라주었다, 그 아래에 구겨져 있는 담요를 펴주고, 담요들과 함께 쥠레를 더 끌어당겨 물도 우유도 입에 닿게 해주었으며, 그릇에 고개를 대고 마실 때까지 기다렸다, 몹시 배가 고팠던 모양으로, 그가 다시 대문 쪽으로 가는 동안에도 특히 우유를 계속 핥아 먹고 있었다, 그는 돌아와 열쇠를 두 번 돌려 잠그고 집 안으로 들어가 문도 닫은 뒤, 안에서 두세 번이나 손잡이를 눌러 문이 제대로 잠겼는지 확인했다, 마침내 부엌에서 자신의 자리에 앉아 팔꿈치를 괴고 얼굴을 손에 묻은 채 어렵사리 내뱉었다, 애들이 미쳤군, 고개를 저으며 믿을 수 없다는 듯 앉아 있다가 얼마나 배가 고팠는지도 거의 잊고 있었다는 것을 깨닫고, 마당에 두고 온 우유 통을 들여와 컵에 따르고 빵을 꺼내 한 조각 잘라 저녁을 먹었다, 이제부터는 미친 사람들을 절대로 들

이지 않겠다고 마음먹었다, 이것이 그들과의 마지막 만남이었으며, 더는 없을 것이고, 미친 사람들과는 말도 섞지 않을 것이다, 차라리 더 일찍 밝혀졌더라면 그들이 무엇을 꾸미고 있는지 알기 전에 끝났을 텐데, 아무런 징후도 없었다, 아니면 자신이 너무 순진했던 것일 텐데, 아마도 그랬을 것이다, 그는 정말로 그들이 완전히 무해하고 왕에게 충성하며 평화롭고 세례도 받았고 교회에도 다니며, 오직 그가, 즉위한 군주, 말하자면 아르파드 가문의 요제프 1세가 어떻게 하면 헝가리 공화국이든 헝가리든, 아니면 그 오르반이라는 자가 지금 뭐라고 이름 붙였든 간에 마침내 그것이 다시 헝가리 왕국이 되게 할 수 있는지를 말해주기만을 기다리고 있다고 믿고 있었다, 여기서는 자신이 명령권자이며, 받아들이면 좋겠지만, 그렇지 않다면 이제 끝이다, 교수에게서 메일이 와도 아예 열어보지 않았다, 그와 주고받은 모든 편지를 삭제했으며, 모든 것을 잊으려 애썼고, 머릿속에서 지워 없앴고, 정말로 그런 일이 있었는지조차 스스로를 의심하게끔 하려 했다, 이것저것 요리를 하며 어떤 날은 스튜, 어떤 날은 감자국수를 만들고, 가끔은 채소 수프도 끓여 며칠씩 먹었는데, 전쟁 영웅으로서 그는 완전히 신선하지 않은 음식도 아무렇지 않게 먹는 데 익숙했다, 게다가 스튜 같은 음식은 데워 먹는 편이 더 맛있다는 것은 잘 알려져 있던바, 눌어붙어서 약간 탄 부분이 가장 맛있는 법이었는데, 고기 없이 감자만으로 만들어도 마찬가지였다, 사실은 고기가 없는 편을 더 좋아한다고 고백할 수도 있었겠지만, 요즘에는 그럴 상대도 없었고, 마을에서는 제대로 된 고기를 구하기도 어려웠다, 그렇다면 왜 동네 가게에서 얼어붙어서 상태도 불확실한 닭고기에 돈을 한 푼이라도 써야 하겠느냐고 생각해서, 아니야, 아예 그런 것은 먹지 않기로 결심했고, 그렇게 세월이 흐르며 점점 고기에서 멀어졌다, 이제는 가끔 부엌에 그런 것을 올려도 몸이 확실히 불편해져서 결국 그는 여전히, 그리고 앞으로도 좋아하는 것들만 먹을 것이고, 그의 경우 아침과 저녁 식사는 늘 소박했다, 저녁 시간 또한 마찬가지였는데, 특히 요즘에는 테라스에서 늦봄을 한껏 누릴 수 있게 된 뒤로 해 질 녘이 시작되면, 마치 연극을 보는 것 같았고, 언제 시작되는지 알기에 시작을 놓치지 않으려고 제시간에 자리를 잡고 앉으며 무엇보다 끝을 놓치지 않으려 했는데, 정말로 가장 아름다운 부분이 그때였기 때문이었다, 구름 띠들이 산등성이의 물결치는 선 위에 수평으로 길게 펼쳐지며 하나가 다른 하나 위에 포개져, 마치 바람에 말리려고 널어둔 침구들처럼 보였다, 온통 붉은빛의 모든 색조로 타오르는 듯했으며, 이보다 더 경이로운 것은 없다고 그는 경탄했지만, 하느님 아버지께서는 물론 어떤 아름다움이든 만들어내실 수 있고, 여기서도 그렇게 하셨으며, 매번 황혼마다 그렇게 하고 계신다고 생각했다, 작은 벤치에 앉아 밖에서 그렇게 시간을 보낼 수 있음에 그는 매번 감사함을 느꼈으며, 그 이후에는 밤을 위해 작은 그릇에는 신선한 물을, 큰 납작한 그릇에는 우유를 쥠레에게 채워주었는데, 쥠레는 새집에 점점 익숙해지기 시작해, 이리저리 더 자주 돌아다니며, 모든 것에 호기심을 보이고, 무엇이든 물어뜯었다, 때로는 쐐기풀에도 그랬지만, 무엇보다도 주인의 손가락을 가장 좋아했는데, 안아 올려 왼손을 내밀어 마음껏 물어뜯어도 된다고 하면, 늙고 굳은 손가락들에 기쁘게 달려들었다, 아직 이는 날카롭지 않았고 힘도 없었기에, 이 상태는 한동안 더 이어질 것이라고 그는 즐겁게 생각했으며, 그래서 이제 둘이서 행복한 셈이고, 아니 셋이서, 곧 욜런더까지 함께라고 그때마다 생각했지만, 그렇다고 버릇이 나빠지게 둘 수는 없어 주의를 기울였다, 단지 당분간은 그럴 만한 수단이 없는 것이니, 어차피 곧 잊고 제대로 된 집 지킴이가 될 것이다, 밤마다 끊임없이 멀리서 짖는 다른 개들처럼 개의 삶이 무엇인지, 집과 주인을 아침부터 아침까지 지켜야 하는 것이 무엇인지 배우게 될 것이라 여겼다, 그렇게 그의 나날들이 흘러갔으며, 몇 주가 지났을 때 어느 날, 갑자기 다시 작은 경비 공간 아래의 조그마한 종이 울렸고, 아직 오전 11시에 불과한 이 시간에 그런 일은 아주 드물었으나, 그는 맞은편 이웃 또는 길 어귀의 미친 토니일 거라 생각했다, 하지만 그들이 아니었고, 문 앞에는 크러스너호르커이 러치가 서 있었으며, 들어가도 되겠느냐고 부탁했다, 그가 쾨바녀의 참사에는 가담하지 않았다는 것을 알면서도 들일지 말지 잠시 망설이다가, 몹시 어두운 표정을 짓고는 들여보냈고, 러치를 앉히려 했으나 그는 앉지 않았다, 그는 자신만 앉아, 앞으로 들을 말을 이미 지루해하는 듯한 마지못한 표정으로 무엇을 원하느냐고 물었다, 그러자 그 젊은이는 일어난 일들을 알고 있으며, 자신이 그것을 어떻게 생각하는지가 중요하다면, 자신은 정말로 미안하게 생각하고 있고, 그 뒤로 거의 잠도 못 자고, 교사로서 생계를 꾸려야 하기에 다른 일도 제대로 할 수 없었으며, 그렇다고 사람들이 말하듯이 예술만으로 살 수도 없다고 했다, 그래서 용기를 내어 찾아온 것은, 지금 요지 아저씨가 자신을 어떻게 생각하고 있는지가 너무 걱정되었기 때문이라고 했다, 나는 너에 대해 아무런 생각도 없다만, 네가 나쁜 무리에 섞인 것 같다고 생각하며, 네가 왕에게 충성하며 살고 싶다면, 그들 사이에는 네 자리가 없다, 둘은 잠시 말이 없었고, 침묵을 깨기 위해 그제야 러치를 바라보며 물었다, 내가 어린 시절 수년 동안 요허네스 베이스밀레르*와 아주 친한 친구였다는 걸 알고 있느냐?, 음유시인은 고개만 흔들 뿐, 누가 그 요허네스 베이스밀레르인지 전혀 감이 없는 듯했다, 하지만 타잔은 들어봤지?, 아, 그건 알아요, 청년은 조심스레 대답했고, 그러자 그는 다시 말을 이었다, 내가 바로 그 타잔과 함께 어린 시절을 보냈는데, 나는 어릴 적 테메시주(州)**의 서버드펄버에 살았고, 요허네스는 그때만 해도 그렇게 불렸는데, 바람에 날아갈 듯한 마른 뼈다귀 같은 아이였고, 아마 그래서 부모들이 나와 함께 있게 했을 것이다, 나는 베거강*** 물에서 좀처럼 나오지 않는 아이로 알려져 있었기에, 그는 나와 함께 몇 시간씩 헤엄치며 점점 강해졌지, 경주도 함께 했는데, 그가 나를 이기기 시작하자, 나는 그와의 경주 수영을 그만두었어, 내가 지는 걸 싫어한다고 말해주었더니 그는 이해했지, 그 역시 지는 걸 싫어했기에 미국으로 간 뒤에는 모든 것을 다 이겼어, 그 전까지는 높은 나뭇가지에서 물로 뛰어내리며 실컷 놀았고, 그렇다니까, 네가 말한 그 타잔은 내 가장 친한 친구 가운데 하나였어, 우리는 오래도록 연락도 주고받았지만, 그가 미국으로 가서 큰 스타가 된 뒤에는 주소를 더는 알 수 없었

*　미국의 올림픽 수영 선수이자 영화 〈타잔〉으로 유명한 조니 와이즈뮬러를 헝가리식으로 표기한 이름이다. 와이즈뮬러는 앞서 등장한 서버드펄버에서 태어나, 한 살 때 가족과 미국으로 이민을 가게 된다.
**　1920년에 트리아농 조약에 의해 루마니아로 편입되었으나, 그 이전에도 헝가리인, 루마니아인, 세르비아인, 독일인 등이 거주했던 다민족 지역이었다.
***　루마니아 서부 바나트 지역을 흐르는 강으로, 과거 오스트리아-헝가리 제국 시기 지역 생활과 밀접한 수로였다.

지, 그는 고향에도 오지 않았어, 자, 보라고, 나는 테메슈바르 근처에서 이런 사람들 사이에서 자라났어, 요지 아저씨, 러치가 그에게 다가와 말했다, 자, 그래, 무슨 일인가, 저는 무언가 말씀을 드리고 싶습니다, 말해봐라, 그래, 요점만 말해봐, 뭔데, 그러니까 KP 즉 조율된 플랫폼이 해산된 후, 버디지 씨가 요지 아저씨께 사과하고 싶어 합니다, 그것은 말도 안 돼, 그가 버럭 소리쳤다, 버디지 씨는 기사단에서도 탈퇴했고, 팀에서도 나왔으며, 몇 주째 다른 사람들, 즉 저희와도 어울리지 않고 있습니다, 거기서 벌어진 일들과 벌어지는 일들에 전혀 동의하지 않아요, 그는 그래서 무엇을 원하느냐?, 여전히 몹시 퉁명스럽게 물으며 음유시인에게서 성난 듯 돌아섰다, 그가 사과하고 싶어 한다는 것밖에는 모릅니다, 그렇다면 여기 와봐야 소용없어, 자신이 얼마나 분노하고 있는지를 노골적으로 드러냈고, 여기라고 말하며 식탁을 가리켰지만 물론 집을 뜻한 것이었다, 여기에 발도 들일 수 없어, 사람은 실수할 수도 있고, 누군가를 피가 날 때까지 모욕할 수도 있는데, 그의 경우는 바로 그 후자였어, 그보다는 노골적인 국왕 모독이라고 부를 수 있지 않겠느냐, 나는 이미 그럴 나이가 되었으니, 또 내게는 그에 걸맞은 지위도 있으니, 누가 이곳에 올 수 있고 누가 올 수 없는지는 가려낼 수 있다고 생각한다, 네 친구 버디지는 안 된다, 알겠습니다, 청년은 고개를 숙였으며, 잠시 침묵이 흐른 후, 다시 크러스너호르커이가 말을 꺼냈다, 정말로 깊이 뉘우쳤다면요?, 그리고 자신이 했던 말과 정반대라는 것을 입증하는, 부인할 수 없는 문서들을 비엔나의 문서보관소에서 찾아냈다면 어떻겠습니까?, 조심스럽게 물었다, 그는 고개를 번쩍 들며 비웃듯 다시 물었다, 도대체 어떤 문서들이냐?!, 그는 그것들을 보여드리고, 요지 아저씨의 아카이브에 기증하고 싶어 해요, 다시 침묵이 흘렀으며, 그는 생각에 잠겼지만, 쉽게 결정을 내리고 싶지는 않았다, 그렇다면 왜 너를 통해 보내지 않고 직접 여기로 가져오려 하느냐?, 음유시인이 대답했다, 고개를 들고 주인님의 눈을 바라보며 사과하고 싶어 하기 때문입니다, 그건 생각해봐야겠다, 그는 냉랭하게 말하고는 청년을 돌려보냈다, 다시 식탁으로 돌아와, 방금 들은 말에 놀라지 않았다고는 할 수 없었지만, 얼마 전 그 망나니에게서 당했던 모욕을 여전히 떨쳐내지 못했다, 아니야, 그는 고개를 저으며 입술을 내밀었고, 더 세게 고개를 흔들었으며, 되돌아보니 그 버디지가 퍼부었던 말들이 하나하나 떠올라, 다시 얼굴이 분노로 붉어졌다, 아니라고, 그는 계속 고개를 흔들며 입술을 씰룩거렸다, 이건 안 될 일이야, 다음 날 아침, 교수에게 메일을 보내, 크러스너호르커이 라슬로에게 전해달라며, 좋다, 버디지를 데려와도 된다고 했다, 버디지는 당장이라도 차에 오르고 싶었다, 정해진 시간을 채 기다리지 못하고, 부다페스트에서 이쪽으로, 도시 밖을 향해 질주했다, 이 길에서는 드물게도, 교통도 혼잡하지 않고 정체도 없어서 계속 달리고 달리며, 우연이란 없는 것, 지금은 하느님이 자신을 도와 최대한 빨리 도착하게 해주신다고 느꼈다, 이미 작은 종을 거칠게 흔들고 있었으며, 집주인보다 정확히 세 걸음 뒤에 떨어져 집 안으로 따라 들어갔다, 그가 권한 작은 스툴을 사양하다가, 요지 아저씨가 조급하게 앉아서 무엇을 원하는지 말하라고 소리치자 그제야 앉으며 말을 꺼냈다, 사과드립니다, 버디지는 참회하는 듯한 눈길로 그를 바라보며 의자에서 반쯤 일어났지만, 그는 엄한 눈길로 버디지를 다시 앉혔다, 지난번에 용서받을 수 없을 만큼 요지 아저씨를 상처 입힌 모든 일에 대해 사과드립니다, 버디지가 말을 이었다, 변명하고 싶지는 않다고 하면서도 변명을 늘어놓았는데, 유감스럽게도 이런 문제들에는 사기와 위조와 도발과 거짓말이 너무 많아, 그가 군주제 문제에 관여하기 시작한 이래로 거의 매달 가짜 왕과 가짜 합스부르크와 자칭 예언자와 훈족의 아틸라 왕의 검을 들고 다니는, 학위도 없는 안과 교수 같은 인물들과 마주쳤고, 그러니 이것이 자신을 변호해주기를 바라지만, 자신이 사용한 어조만큼은 변명의 여지가 없다는 것은 잘 알고 있으나, 자신도 어떻게 할 방도가 없는 것이, 지난 수십 년이 그를 지나치게 의심 많은 사람으로 만들어버렸고, 그는 시민 교육을 받은 역사학자로서 문서만을 믿고 서로 부합하는 문서만을 믿는데, 지난번 그렇게 거칠게 요지 아저씨를 몰아붙이고 집으로 돌아오는 길에, 부인하지 않건대, 곧바로 양심의 가책을 약간 느꼈으며, 그것은 특히 어조 때문이었고, 또 하나는 요지 아저씨의 이야기 속 몇몇 자료가 이상하리만치 맞아떨어졌기 때문이어서, 그것이 마음에 걸려 다시 한번 사안을 들여다보기 시작했으며, 부다페스트 문서보관소에서는 새로운 것을 찾지 못해, 한 문서에서 발견한 표식을 따라 비엔나 문서보관소로 갔고, 그곳에서 지금까지 누구의 관심도 끌지 못했던 자료들을 찾아냈는데, 이는 동료들 가운데 그 누구도 1301년 이후의 아르파드 왕조 자체를 다루는 노력을 기울이지 않았기 때문이라고 했다, 저를 이해하시겠습니까, 요지 아저씨?, 아르파드 왕조의 후손들이 남아 있었어야 한다는 가설에 애초에 아무도 흥미를 갖지 않았던 것인데, 바로 그때 이 문서들을 발견했고, 그것들을 가방에 넣어 가져왔으며, 그는 그 일치성에 놀랐을 뿐 아니라 곧바로 몹시 부끄러워지기 시작했다고 고백했다, 그곳에서 부다페스트로 돌아온 뒤, 이 자료들과 함께 이삼일 밤을 보내며 앞에서 뒤로, 또 뒤에서 앞으로 다시 검토했는데, 은퇴까지는 아직 1년이 남아 있어 낮에는 일을 하러 나가야 했기 때문에 밤에만 가능했던 것이고, 자료들은 서로 들어맞고 서로를 뒷받침했고, 그래서 지금 이 자

리에 앉아 있는 것이며, 요지 아저씨께서 들려준 이야기는 이야
기가 아니라,

모든 것이 사실

, 이라는 것을 깨달았기 때문이라고 했다, 내가 말했잖소, 그는
서운한 듯 고개를 홱 치켜들며 말했지만, 여전히 손님을 보지 않
은 채로 듣고 있었다, 이내 버디지는 탄력을 받으며 다시 말을 이
었다, 카단 칸이 존재했다는 것과 카단 칸이 사라졌다는 것, 그리
고 그와 동시에 세게드의 교회의 기록에 실제로 카다라는 이름
이 등장했다는 것, 욜런더의 이야기에는 이른바 역사적 기억상
실의 몇 해가 분명히 있었다는 것과, 이후의 모든 것 역시 확인되
었다는 것을 인정해야 했는데, 코슈트* 유형의 정치 고문에서부
터 호르티에 관한 일화에 이르기까지가 그러했고, 프란츠 요제
프 황제이자 헝가리 국왕으로부터 어떤 카다가 남작 작위를 받
았다는 것도 사실이며, 요지 아저씨께서 말씀하신 그 750년 동
안 많은 카다들이 여기저기서 나타났다 사라졌다는 것도 사실

---

*   코슈트 러요시(1778~1870)는 헝가리의 정치가이며, 1848~1849년 독립전쟁
의 상징적 인물이다. 영웅이자 동시에 비극적 실패의 상징이기도 하다.

이고, 서르버시**에서 태어났다는 점도 사실이며, 트란실바니아의 방계도 사실이고, 서버드펄버에서의 어린 시절의 기억도 사실이며, 당신의 부친께서 실제로 호르티와 아치 소장과 관계를 맺고 있었다는 것도 사실이고, 현재 에게르에 사는 셀레츠키 가문의 친척들이 여배우 지타와 세게드 출신의 어떤 하사(下士) 사이의 연애 관계를 분명히 기억하고 있다는 것도 사실이며, 끝으로 당신이 비밀스러운 대관식에 대해 말한 것 또한 사실처럼 보입니다, 놀라운 일이지만 정말로 이렇게 일어날 수 있었던 것 같습니다, 그는 그 말에 소리치듯 쏘아붙였다, 그게 무슨 소리요?!, 도대체 그렇게 일어날 수 있었다는 게 **무슨 뜻이오?!**, 버디지는 더듬거리며 대답했다, 비록 간접적인 증거들만 있을 뿐이지만, 그 간접 증거들이 가리키는 바는, 바로 대관식에 관해 요지 아저씨께서 말씀하신 그것과 정확히 같습니다, 그래, 그렇소, 그는 콧수염 아래로 중얼거렸다, 나는 한 번도 거짓말을 한 적이 없고, 처음부터 이것이 순전한 진실이라고 말했소, 그러자 버디지가 끼어들었다, 이제는 저도 그렇게 보고 있고, 그렇게 믿지 않았던 것을 깊이 후회하며, 이제부터는 믿을 뿐만 아니라 알고 있습니다, 증명할 수 있기 때문입니다, 아직 와인이 조금 남아 있는데,

** 헝가리 남동부 베케시주(州)에 위치한 티서강 유역의 평야 도시이다.

함께 마시겠소?, 마침 당신이 오기 전에 마시려던 참이었소, 그는 벽시계를 힐끗 보고 시간이 아직 11시 13분밖에 안 된 것을 보고는 왼손을 휘저었다, 아, 아니오, 조금 이른 것 같소, 커피를 생각하고 있었소만, 커피?, 그가 물었고, 버디지는 커피를 원했다, 그는 처음에 요지 아저씨의 손짓을 받고 앉았던, 그 작은 의자 끝에 걸터앉아 있었고, 더 뒤로 물러앉지도 않았으며, 이전에 그를 특징짓던 오만함은 그의 태도에서 전혀 찾아볼 수 없었고, 오히려 예순네 살이 되어서도 뭔가 잘못을 저질러놓고 이제는 몹시 후회하는, 성적은 우수하지만 다소 응석받이 같은 학생처럼 보였다, 말씀드리자면 불량 장작을 불에 던져 넣었습니다, 그 말은 서르버시 모카포트를 채우고 있던 요지 아저씨의 등을 향해 한 말이었는데, 그는 불이라는 말에만 반응해 고개를 돌리지도 않은 채 말했다, 그래, 그 불, 그것은 꺼졌지, 이는 그가 이미 그 이야기를 들었다는 뜻이었는데, 처음부터 그의 친구들에게 말했기 때문이었다, 나는 더 이상 장작불을 피우지 않소, 물론 그것은 비유적인 의미이기도 했지만, 보다시피 그 말의 의미는 비유에만 그치지 않고 일상적인 의미에서도 그대로여서, 이제는 장작 난로도 쓰지 않소, 밖에 아직 나무가 남아 있기는 하오만, 이 전열기를 올려놓고 적당히 편한 높이에서 전기로 쓰고 있소, 두 개의 화구면 내게는 충분하며, 작은 냄비에 끓인 파프리카 스튜나 후추를 넉넉히 넣은 감자국수면 충분하오, 그는 잠시 고개를 돌려 덧붙여 말했다, 이 시골 급식은 도무지 못 먹겠는데, 마을 의회인지 요즘은 뭐라고 부르는지, 하여튼 거기서 내게 급식을 승인해주었지만, 나는 그걸 먹을 수가 없어서, 한동안은 그들에게 말하지 않고, 매일 정오에 가져오면 고맙다고 받고는 안으로 들였다가, 저녁이 되면 그대로 쵐레의 그릇으로 보냈다오, 그런데 새 쵐레가 생겼는데 보았소?, 버디지가 대답했다, 예, 제가 마당으로 들어올 때, 작게 짖는 소리를 들었지만, 목소리가 너무 가늘어서 혹시 아픈 건 아닌지?, 아, 당신은 이전의 쵐레를 기억하는 것이오, 오, 그 아이는 이미 가버렸소, 불쌍한 녀석, 거기에 있는 아이가 새 쵐레라오, 버디지는 놀라며 물었다, 그 애도 쵐레인가요?, 여기에는 언제나 쵐레가 있었고, 모두 같은 이름이었으며, 부친이 카다라고 불렸듯 나 자신도 가명으로는 카다가 되었으니, 그들의 이름도 당연히 늘 쵐레인 것이오, 이것이 바로 질서이고, 나에게는 이것이 가족의 전통이라오, 두 잔에 커피를 따르고, 떨리는 손으로 식탁으로 옮겨 왔고, 그들은 커피를 마셨다, 그는 이어서 날씨가 좋고 아직 태양도 강하지 않다며, 버디지에게 물었다, 테라스로 나가 앉아 있고 싶지 않소?, 그 뜻밖의 친근한 말투와 제안에 손님은 적잖이 놀랐으며, 물론 그러고 싶었기에 기꺼이 그를 따라 나가 옆의 작은 벤치에 앉았고, 둘은 함께 커피를 홀짝이며 계곡 아래 갈대밭 앞의 풀밭에서 소 떼가 아주 느리게 움직이는 모습을 바라보았다, 너무 느려서 그것이 과연 움직임인지조차 확신할 수 없을 정도였으나, 몇 분 뒤 다시 바라보면 조금은 자리를 옮긴 것이 보였다, 이때부터는 대화를 나누지 않다가, 그가 문득 물었다, 자, 그래, 문서들은 어디에 있소, 모두 가방 안에 있습니다, 요지 아저씨께서 살펴보고, 읽고, 아카이브에 넣으실 수 있도록 전부 복사본으로 가져왔습니다, 당신은 본래 괜찮은 사람이오, 이때 그는 웃었으나, 여전히 소들을 바라보고 있었다, 적어도 스스로 확신에 이르기까지의 길을 제대로 거쳤다는 점이 마음에 드오, 이래야 좋고, 이제는 잘 지내게 될 것 같소, 실제로도 그렇게 되었는데, 그 뒤로 만남이 재개되자 젊은 버디지는 매번 찾아왔고, 만남은 한 주에 한 번씩 이루어졌다, 그들은 약속한 대로 대략 한 시간 정도만 머물렀지만, 규칙성이 다시 돌아왔고, 그 과정에서 특히 이 버디지가 가장 헌신적으로 곁에서 그를 보살폈다, 그의 몸짓은 완전히 달라져 동료들조차 눈치를 챌 정도였다, 그는 겸손해졌으며 참회하는 태도를 보였고, 전반적으로, 그리고 다른 이들과 달리 슬퍼 보이기까지 했으며, 요지 아저씨 역시 이를 알아차렸지만 따로 묻지는 않았다, 둘만 남아 있는 경우가 없었기 때문인데, 다른 사람들 앞에서 따로 말하고 싶지도 않았다, 사실 그 자신도 고백할 것이 있었는데, 이를테면 처음 다시 이어진 만남에 대해 그는 이런 식으로 작정했던 터였다, 즉, 들어봐, 이 망나니야, 나는 당신 때문에 나를 왕이라 부르는 것이 아니라, 나는 왕이며, 증거 따위는 필요 없고, 증거가 필요한 쪽은 당신이니, 이제 꺼지시지, 그렇게 할 생각이었고, 실제로도 그렇게 말하고 행동할 요량이었으나, 결국 사정은 다르게 흘러갔고, 이제는 그것을 후회하지 않았다, 그는 버디지를 좋아하게 되었는데, 다른 이들과 달리 이 사람은 이미 무언가를 증명했기 때문이었다, 그가 되뇌었는데, 즉 그는 시련을 통과했고, 골고타 언덕을 끝까지 걸어 나왔으며, 이제 그의 눈에는 분명히 내가 왕이니, 이것이 제대로 된 것이다, 다시 시작된 만남에서 가끔 젊은 버디지가 발언을 맡아 말을 이어가는 모습을 잠시 바라보았는데, 버디지는 말을 하되 앞서 말하던 이가 끝낼 때까지 공손히 기다렸다, 그는 거듭해서 이 사람이 참으로 철저한 변화를 겪었다는 사실을 확인했고, 그러다 어느 순간, 늘 그렇듯 불쑥 말하길, 슬픔이란 인간의 자연스러운 상태라고 생각하오, 철학을 하려는 것은 아니고, 그것은 나 자신의 몫도 아니지만, 긴 삶을 살아오며 한 가지는 분명히 깨달았소, 그것은 흥분과 행동하려는 의지와 안달 나서 설치는 몸짓과 고집스러운 집착과 한 여자나 권력이나 보물 창고나 혹은 제대로 된 족발과 골수를 넣은 파프리카 스튜에 대한 끝없는 욕망이 사람을 늙을 때까지 몰아붙인다는 사실인 터, 물론, 요즘은 어디서 그런 것들을 살 수 있소?!, 뭐, 어쨌든, 이는 이상할 것도 없는 일이고, 분명히 죽을 것이라는 사실을 뻔히 알면서도 그것이 사람을 평생 몰아가는데, 대체로 말하자면, 그 죽음은 고통과 괴로움 속에서 찾아오는 것이니, 살아 있는 동안 사랑하는 이들에게 준 기쁨보다 훨씬 더 많은 슬픔을 남긴다는 것을 큰 욕망을 품은 사람이라면 누구나 알아야 하오, 속담에도 큰 욕심의 끝은 신음이라고 하지 않았소, 그 신음이 무엇을 뜻하는지 사람들은 알고 있었을 것이오, 그래서 나는 굳이 말하지 않겠소만, 그래도 에둘러 말하자면, 이 아름다운 인생의 끝은 결국 엿 같은 거요, 막혀버리는 것, 말하자면 꼼짝없이 조여드는 것이오, 결국 우리는 그 끝에서 막다른 데로 몰리게 되니 빠져나갈 길은 없소, 이에 사보스드-우바시가 고개를 저었다, 그런 말씀은 하지 말아주십시오, 이에 그는 발끈했다, 그럼 내 나이에 무슨 이야기를 하라는 것이오, 밤마다 사람은 과연 오늘 새벽 4시에 그 일이 벌어질지, 아니면 내일?, 이라는 생각하게 되는데, 새벽 4시는 올바른 헝가리 사람이 떠나는 시간이라고 어디엔가 쓰여 있소, 지금은 기억나지 않지만 저기 안에 숨겨두었소, 그는 방 안을 가리켰다, 모두 거기 있으니 내가 죽은 뒤에 다 파헤쳐보시오, 이제는 작은 잔으로 와인이나 마십시다, 어젯밤 거의 마지막 한 방울까지 다 마셨지만 여러분을 생각해 남겨두었소, 러치야,

가져와라, 크러스너호르커이에게 말했다, 그는 곧장 가져왔고, 그들은 마지막 한 모금까지 들이켰으며, 잠시 침묵 속에 앉아 있었고, 그는 아치 소장 이야기를 하더니, 옛날 전차 이야기를 꺼냈다, 그 시절에는 탑승객이 먼저 작은 철제 문을 열고 계단을 내려 그 위로 기어오르듯 타야 했소, 세너 광장에서 셀레츠키 지타와 마주쳤는데, 작은 철문을 열고 계단을 내려주자, 그 작은 발들이 마치 천사들이 부드럽게 들어 올리는 것처럼 가볍게 떠올랐소, 이미 우리의 마리아님께 성스러운 신앙을 바쳤다면, 지금도 동정녀 마리아님을 공경하시오?, 전기 기술자에게 물었으며, 그는 대답을 찾다 말하길, 제가 아는 한 성모님은 모두가 공경하고 있습니다, 그렇지 않다면 요지 아저씨께서 합당한 자리에 오르실 때 크게 혼이 날 것입니다, 이곳은 성모님의 나라인 것이오, 그가 다시 말을 이었다, 이 성스러운 나라는 그분의 은총 아래에 놓여 있으며, 여러분이 생각하듯, 국회도 아니고, 왕도 아니고, 성모님의 힘으로 충만한 성스러운 왕관이 최고 권력인 것이오, 그 성스러운 왕관을 바로 우리 이슈트반 왕이 교황의 손에서 받아들였소, 손가락으로 식탁을 두드렸다, 바로 정확하게 1000년*에, 그

---

* 실제로 대관 시점에 대해 1001년이라는 학설이 유력하지만, 1000년 설을 따르기도 한다.

리고 한때 세케슈페헤르바르에서 그 머리에 씌워졌으며, 영광과 권력은, 선생님들, 바로 그 성스러운 왕관의 것이니, 여기의 모든 것은 거기서 비롯되며, 터키*와 합스부르크와 소련과 함께 한 그 몇 세기의 세월도 이것을 바꾸지 못했소, 나는 긴 연구 끝에 이 결론에 이르렀소, 그는 방 쪽을 향해 고개로 가리켰다, 이에 저 역시 같은 결론에 이르렀습니다, 이제는 역사학자로서 말입니다, 버디지도 약간 고개를 숙여 조용히 끼어들어 설명하듯 덧붙였다, 저는 오직 자료만을 믿는 역사학자입니다, 버디지가 거의 변명처럼 말하자, 방문객들은 또 한 번 크게 놀라 저 오만한 풋내기가 대체 왜 저렇게 갑자기 변했느냐며 서로 중얼거렸고, 그래도 괜찮다는 듯, 결국 중요한 건 정신을 차렸다는 거라며 넘겼다, 그러자 버디지는 운명의 재판관이 앉아 있던 그 작은 의자를 가리켰다, 셀레츠키 지타가, 이해들 하시겠어요?, 이미 나이가 든 다음에 무려 여섯 번이나 그 자리에 앉았습니다, 그러자 운명의 재판관은 자연스럽게 벌떡 일어섰다, 여섯 번이나 나를 찾아왔던 거요, 가족의 기억이 이곳에 매여 있었고, 마침내 고향에 돌아올 수 있었을 때마다 이 근처에 오면 항상 들러 나를 찾아왔지만, 그때는 이미 작고 시들시들한 노인이 되어 있었소,

---

*   헝가리는 중세에 약 150년간 튀르키예의 지배하에 놓이기도 했다.

우리는 옛날이야기를 나누었는데, 그녀는 위대한 헝가리인이었
소, 기억들 해두시오, 우리는 셀레츠키 지타의 동상을 코슈트 광
장에 세울 것이오, 그 아름다운 헝가리 여인은 이 나라를 위해
누구보다도 많은 일을 했소, 믿으시오, 기억하시오, 그가 되뇌었
고, 추억을 더듬듯 흥얼거리며 고개를 끄덕이자, 시그러이도 말
을 보탰다, 요지 아저씨, 그 동상은 꼭 세워질 것이니 걱정하지
마십시오, 코슈트 광장에 세워질 그 동상은 티서 이슈트반**의
것보다도 훨씬 더 클 것입니다, 그때 레하르가 끼어들었다, 너
—, 그건 사슬다리*** 근처에 있는 게 아니야?, 이거나 그거나 마
찬가지 아냐?!, 시그러이는 성급히 쏘아붙였다, 너한테는 마찬
가지 아냐?, 그냥 예로 든 것뿐이니 말꼬리 잡지 마, 요지 아저씨
가 작은 의자에서 일어나 물었다, 커피?, 그러고는 절뚝거리며
장작 난로 쪽으로 갔는데, 밤에 침대에서 뒤척이다가 잠을 제대
로 못 자서 여기를 조금 삐끗했다며 어디인지 가리켰고, 그래서
조금 절뚝거릴 뿐이라고 했다, 베코니 벤데구즈는 그가 혼자 커
피를 끓이게 하지 않으려 했지만, 집주인은 정중히 사양하며, 장

<hr>

** 오스트리아-헝가리 제국 말기의 헝가리 총리(1861~1918). 1차 세계대전 시기
헝가리 정치를 이끈 보수적 지도자였으며, 부다페스트 코슈트 광장에서 암살된
인물이다. 코슈트 광장에 그의 대형 동상이 있다.
*** 부다페스트 중심부에 있는 다뉴브강의 동서를 잇는 세체니 사슬다리를 가리킨
다. 가장 아름다운 다리로 알려져 있다.

작 난로로 기어갈 수 있을 때까지 첫 번째 커피를 내리는 것은 자기가 하겠다고, 그래, 좋아, 두 번째는 넘기겠지만 지금은 그럴 상황이 아니라며, 작은 금속 냄비에서 물을 옮겨 모카포트에 채우고 커피를 가득 넣어 작은 숟가락으로 눌러 담은 뒤, 전기레인지를 3단으로 켰다, 이러면 더 빨리 나온다오, 곁에 선 이에게 설명했다, 나중에 끓는 소리가 나면 2단으로 낮추는 거요, 실제로 소리가 나자 불을 낮추고, 네 잔에 나눠 따른 다음 다시 앉아 말했다, 지타는 아르헨티나에서 미국으로 건너가자마자 위대한 시인 버시 얼베르트를 만났소, 그의 작품은 모두 읽었기를 바라오, 그는 참으로 진실한 영혼을 가진 순수한 헝가리인이자 진정한 거인이었고, 젊은 시절 트리아농 이후 트란실바니아를 겪었던 우리에게 그는 곧 성스러운 시인이 되었으며, 그의 언어가, 하느님 아버지, 세상에나 얼마나 아름다웠는지 우리는 눈물을 흘리기까지 했소이다, 그러니 그의 글을 모두 읽으시오, 이제는 도서관마다 그의 책들이 다 있고, 내가 드물게 가기는 하지만, 여기 에게르에도 있소, 에게르나 에게를로바시가 대화에 등장할 때면 늘 그렇듯이 그는 윙크를 했고, 그의 청중은 이미 별도의 자세한 설명이 없어도 이것이 일종의 암묵적인 약속이라는 것을 이해하고 있었다, 그들과 첫 번째 윙크를 나누는 순간 요지 아저씨가 신뢰의 표시로 그 약속을 이미 맺은 것이었고, 또

한 번의 윙크는 이 합의에 찍히는 반복된 봉인이었다, 말하자면 언급된 이름들에서 에게를로바시나 에게르를 그대로 이해해서는 안 되었고, 그것들은 단지 일종의 암호명 구실을 했을 뿐이었다, 그러니까 내가 내려가면 도서관에는 거의 항상 들르고, 왜 들어가는지, 무엇을 찾는지와 상관없이, 언제나 버시 얼베르트를 확인하고 점검하오, 여러분도 알다시피, 나는 그 책들이 서가에 있을 때보다 없을 때 더 기쁜데, 그것은 누군가가 꺼내 읽고 있다는 뜻이기 때문이오, 그것이 옳은 것이니, 사람들이 여기서 버시 얼베르트를 읽고 있다면, 우리는 일이 올바른 방향으로 가고 있음을 알 수 있소, 자, 이제 다른 사람들 것도 더 끓여주겠느냐, 아들아?, 그때 크러스너호르커이에게 말을 건네자, 그는 물론 두 번째 커피를 끓였다, 그것을 마신 뒤 그는 일행을 테라스로 부르지 않고 정중하게 영지 밖으로 내보냈고, 개를 돌본 뒤 테라스로는 혼자 나갔다, 더 민감한 주제들, 이를테면 한때 그에게 올라오곤 했던 수많은 사람이 어떻게 되었는지 같은 이야기는 꺼내지 않았고, 남아 있는 충직한 왕의 사람들이 누구와 관계를 끊었는지도 거론하지 않았다, 그는 마음속으로 그들을 이렇게 불렀는데, 이쪽 사람들이 그쪽 사람들로부터 벗어났다고 여겼고, 모든 것이 평온하게 계속된다고 받아들였다, 내무부와 독일 대통령, 그리고 전(前) 바츠 시장의 답변을 기다리고 있었고,

줄어든 일행은 충실히 산꼭대기의 작은 집을 찾아 그의 말을 경청했으며, 버디지는 끊임없이 빠르게 메모하며 모든 말을 적었다, 이제는 모든 것을 믿었고, 어떤 말이 중요하고 역사적 의미를 지니게 될지는 알 수 없었기에, 요지 아저씨의 입에서 나온 한마디 한마디가 그의 눈에는 중요해졌으며, 부엌 식탁에서 요지 아저씨가 때때로 자신의 말에 완전히 고무되는 모습을 바라보며, 버디지는 그 모든 말이 다 그런 것임을 확신했다, 그는 빠르게 적어 집으로 가져가 밤을 새워 정리하고, 아내에게 설명했듯이 맥락 속에 놓았다, 그들은 아틸라 거리의 작은 아파트에서 둘이 살았고, 아이는 없었지만 책은 아주 많았는데, 모두 전문서적이었으며, 가끔, 드물게 오는 방문객들에게 그것을 자랑스럽게 보여주었다, 방문이 드문 이유는 아내에게 방문이란 그저 일과 일의 연속이었기에 그녀가 손님맞이를 좋아하지 않았기 때문이었다, 그녀는 버디지를 가리키며, 그러니까, 말하자면, 그들은 서로의 만남을 즐기지만, 누군가는, 그리고 그게 누구겠는가, 바로 그녀가 늘 이 손님들을 시중들어야 했고, 그 전에 요리하고 굽고 장을 보느라 얼마나 많은 시간을 써야 하는지는 말할 것도 없었다, 왜냐하면 버디지는 중요한 일을 핑계로 그런 부담을 한 번도 자기 몫에서 덜어주려 하지 않았기 때문인데, 그래서 버디지의 집에는 손님이 적었고, 그마저도 소수에 맞춰 준비했다, 학생 한두 명일 때는 대충 했지만, 중요한 동료들이라면 더욱 철저히 준비했고, 그런 초대를 받은 이들에게는 집주인이 자신의 서재를 모두 자세히 보여주었다, 많지는 않다고 둘러댔으나, 집이 작을 뿐, 그는 정수(精髓)라는 단어를 무척 좋아했는데, 나는 해마다 정해진 날에 점검과 일종의 선별을 하여, 다시는 읽지 않을 책들을 빼내는데, 일부는 이미 기억하고 있기에, 그리고 일부는 역사학적으로 구식이 되었기 때문이지, 그러니 이것은 하나의 정수라네, 여기서 중요한 것은 결코 그가 선물로 주거나 빌려주지 않았고 지금은 저자의 서명이 들어가 더 값어치가 높아진 버시 얼베르트의 초판본 한 권,

나의 산들을 돌려다오![*]

라는 제목의 걸작은 예외로 둔 것인데, 선반에서 그것을 꺼내 요지 아저씨에게 한 번 가져갔기 때문이다, 가방에서 조심스럽게 꺼내어, 그것을 감싸고 있던 그대로, 즉 비단 종이와 함께 건네

---

[*] 버시 얼베르트의 대표적인 정치·문학적 선언문으로, 트리아농 조약 이후 상실된 고향의 산과 땅을 상징적으로 되돌려달라는 호소를 담은 작품이다. 헝가리 민족 정체성, 상실의 기억, 역사적 부정의에 대한 저항 의식이 응축된 텍스트로 널리 읽힌다.

주었다, 선물로 가져왔습니다, 요지 아저씨, 그가 공손하게 말했다, 이 판본은 여기에는 분명 없을 겁니다, 미리 헌사문이 있는 표제지를 펼쳐 보인 채로 내밀었고, 이에 그는 당연히 크게 기뻐했는데, 입을 오므리고 감탄하듯 고개를 끄덕이며 말을 잇지 못할 정도로 감동하여, 선물을 넘겨보면서도 자꾸만 표제지로 되돌아갔다, 이것은, 버시 얼베르트의 경이로운 서명을 가리키며, 내 평생 받은 모든 상보다 나에게는 더 값진 것이오, 진심으로 하는 말이외다, 그렇게 말하고는 책을 덮고 비단 종이째로 방 안으로 가져가 선반 위에 올려두고, 다시 나와서는 버디지 앞에 멈춰 서서 그의 손을 꼭 잡고 눈을 바라본 채 아무 말도 하지 않았다, 말하지 않아도 알 거야, 요지 아저씨는 속으로 생각했다, 내가 무엇을 느끼는지, 버시 얼베르트의 친필이라니, 세상에, 그러고는 한동안 그의 손을 놓지 않으려 했다, 이제 다 함께 테라스로 나가서 하느님 아버지께서 그분을 믿는 이들에게 얼마나 숨이 막힐 만큼 아름다운 색채극을 베푸시는지 함께 보자고 제안했다, 작은 의자들을 가져왔고, 벤치에는 그를 포함해 셋이 앉을 수 있었다, 나머지 사람들은 테라스 바닥에 아무렇게나 자리를 잡았고, 모두가 서쪽을 바라보고 있었다, 작은 해바라기밭처럼, 모두가 한 방향으로, 해를 향해, 서쪽을 향했는데, 그가 농담처럼 말을 꺼냈고, 설명을 이어나갔다, 우리의 나라는, 사실은 끊임없이, 우리가 가장 중요하게 보아야 할 것, 우리가 비롯된 곳, 그리고 우리가 결코 잊어서는 안 되는 조상들의 본향인 동쪽만을 오로지 바라보아야만 했었소, 어찌나 아름답게 말했던지 그 뒤로는 아무도 입을 열지 못했다, 지금 그들이 무슨 말을 하겠는가, 그들은 이 순간의 장엄함을 느끼고 있었으나, 그 장엄함이 정확히 무엇으로 이루어져 있는지는 알지 못한 채, 한 방향으로, 해 지는 쪽을 바라보면서도, 마음으로는 모두 해 뜨는 쪽을 생각하고 있었다, 그때 시작되었는데, 구름 조각들이 서로 겹쳐지거나, 혹은 신의 한숨 같은 가벼움으로 하늘에 떠 있었고, 핏빛의 붉은색들이, 주황빛들이, 레몬빛 노랑들이, 가볍고 깊은 보라들이, 수많은 색조로 나타났다, 이 모든 것이 아직 맑은 푸른 하늘을 배경으로, 계곡 뒤에서 솟아오른 산등성이의 물결치는 선을 따라 밤으로 내려앉았다, 새들이 지저귀었는데, 나이팅게일은 다른 새들 대부분이 보금자리로 돌아간 뒤에야 울기 시작했기에, 개개비와 붉은가슴울새, 노랑턱멧새, 벌잡이새와 종다리들이었다, 그들이 그때 높은 곳에서 내려와 비교할 수 없는 연주회를 열었고, 한참의 큰 침묵이 흐른 뒤 나이팅게일의 노래가 울려퍼졌다, 그것은 밤마다 잠자리에 들기 전에 하느님을 부르기 때문이며, 하느님은 오직 신적인 선율로만 부를 수 있기 때문이다.

5장

어제 미친 토니와 이야기가 되었던바, 오늘 오전에 그가 올라 오기로 했기에, 오전 내내 그를 기다렸다, 대형 와인병을 다시 채워야 했으며, 그 아이는 마을 반대편 끝에 있는 예뇌에게 먼저 그걸 내려다 주고, 거기서부터 다시 그에게로 메고 올라와야 했 다, 그것은 장난처럼 실제로 가볍게 일이 진행되었는데, 이 미친 토니가 황소처럼 힘이 세서 그랬다, 그는 그 아이에게 500포린 트를 하나 쥐여주었고, 그러자 아이는 히죽 웃더니 그 돈을 손 안에 움켜쥐고는 벌써 달려가버렸는데, 옆집에 사는 루마니아 여자의 팬티를 당장 사려고 했기 때문이었다, 그 여자는 이 아이 형의 동거인이었으며, 그녀는 미친 토니가 이사 온 이후 줄곧 그 를 열병에 들뜨게 했다, 그는 할 수만 있으면 그 여자를 훔쳐보았다, 안타깝게도 그 여자는 드물게 씻었지만 그 여자가 씻을 때도, 또 그 여자가 잠에서 깨고 나서 러닝셔츠 차림으로 마당에 나와 문틀에 기대서서 플라스틱 통에서 늘 먹는 과일 요거트를 숟가락으로 떠먹을 때도 그랬다, 그런 때면 러닝셔츠 너머로 젖꼭지가 비쳐 보였고, 그걸 보면 미친 토니는 거의 기절할 지경이었다, 겁이 많은 편도 아니어서, 젖꼭지를 만져볼 수 있게 해주면 100포린트를 주겠다고 매주 그 여자에게 제안하곤 했다, 그러나 여자는 늘 그를 쫓아냈고, 그래서 남은 것은 갈망뿐이었으며, 목표에 단 한 뼘도 가까워지지 못한다는 분노 속에서, 여자가 한마디, 네 어미하고나 놀아나라, 라며 꺼지라고 내쫓았을 때, 아버지에게서 훔친 산탄총을 집어 들었는데, 그 총은 아버지가 이미 돌려달라고도 할 수 없었다, 누군가가 3년 전에 그 집 계단에서 아버지를 때려 죽였기 때문이었는데, 그 뒤로는 모두가 그 총이 미친 토니의 것이라고 받아들이게 되었다, 그는 그 총을 들고 숲으로 가서 능선 위로 올라가, 뭐든 움직이기만 하면 거기에 대고 쏘아댔고, 탄약은 넉넉했는데, 그가 산림 감시원의 집에서 늘 훔쳐낼 줄 알았기 때문이었다, 그만한 돈이면 그의 형이 누구에게라도 자기 동거인의 팬티를 내놓겠다고 했기에, 그는 500포린트에 몹시도 기뻐했다, 냄새는 고약했지만 그것은 그를 취하게 만드는 것, 더 취하게 만들 수 없을 만큼 취하게 만드는 것이었다, 그는 돈을 내밀고, 형의 손에서 더러운 팬티를 낚아채듯 빼앗아 들더니, 곧장 산책로에서 멀리 떨어진, 자신이 좋아하는 곳으로 달려갔고, 고갯마루 뒤편에 있는 옛 군사 훈련 장 겸 사격장의 허물어진 건물들 사이로 들어가, 그중 한 곳의 구석에 털썩 주저앉아 팬티를 코 앞에 대고 눈을 감았다, 그렇게 있는 시간이 너무 길어지는 바람에, 그는 집에서의 착유 시간을 그만 놓쳐버렸고, 그래서 요지 아저씨도 그날 우유를 더 늦게 받 게 되었으니, 아이는 작은 종을 잡아당길 엄두도 내지 못하고 경 비 공간에 우유 통을 내려놓기만 한 채, 마치 집에서 날쌘이를 찾지 못한 것처럼, 그대로 달아나버렸다, 날쌘이는 우유가 도착 한 소리를 분명히 들었다, 그의 청력은 박쥐처럼 좋았는데, 그는 마을에서 가끔 예뇌와 마주칠 때마다 그 사실을 자랑하곤 했고, 그러면 예뇌는 아무 말도 하지 않은 채 그저 눈썹만 치켜올렸다, 그에게도 나름의 자랑거리가 있었기 때문이었는데, 그것은 바 로 그 아름답고 숱 많은 검은 눈썹을, 원하기만 하면 이마 끝까 지 끌어 올릴 수 있다는 것이었다, 뭐 청력 그까짓 것 하면서, 그 는 그걸로 또 뻐기곤 했다, 아무튼 그는 준비해둔 돈을 들고 우 유를 받으러 나갔지만, 아이는 이미 흔적도 없이 사라져 있었고, 그는 콧수염 아래로 투덜거렸다, 뭐, 어쨌거나, 다음에 직접 받 으면 되지 뭐, 그리고 우유 통을 안으로 들여와 쥠레에게 조금

주었는데, 쥠레에 관해서는, 이제는 더 이상 계속해서 여기저기 떠돌아다니기만 하는 게 아니라, 호기심이 너무 커서 어쩌면 영지 밖으로도 대담하게 나가버릴지 모른다고 짐작할 수 있게 된 지금, 그는 머지않아 정말로 녀석을 사슬로 묶어둬야겠다고 생각했다, 그다음 집 안으로 들어가, 아직 입맛이 없었으므로 우유통을 서늘한 작은 저장실에 넣어두고 부엌에 앉아, 그 문제의 나들이 뒤에 이제 어떻게 해야 할지 생각해보았다, 누가 자기편으로 남았는지, 무기와 반란을 누가 더 중요하게 여기는지, 그걸 분명히 해두어야 할 것 같았는데, 반란이라 부르든 뭐라 부르든 생각해보아야 했지만, 고요 속에서, 이제는 마지막 전기톱의 끔찍하고 신경을 긁어대는 소리마저 잦아든 지금, 그는 두 번이나 잠들어버렸다, 그래서 세 번째로 또 금방이라도 다시 잠에 빠질 것 같은 느낌이 들자, 어떻게든 깨어 있으려 애써보았으나 잘되지 않았는데, 이번에는 힘을 주며 버티는 동안에 그의 정신이 밖으로 헤매더니 나가버렸다, 그 뒤에는 안개가 뇌에 내려앉았으며, 늘 그렇듯이, 안타깝게도 점점 더 잦아지는, 아무것도 아닌데 멍하니 빠져드는 일이 뒤따랐다, 그러다가 바깥에서 작은 종이 울릴 때 그는 해방감을 느꼈고, 곧바로 맞은편 이웃이, 불이야, 불이야!, 이웃 양반!, 소리 지르는 것을 들었다, 맞은편 이웃은 여느 시골 사람들과는 다르게 그를 이렇게 불렀다, 그는 뛰쳐

나갔고, 정말 불이 나 있었다, 그들 위쪽의 숲 능선이 타고 있었고, 누가 휘발유를 가져다 산책길 하나에 끼얹었었다고, 맞은편 이웃이 헐떡이며 말했고, 무엇을 해야 할지 몰라 이리저리 마구 뛰어다녔는데, 뭐 하세요, 이리 오세요, 하고 그가 침착하게 말했다, 얼소가(街)로 내려갑시다, 조금 전에 멀리서 사이렌 소리를 들은 것 같은데, 꿈인 줄 알았어요, 내려가서 소방대가 이미 도착했는지 봅시다, 그들은 내려갔고, 아직 눈에 보이지는 않았지만 점점 강해지는 사이렌 소리가 벌써 들려왔다, 그런데 저기에 어떻게 접근한단 말입니까?, 어떻게요?!, 맞은편 이웃이 절망적으로 찢기는 목소리로 소리쳤고, 진정하세요, 그가 제지했다, 그렇다고 더 나아지는 것은 아무것도 없어요, 우리는 아무것도 할 수 없어요, 그런데 누가 당신에게 그랬나요, 이게 방화라고?!, 그는 맞은편 이웃의 어깨를 잡고 자기 쪽으로 돌려 세우며 말했다, 히르냐크 선생님의 남편, 그 주리, 그가 우리가 사는 거리로, 여기 위쪽을 지나가고 있었는데, 내가 물으니 그가 소리쳐 대답하더군요, 누가 휘발유를 여기저기 뿌려놓았다고요, 여기서도 냄새가 나요, 어디 저 위 능선쯤에서 그랬다나요, 보세요, 그는 상대의 어깨를 더 세게 움켜쥐었다, 가만히 계세요, 우리가 아무것도 할 수 없다는 걸 이해하세요, 이 일은 아는 사람들에게 맡깁시다, 소방대가 알고 처리할 겁니다, 그렇게까지 흥분하지 마세요, 그리고 호스를 들고 저기까지 어떻게 올라갈 수 있는지는 결국 저들만 알게 될 터이니, 물론 그건 쉬운 일이 아니었고, 그들 앞에 소방차 두 대가 도착했다가 먼지를 일으키며 지나가버렸고, 그 뒤를 따라 빨간 승용차 한 대가 왔다, 저게 분명 현장 지휘관이겠죠, 그는 맞은편 이웃에게 그렇게 말했다, 그런데 그 승용차가 다시 돌아왔는데, 올 때보다 훨씬 빠르게 지나가버렸고, 그 바람에 맞은편 이웃은 다시 공황에 사로잡혔다, 그가 아무리 달래도 소용이 없어서, 혼자 히스테리를 부리게끔 이웃을 거기 남겨두고 앞으로 나아갔다, 얼소가를 따라 바깥쪽으로 가다가, 개울 옆에서 숲속 산책로가 산업용 산림 도로와 갈라지는 지점까지 갔다, 혹시나 무슨 도움이 될까 하였으나, 그곳에 있던 사람들은 그저 쳐다보기만 하더니 돌아가라고 했기에 아무 소용이 없었다, 아스팔트 길이 끝나고 숲속 산책로가 시작되는 그 지점에는 그때 이미 마을에서 나온 이른바 자원봉사자들까지 모여 있었고, 이리저리 뛰어다니느라 난리였는데, 호스를 어떻게 더 잇느냐를 두고 말들이 오갔다, 뭘 해야 하는지는 자기가 더 잘 안다고 모두가 나섰고, 결국 소방관 한 명이 질서를 잡았는데, 그때부터는 한쪽으로만 끌어당기기 시작했다, 말 그대로 호스들을 한 방향으로, 그러니까 작은 지름길을 따라 위쪽으로 끌어 올렸고, 그 길을 통해 능선까지 닿을 수 있으리라 기대했지만, 계속 드러난 사실은 호스가 충분히 길지 않다는 것이었다, 소방관들은 그곳 사람들을 보내 새 호스를 계속 가져오게 했으며, 그는 물론이고, 얼소가 쪽 집들에서 이유도 모른 채 물이 든 양동이를 들고나온 몇몇 할머니들까지도, 소방관들이 허락하는 동안에만 거기 서 있다가, 결국에는 돌려보내졌다, 여러분, 여긴 서커스장이 아닙니다, 구경하지 마세요, 우리 일만 방해가 됩니다, 집으로 돌아가세요, 우리가 처리할 테니 맡기세요, 하지만 사람들은 고작 몇 미터만 물러났을 뿐 다시 거기에 박혀 서 있었고, 어떤 이들은 울부짖기까지 했다, 그건 소방관에게도 지나친 일이어서, 말 그대로 할머니들을 집까지 밀어다 놓고는, 문을 걸어 잠그고 꼼짝 말라고 호통을 쳤다, 그는 다시 자기 집 옆 산책로와 아랫길이 만나는 지점으로 돌아와야 했는데, 사실 몇 가지 조언을 해주고 싶은 마음도 있었지만, 그만두기로 했다, 거기 서서 능선을 바라보았는데, 가끔은 불꽃도 보이긴 했지만, 대체로는 연기만이 그곳에서 높이 치솟아 오르고 있었다, 그러다 보니 북쪽에서 바람이 일기 시작했기에, 그때까지는 꼼짝 않던 바람마저 이제는 그들 편이 아니게 되었는데, 세지는 않았지만 분명 불고 있었으며, 그것은 좋은 징조가 아니었다, 그때 얼소가에 있는 한 집에서 아이 둘이 나타났는데, 젊은 부부가 사는 집이었다, 아이들은 아마 몰래 빠져나온 듯했으며, 곧 어머니도 그들 곁에 와 있었고, 어머니는 아이들에게 아무 말도 하지 않았지만 아이들은 그녀에게 몸을 바짝 붙였다, 큰아이는 여자아이였는데, 이제 어떻게 되느냐며 훌쩍거렸고, 작은아이는 남자아이로, 겁먹은 눈으로 소방관들이 있을 것 같은 방향만 바라보며, 엄마가 직접 가서 정말 뭔가 하고 있는지, 하고 있다면 뭘 하고 있는지 꼭 확인해보길 원했지만, 어머니는 움직일 수 없었다, 그래서 요지 아저씨가 대신 소식을 알아 오겠다고 나섰으나, 다시 앞으로 가보아도 소용이 없었는데, 조금 전까지 소방차들이 서 있던 곳에는 이미 동네 자원봉사자 한 명만 남아 있었으며, 그는 다시 요지 아저씨를 되돌려보내며, 날쌘이, 얼른 발을 빼고 여기서 당장 사라져, 그 거친 말투에 그는 한마디 독한 욕을 내뱉고 싶었지만 꾹 삼켰다, 지금은 그럴 때가 아니었으니, 다만 어떤 놈인지 마음속에 새겨두고는, 아이들 곁으로 서둘러 돌아가, 아이들의 머리를 쓰다듬으며 말해주었다, 소방관들이 이미 능선으로 올라가는 산책로 위에 있을 뿐 아니라, 소방차도 더 위까지 올라가서 호스로 불이 난 곳을 직접 겨냥하고 있단다, 걱정하지 마라, 소방관들은 아주 능숙해서 눈 깜짝할 사이에 불을 끄고 곧바로 돌아올 거야, 아무것도 아니야, 글쎄, 사실 아무것도 아닌 게 아니어서, 벌써 한 시간이 지나도록, 그들이 나중에 몸을 피하듯 들어가 있던 경비 공간에서도 여전히 작은 불길이 여기저기 번쩍이는 것이 보였다, 물론 이내 꺼지긴 했지만 말이다, 잘하고 있잖아요, 뭘 해야 하는지 알고 있어요, 보세요, 그가 가리키면서, 걱정하지 말라며 맞은편 이웃에게 그렇게 말한 뒤, 문득 쥠레가 생각났기에 집 안으로 들어갔다, 수많은 사이렌 소리에 너무 놀라지는 않았을지, 그런데 정말 제자리에 없었고, 영지 맨 아래쪽에서도 찾을 수 없었다, 아이고 제기랄, 그는 이를 악물고 욕을 내뱉었다, 이럴 때 이런 일까지, 그는 샅샅이 찾아다니다가 결국 집 한쪽에 빗물을 받으려고 조금 기울여 세워 배수관의 아래쪽에 닿게 해두고, 빗물이 집 벽 쪽으로 흐르지 않게 놓아둔 철제 드럼통 밑에서 놈을 끄집어냈다, 한동안 쥠레에게 화를 냈는데, 그 드럼통의 물은 물을 주고 뿌리는 데도 쓸모가 있었으나, 그 녀석 때문에, 마지막으로 비가 온 이후 모아둔 물의 절반이나 쏟아내야 했기 때문이었다, 드럼통의 한쪽을 들어 올리지 않으면 작은 놈을 빼낼 수조차 없었고, 그 녀석은 물론 나뭇잎처럼 덜덜 떨고 있었기에, 그는 녀석을 안고 테라스에 앉아 무릎에 올려놓았다, 거기서는 집들에 가려서 능선 쪽을 전혀 볼 수 없었는데, 그는 더 이상 위에서 무슨 일이 벌어지는지 보고 싶지 않았고, 아무 소용도 없이 걱정스러운 얼굴로 돌아다니고 싶지도 않았으며, 얼소가와 거리에 있는 수많은 사람들처럼, 아까 그 할머니들처럼 그러고 싶지 않았다, 지금 또 뭘 하자는 거야, 그는 중얼거리며 쥠레를 쓰다듬어 떨림을 멈추게 하려 했고, 결국 기다리는 것 말고는 할 수 있는 게 없다는 사실을 받아들였으며, 그게 옳은 선택이라고 생각했다, 어떤 경우에도 자신을 이 사람들처럼 행동하도록 내버려둘 수는 없으며, 본보기를 보여야 한다고 여겼다, 실제로도 그는 그렇게 본보기를 보였으며, 다음 날 맞은편 이웃이 말하길, 정말 대단한 정신을 가지셨습니다, 제가 보기엔 능선에서 우리 집들까지 숲이 몽땅 타버렸어도 선생님은 꿈쩍도 안 하셨을 겁니다, 저는 이것을 자기통제라고 하지요, 아무튼 그때는 이미 그의 말투에 약간의 비아냥이 섞여 있었는데, 그는 들은 체도 하지 않았으며 아무 대꾸도 하지 않았다, 그저 어제의 공포가 그 입을 놀리고 있을 뿐이라는 걸 알고 있었고, 그가 생각하길, 이제 와서 큰소리치는군, 하고 쥠레를 내려다보며 무사한지 확인했는데, 쥠레는 괜찮았다, 다 괜찮아졌으니, 자, 그러고는 쥠레와 놀기 시작했는데, 작은 플라스틱 양동이를 하나 던지자 녀석이 그걸 쫓아가 가장자리를 물고는 헐떡이며 다시 달려왔다, 반짝이는 눈으로 그를 올려다보는 바람에 그는 그만 웃음을 터뜨리고 말았는데, 쥠레에게 말하며 정수리를 쓰다듬어주었다, 내가 보기에 너야말로 네 몫은 톡톡히 하는구나, 그다음에는 집 뒤편 지하실 쪽으로 가서 낡은 쥠레의 사슬을 찾아 다시 돌아와 녀석의 목에 채워주었다, 그러자 녀석은 한

동안 빙빙 돌며 어떻게든 벗어나보려고 애썼고, 아마도 이것 역시 놀이인 줄 알았던 것 같지만, 놀이는 아니었으니, 이는 마치 옛날에 사내아이를 어른으로 인정해주는 통과의례 같은 것이었다, 그는 녀석의 주둥이를 붙잡고 장난삼아 머리를 흔들어 보이며 말해주었다, 이제 너는 진짜 집 지키는 개가 됐고, 이 사슬은 네 것이며, 지금부터 실제로 다시는 풀리지 않을 거다, 네가 살아 있는 동안에는, 그는 집 안으로 들어가 현관과 부엌을 쓸어 정리한 뒤, 냄비에 물을 올려 끓이기 시작했다, 오늘은 껍질째 삶은 감자가 몹시 당겼는데, 가끔은 그런 게 먹고 싶어질 때가 있었다, 흙내 나는 맛을 좋아했고, 뜨거운 김을 후후 불며 한 손에서 다른 손으로 던져가며 식히는 것도 좋아했다, 손이 견딜 만해지면 껍질을 벗겨 먹는 것도 즐겼고, 심지어는 가끔 껍질째로 한두 개를 먹기도 했다, 손님이 올 걸 알고 있을 때면 양을 넉넉히 해 삶곤 했는데, 오늘도 그랬다, 손님들이 도착하자마자 그는 곧장 감자를 들고 한 사람씩 차례대로 그것을 내밀었다, 모두가 불이 났다는 이야기는 이미 들었고, 그것이 요지 아저씨 집 바로 근처에서 일어났다는 사실에 몹시 동요했다, 그가 얼마나 가까운지 보여주고, 고개를 저으며 말했다, 그렇지, 이제 남은 건 누가, 왜 그런 짓을 했는지를 아는 일이지, 그러고는 우유를 나르고 가끔 이런저런 심부름도 해주는 미친 토니라는 녀석 이야기를 꺼냈다, 마을 사람들 말로는 그 아이가 불을 무척 좋아한다고 했소, 한동안은 갈대밭을 특히 그랬다고 하는데, 나도 그 일은 기억하오, 거의 해마다 누군가가 불을 질렀지만, 증거를 잡지는 못했소, 아시다시피 이런 마을 사람들은 그러오, 쉬쉬하며 덮어두고, 자기들끼리 알아서 처리한다오, 적어도 그에게는 그렇게 말했는데, 그가 한두 번 물어보았을 때에도, 모두가 매년 여름 그 아이가 갈대밭에 무슨 짓을 하는지 다 아는데 어떻게 아직도 자유롭게 돌아다닐 수 있느냐고 했지만, 아무 소득도 없었다, 아이는 자라나 점점 커졌으며, 이제는 우유 통을 드는 데 그치지 않을 정도로 워낙 힘이 세져 아무도 가까이 가려 하지 않았고, 성격도 점점 예측하기 어려워졌다, 그는 솔직히 말했는데, 그날 저녁 찾아온 손님들에게 전한바, 자신은 개인적으로 그 아이에게서 어떤 악당 같은 기미를 한 번도 느낀 적이 없었고, 벌써 몇 년째 우유를 배달하는 동안에는 갈대밭에 불이 나는 일도 사라졌으며, 그사이 거의 어른이 다 되어 이제는 아무도 예전처럼 사람들의 심기를 건드리지 않는다는 이야기를 들었다고 했다, 그 점에서는 그가 틀렸는데, 실제로 가장 먼저 당국에 끌려간 사람이 바로 그 미친 토니였다, 그는 곧바로 울음을 터뜨렸으며, 마을에는 별도의 경찰서가 없었기 때문에 면사무소로 그를 데려 갔다, 도시의 경찰서에서는 경찰이 한 명뿐인 마을에 무슨 경찰

청사가 필요하겠느냐는 생각을 하고 있었다, 그곳에서 그들은 곧장 그의 손을 살펴보았고, 특히 냄새를 맡아보았다, 휘발유 냄새가 나는지 보려고 했는데, 과연 냄새가 났으며, 그것도 조금이 아니라 아예 휘발유 냄새가 진동을 했기에, 즉시 수갑을 채워 의자에 앉혔다, 그러자 그는 더 크게 울기 시작했으며, 요지 아저씨도 이후 그 이야기를 했는데, 나중에 전해진 바로는, 사람들이 그를 다시 찾았을 때, 그가 곧장 모든 것을 자백했다는 것이다, 자기 집에 있는 여자가 몹시 마음에 들었고, 그 여자에게 아름답다고 생각하는 것이 무엇인지 보여주고 싶었으며, 솔직히 말해 그는 무언가가 타고 있는 장면을 가장 아름답다고 여겼고, 그런 장면을 오래전부터 꿈꿔왔다고, 그렇게 눈물을 흘리며 면사무소에서 경찰들에게 말했다고 했다, 너무 울어서 콧물과 침으로 엉망이 되었다며 눈을 닦게 해달라고 부탁했고, 눈물이 얼굴을 흠뻑 적셔 잠시 수갑을 풀어주어 종이 손수건으로 코를 풀게 했지만, 콧물이 너무 많아 한 장을 더 달라고 했다, 그러고는 다시 수갑을 채웠으며, 그때 그는 여자를 자기 옆에 앉혀 둘이 함께 수갑을 찰 수 있도록 요구했다, 그 말은 무시되었을 뿐 아니라, 신문(訊問)하던 사람이 그에게 고함을 지르며, 어떻게 시작했는지나 말하라고 하자, 그는 길 안내소 전망대에 여자를 불러냈다고 말했다, 거기서는 치프케로저산*의 정상이 잘 보였으며, 여자는 그 대가로 400포린트를 요구했지만, 일단은 함께 올라갔고, 전망대에서 그는 어디가 치프케로저산인지 가리켜 보였다, 그 산은 실제로 바로 그들 앞에 있었고, 능선도 보였는데, 때가 한창 봄인지라 아직 참나무 숲이 완전히 잎을 틔우지 않아 그것을 가리지 않았다, 그게 언제였지, 그 질문에 그가 대답했다, 어제요, 해 질 무렵에요, 그럼 휘발유는 언제 뿌렸나?, 그게요, 오늘 흩뿌렸어요, 그리고 무슨 일이 있었지?, 그 후에는?, 그는 눈썹을 치켜올렸다, 무슨 일이라니요, 그다음에는 400포린트를 더 냈어요, 안카는 내가 가진 돈이 전부 800포린트라는 것을 알고 있었어요, 안카가 누구냐, 그러니까 그 여자, 형의 여자예요, 알겠어, 경찰은 길게 연기를 내뿜었다, 계속 말해봐, 저는 그녀더러 구경하라고 다시 전망대로 올려 보냈어요, 그리고 가진 휘발유를 모조리 뿌리고 불을 붙인 다음, 저는 그 불에 타지 않으려고 달려 내려왔어요, 이후 저도 전망대로 올라가 안카와 함께 불타는 모습을 지켜보았어요, 하지만 그녀는 가슴을 내주지는 않았고, 잠깐 보여주기만 했으며, 돈을 더 구해 오면 만지게 해주겠다고 했어요, 반면 보지에는 2천 포린트를 요구했어요, 그

* 실제로 있는 산은 아니며, '치프케로저'는 야생 장미를 의미한다. 동화 〈잠자는 숲속의 공주〉의 헝가리어판 제목이기도 하다.

대목부터는 면사무소에서도 더는 듣고 싶어 하지 않아 그를 끌어내고, 경광등이 번쩍이는 경찰차에 태웠으며, 뒷좌석에는 안카라는 여자를 태웠다, 그녀는 미친 토니의 신문이 진행되는 동안 밖에서 지역 경찰과 함께 대기하고 있었는데, 그 지역 경찰은 신문에서 이렇게 철저히 배제된 것에 몹시 못마땅해 보였다, 분노로 고추처럼 얼굴이 새빨갛게 변한 것은 분명히 보였으며, 그가 내뱉었다, 반드시 후회하게 될 거야, 이 더러운 루마니아 창녀야, 그런데 바로 그때였다고, 그는 손님들에게 이야기했다, 그러니까 미친 토니가, 말하자면, 갑자기 버둥거리기 시작했는데, 안카를 자기 옆자리에 앉혀주지 않으면 함께 가지 않겠다고 했고, 또다시 자기들을 서로 수갑으로 묶어달라고 요구했으며, 그러면 자기가 어떻게 되든 상관없다고 했다, 그 순간 옆자리에 앉아 있던 경찰에게서 가슴을 팔꿈치로 크게 한 대 맞아 머리가 뒤로 젖혀졌고, 그 일로 그는 울음을 터뜨렸다가 곧 잠잠해졌다, 그렇게 그들은 사이렌을 울리며 굽이진 길을 따라 도시로 내려갔고, 그 뒤를 안카가 다른 차를 타고 따라갔다, 그래서 다음 날 오후에는 우유를 받지 못했는데, 제시간에 통을 내놓았음에도 불구하고 아무 소식이 없었다, 정말로 히르냐크 가족들이 일을 좀 제대로 나눴어야지, 그는 빈 통을 들고 투덜거렸지만, 그들은 당연히 그런 건 아랑곳하지 않았다, 전부 멍청이들이에요, 맞은편 이웃이 확신에 찬 어조로 말했다, 그 미친 토니가 자기 아버지를 때려눕혔다는 소문이 있어요, 너무 세게 맞아 계단에서 굴러떨어져 머리를 부딪히고 그 자리에서 죽었다고요, 누구 말씀인가요?, 그 미친 토니 얘기지 누구겠어요, 걔 어머니는 또 어떻고요, 맞은편 이웃은 계속해서 말했다, 한번 보세요, 그 여자도 완전히 정신이 나갔지만 파리 한 마리도 해치지 못하는 인간이고, 형은 또 어떠냐 하면, 맞은편 이웃은 얼굴을 찡그리며 손을 내저었다, 그 인간은 워낙 술꾼이라 아직 교도소에 안 들어간 것뿐이에요, 당신도 알다시피 오후 3시만 넘어도 숲에서 막일을 마치고 집에 돌아올 때면 거의 늘 만취 상태로 비틀거리며 올라오는데, 인사하고 싶어도 못 할 만큼 취해 있어요, 이래요, 맞은편 이웃은 목소리를 낮추었다, 이번 일로는 뭔가 조치가 취해지길 바라요, 전부 정신병원에 넣든지, 아니면 교도소에 보내야 해요, 저는 그렇게 생각하는데, 어떠세요, 저는 아무 생각도 없어요, 그는 대답하며 문을 통해 다시 마당으로 들어가 문을 잠갔고, 쬠레를 살펴보았다, 목줄 때문에 몸이 많이 쓸리지 않았나 보니, 확실히 많이 쓸려 있었다, 아직 사슬에 익숙해지지 않았기 때문이어서, 그는 사슬을 풀어주고 안쪽에 두툼한 양모 천 조각을 덧대어 붙였으며, 털 사이로 겨우 드러나는 목 부위에는 상처에 바르는 연고를 발라주었다, 이제 이러면 괜찮을 거야, 뺨을 가볍게 두드렸는데, 쵬레는 왜 이 끔찍한 사슬을 풀어주지 않는지 이해하지 못하겠다는 듯 그를 바라볼 뿐이었다, 이건 재미있는 놀이가 아니에요, 어쩔 수 없는 일이란다, 이것이 일의 질서야, 너는 이제 자랐고 사슬에 묶이는 거야, 그는 연민 어린 목소리로 말해주었다, 가끔은 내가 동네 가게에 내려갈 때 너도 같이 가게 될 거야, 얘기가 된 거다?, 하지만 쵬레는 대답하지 않고 멍하니 주인을 바라볼 뿐이었으며, 그는 집 안으로 들어갔다, 며칠 뒤 손님들이 다시 나타났을 때 그들에게 말했다, 이 불이 그들에게 어떤 메시지를 던지는지 곰곰이 생각해보았고, 이곳 치프케로저산 꼭대기에 난 이 화재는 폭력과 파괴와 공격성이 우리를 역사의 그릇된 방향으로 밀어 넣을 뿐이라는 사실을 완벽하게 드러내준 것이며, 그들 가운데 누군가 아직도 목적에 어떤 수단이 어울리는지에 대해 의문을 품고 있다면, 이제는 그의 확신에 기꺼이 몸을 맡겨도 좋다고 했다, 그는 주변을 둘러보았다, 평화의 길로만 가야 희망이 있으며, 하느님 아버지는 이미 모든 것을 미리 정해두셨고, 세상은 그분의 뜻대로 흘러갈 것이며, 언제 무엇이 일어날지는 하느님 아버지가 표징을 통해 자신에게 알려주실 것이라고 했다, 왜냐는 문제에 대해서는 더 이상 조언이나 지침이 필요하지 않다고, 그 점에서는 모두가 이미 의견을 같이하고 있고, 서로 알기 전부터도 그랬다고 했다, 자신이 틀리지 않았다면 유일한 목표는 성모마리아와 성스러운 왕관의 보호 아래, 성스러운 조국 헝가리를 본래 예정된 길로 되돌려놓는 것이라고 다시 한번 둘러보며 말했다, 비록 반복된다고 해도 굳이 강조하자면, 이 모든 왕 놀이의 궁극적 목적은 성모마리아와 성스러운 왕관의 질서에 따라 도덕을 회복하는 데 있으며, 이제는 옳고 그름이라는 도덕적 질문을 따지는 것 자체가 무의미해졌고, 선도 악도 더 이상 누구를 인도하지도 못하며, 잘못된 도덕적 답조차 존재하지 않는다고, 오늘날의 삶에서는 도덕 그 자체가 사라졌다고 말했는데, 이는 자신의 종교적 신념 때문이 아니라, 그런 믿음이 없어도 주변을 조금만 둘러보면 무엇이 이 세계를 지배하고 있는지 분명해지고, 그러면 무엇을 해야 하는지도 명백해진다고 했다, 선생님들, 목소리를 높이며 의자에서 일어났다, 정직해지시오, 용감해지시오, 인내하시오, 그의 목소리는 울려 퍼졌다, 자기 자신과 가족과 조국과 성모마리아에게 충실하시오, 그리고 이러한 고귀한 원칙을 알지 못하는 이들을 도우시오, 이것이 단순한 이성이 우리에게 명령하는 바이며, 이것만 따르면 충분하고, 다른 어떤 지침도 필요하지 않소, 부엌에는 침묵이 흘렀다, 예닐곱 명이 그를 둘러싸고 있었는데, 모두가 한 방향으로, 요지 아저씨를 바라보고 있었다, 이렇게 아름답게, 이렇게 길게 연설하는 모습을 그들은 처음 보았기 때문이었다, 눈은 반짝였고 얼굴은 상기되어 있었으며, 이후 누구도 말을 꺼내고 싶어 하지도 움직이고 싶어 하지도 않았다, 차를 타고 굽이진 길을 내려가면서 그 연설을 정확히 되살려낼 수는 없었으나, 다만 핵심은 여전히 또렷이 남아 머릿속 깊이 새겨졌으며, 그것은 말이 아니라 계시였다, 운전대를 잡고 있던 시그러이가 첫 번째 차 안에서 열정적으로 목소리를 높이며 말했다, 그게 아니라 이것은 느낌이고, 그저 그걸 따르면 되는 거라고, 그러면 우리는 괜찮아질 거라고, 그렇지, 괜찮아질 거야, 다른 이들도 맞장구를 쳤다, 반면에 요지 아저씨는 누가 남았고 누가 떠났는지를 세어 보려 했는데, 러치라는 음유시인, 사보스드-우바시, 교수 퍼쿠서와 레하르, 그리고 시그러이와 몰나르 베레시 요제프까지는 떠올렸지만, 그다음은 더 생각나지 않았다, 그러니 퍼이르도, 부더펄비도, 페트라시도, 페슈티도, 치세르도, 소르시-비로도, 너지 러요시도 생각나지 않았고, 언젠가는 자기들에게 화를 불러올지도 모를 어리석은 자들이었기 때문에 더 열거할 마음도 사라졌지만, 그들이 자신을 거기로 데려가서 그 미친 무기고를 보여주었기에 다행히도 그는 그 화를 피할 수 있었다, 이 말이 의미하는 것은 곧, 그러면 지금 남은 사람은 몇 명인가?, 글쎄, 그렇지, 지난 반년 동안 이곳에 드나들었던 그 많은 사람 가운데서, 아, 그리고 버디지, 그는 문득 고개를 번쩍 들었고, 그를 어떻게 빼먹을 수 있었을까?, 좋아, 그러면 정확히 일곱 명이 그의 곁에 남아 있었고, 그는 이들을 이제부터 7인의 의인이라 불렀으며, 이것이면 충분하다고 생각했다, 중요한 것은 힘이 아니라 그것을 주는 사람이다, 그런데 여기서 그는 말이 꼬여버려서 그게 정확히 어떻게 되는 말이었는지 스스로도 헷갈렸고, 이 대목에서는 자기가 무엇을 인용하려 했는지조차 분명하지 않았지만, 뭐, 됐다, 그는 손을 내저었다, 충성스럽고 믿을 수 있으며 흠잡을 데 없는 일곱 사람이면 그들이 목표를 실현하기에 충분하다, 과연 자신에게 아직 이 일을 할 의욕과 기력이 남아 있다면 말이다, 그것은 한번 두고 보지, 콧수염 아래로 투덜거리듯 말했고, 턴테이블에 이미 올라가 있던 음반을 틀었다, 잊을 수 없는 연인이자 위대한 헝가리의 정신을 지닌 그 예술가의 노래,

아름다운 내 조국을 떠나며

를 들었고, 눈가를 적시며 큰방으로 들어갔다, 사랑하는 일로너가 떠난 뒤로는 그 방에서 잠을 자지 않았고, 대신 현관에서 이어지는 더 작은 다른 방에서 잤는데, 그곳에는 침대 하나와 큰 옷장 두 개, 작은 램프가 놓인 협탁 하나가 전부였다, 그는 그렇게 들어가 선반들을 둘러보며 입술을 오므린 채 어디에 손을 뻗

을지 가늠하다가, 결국

가족 문제

라는 제목 아래 놓인 첫 번째 파일을 집어 들고, 그것을 부엌으로 가져가 식탁 위에 올려놓고는 열어보았다, 첫 장에는 딸의 이력이 들어 있었다, 그는 그 파일을 읽기 시작했는데, 그 글은 딸 아그네시가 여섯 살이었을 때, 초등학교에 막 들어갔을 무렵부터 쓰기 시작한 것이었다, 그때까지만 해도 모든 것이 잘 굴러가던 시절이었다, 그는 종이에 붙여놓은 사진들을 바라보다가 조금 감상에 젖었고, 이 아이가 얼마나 예뻤던가 하며 한숨을 내쉬며 중얼거렸다, 이 금발의 곱슬머리와 이 놀라운 하늘빛 두 눈이라니, 다음 날 그는 술집 앞 광장을 가로질러 정류장으로 내려가 다음 버스에 올랐다, 그들 집에 도착하자마자, 상대가 들어오시라는 말을 꺼내기도 전에 먼저 말을 걸었다, 평화를 들고 왔단다, 이건 꽤 강렬한 시작이었는데, 딸은 곧바로 입을 삐죽 내밀며 말했다, 아버지, 여긴 오페라 무대가 아니에요, 또 무슨 일로 오신 거예요, 들어오라는 말도 하지 않은 채 문간에 그대로 서서, 담배를 문 채로, 별로 좋은 일을 예고하지 않는 시선으로 그를 바라보았다, 네 남편이 몇 주 전에 나를 찾아왔고, 그가 제안한 걸 곰곰이 생각해봤다, 나는 그것을 받아들이겠다, 솔직히 말해 나 스스로도 우리가 화해하기를 바란다, 모든 걸 너희 뜻대로 해라, 너희에게 좋은 대로 해라, 나는 더 이상 끼어들지 않겠다, 너희가 원하는 대로 다 하거라, 다 너희 것이어도 좋다, 나는 이제 아무것도 필요 없다, 그리고 그의 눈에 눈물이 고였다, 딸은 틀어 올린 머리 매무새를 고치더니, 이웃들이 문 앞에서 무슨 일이 벌어지는지 알아차리기 전에, 특히 듣기 전에, 아버지의 손을 잡아끌어 안으로 들였다, 뒤이어 문도 닫아 안전 사슬을 걸었으며, 크게 한숨을 내쉬었지만 아직 아무 말도 하지 않고 고개로 부엌 쪽을 가리켰는데, 부엌은 미국식 구조로 넓고 탁 트여 있었고, 한쪽에는 실제 조리 공간이, 다른 쪽에는 식사 공간이 꾸며져 있었다, L자 형태로 놓인 커다란 소파와 거대한 텔레비전도 있었는데, 그것도 하루 종일 프로그램이 돌아가는 기기들 가운데 하나처럼 보였다, 그녀는 바로 그 앞에 아버지를 앉혔으며, 자신도 L자의 짧은 쪽에 앉아 이렇게 물었다, 그래서 아버지는 또 무슨 문제를 일으키신 거예요, 다시 사이비 종교를 만들 생각이세요?, 우리 동네에 불이 났다, 그가 답했다, 예, 뉴스에서 봤어요, 전화도 했는데, 늘 그렇듯 안 받더군요, 딸은 손을 내저으며 이마 앞으로 흘러내린, 불꽃처럼 붉게 염색한 머리칼을 정리하고, 재떨이에 담배를 비벼 껐다, 어쨌든 무엇을 드릴까요, 물이면 된다, 물 한 컵이면 충분하다, 아이고, 아버지, 제발요, 딸이 발끈하며 말했다, 또 무슨 짓을 하신 거죠, 분명해요, 항상 문제가 있을 때만 오시잖아요, 그리고 또 수습은 제가 해야 하고요, 이번엔 뭘 저지르셨어요, 그의 맞은편에 앉아 컵을 밀어주었고, 그가 단숨에 마시는 걸 지켜본 다음 몸을 앞으로 기울이며 말했다, 말해요, 아버지, 숨기지 말고, 차라리 지금 당장 끝내는 게 나아요, 나는 가족 내의 모든 일이 정리되기를 바란다, 혹시라도 나 때문에 가족이 정리되지 않은 상태로 남은 채로는 이 세상을 떠나고 싶지 않다, 정리되지 않은 상태라고요?, 딸은 목소리를 높이며 안락의자에 몸을 젖히고 분노에 찬 숨을 내쉬었다, 아버지, 정말이지, 당신은 늘 무대 위에 서서 수천 명이 듣고 있는 것처럼 말해요, 이제 그건 그만두고, 도대체 무슨 일로 여기까지 오셨는지 말해보세요, 그는 침착하게 대답했다, 평화다, 그는 딸이 자신을 비아냥대는 걸 더 듣고 싶지 않았고, 그녀가 스스럼없이 쓰는 그 내려다보는 말투를 싫어했으며, 그럴 때마다 머릿속에서 피가 끓어올랐지만, 이번에는 이것을 눌러 참고 여전히 차분하고 절제된 목소리로 말했다, 오늘 저녁에라도 다 같이 앉아서 이야기해보거라, 집이 필요하다는 건 알지만, 제발 세를 주지는 말아다오, 내 아카이브는 국가적 자산이다, 이해해라, 다른 데서 돈을 만들어라, 그 돈을 내 집으로는 하지 말

거라, 딸아, 게다가 그 집은 네게도 부모의 집이 아니냐, 아니에요, 아버지, 저는 거기서 태어나지 않았어요, 아버지도 잘 아시잖아요, 아무리 부모의 집이라고 우겨봐야 사실이 바뀌지는 않아요, 그는 고개를 숙이며 말했다, 그래, 인정한다, 너는 거기서 태어나지 않았고, 서르버시에서 태어났지, 그러면서 검지를 들어 올리며 말했다, 하지만 네 어린 시절의 가장 큰 부분은 그래도 여기 위에서 보냈잖니, 너한테도 아무렇지 않을 수는 없을 거야, 글쎄, 아무렇지 않지는 않겠지, 그건 확실해, 그녀는 쓴웃음을 지으며 혼잣말처럼 말했다, 그런데 아버지, 모든 것의 기초는 우리가 문서로 적어두는 데 있어요, 아시죠, 우리가 변호사한테 가서 아버지가 이사를 나가고 사용권을 포기한다는 데 서명만 하면, 아버지는 어느 요양 시설로 옮길지 직접 고를 수 있어요, 자, 바로 그 지점이 우리가 반드시 이야기해야 할 부분이란다, 딸아, 나는 어떤 요양 시설에도 절대 가지 않는다, 그게 말이 되느냐, 내가?, 그러자 그녀는 신경질적으로 담뱃갑을 집어 들고 한 개비를 털어 꺼내 불을 붙였다, 연기를 깊이 들이마셨다가 내뿜는 순간 기침을 해댔지만, 적어도 조금은 진정이 되었고, 기침이 멎자 아버지를 바라보며 조용히 물었다, 아버지, 아직도 자기가 무슨 왕이라고 믿고 계세요?, 그러면 그가 이 말에 뭐라고 대답할 수 있겠는가?, 그는 이제 당황한 눈으로 딸을 바라보았다, 지금 이게 뭐지?!, 아니라는 거야?, 집안의 평화를 위해서?, 그 평화라는 건 도대체 언제!, 그가 지금 어떻게 하라는 거지?—한동안 그들은 말이 없었고, 그녀는 담배를 입에 문 채로 일어나 부엌 조리대로 가서 물었다, 커피 마실래요?, 그는 정중히 사양했다, 여기서 커피 마시는 것을 좋아하지 않았고, 그녀가 커피를 내리기 전에 한 잔 분량의 커피만 간 것이 그에게 나쁜 기억으로 각인되었다, 한 잔이라서 제대로 향이 뿜어져 나오지도 못했는데, 게다가 뭔가 유난스러운 원두를 쓰고 있었다, 건강에 좋아요, 아버지, 건강에 좋다니까요, 딸은 예전에 그가 그 집에 드나들던 시절 그렇게 그를 달랬지만, 그는 대답하길, 나는 건강한 커피를 마시고 싶은 게 아니라 커피를 마시고 싶은 거다, 사양하신다면 사양하시는 거죠, 그녀는 늘 그랬듯이 지금도 대수롭지 않게 넘겼다, 그럼 물 한 잔만 더 주렴, 우리 집 물은 너무 염전 처리를 해서 거의 못 마실 지경이야, 아마 염소 처리겠죠*, 아버지, 그녀는 등을 돌린 채 픽 웃었다, 뭐가 달라요?, 맛이 나빠, 거의 못 마셔, 그래서 빗물을 마실까라는 생각까지 해, 그건 추천 안 해요, 그녀가 덧붙였다, 그래요, 어쨌든, 그녀는 한숨을 쉬며

---

*　원문은 염소를 의미하는 클로르(klór)와 복제를 의미하는 클론(klón)을 나이 많은 요지 아저씨가 적절하게 사용하지 못하는 장면으로 나오나, 적절히 의역했다.

말했고, 다시 커다란 소파형 안락의자에 앉아 담배를 또 비벼 껐다, 왜 또 피우니, 그는 호통을 쳤다, 아직도 못 끊었어, 애가 둘씩이나 있으면서, 아버지, 제발요, 여자는 신음하듯 말했다, 대신 말해봐요, 대체 무슨 일로 이렇게 귀한 방문을 하신 거예요, 또 사람들을 시켜서 러치를 두들겨 패지는 않으셨겠죠, 아버지가 시킨 거잖아요, 아니에요?, 뭐라고?!, 그의 눈이 커졌고, 누가 누구를 때리게 했다는 거야?!, 아버지, 그만해요, 여자는 몸을 뒤로 젖히며 고개를 저었다, 더 이상 그 얘기는 하고 싶지 않아요, 하고 싶은 말이 뭔지만 말해요, 평화라고 했잖아, 그는 신경질적으로 대답했고, 그 순간 사위인 러치가 마지막으로 자기 집에 올라왔을 때 어떤 모습을 하고 있었는지가 떠올랐는데, 그때 딸은 없었다, 그는 그녀의 모든 발언에 대해 전혀 이해하지 못했지만, 딸이 한 그 비난이 그의 가슴을 때렸다, 내가?, 그는 두 손을 벌렸다, 내 가족을?, 숨을 헐떡였다, 됐어요, 여자가 말을 끊었다, 그건 이미 지나간 일이에요, 우리도 이해했어요, 하지만 바로 그 때문에 내가 온 거다, 그는 말을 가로막았다, 제발 이제 이해해라, 너희가 뭘 원하는지 서로 이야기해라, 요양 시설로 들어가는 문제는 일단 제쳐두고, 내가 뭔가를 처리할 동안 한두 주만 기다려라, 그러면 와도 된다, 내 집은 너희 거다, 내 모든 것, 이제는 내 수집품 전부를 불태운다 해도 별로 상관없다, 아니면 내가 미친 토니에게 말해둘게, 그가 알아서 해줄 거야, 누구한테 말하겠다는 거예요?, 대체 또 무슨 말을 하는 거예요, 아버지?!, 그녀 얼굴에는 그를 처음 맞았을 때와 같은 찡그린 표정이 다시 떠올랐고, 그 표정으로 이 방문이 점점 신경에 거슬린다는 걸 드러내고 있었다, 네가 이해 못해도 괜찮다, 그는 차분한 목소리로 말을 이었다, 나는 그저 우리가 평화롭게 지내길 바랄 뿐이야, 알겠니, 아그네시야, 이제 와서 아그네시라고요?, 여자의 눈이 커졌고, 법정에서 나를 뭐라고 불렀는지는 기억하시죠?, 그래, 그는 고개를 숙였다, 정말 부끄럽다, 사과하마, 나는 옳지 못했다, 뭐, 옳지는 않았죠, 그녀는 몸을 뒤로 젖히며 말했다, 하지만 이제는, 그는 다시 말을 이었다, 모든 게 달라질 거다, 우리가 화해하는 데 동의만 해준다면, 변호사를 선임해서 너희가 원하는 걸 정리해 서류로 작성해라, 연락을 다오, 버스를 타고 와서 서명하겠다, 정말 서명하는 거예요?, 그녀는 의심스러운 눈으로 그를 보았고, 그렇다, 그래서 내가 여기 온 거다, 하지만 이제 가야 한다, 돌아가는 버스를 놓치면 안 된다, 이 얘기만 하러 온 거다, 전화에 신경을 쓰고 있을 테니 연락해라, 언제든 상관없이, 내가 오마, 그렇게 말하며 벌써 집 밖으로 나갔고, 앞에 놓였던 컵의 물도 마시지 않았는데, 나중에 집에 돌아와 자기 집 수돗물을 마시려다 그것을 후회했다, 늘 그렇듯 염소 냄새가 확 풍겼고, 그는 그럴 때면 컵을 내려놓고 냄새가 빠질 때까지 기다렸다 가 그제야 들이켜곤 했다, 지금도 그렇게, 식탁에 앉아 어느 정 도 마실 만해지기를 기다렸지만 곧바로 머리가 축 늘어졌다, 걷 고 버스를 타느라 완전히 지쳐 있었기에, 머리가 거의 식탁 모서 리에 닿을 뻔했을 때, 자리에서 일어나 비틀거리며 침실로 들어 가 누웠다, 작은 종소리에 깨어났을 때는 이미 어두워져 있었는 데, 젠장, 도대체, 머리가 아직 멍한 채로 문을 열었다, 누군지 묻 지 않고도, 뚱뚱한 면장이라는 것을 알 수 있었다, 이전에 토지 를 구매하려던, 연민이 가는 어떤 도시 사람 한 명이 매물로 나 온 땅이 있는지를 누구도 아닌 그에게 문의한 적이 있었는데, 이 말이 면장에게도 전해졌고, 그는 땅이 있으니 몰래 자기에게, 그 러니까 그 면장에게 오기만 하라고 했으며, 땅이 있다는 말을 철 석같이 믿은 도시 사람에게 그는 면장이 유명할 정도로 겁 많고 음흉한 인물로, 그 비겁함과 음흉함 뒤에는 병적인 공격성이 숨 어 있다고 알려준 적이 있었다, 이후, 그러니까 그들이 이 이야 기를 나눈 뒤에, 그가 면장에 대해 그렇게 험한 말을 했다는 사 실이 어떤 경로로든 면장에게 전해졌고, 그 말을 들은 면장은 당 연히 피가 거꾸로 솟을 만큼 모욕감을 느꼈으며 복수심을 품게 되었다, 그래서 이번에 이렇게 찾아온 것도 발치하러 가는 사람 처럼 몹시 내키지 않았지만 어쩔 수 없었기 때문인데, 기왕 그럴 거라면, 적어도 자기가 여기에 왔다는 것을 목격할 사람이 없을 것이라 생각하고 주변 사람들이 집에 머무르는 저녁 시간을 선택한 것이었다, 그는 마을 사람의 평판에 신경이 쓰였는데, 실컷 그를 욕해놓고, 사실은 그와 잘 지낸다고, 말로만 그럴 뿐이라고 사람들이 생각하는 것은 그에게 달가운 일이 아니었다, 이를 진짜배기 슬로바키아 사람들의 이름에 먹칠을 하는 것으로 꺼림칙하게 여겼는데, 실제로 그는 자신을 슬로바키아 사람이라고 생각한 데다가 작가로 여겼기에, 그가 발행하는 4면짜리 지역 〈소식지〉에 영광스러운 슬로바키아의 과거에 대해 읽을거리들을 꾸준히 게재했다, 아무튼 그는 모든 걸 충분히 생각해본 끝에 저녁 8시쯤 되었을 때, 작은 종을 잡아당겼다, 이 대화를 어떻게 진행할지에 대해서 나름의 구상은 있었지만, 긴장한 나머지 그 모든 걸 잊어버렸으며, 그 긴장 탓에, 가능한 한 가장 달콤한 어조로, 늦은 시간에 방해해서 죄송하다며, 마을 일이며 술집이며 가게 일로 너무 바빠서 이제야 찾아올 수 있었다고 했다, 놀라지 마십시오, 아무 일도 아니고 정말 사소한 이야기일 뿐입니다, 사실 마을 의회에서 한 가지 이야기가 나왔는데 이건 글로 보내기보다는 말로 직접 전하는 게 낫겠다 싶어 왔습니다, 최근의 영웅적인 활약을 기념해 주민들이 한마음으로 열고자 하는 특별 소방대 무도회에서 여러 방식으로 프로그램을 풍성하게 꾸미기로

했는데, 당신께서 곧 아흔 번째 생일을 맞이하게 된다는 점을 감
안하여, 그 일환으로 당신을 위한 작은 축하 자리도 마련하자는
결정을 내렸으며, 모든 걸 잘 준비해두었으니 동의만 해주신다
면 좋겠습니다, 잠깐, 잠깐만, 여기서 잠깐 멈추시지요, 그가 짜
증 섞인 손짓을 하며 말했다, 나는 아흔이 되는 게 아니라 이미
아흔둘을 넘겼다오, 그러고는 문을 쾅 닫아버렸으며, 면장은 그
자리에 얼어붙은 채 한동안 서 있다가, 맞은편 이웃이 자기 뒤에
서 있는 걸 알아차렸다, 어쩌면 처음부터 길 건너편 반쯤 열린
대문 뒤에 서서 전부 듣고 있었을지도 몰랐고, 지금은 활짝 웃는
얼굴로, 그가 체면을 구기고 물러나는 모습을 보고 있었다, 이
이웃은 도로 포장 상태나, 길로 뻗어 나온 나뭇가지 문제나, 이
거리에서 질주하는 젊은이들 문제로 제출한 민원에 대해 한 번
도 면사무소에서 답을 받은 적이 없었고, 그 책임을 면장에게 돌
리고 있었기 때문에, 면장의 이 전례 없는 헛발질을 두고 자신이
목격자가 되었다는 사실을 매우 고소하게 여겼다, 면장이 무슨
의도로 왔든 간에 완전히 망신을 당했다는 게 분명했기에, 그가
대놓고 내뱉었다, 자, 면장님, 무슨 일이세요, 제대로 한 방 먹으
셨네요, 제가 잘 들은 것 맞죠?, 그러고는 자기 집 문을 쾅 닫고
크게 침 뱉는 소리까지 냈다, 젠장, 하필 이런 일까지, 면장은 분
노에 차 중얼거리며 가능한 한 빠르게 마을 쪽으로 걸음을 옮겼

고, 좆됐네, 씨발, 좆됐어, 라며 계속 중얼거리는 동안, 개들은 그가 지나가는 담장마다 거품을 물고 달려들었으며, 담을 넘을 수만 있었다면 그를 물어뜯었을 것이다, 그 개들이 면장을 싫어했기 때문이 아니라, 정확히 말하자면 면장도 싫어했다, 사실 누구도 좋아하지 않았고, 다만 지나가는 사람들에게 거품을 물고 짖어대는 걸 몹시 좋아했기 때문이었다, 그렇게 그는 마을 중심부에 이르러 면사무소 옆 벽에 붙은 공고들을 살펴보다가 닳은 접착제 때문에 반쯤 떨어진 한 장을 발견해 반듯하게 고쳐 붙였다, 원래 목수가 직업이었던 그는 테이프로 모서리를 다시 눌러 고정했으며, 광장 쪽도 전반적으로 문제가 없다는 걸 확인하자, 다시금 마음이 놓여 살림을 잘 챙기는 사람의 평정심으로 술집에 들어가, 카운터 너머로 몸을 뻗어 큰 잔에 맥주를 한 잔 따랐다, 마을의 새로운 토지 정비 계획에 대해 이야기를 나눌 만한 손님이 아직 남아 있는지 둘러보았지만, 그 계획에는 그 자신들도 상당한 개인적인 이해관계가 얽혀 있었음에도, 바에 엎드리거나 당구대에 기대어 팔에 머리를 파묻은 사람들뿐이어서, 더는 대화를 나눌 수 있을 상태가 아니었다, 그래서 맥주를 큰 모금으로 단숨에 들이켜고는, 혹시라도 아직 정신이 남아 있어 자기가 인사도 않고 나가는 걸 알아볼 사람이 있을까 싶어 그들을 향해 손짓을 하고 집으로 향했다, 방금 그 장면을, 낡은 시가를 문 채 엿

듣고 있던 그 주민이 퍼뜨리지 않기를 간절히 바라면서, 그는 현
관문 앞에 멈춰 서서 한 번 뒤를 돌아보고는, 열쇠를 자물쇠에
꽂아 넣고 안으로 들어갔다, 옷을 톡 벗어 던진 다음, 발끝으로
살금살금 침대 쪽으로 다가가 숨을 죽인 채, 입을 벌리고 코를
골고 있던 아내 옆에 누웠다, 그러자 아내는 입을 다문 채, 눈을
뜨더니 그를 향해 반쯤 몸을 돌려, 몹시 졸린 목소리로 신음하듯
말했다, 야, 토니, 너 왜 이렇게 냄새가 나?!, 너 또 술 마셨지.

6장

여름이 달아나고, 가을이 도착했다, 사람들은 다시 숨을 돌릴 수 있게 되었다, 참으로 힘든 몇 달을 지나왔는데, 폭염과 가뭄이 전례 없는 수준이었기 때문이었다, 저는요, 선생님, 이라며 날마다 작은 구멍가게의 계산대 뒤에서 면장은 말하곤 했다, 그 가게도 그의 소유였는데, 다만 일이라고 해봐야, 특히 계산대 뒤에서의 일은 하루 한두 시간밖에 하지 못했고, 대신 새벽 배송을 도우며 두 명의 사촌 조카딸을 고용해 오전·오후 교대로 일하게 했다, 그는 다시 한번 믿기지 않는다는 표정을 지으며 되풀이했다, 이런 건 평생 처음이야, 하지만 그의 할아버지도 이런 건 겪어본 적이 없었고, 그 할아버지의 할아버지도, 그 위의 할아버지도 마찬가지였다, 가을이 되었고, 비는 여전히 오지 않았으며,

9월 마지막 주에 몇 방울 떨어진 게 전부였지만, 지난 가뭄이 있었던 몇 달 내내 고생하며 버텨온 소들이 이제 계곡에서 풀 한 포기라도 완전히 타지 않은 몇 군데를 찾아낼 수 있게 되었다, 이렇게 그도 며칠 전에야 다시 처음으로 테라스에 나가 앉을 수 있었는데, 머그잔을 무릎에 올려놓고 빵을 조금씩 씹어 먹으며 그에 곁들여 우유를 한 모금씩 마셨다, 그는 어릴 적부터 우유에 유별났고, 어쩌면 그게 그를 알코올중독으로부터 구해줬는지도 모른다, 누가 알겠는가, 헝가리 사람은 원래 와인을 마시는 법이라, 그도 와인을 싫어하지는 않는다고, 가끔 외상을 진 예뇌에게 설명하곤 했다, 연금이 들어올 때까지 조금만 참아달라는 식으로 우호적인 말을 건네고자 했을 때 그랬지만, 마음만 먹었다면 와인을 끊는 것도 가능했을 것이다, 그러나 갓 짜낸 우유만큼은 도저히 포기할 수 없었고, 그것은 그의 삶의 일부라는 것을 히르냐크 부인에게 어느 날 설명하듯 말했는데, 아이가 교정 교육을 위해 시르머베세뇌*의 청소년 교정 시설로 끌려간 뒤부터, 이제 부인이 직접 착유 직후에 우유통을 들고 올려다 주게 되었기 때문이었다, 이 우유의 신선한 맛과 냄새를 그는 감탄하듯 말했지만, 그 여자는 그저 웃기만 했는데, 그 웃음이 무엇을 뜻하는지

*　헝가리 동북부의 중심 도시 미슈콜츠 근처에 있는 읍 단위의 실제 지명이다.

는 알 수 없었다, 분명 이해한다는 뜻만은 아니었으며, 게다가 사시처럼 보이는 눈으로 그를 바라봐서 정말로 자기를 보고 있는 건지, 아니면 옆이나 등 뒤를 보는 건지 도무지 알 수 없었다, 늘 웃고만 있었는데, 맞은편 이웃이 농담 삼아 말하길, 아마도 한번 웃다가 그대로 굳어버린 모양이라고 했고, 지금도 바로 그런 상태였다, 한편 그는 이제 그런 웃음과 사시 같은 눈의 시선을 익숙하게 받아들이게 되었고, 가끔 마을로 내려가다 마주칠 때 마당에 서 있는 그녀를 보면, 그냥 그렇구나 하고 받아들였다, 대화라고 해봐야 기껏 날씨 이야기나 산딸기값이 얼마나 올랐는지 정도였고, 그 밖의 일로 말하는 걸 기억하는 사람은 아무도 없었으며, 가끔 누군가는 아니라고 주장하긴 했으나, 그건 아무런 신빙성도 없는 말이었다, 어쨌든 누가 그녀에게 말을 걸면 적어도 그 말의 요지는 이해했기에, 그도 가끔 이것저것 말을 건네곤 했다, 이번에도 우윳값을 쥐여주며 그냥 넘기지는 않았다, 히르냐크 부인, 당신네 소들은 도금을 해야 할 판이네요, 대답을 기대하지 않았으나 놀랍게도 그녀는 대답을 했다, 돈을 조금 주세요, 그러면 도금을 해드릴게요, 그는 아무 말도 하지 않고 문을 닫고는 그대로 테라스에 나가 앉았다, 아직 4시도 되지 않았지만 요즘은 그 큰 볼거리를 놓치지 않으려면 더 일찍 나가 앉아야 했고, 봄이나 여름보다 훨씬 일찍이어야 했는데, 4시 조금 지나면 해가 곧바로 맞은편 산등성이 뒤로 내려가기 시작했기 때문이다, 그는 하늘 아래쪽을 바라보며, 지는 해가 구름을 물들이는 걸 보았고, 테라스에서 어느 날 해 질 녘에는 앞으로 어떻게 할지, 어디로 갈지, 아니면 아예 계속 가야 하는지 생각해보겠다고 늘 마음을 먹었지만, 아직까지 한 번도 그러지 못했다, 사실을 말하자면, 더위의 계절 동안 거의 찾아오지 않던 방문객들이 이제 다시 하나둘씩 돌아오기 시작했고, 그는 그들에게, 부엌에서나 작은 벤치에서 금세 꾸벅꾸벅 졸아버린다고 했으며, 나이 탓이라고들 말할 수도 있겠지만, 그게 그를 꽤 괴롭혔다고 했다, 생각할 시간이 거의 없다는 점이 문제였는데, 막 생각을 시작하면 몇 분도 안 되어 다시 잠들었다는 걸 깨닫게 되기 때문이다, 이런 단계들이 오래 지속되는 건 아니지만, 그래도 매번 잘 굴러가려던 생각을 끊어놓고, 잠에서 깬 몸을 곧추세워 벤치나 부엌 식탁 앞에 앉으면, 방금 전까지 무슨 생각을 하고 있었는지 전혀 기억나지 않았다, 어쩔 수 없지, 그는 무심하게 중얼거리며 콧수염을 꼼꼼히 매만졌는데, 매일 아침 세수를 할 때마다 수염이 제대로 서도록 반드시 단정하게 다듬었고, 그래야 기분이 났다, 마찬가지로 매일 아침 차가운, 신선한 물도 필요했다, 그래, 여기 우리 마을 물은 다른 데에는 쓸모가 없고 세수하는 데나 적당하지, 그는 누구에게든, 작은 가게에서나 예뇌에게나 가릴 것 없이 불평을 했다, 얼마나 형편없는지 염전 냄새가 가득해서 수도를 틀기만 해도 위장이 바로 뒤집혀, 예전에는 어떤 가게를 하는 주인 여자의 큰아들이 근처 샘에서 제대로 된 물을 플라스틱 통에 담아 날라다 주었으나, 어느 토요일 밤 완전히 약에 취한 채 스즈키를 몰다 커브에서 나무를 들이받고, 차가 지붕 위로 뒤집히며 목이 부러지는 바람에 그 일도 갑자기 끝나버렸다, 주인 여자는 손님들에게 대수롭지 않다는 듯 손을 내저으며 말했다, 뭐, 글쎄, 그 뒤로 늘 그곳에는 과일 조림병에 꽂힌 신선한 꽃다발이 놓여 있는데, 부모가 챙기고 있었다, 그 뒤로 그가 뭘 할 수 있겠는가?, 그는 수돗물을 마신다, 물론 매일 아침 가장 먼저 하는 일은 수도를 틀어놓는 일인데, 딱 1분 정도만이다, 그것도 물값이 얼마나 되는지 알기 때문에, 그가 염전이라고 부르는 그 코를 찌르는 냄새가 누그러질 때까지, 그래도 조금은 흘려보내야 한다, 이게 상황을 조금은 나아지게 하니까, 맞은편 이웃은 매주 적어도 두 번씩 지역 자치단체에 편지를 써서 이게 문제다 저게 문제다 하고 적어 보내는 사람인데, 그 사람들이 그 민원들을 대놓고 어떻게 처리하는지는, 알다시피, 나는 말하지 않겠다, 아무튼 그 사람은 물 문제만큼은 이상하게도 전혀 신경 쓰지 않는다, 인정은 하지만 개의치도 않고, 자기 민원에 아예 포함하지도 않는다, 그렇게 민원 타령을 하면서도 왜 하필 이것만은 문제 삼지 않는지 알기만이라도 한다면 좋으련만, 뭐 어쨌든, 그게 유일하게 그 사람한테는 기준에 걸리지 않는 사안이다, 다른 것들에 대해서는 계속해서 써대면서도 말이다, 그는 맞은편 이웃을 향해 손을 내저으며 그냥 계속 그렇게 하게 놔두었는데, 언젠가는 그중 하나쯤은 효과가 있을지도 모를 일이다, 커피에서는 냄새가 안 나지요?, 그는 갑자기 버디지를 향해 물었는데, 그 질문은 다른 사람들에게도 한 말이었다, 아, 아니요, 전혀요, 전혀 안 납니다, 그들이 고개를 젓자, 그에게 이야기할 만한 무슨 새로운 일이 있는지, 아니면 그들 모두에게 무슨 중요한 일이 있는지, 즉 그들의 일에 관해 과연 조금이라도 진전이 있기는 한 것인지 물어보았다, 그러자 버디지는 주위를 둘러보며 다른 누군가가 대신 대답하려는 기색은 없는지 살피고, 곧바로 대답했다, 있습니다, 아주 많기는 합니다만, 그는 이때 굳이 합니다만이라는 단어를 썼다, 먼저 요지 아저씨가 내무부의 어느 공무원에게서나, 국회에서나, 혹은 공화국의 대통령에게서 어떤 회신이라도 받았는지를 알아야 한다는 것이었다, 아니지, 그는 고개를 저었다, 아무것도 없네, 정말 아무것도 없소, 그러고는 날카로운 눈길을 버디지에게 던졌다, 회신을 받지 못하셨다면요, 버디지가 말을 이었다, 저희가 왕좌를 찾았습니다, 자세히 물어보십시오, 전부 말씀드릴 것입니다, 지금까지 버디지는 또는 그들은 줄곧 여기서 혹시

나 내무부에서나, 국회에서나, 혹은 공화국의 대통령에게서 무슨 다른 기별이 있지나 않았는지, 그 소식만을 기다려왔다, 하지만 그렇지 않다면, 이 소식이 전해져야 하는데, 그것은 다음과 같다: 바로 벤크하임* 가문의 2차 세계 친목 모임이 열렸던 장소인 서버드키조시**의 성에서 일종의 관리인 역할을 맡고 있는 한 노인이 있는데, 그는 인근의 작은 도시 박물관에서 반일제로 전시실을 지키는 일도 하고 있다, 거기서 그는 많은 것을 배웠으며, 심지어는 벤크하임 가문의 의뢰로, 이미 존속하는 헝가리의 모든 귀족 가문에 대한 가계도를 정리하기 시작했다, 정확히 말하면, 과거에 외국에 살던 어느 가족 구성원이 아마추어처럼 만들어놓았던 가계도를 새로 정비하는 것이지만, 그것은 전형적인 가계도가 아니라, 오히려 짧은 약력에 가까운 것들이었다, 그 자료를 수집하는 과정에서, 한 남작의 가문이 밝혀졌는데, 그 가문은 이미 이전에 평민 수준으로 내려와, 베카슈메제르***의 한 아파트 단지에서 살고 있었고, 그 가족은 오래전부터 담요를 덧대놓은 의자를 하나 사용하고 있었다, 그 집안의 가장이 허리가

---

*   18~19세기 헝가리의 대표적인 대지주·귀족 가문. 오스트리아-헝가리 제국 시기까지 막강한 영향력을 행사했으며, 가문의 성, 영지 및 문화 후원으로 유명하다.
**   헝가리 남동부에 있는 작은 마을로서 벤크하임 가문의 성이 있다.
***   부다페스트 3구역에 위치한 일정 지역에 대한 명칭이다.

심하게 아픈데, 앉아 있을 때는 꽤 오래 앉아 있다고, 가장의 딸 한 명이 그 관리인에게 설명했다, 그 와중에 그녀는 혀로 아랫입술에서 늘어져 있는 피어싱을 살짝 핥았다, 아버지는요, 아시겠지만, 선생님, 밤마다 심한 통증을 겪으셔서, 그래서 앉아 있어야 할 때면 이 의자에 앉으세요, 그러니까 요약하자면, 이 지점에서 젊은 버디지가 깊이 숨을 들이마셨다, 이 서버드키조시의 관리인이 자료 수집을 목적으로 이 가족을 찾아갔을 때, 바로 그때 집에서 트레이닝복 상하의에 베트남 슬리퍼 차림으로 있던 그 집의 가장을 마주했다, 그는 힘겹게 자리에서 일어나, 앉을 자리를 내어주겠다며 자기 의자를 손님에게 권했고, 이 집에서는 이것보다 더 편한 것이 없다고 말하면서, 손님 자신이 소개한 호칭, 즉 관리인이자 벤크하임 가문의 대리인에게는 조금 클 수도 있겠지만, 몇 해 전에 장인에게 맡겨 수리를 했고, 그 장인은 아주 훌륭히 일을 해냈는데, 예컨대 스프링은 지금도 아주 잘 작동하고, 양쪽 팔걸이도 상당히 편안해졌다, 자칭 관리인이자 벤크하임 가문의 대리인은 그 끝없이 부담스러운 호의를 정중히 사양했고, 결국 주인이 손님을 그 의자에 억지로라도 앉히기까지는 꽤 시간이 걸렸다, 예, 알겠습니다, 이제 정말로 짧게 하겠습니다, 버디지는 이야기가 조금 복잡해진 것 같다고 느꼈기에 고개를 끄덕였다, 다시 말하기를, 왕좌를 찾았습니다, 그러자 그가 격하게 소리쳤다, 찾았다고?, 그리고 어떻게 그게 내 왕좌라는 걸 알았단 말인가?, 그는 여전히 긴장한 채 버디지를 똑바로 바라보고 있었고, 대답은 이러했다, 조사를 했습니다, 부다의 왕관 평의회 의전관에게서 말입니다, 의전관이 명확한 답을 주었는데, 즉 그 왕좌가 수 세기 동안 역대 헝가리 국왕들이 앉았던 바로 그것임을 확인해주었습니다, 그러자 그는 다시 물었다, 그 왕좌가 합스부르크 가문과도 관련이 있느냐?, 그는 의자에 앉은 채로, 눈에 띄게 몸이 굳어 있었고, 여전히 파란 눈을 버디지에게서 떼지 않았다, 그러자 버디지는 잠시 말을 멈췄다가 대답했다, 그 부분에 약간 문제가 있습니다, 우리는 알고 있습니다, 요지 아저씨께서 합스부르크 왕가에 대해 어떤 생각을 갖고 계신지, 그것도 충분히 이해할 만한 이유에서라는 것을요, 하지만 아주 분명해 보이는 것은 그들이 1434년, 즉 얼베르트 2세* 때부터 왕조가 몰락할 때까지 그 왕좌를 사용했다는 사실입니다, 그 이후로는 오랫동안 왕좌의 행방을 알 수 없었고, 다음으로 등장한 것은 1970년대 뮌헨의 한 경매장에서였습니다, 다만 그때는, 헝

* 합스부르크 가문 출신으로는 처음으로 헝가리 왕위에 오른 인물이다. 오스트리아 공작, 독일 왕(알브레히트 2세), 헝가리 왕(얼베르트 왕), 보헤미아 왕(얼베르트 1세)을 역임했다. 하지만 1434년은 헝가리에서 지그몬드 왕이 재위하고 있을 시기였다.

가리 왕좌가 아니라, 이른바 고풍의 안락의자로 나왔습니다, 아무도 그것이 무엇인지 몰랐기 때문입니다, 소위 전문가들조차도 알아보지 못했고, 말하자면 연대조차 제대로 특정하지 못했습니다, 기껏해야 17세기, 더 거슬러 올라가봐야 16세기 정도라고 했을 뿐이었고, 물론 그것으로는 이것이 왕좌라는 사실을 추론할 수도 없었습니다, 출처 자체가 전혀 알려지지 않았기 때문입니다, 한 고서상이 경매상에 넘긴 물건이었는데, 그러니까 바이에른 남부의 유품들을 정리하다가 잡동사니 더미 속에서 발견했다고 했으니, 출처와 직접적인 유입 경로 때문에, 전문가들도 이 각도에서는 들여다보지 않았던 것입니다, 그리고 다시 이 이야기에는 그 지점에서 꽤 많은 어두운 공백의 해들이 생깁니다, 그리고 바로 그 관리인이자 벤크하임 가문의 대리인 덕분에 이런 일이 벌어졌는데, 이 사람이 무언가를 느꼈다는 겁니다, 늙은 남작이 그 의자에 그를 앉히는 순간에 말입니다, 그는 제게 이렇게 말했습니다, 사람이 그 의자에 앉으면, 앉는 방식이 **어떻든 다르다**고, 설명하자면, 그냥 오래된 앤티크 의자에 아무렇게나 앉을 때와는 전혀 다르게 느껴진다고요, 그리고 그는 이 이야기를 헝가리 왕국 옹호 연맹에 속한 한 젊은 여성 동료에게도 전했다고 합니다, 젊은 버디지는 이어서 말하길, 이 서버드키조시의 사람은 역시나 자료 수집 때문에 그 여성을 찾아갔는데, 어쩌다 보니 그 의자가 화제에 올랐고, 그러자 그 여성이 곧바로 저에게 연락해서, 제가 그 의자를 한번 직접 보지 않겠느냐고 했습니다, 본인 말로는 그 의자에 뭔가 특별한 점이 있는 것 같다고 했다나요, 저는 이미 그 일에 대해 알고 있다고 말했지만, 그래도 그 아가씨 또한 이 일을 진지하게 받아들이고 더 본격적으로 캐봐야 한다는 데 동의를 해준 것이 기뻤습니다, 그래서 약 한 달쯤 전에 그 귀족 가문을 직접 찾아가, 의자를 면밀히 조사하게 되었던 겁니다, 저는 관리인의 이름을 대며, 고가구를 다루는 사람이라고 소개했고, 그리고 실제로 앉아보았을 때, 저 역시 느꼈습니다, 느꼈다고요, 요지 아저씨!, 즉시요!, 버디지가 벌떡 일어났다, 저는 그 자리에서 남작이 수락할 만한 가격을 제시했습니다, 조건은 바로 현금 지급이었죠, 제가 방문했을 당시에도 그는 여전히 트레이닝복 상하의에, 관리인이 이미 언급했던 그 베트남 슬리퍼를 신고 있었지만, 제가 가장 가까운 OTP* 현금자동인출기로 내려가 필요한 금액을 인출하고 돌아오는 사이, 남작은 이미 검은 정장을 차려입고 저를 기다리고 있었으며, 그렇게 저는 이미 완전히 달라진 그 사람에게 매매 대금을 지불했습니다, 저는 완불한 후 그것을 가져왔고, 제 거실에 들여놓았습니

* 　규모 면에서 헝가리에서 가장 큰 시중은행이다.

다, 그리고 그 이후로 이미 네 명의 독립적인 전문가들이 살펴보았으며, 그들의 의견은 완전히 일치합니다, 최소 한 달 전부터라고오오오?, 그가 말을 끊자, 버디지는 잠시 머뭇거리더니, 아직 부다 성 재건 그룹의 수석 가구 복원가로부터 마지막 서면 감정서 하나만을 기다리고 있다고 했다, 며칠 안에 도착할 것이며, 이것은 시간문제입니다, 그리고 그때 최종 소식을 가지고 오겠습니다, 그는 말을 이었고, 얼마나 기뻐하는지가 벌써 얼굴에 드러나 있었다, 사실 저는 이 이야기를, 110퍼센트 확신하기 전까지는, 요지 아저씨께 말씀드릴 생각이 없었습니다, 다들 아시다시피 제 나쁜 습관, 예, 인정합니다, 버디지는 여기서 잠시 자조적인 웃음을 지었다, 역사적 자료의 신뢰성에 집착하는 제 강박 말입니다, 하지만 요지 아저씨께서 우리에게 중요한 새로운 소식이 있느냐고 물으셨기에, 지금 어디까지 와 있는지는 말하지 않을 수가 없었습니다, 왕좌라, 그는 깊이 생각에 잠긴 채 단어를 굴리듯 되뇌었고, 콧소리를 냈으며, 입술을 내밀었고, 짧은 시선들을 버디지에게 던졌다, 마치 지금 들은 이야기를 저울에 올려 무게를 재듯이, 헝가리 왕들의 왕좌라니, 그는 고개를 들었고 계속해서 중얼거리며 천장을 바라보더니, 빛나는 소식을 전한 이를 다시 바라보고 고개를 끄덕이기 시작했다, 이거야, 버디지, 이건 정말 수준을 넘어서는 이야기야, 커피 드실 분?, 그는 갑자기 몸을 돌려 물었고, 음유시인 러치, 시그러이, 퍼쿠서 페테르, 몰나르 베레시 요제프는 원했지만, 레하르, 사보스드-우바시, 그리고 버디지는 사양했다, 그도 마시지 않았기 때문에, 이번에는 네 잔이면 충분했다, 오늘은 왠지 위장이 좋지 않은 것 같소, 그가 이렇게 설명하며 일어나 모카포트를 올려놓고 다시 앉았고, 여전히 깊은 사색에 잠긴 모습이었는데, 그러다 다시 자리에서 일어나, 7인의 의인들을 둘러보고 말했다, 왕좌가 있다면 왕권도 있다는 뜻, 이는 분명히 왕국의 복원이 가능하다는 의미, 이것은 하늘의 징조요, 그는 낮은 목소리로 말을 이었으며, 다시 앉아 시선을 천장으로 향했다, 우리처럼 바로 이 메시지를 기다리던 이들에게 가장 결정적인 순간에 도착한 징조, 솔직히 고백하자면, 최근 들어 나는 우리가 이 일에서 과연 성공할 수 있을지 심각하게 의심하기 시작했소, 이 나라의 백성들이 이를 어떻게 받아들일지를 상상해보았고, 딸아이를 만나보았는데, 그 애와의 대화는 나를 확신케 했소이다, 평범한 사람들은, 그 애 자신도 어느새 그 부류가 되어버렸는데, 내 말은 내 딸조차도, 우리가 어느 날 갑자기 헝가리 역사의 지금 무대에 완전한 모습으로 등장한다면, 그것을 광기로 여길 거라는 점이었소, 나는 우리가 피할 수 없는 조롱의 대상이 될까 두려웠고, 그래서 그걸 여러분께 감당하게 하고 싶지 않았소, 선생님들, 나는 나 자신을 걱정한 게 아니었소, 다들 아시다시피, 나는 이미 나 자신에 대해서는 생각하지 않지만, 여기 남아 있는 일곱 분, 어떤 의심도 없이 끝까지 내 곁에 남아준 여러분의 충심이, 나로 하여금 곧 이런 결정을 발표해야겠다고 생각하게 만들었소, 관계를 정리하고, 군주제 복원 계획을 중단하며, 사적인 삶으로 돌아가자고, 하지만 이토록 깊이 자멸의 지옥 속으로 빠져든 적이 없었던 이 성스러운 조국 헝가리는 이 단 하나의 꿈과 함께 얼마나 찬란하고 얼마나 아름답겠소, 다시 헝가리 왕국이 서는 모습 말이오, 그런데 바로 그때 젊은 버디지 씨가 우리에게 이 소식을 가져왔소이다, 왕좌가 발견되었다고, 그는 감정에 북받쳐 자리에 다시 내려 앉았다, 갑자기 모든 것이 움직이기 시작했소, 늘 이 성스러운 조국 헝가리에서 그렇게 아래로 굴러떨어지는 방향이 아니라, 반대로, 오르막을 향해서 말이오, 왜냐하면 바로 이 모임이 있기 전, 약 일주일 남짓한 어느 수요일 오후에, 오후 근무를 하는 우편배달부가 거리 위쪽으로 올라오고 있었기 때문이다, 이곳에서 오후 배달이라는 건 2시에서 3시 사이를 뜻하는데도, 이미 오후 5시가 다 되어가는 시간에 그들은 마주쳤는데, 그는 곧장 예뇌에게 내려가던 중이었다, 오전에 연금이 들어왔기 때문이었다, 괄호 열고, 그는 언제나 기회만 되면 언급했다, 49년의 근속 끝에 받는 돈이 고작 14만 8044포린트라는 사실을, 괄호 닫고, 그는 그렇게 말을 마치곤 했다, 외상을 갚기 위해 예뇌를 찾아 내려가던 길에, 그래, 그 우편배달부, 오후 근무자인 그 배달부라는 여자는 마을의 젊은 알코올중독자였고, 남루하기 짝이 없는 옷에다 입도 걸걸했는데, 그의 기준으로는 본인도, 아니 제대로 된 사람이라면 누구라도, 꼭 필요하지 않다면 상대하지 않을 종류의 인간이었다, 어쨌든 그 여자가 오토바이를 급히 멈추고 그의 옆에 서더니, 옆에서 배 쪽으로 커다란 우편 가방을 끌어당기고는, 말 한마디 없이, 이전의 의견 충돌 덕분에 이제는 인사조차 하지 않게 되었기에, 아무 말 없이, 그의 손에 편지 하나를 쥐여주었다, 그가 그것을 보지 않고 그냥 넣어두기만 했더라면, 그대로 지나쳐 갔을 것이고, 그러면 예뇌는 그날 바로 빚을 받았을 테지만, 그러나 그는 그날도 그 이후에도, 그리고 꽤 오랫동안 끝내 그 외상값을 받지 못했는데, 그것은 그가 주머니에 넣기 전에 봉투를 한번 들여다보았기 때문이었다, 봉투의 왼쪽 위 모서리, 커다란 금박 인장 아래에 헝가리 국회의장 비서실이라는 글자가 적혀 있는 것을 보았기 때문인데, 그의 눈은 독수리의 눈과 같아서, 멀리서도 가까이서도 안경이 필요 없었다, 자신의 시력이 워낙 날카로워서 백 살이 되어도, 심지어 사람들이 그를 무덤으로 데려갈 때조차, 죽음을 꿰뚫어 보고, 죽어서도 자기 묘비의 자기 이름을 읽을 수 있을 거라고 그는 자주 말하곤 했다, 발신처가 어디인지 적힌 화려한 곡선 글씨보다도, 아니 처음에는 오히려 금으로 압인된 그 커다란 인장이 그의 시선을 사로잡았다, 그는 그대로 길을 떠나지 못하고 봉투를 만져 보았으며, 그 안에 든 것이 지폐도 아니고, 공로 훈장도 아닌 것이, 분명 편지라는 것을 알았고, 몸을 돌려 집으로 돌아와 곧바로 부엌 식탁 앞에 섰다, 봉투를 상하게 하지 않기 위해, 무엇보다도 그 편지가 전하려는 내용을 훼손하지 않기 위해 장작 난로 위에 둔 작은 칼을 집어 들고는 봉투를 조심스럽게 가르기 시작했다, 그 편지의 요점은 국회 부의장이 그에게 인사를 전하며, 국회의장님의 위임으로, 해당 연도의 모월 모시 모분부터 단 30분간의 회의에 참석할 의향이 있는지를 회신해달라고 요청한다는 것이었고, 그 회의의 주제는 엄격한 비밀로, 국회의장님의 인지하에, 그리고 다시 한번 그분의 요청에 따라, 카다 요제프 씨가 회의 장소에 도착할 때까지 철저한 비밀로 유지되며, 그 자리에서 오간 내용에 대해서는 그 주제도, 세부 사항도, 회의가 열렸다는 사실도, 참석자도, 헝가리 국가안보법 몇 조 몇 항 몇 호의 D목에 따라, 이 편지를 받은 날부터 이후 어느 때라도 어떠한 정보도 제공해서는 안 된다는 것이고, 더 나아가 이 편지의 존재 자체에 대해서도 수차례 언급된, 전적인 비밀 유지 의무를 카다 요제프 씨가 지게 된다는 내용이었으며, 이어 추신으로, 이

부의장은 존경하는 수신인에게 이동과 복귀의 기술적 절차와 관련해서 권한을 부여받은 기관이 책임질 것임을 통지했다, 그는 이 지점에서 편지를 곱게 접은 뒤, 잠시 테라스에서 몇 분을 보냈다가, 집 안으로 들어와 책상 앞에 앉아 편지 하단에 적힌 이메일 주소로 답신을 작성했다, 이런 어조와 이런 협박이 담긴 편지는 누구도 받아들일 수 없을 것이며, 그 안에 명시된 엄격한 비밀 유지 의무 또한 단호히 거부한다고, 자신은 긴 삶을 사는 동안 이와 유사한 의무나 협박에 한 번도 응한 적이 없었고, 지금도 응하지 않을 것이라고 적었다, 커다랗게 휘갈겨 쓴 K로 시작하는 서명을, 미리 설정해둔 서명 시스템을 통해 덧붙인 뒤, 엔터를 눌렀으며, 작은 저장실로 가서 대형 와인병을 끌고 테라스로 옮겼는데, 거의 가득 차 있어 몹시 무거웠기에 꽤나 애를 먹었다, 그래서 작은 벤치에 잠시 앉아 쉬었다가, 벤치 옆 테라스에 둔 잔에 그것을 가득 따르고 크게 한 모금 단숨에 들이켰다, 이 사람들은 그들 자신을 누구라고 생각하는 거지?!, 도대체 이자들은 누구길래 감히 이런 말투로 그에게 말을 건단 말인가?!, 무슨 부의장에 무슨 의장 나부랭이에 무슨 비서실 따위가?!, 그는 대형 유리병을 다시 기울여 잔에 따랐고, 분노에 차 다시 한번 단숨에 와인을 마셔버렸기에, 만약 누군가 지금 그를 보았다면, 이마에서 맥박 치던 혈관이 술 때문인지 분노 때문인지 도무지 알 수 없었을 것이다, 그는 깊이 숨을 들이마셨다가 완전히 내쉬고, 다시 아주 천천히 들이마신 뒤 또 내쉬며 머릿속을 정리하려 애썼고, 그렇게 해서 혈관의 고동이 가라앉자, 마음을 가라앉히기 위해 다시 한번 잔에 와인을 따르긴 했지만, 이번에는 작은 한 모금만 마셨다, 그는 먼 곳을 바라보았는데, 이번에는 아래쪽에서 양 떼가 풀을 뜯고 있었고, 아마도 소들보다도 더 느리게 움직이는 듯했다, 게다가 어쩐지 마치 하나의 몸인 것처럼, 그 몸이 이리저리로 끌려가듯 움직였고, 여기저기 멈춰 섰는데, 거기에 먹을 만한 것이 있는 듯해서였다, 그러다 다시 몇 미터쯤 이상한, 꿈같은 속도로 더 나아갔으며, 그러다가 어느 순간 갑자기 바람 부는 쪽에서 한 마리가 달리기 시작하자, 그 몸뚱어리는 느슨해졌고, 실오라기처럼 풀어지며 흩어졌으며, 방금 그 질주가 진행되는 방향을 향해 양 떼가 질서 없이 따라갔지만, 얼마 뒤에는 다시 함께 모여 있었다, 다시 서로 바짝 붙어 한 덩어리가 되더니, 그 몸은 골짜기의 어떤 지점에 그대로 서서 움직이지 않았다, 그는 또 한 번 자기 잔에 입을 대어 한 모금 마셨는데, 이번에도 그저 작은 한 모금이었다, 스스로에게 주의를 주었지만, 곧 속에서 다른 목소리가 들려왔다, 에라, 됐다, 전부 마셔버려, 그는 결국 남은 것마저 다 들이켰고, 집 안으로 들어가 컴퓨터를 확인했지만 답장은 없었다, 그제야 소파에 앉아 텔레비전을 켜고 무언가 볼만한 것을 찾았으나, 너무 이르거나 너무 늦어서, Komedi에서도, Life에서도, Ozonet에서도, TV2에서도, RTL에서도, 어디에서도 볼만한 것들을 찾지 못했다, 그래서 결국, 저녁 9시부터 〈당신들의 신청곡〉을 방송하겠다고 예고를 했기에 TV5에 채널을 맞추었다*, 더군다나 프로그램 편성표에 따르면 그 뒤에 〈당신도 백만장자〉**라는 퀴즈 프로그램을 두 편이나 재방송해준다고 했다, 그는 퀴즈 프로그램을 아주 좋아했고, 종종 정답을 미리 맞히기도 했으며, 그와 똑같은 빈도로 제시된 정답에 전혀 동의하지 않는 경우도 있었다, 그럴 때면 역사 왜곡이야 하고 텔레비전에 대고 소리치곤 했지만, 오늘은 재미있고 성가시지 않기를 바랐고, 그렇게 생각하며 아직은 기다릴 수 있다고 여겼는데, 이제 겨우 5시 15분이었다, 시간은 넉넉했고, 그가 쬠레에게 가서 사슬을 풀어주고 영지 안에 풀어놓자, 쬠레는 마침내 자유가 왔다고 믿은 듯 기쁘게 달리기 시작했다, 그도 토지 경계선 쪽까지 걸어가, 산 때문에 지면이 갑자기 비탈을 이루며 세월이 흐르는 동안 작은 마루를 만들어낸 자리에 앉았다, 거기서 쬠레가 영지를 이쪽저쪽으로 가로지르며 달리는

*　나열한 것은 모두 헝가리 TV의 방송 채널(공중파 또는 케이블 TV)들이다.
**　실제 방영되는 프로그램의 제목으로 원제는 〈당신도 백만장자가 되시길!〉이다.

모습을 지켜보았다, 그래, 마음껏 뛰어라, 내 사랑, 실컷 뛰어라, 아직 젊으니 움직여야 한다, 네가 건강하게 지내길 바라는 바다, 그리고 너는 나에게 유일한 살아 있는 사랑이고, 나에게는 너 하나뿐이야, 쬠레야, 이걸 이해해야 해, 그렇게 말하며 잘 뛰어다닌다고 칭찬받으려고 그에게 달려온 쬠레의 작은 얼굴을 흔들어주었다, 그래, 그래, 그 귀여운 얼굴을 자기 얼굴로 끌어당겨 한 번 더 흔들어주었고, 마침내 놓아주자 쬠레는 다시 기쁘게 비탈 아래로 달려갔다가, 다시 위로, 또 돌아왔다, 사랑받고 있다는 걸 알았고, 그 역시 사랑했다, 공기는 상쾌했으며, 더위도 이제는 아무 문제가 되지 않았다, 여름에는 모든 생명체와 마찬가지로 그 또한 몹시 고생을 했었다, 유리병을 밖에 놔두고 왔잖아, 이런 건망증에 찌든 머리하고는, 나중에 집으로 돌아와 〈머저르 넴제트〉***에 남길 유언장에 적어둔 무언가를 정리하려고 책상 앞에 앉았다가 벌떡 일어나, 테라스로 달려 나가 대형 유리병을 들여와 제자리에 놓았다, 다시 앉았지만 책상이 아니라 안락의자였으며, 그저 텔레비전에서 흘러나오는 걸 보고 있었다, 다빈치 채널에서는 인공지능에 관한 무언가를 하고 있었는데,

*** 1938년에 창간한 헝가리 일간지이다. 보수적·민족주의적 성향의 논조이며, 신문의 명칭은 헝가리 민족 또는 국민을 의미한다.

그는 이해했고, 점점 더 잘 이해하게 되었으며, 사람들에게 어떤 위험이 도사리고 있는지도 알게 되었다, 하지만 그들 역시, 이렇게 될 것이다 저렇게 될 것이다, 위협만 할 뿐, 그것을 막을 방법은 없다는데, 오늘은 그런 위협을 체감할 여유가 없어, 소리를 줄였다, 부엌으로 나가 부엌 식탁 옆에 서서 보니, 문을 항상 열어두었기에 안이 보였고, 그렇게 안에서 번쩍이는 화면의 무음 영상들을 바라보며 빵을 씹어 먹고 우유를 마셨지만, 빵도 우유도 끝내기 전에, 갑자기 밖에서 이상한 웅웅거림이 귀를 때렸고, 마치 비행 물체 같은 것 혹은 그런 무엇인가가 추락하며 아래로 쏠려 내려오는 것 같았다, 이어서 모든 것이 하나의 크고 깊은 굉음으로 변했으며, 금방이라도 지붕이 무너져 내릴 것처럼 크게 울렸고,

뭐야?!

, 하고 몹시 놀라 손에 남은 빵과 우유 머그잔을 든 채 얼어붙었는데, 그 순간, 이미 문은 부서졌고, 모든 것이 윙윙거리고 덜컹거리고 울부짖었으며, 다리는 땅에 붙어버렸고, 얼굴은 하나도 보이지 않았다, 얼굴이 없는 것이나 마찬가지였는데 모두 검은 마스크로 가려져 있었고, 머리에는 커다란 고글이 달린 헬멧을

쓰고 있었으며, 그들 몸에는 기관단총과 수많은 크고 작은 군사용 장비들이 흔들리고 있었다, 전기도 나가버려 완전한 어둠 속에서 느낀 것은 손이 뒤로 꺾여 묶이고, 바닥으로 끌어 내려지며, 누군가가 그의 어깨 위에 무릎을 얹는 감각뿐이었다, 아무도 한마디도 하지 않았는데, 그러다 누군가가 소리를 질렀고, 위쪽에서는 여전히 지붕이 무너져 내릴 것 같았지만, 이제는 마치 거대한 선풍기나 프로펠러 같은 것이 위에 있는 듯했다, 그는 생각할 수도 없었고, 그저 헐떡이며 심장이 머리까지 치솟는 것을 느꼈다, 어깨가 아팠고, 손에는 수갑이 채워졌으며, 그들이 그의 몸을 일으켜 세웠으나, 그는 그대로 쓰러졌다, 그러자 그가 설 수 있도록 두 사람이 양쪽에서 그를 붙잡았는데, 누군가, 아마도 무전기로, 무언가를 말했으며, 그때 저기 위쪽의 무언가가 갑자기 잦아들기 시작했다, 이어서 작은 스툴을 밀어 넣었고, 전기가 들어왔으며, 그를 덮친 사람들 중 한 명이 천천히 헬멧을 벗고는 말했다, 놔둬, 그는 스툴에서 아래로 쓰러지는 느낌을 받았는데, 다시 붙잡힌 상태에서 신음하듯 말했다, 나는 아흔한 살입니다, 1921년 1월 6일에 태어났습니다, 어머니는*, 그만두세요,

* 요지 아저씨가 자신의 신상을 밝히는 부분인데, 헝가리에서는 어머니 성함이 신원을 밝히는 중요한 요소 중 하나이다.

우리는 다 알고 있습니다, 자진해서 오겠습니까?, 그는 고개를 끄덕일 수밖에 없었고, 입에서는 소리가 나오지도 않았으며, 몹시 겁에 질려 있었다, 부축을 받아 거리로 끌려 나갔으며, 거기에서 어떤 군용 차량에 밀어 넣어졌다, 그대로 굽이진 길을 따라 아래로, 도시 쪽으로 흔들리며 내려갔고, 큰 커브에서 어린 노루 한 마리가 간신히 앞을 피해 달아나는 것이 보였다, 그게 마지막이었으며, 그러다 무엇인가가 어깨를 심하게 누르는 감각을 느꼈다, 그는 바닥에 누워 있었으며, 부엌 식탁 다리가 바로 그 어깨를 짓누르고 있었다, 그는 식탁 가장자리를 붙잡고 몸을 일으켰고, 어지러웠으며, 자신이 어디에 있는지, 무슨 일이 있었는지 알 수 없었다, 마침내 잠들어 있었다는 것을 깨달았고, 스툴에서 떨어졌거나, 아니면 기절했던 건가?, 어깨뿐 아니라 온몸이 아팠고, 걸을 수 없을 것 같았다, 아니면 그냥 실신했을 뿐인가?, 그는 스툴을 바로 세우고 앉아 앞을 바라보며, 콧수염 아래로 중얼거렸다, 노루, 그 노루, 이럴 때 자꾸 길로 뛰어드니까, 조심해야 하는데.

라버틀런 피로슈커라고 합니다, 전화기 속의 목소리가 말했으나, 그는 잘 알아듣지 못해 재차 물었다, 국회 사무국 비서과의 라버틀런 피로슈커입니다, 쫑알대는 목소리가 되풀이되었다, 예, 말씀하세요, 그는 수화기를 다른 손으로 옮기며 목을 가다듬었고, 그녀는 자신이 사과를 드리고 싶다고, 이메일을 받았으며, 이 모든 일이 그들에게 얼마나 큰 상처가 되는지 주님께서도 상상하지 못하실 거라고, 이것은 오해이며 오류라고, 원래 말이 빠른 그 여자는 더더욱 속도를 높였는데, 솔직히 말하자면 정말 큰 실수를 저질렀기 때문이라고 했다, 이들에 따르면 그가 받은 그 편지는 이른바 서신 양식이었고, 많은 질문이 모두 같을 때 보내는 것이며, 그럴 경우 답변도 같아야 하기에, 일반적인

문구 공식을 사용하여 그 안의 몇몇 구체적인 정보만 바꿔 넣는
것인데, 이 공식을 사용해서는 안 됐었다고, 물론 이것이 그들을
면책해주는 것은 아니지만, 그 실수를 그들이 저질렀음에도 불
구하고, 정작 그들이 아니었다는 점을 밝혀두고 싶다고, 곧바로
설명하겠다고, AI라는 것이 무엇인지 아십니까?, 바로 그것이
범인이에요, 우리는 이미 몇몇 분야에서 사용하기 시작했지만
아직 발전의 초기 단계에 있어요, 그래서 오류가 끼어드는 거예
요, 국회의장 비서실은 그냥 서명만 했어요, 점검했어야 했으나,
바로 발송 부서로 넘긴 거죠, 그것을 인정하며, 그 점을 소홀히
했다고, 책임자를 찾고 있지는 않다고 했는데, 그 책임자는 선생
님의 이메일이 도착한 바로 그 특정한 비서실의 부주의한 직원
이라고 즉시 자진해서 확인해주었으나, 그들은 어쨌든 개인적
인 대화를 통해 문제를 해결할 수 있을 것이라는 입장이라고 했
다, 어조라고 하니 말이오, 그가 끼어들자, 예, 그것이 바로 저희
AI의 문제입니다, 아직 그것은 어조를 감지하지 못하고, 맥락을
알지 못합니다, 똑똑하다고는 해도 아직은 몇몇 경우에서 어리
석게 작동합니다, 하지만 점점 똑똑해질 것입니다, 아시겠지만,
몇 년만 더 지나면 모든 것이 제대로 될 것입니다, 현재로서는
우리 쪽의 오류가 거의 항상 맥락 인식의 부족에서 비롯됩니다,
알겠구려, 그는 목소리를 낮췄다, 하지만 데이터는, 이제는 오히

려 보글보글 들뜬 듯한 목소리로 그녀가 말을 이었다, 정확합니다, 편지를 다시 보내도 괜찮으시겠어요, 잠시 생각한 뒤 그는 대답했다, 예, 당신께 드린다는 말을 마치 강조라도 하는 듯이, 그렇다면 당신께 드리는, 그러니까 편지를 정정하여 곧 발송할 예정입니다, 이미 작성해두었는데, 이제는 AI에게 쓰게 하지 않았습니다, 호호호, 그 여자가 웃음을 터뜨렸고, 그것은 빠른 새소리의 선율처럼 들렸다, 대신 제가 직접 썼어요, 다시 한번 사과드립니다, 저희 잘못을 잊어주실 것을 약속해주세요, 라버틀런 피로슈커였습니다, 약속해주시겠죠?, 그쵸?, 알겠소, 그가 대답했고, 수화기를 내려놓았다, 그는 아직도 유선전화를 쓰고 있었고, 그것을 고수하고 있었으며, 휴대전화로 바꾸지 않았는데, 새로운 기술이 싫어서가 아니라, 그런 신기술에 늘 매혹되었음에도, 가격 때문이었다, 감당할 수 없었으며, 유선은, 특히 인터넷과 텔레비전을 묶은 상품으로는 유난히 저렴했기에, 고수했다, 그리고 한 시간도 채 지나지 않아 밖에서 작은 종이 요동쳤다, 오토바이를 탄 배달원이었고, 봉투 하나를 내밀었으며, 스마트폰 화면에 맨손가락으로 이름을 휘갈겨 써야 했다, 그 사람은 벌써 다시 오토바이에 올라탔고, 순식간에 사라졌다, 이야, 이건 빠르네, 그가 중얼거렸다, 봉투를 들고 안으로 들어와, 오후 우체부에게서 받았던 것과 똑같이 생긴 그 봉투를 부엌 식탁 위에 내려놓고, 새 편지를 꺼내 이전 편지 옆에 놓았는데, 마치 그의 일곱 번째 감각으로 이미 예감하고 있었던 것처럼, 서명이 똑같다는 것이 보였다, 무슨 피로슈커라는 그 서명은 같았지만 두 편지는 매우 달랐다, 어조가 달라져 있었으며, 데이터는 정확했고, 정중하게 요청하는 내용으로, 시간이 괜찮다면 지정된 이런저런 전화번호나 이메일 주소나 우편 연락처로 회신해달라는 것이었다, 그래서 그는 다시 이메일을 보냈는데, 주소는 이전과 같으며 맞다고, 지정된 날에 그들을 기다리겠다고 했다, 그 지정된 날에 분 단위까지 정확하게 그를 맞으러 검은 메르세데스가 왔으며, 그는 어떤 방을 지나, 또 어떤 방을 지났고, 또 어떤 방을 지나 어떤 방으로 안내되었고, 그곳에서는 모두 네 사람이 그를 기다리고 있었다, 남자 셋과 여자 하나, 모두 일어섰고, 모두 미소를 지었으며, 악수를 나눴고, 먼저 물과 커피를 권했기에 커피를 맛보겠다고 생각했으나, 곧 물도 청했는데, 결국 입에 맞는 것은 물뿐이었다, 세 명의 검은 양복 차림 남자와 눈에 띄게 붉은 옷을 입은 여자의 맞은편에 그는 불만스럽게 앉아 있었다, 그가 도착했을 때 그들이 자신들을 소개하긴 했지만, 그는 누구의 이름도 기억하지 못했으며, 반대로 그들은 그의 이름을 알고 있었다, 그들은 할 말을 하면서도 꽤 자주 이렇게도 카다 씨, 또 저렇게도 카다 씨 하는 말을 끼워 넣었는데, 그는 다소 위축된 채 그 말을 들었지만, 신뢰는 전혀 가지 않았고, 이 초대 역시 나쁜 결말로 이어질 것이라는 불길한 느낌이 들었다, 눈에 띄게 큰 양복 상의 안에서 그는 어깨를 조금 움직였는데, 거의 눈치챌 수 없을 정도로 여러 번이나 반복했다, 아마도 그들이 눈치채지 못한 것은 그가 능숙하게 했기 때문이었다, 사실 이 양복은 그의 일반 정장 중에서 상태가 가장 좋은 것이었지만 너무 컸으며, 일로너가 언제 이것을 사주었는지조차 기억나지 않을 만큼 오래전에 구입한 것이었다, 그때는 근육도 지금보다 더 있었던 것 같고, 뼈도 지금처럼 그렇게 주저앉지 않았을 것이기에, 양복 상의는 특히 양쪽 어깨가 민망하게 느껴졌다, 양쪽 다 푹 꺼져 있었기 때문에 그저 몸에 걸쳐져 있었고, 말하자면 양복이 그를 받치고 있는 것이 아니라, 그가 양복을 받치고 있는 셈이었다, 모두가 그것을 보고 있다고 느꼈기에, 실제로 바라보고 있기도 한데, 이는 응당 그를 불편케 했다, 이쪽저쪽의 공무원들로부터 간간이 스쳐 지나가는 시선을 몇 번이나 포착했으며, 그 시선들은 분명히 바로 그 큰 양복 상의에 걸려 멈춘다는 것도 알 수 있었고, 에이, 뭐, 어쩔 수 없어, 지금 당장 바꿀 수는 없는 일이다, 다만 여기서 하나라도 대단한 놈은 나타나지 않기를, 다음번에는, 만약 그 다음번이라는 것이 있다면, 하는 수 없이 새 양복에 어느 정도는 돈을 써야 할 판, 그리고 그는 그 어느 정도라는 것이 과연 얼마가 될지, 상한선을 어디에 두어야 할지를 곰곰이 따지기 시작했다, 바로 그때 맞은편에 앉아 있던 사람이, 그를 찾게 된 이 사안은 극도의 보안을 요하는 일이라고 조목조목 설명하고 있었다, 사안에 대해 말하고 있는데, 그것도 **어떤** 사안이 아니라 바로 **그** 사안에 대해서 말이다, 그 사안은 역사적 의미를 지닌 일, 혹은 그 의미가 역사적이 될 수도 있다는 표현도 감히 **할 수 있는 것**이라고, 이것은 전적으로 당신, 카다 씨 당신의 개인적인 답변에 달려 있습니다, 우리는 알고 있습니다, 옆에 앉은 다른 사람이 말을 이어받았다, 우리는 당신의 이력을 정확히 알고 있습니다, 우리 둘 모두와 가까운 저명한 학자가 모든 사정을 국회의장님께 상세히 설명드렸습니다, 그리고 이제 이 저명하신 인물 덕분에, 그리고 덧붙이자면, 세 번째 사람이 그의 말을 끊었다, 이 진정한 감정을 소유한 헝가리 시민 덕분에, 우리는 또 하나를 알게 되었습니다, 수 세기에 걸친 혹독한 풍파를 거쳐 잠시 국립박물관을 경유한 뒤에, 마침내 제자리로, 있어야 할 곳으로, 부다 성으로 되돌아온 그 측정할 수 없는 가치를 지닌 유물이 무엇인지 말입니다, 이제 알겠소, 그가 끼어들어 말했다, 버디지 씨에 대해 말씀하시는 거지요?, 예, 바로 그분입니다, 버디지 소시 레네 주니어 씨, 민족사학자이신 분으로, 이미 여러 차례 조국에 헤아릴 수 없는 공헌을 해오신 분입니다, 그러나 그분이 이

민족적 차원의 유물을 찾아낸 일은, 더 이상 말장난을 하지는 않겠습니다, 가운데 앉아 있던 사람이 다시 대화의 주도권을 잡았다, 당신의 실질적인 동의가 없었다면, 어쩌면 그저 박물관의 전시품으로 남았을지도 모를 일입니다, 하지만 문제의 그 유물은 박물관이 아니라 역사를 위해 존재합니다, 역사를 위해, 우리의 피비린내 나는 역사, 그 역사 중에서도 가장 꼭대기에 놓여야 할 것입니다, 여자가 그를 고무하듯 미소를 지으며 몸을 기울였다가 다시 바로 세우고는 손을 우아하게 한 번 움직이며, 이제 다시 중간에 있는 동료에게 발언권을 넘긴다는 표시를 했다, 요컨대, 그가 말을 이었다, 어떻게 표현해야 할지, 음, 우리는 당신의 의견을 알고 싶습니다, 당신이 어떻게 느끼시는지, 그리고 이제는 정말로 더 이상 돌려 말하지 않겠습니다, 하지만 여전히 말을 돌리듯 이어갔다, 즉 정말로 그렇게 느끼시는지 말입니다, 카다요제프 씨, 현재 건강 상태가, 연세가 무색할 만큼, 감당할 수 있다고 생각하시는지요, 이 유물이 그 목적을, 그 본래의 사명을 되찾기 위해서요, 만약 당신들이 묻는 것이, 그가 또렷하고 날카롭게 대답했다, 내가 왕이냐는 것이라면, 내 대답은 간단히 말해, 그렇다는 것이오, 그리고 그것을 증명할 수 있소, 오, 오, 오, 오, 공무원들이 웃음을 터뜨렸고, 특히 여자의 웃음은 높은 음역에서 쨍그랑거리며 울렸다, 우리는 이미 버디지 민족사학자님 덕분에 모든 것을 알고 있습니다, 카다 씨, 당신께서는 더 이상 아무것도 증명하실 필요가 없습니다, 중요한 문서들은 모두 저희 손에 있습니다, 그러니 이 첫 번째 면담에서 저희의 역할은 단지, 저희가 당신의 고귀한 인성 뒤에 더할 수 없는 진지함과 헌신이 있다는 것을 확인하고, 이러한 만남이 성사되도록 모든 노력을 다할 것임을 확인해드리는 데 있습니다, 그리고 전반적으로 모든 일에 있어 저희가……, 어떤 만남을 말씀하시는 겁니까?, 그가 물었다, 국회의장님께서는 이 사안을 극히 비밀스러운 범위 안에서 다루고 계십니다, 더할 수 없이 가장 낮은 소리로 답변이 돌아왔다, 당신과의 만남에 대해 그 가능성을 검토 중이십니다, 즉 지금부터 벌어지는, 혹은 벌어질 수 있는 모든 일을 자신의 사안으로 취급하신다는 뜻입니다, 그러니까 국회의장님과 내가 만나는 것이오?, 그가 물었고, 예, 예, 예, 예, 네 명의 회의 참석자들로부터 네 번에 걸쳐 대답이 돌아왔다, 그렇다면 첫 번째, 강조하건대 이것은 첫 번째입니다, 카다 씨 당신에게는 이 첫 번째 만남이 언제가 좋겠습니까, 나는 언제든 괜찮소, 자유로운 사람이오, 그러자 다시 웃음이 터져 나왔지만, 이번에는 조금 전처럼 그렇게 해방된 듯한 웃음은 아니었다, 그러나 이것만큼은 미리 알려두고 싶소, 그가 말을 이었다, 나는 진지한 제안이 아니면 상대하지 않소이다, 이런 표현이 허락된다면, 그러니까 얼굴도장 찍기식 방문에는 응할 수 없소, 아마 알 겠지만 나는 직선적인 사람이고, 하고 싶은 말을 그대로 하는 사 람이오, 에둘러 말하는 것은 내 방식이 아니오, 그리고 이것으로 내가 실제로 아르파드 왕조의 혈통임을 증명하고자 하오, 왜냐 하면 그 왕조에서 태어난 것은 귀족이나 특권층도 아닌, 기껏해 야 고매한 사람들이었기 때문이오, 이 슬픈 헝가리 땅에서 말이 오, 그리고 나는 카단 칸과 복되신 욜런더의 후손들의 현세적 계 승자로서 그들 가운데 속해 있으며, 이 조상들에 대해, 우리 국 왕 벨러 4세로부터 시작되는 책무를 지고 있소, 이 점을 국회의 장님께 전달해주시오, 만약 그분께서 나와의 대화에 응한다면 말이오, 그렇게 결론이 났으며, 커피는 좋지 않았다, 전혀, 그는 커피 캡슐을 사용했을 것이라 짐작했다, 하지만 물은 1등급이었 기에, 그래서 모두가 자리에서 일어나기 전에, 그리고 자신을 여 기로 데려왔던 소규모 단위의 그 후사르* 병사들이 그를 메르세 데스로, 지하 차고 중 하나로 안내하기 전에, 그는, 자신이 칭한 바, 작별의 잔으로 물을 한 잔 더 부탁했다, 그것은 신선했고 차 가웠으며, 물이라는 것이 마땅히 그래야 할 바로 그 상태였다, 더 이상 난처해하지 않았는데, 너무 넓고 너무 긴 양복 상의가

* 유명한 헝가리 기병을 의미한다.

주는 불편함을 이제는 신경 쓰지 않아도 되었기 때문이다, 아픈 어깨가 좌석의 벨벳 같은 등받이에 닿지 않도록 뒷좌석에 편안히 자리를 잡고, 이 메르세데스 안에서 보는 부다페스트의 거리와 사람들, 이리저리 오가는 군중이 얼마나 다르게 보이는지를 바라보고 있었다, 자전거 타는 사람들과 신호등의 작동을 지켜보았고, 가끔씩은 운전사에게 무언가를 물었다, 운전사 역시 제복을 입고 운전대를 잡고 있었는데, 예컨대 앞뒤로 달리고 있는 오토바이 경찰들에 대해 물어보았다, 도대체 저 사람들이 뭘 하는 거냐고, 그의 생각에는 전혀 필요가 없어 보였기 때문이다, 교통량도 그리 많지 않았고, 게다가 이 네 명, 앞에 둘, 뒤에 둘이 붙어 다닌다고 해서 길이 열리는 것도 아니었으니, 그의 표현을 빌리자면, 모두가 그들을 아예 신경도 쓰지 않았다, 이리저리 불을 번쩍여도 소용이 없었기에, 이런 부분에서는 국회가 상당한 비용을 절감할 수 있을 것 같다고 했고, 이에 운전사는 그저 공손하게 웃었을 뿐, 아무 말도 하지 않았다, 그래서 이 주제는 그냥 놔두었으며, 그가 생각하길, 분명 말수가 적은 그런 부류의 운전사인 모양이군, 왜 아니랴, 운전사는 운전만 하면 되는 것, 맞는 말이지, 말한다고 돈을 받는 것도 아닐 테니, 그렇게 그는 입을 다물었고, 길 양쪽에 늘어서 있는 수많은 작은 가게들과 좀 더 큰 가게들, 그리고 서비스센터와 상점들을 바라보았다, 그중 하나를 눈여겨보고, 거기라면 제법 제대로 된 정원용 공구들도 구할 수 있겠다고 생각했는데, 바로 OBI*였기 때문이었다, 정확히 말하자면 그곳의 로고인지 뭔지를 멀리서도 이미 알아볼 수 있었고, 여기에는 꼭 와야겠다고 결심했다, 빗자루는 닳고 비에 젖어 망가졌으며, 쇠스랑은 이제 이가 세 개밖에 남지 않았고, 괭이는 자꾸만 자루에서 빠져나오고, 이런 식으로 뭐가 필요한지, 아니 적어도 이 OBI에서 무엇을 사두는 게 좋을지를 하나하나 따져보았다, 온라인이나 컴퓨터를 통해 사는 것은 안 된다고, 그런 건 설치나 구매를 위해 돈이 들고, 게다가 품질을 직접 확인할 수도 없지 않은가, 괭이 하나를 놓고도 고정쇠가 얼마나 튼튼한지 어떻게 알겠는가, 그건 아니지, 그는 벌써 맞은편 이웃에게 말하고 있었다, 이웃은 눈을 크게 뜨고 숨을 죽인 채로, 누구의 삶이 이렇게나 잘 풀리나, 하고 지켜보고 있었는데, 그는 그에게, 그러니까 맞은편 이웃에게 직접 갔다, 반쯤 열린 대문, 맞은편 이웃은 늘 대문을 완전히 열어두지 않고 반만 열어두었고, 그는 그 틈에 몸을 끼워 넣고는 거기서 지켜보거나, 아니면 상황에 따라 자기 할 말을 늘어놓았다, 지금 OBI에 다녀왔다고, 온

* 독일계 대형 주택 개보수·정원용품 유통 체인으로, 온라인 판매도 병행하며, 헝가리에서도 널리 운영된다.

라인을 이용하지는 않을 거라고, 좋다는 말은 많이 듣지만, 그래도 직접 확인해보고 싶다고 했다, 뭘 사는지 말이다, 그렇지 않아요?, 틀린 말을 하나요?, 틀리기는요, 맞는 말이죠, 맞은편 이웃은 동의하는 걸 싫어하는 사람이었기에, 마지못해 동의하고는 두세 번이나 코를 아주 크게 훌쩍였다, 그리고 한동안 그의 얼굴을 탐색하듯 훑어보더니 물었다, 그 반짝이는 고급 차를 타고 어디를 다녀오셨어요, 그는 정면으로 답하지 않고 슬쩍 다른 말로 넘겼으며, 면장을 만나게 되면 부서진 아스팔트 가장자리 이야기를 꺼내보겠다고 약속했는데, 맞은편 이웃에게 수많은 성가신 문제들 가운데 이것이 가장 좋아하는 화제 중 하나라는 걸 알고 있었기 때문이다, 왜 새 아스팔트를 옛것 위에 그냥 덮어씌웠을까요, 그것도 하필이면 형편없는 재생 아스팔트로 말이에요, 그리고 왜 가장자리를 제대로 마감하지 않았을까요, 그래야 이렇게 3년마다 한 번씩 다시 와야만 하는 거지, 그냥 덮어버리고 평평하게 만들면 끝, 여기에 우리는 없는 거요, 이건 아니지요, 바닥을 제대로 깔고, 그걸 뭐라고 부르든 간에 가장자리에 콘크리트를 치거나 경계석을 놓거나 해야지, 그러지 않으면 가장자리가 부서지잖아요, 여기로는 트럭들도 다니고, 큰 콘크리트 믹서 트럭도 다니고, 또 뭐가 다니는지 누가 알겠어요, 그런 것들이 아스팔트 양쪽을 몽땅 망가뜨리고, 그런 후에 큰비가 한번 오면, 아니면 아까 말한 것처럼, 그는 마을 쪽을 가리켰다, 히르냐크네 집 쪽에서부터 오수가 흘러나와요, 도대체 몇 명이나 오수를 아스팔트 위로 흘려보내는지 알고 있으세요, 물론 알지요, 그가 대답했다, 하수 시설이 되어 있지 않으니까 그래요, 맞은편 이웃은 점점 더 흥분하며 말을 이었다, 그는 쉽게 화를 내는 사람이었으며, 그것이 그가 가장 좋아하는 상태 중 하나였다, 지금은 특히 더 화가 나 있었는데, 상대방한테서 아무런 중요한 정보도 끌어낼 수 없다는 점 때문이었다, 얼굴이 벌겋게 상기되어 말을 이었다, 그리고 이게 계속된다면 이곳 교통은 줏돼버리는 거예요, 여기서 정상인 것은 하나도 없어요, 그는 미리 말해두겠다며, 이렇게 가면 안 돼요, 그래도 우리는 21세기에 살고 있잖아요, 아닌가요?, 아니긴, 맞아요, 21세기지, 그는 대화를 마무리했다, 손을 흔들어 인사를 한 뒤 길을 건너 자기 집 쪽으로 가서 대문을 열고 마당으로 들어가자, 좀레는, 이미 그의 발소리를 들었기 때문인지, 아니면 냄새를 맡았기 때문인지, 몹시 기쁘게 짖었다, 그는 개에게로 다가가 먼저 물그릇을 손가락으로 만져보며 물이 너무 데워지지는 않았는지를 살폈는데, 햇볕이 그대로 들었기에 과연 너무 데워져 있었다, 개에게는 매일 신선한 물이 주어져야 하는 법, 슬로바키아에서는 어떤지 알지 못하지만, 적어도 헝가리에서는 그렇다고, 그래서 물을 갈아주었으나, 이번에는 사슬을 풀어주지 않았는데, 놀아줄 힘이 없었기 때문이었다, 그는 집 안으로 들어가 침대에 누웠고, 곧바로 잠이 들었으며, 그러다 누군가가 작은 종을 사정없이 흔드는 소리에 깨어났는데, 깊이 잠들어 있었던 모양이었다, 그의 상태를 보러 온 의사 선생님이었다, 잘 있습니다, 그가 대답했다, 그래도 혈압은 한번 봅시다, 괜찮죠?, 의사는 말하며 기구를 그의 팔에 감았고, 흠흠거리며 그것을 풀어낸 다음, 그의 가슴 쪽에서 셔츠를 끌어 올리게 했다, 의사는 심장에 청진기를 댔으나 아무 말도 하지 않았는데, 원래 환자들이 물어보지 않으면 거의 말을 하지 않았기에, 늘 물어봐야 했다, 그래서 어떻게 됩니까, 저 죽습니까?, 그러면 의사는 늘 똑같은 농담으로 대답하곤 했다, 그건 확실하지요, 하지만 지금은 아니고, 아직 시간이 있습니다, 아직도 파동이 있습니까?, 그는 이제 늘 하던 대화를 이어갔다, 예, 파동이 있습니다, 하지만 우리가 그다지 좋아하는 것은 아니군요, 그러니 이런저런 차를 조금 마셔보는 게 좋을 것 같아요, 추천해줄 수 있다며 처방전을 적어주었으나, 마을에는 약국이 사라진 지 이미 오래였기에 도시로 나가야만 했으며, 차 하나 때문에 그는 절대 도시로 가지는 않을 것이었다, 그 점은 의사도 짐작하고 있었지만, 그래도 늘 그랬듯이 그냥 적어주었다, 적으면 적는 거지, 필요하면 타겠지, 항상 그렇듯 속으로 중얼거렸다, 그는 의사를 좋아했는데, 선한 마음씨의 헝가리 사람이었고, 평생을 환자들에게 바쳤으며, 성당에 다니는 것뿐만 아니라, 미사 때에는 오르간으로 성가 반주까지 했다, 그가 개신교 세례를 받은 것에 개의치 않았는데, 그런 생각이 들 때마다 신은 하나라고 생각했다, 그러고는 의사가 떠났고, 그는 이제 생각에 잠길 수 있었다, 도대체 무슨 일이 벌어진 것이지, 저 사람들이 국회 안에서 무슨 신처럼 이야기하던 그 의장은 도대체 누구지, 설마 그 뿌려진 양귀비씨 같은 콧수염을 한 사람은 아니겠지?, 물론 어떻든 상관은 없고, 중요한 것은 마침내 그들에 대해 알 수 있게 되었다는 점이다, 불쌍하고 많은 고통을 겪어온 이 나라를 아르파드 왕가의 토대 위에 다시 세우려는 것인지 아닌지 말이다, 만약 아니라면 이 일은 이번 한 번으로 완전히 끝난 것이다, 문서보관소는 거기 그대로 있고, 문서들이 모든 것을 증명하며, 이후 미래 세대는 자기들 마음대로 판단하면 될 일이다, 그러면 그는 더 이상 이 문제에 관심을 두지 않을 것이다, 또는 저 사람들이 거기서 부르던 대로,

그 사안

, 아닌 게 아니라 그렇게도 그는 이에 대해 이 '아니요'라는 생각

으로 스스로를 한껏 부추긴 나머지, 그 뒤로 '예'라는 가능성에
는 아예 신경도 쓰지 않았다, 그런데도 그럴 수밖에 없었던 이
유는 채 일주일도 안 되어 전화가 울렸고, 낯선 남자의 목소리
가, 선의와 존중이 그대로 의인화된 듯한 목소리가, 이른바 보
안 회선을 통해, 부드럽게 전해졌다, 혹시 빽빽한 일정 속에서
도 45분 정도의 시간을 내어 의장님과 어떤 일을 논의할 수 있
을지 여쭙고 싶다고 했기 때문이었다, 그 일이라는 것은, 그 남
자의 말로는, 조국과 우리의 미래 모두에 대해 역사적 의미를 지
닌 사안이라고 했다, 알겠소, 그가 대답했고, 다시 그의 집 앞에
는 정확히 약속한 시각에 또 다른 차가 서 있었다, 이번에도 메
르세데스였으며, 또 다른 운전사가 앉아 있었고, 이번에는 국회
의 한쪽 뒷문을 통해, 후사르들이 좁은 계단을 따라 그를 안내했
다, 누구와도 마주치지 않았고, 카드를 여러 문에 달린 판독기들
에 갖다 댔으며, 문들이 너무도 조용히 열려서, 그는 두세 번이
나 등골이 오싹해지는 걸 느꼈다, 글쎄, 의장님, 당신은 이렇게
도 겁이 많으신 분이십니까?, 이걸 눈치챈 후사르 한 명이 안심
시키듯 낮은 목소리로 속삭였다, 이건 다 보안 때문입니다, 카다
씨, 마침내 한 다부진 체격의 노년의 백발 신사가 그를 후사르에
게서 인계받았고, 두 손으로 그의 오른손을 붙잡으며, 나는 누구
누구입니다, 했는데, 그는 국회의장의 특별보좌관이며, 다른 소

개를 하자면, '혼포그럴라시 2000 협회'*의 창립 회원이라고 했다, 안으로 들어오시지요, 그는 안으로 들어갔고, 여러 방을 지나쳤는데, 그가 앞에 서고, 그 뒤를 특별보좌관이 따랐으며, 들어설 때마다 모든 방에서 모든 사람이 자리에서 일어섰다가, 그들이 다음 방으로 넘어가면 다시 앉았다, 마침내 안락의자가 있기에 그제야 앉을 수 있었는데, 방은 극히 소박하여 거대한 책상 하나와 편안한 안락의자 네 개뿐이었고, 벽에는 금박 액자에 넣은 성스러운 왕관 사진이 걸려 있었으며, 그게 전부였다, 그리고 안락의자 사이에 작은 탁자 하나, 그 위에는 그가 다시금 청한 커피와 물이 곧 놓였는데, 커피는 특별보좌관도 함께했다, 그는 잔을 들고 한 모금 마시며, 비서가 나간 뒤 문이 제대로 닫히는지를 지켜보다가, 갑자기 잔을 탁자 위에 내려놓고 물었다, 제대로 보고받았다면, 당신은 카다 요제프 씨가 아니지요, 제 말이 맞습니까?, 무슨 말씀을, 아니요, 나는 카다 요제프올시다, 대답을 하면서도 그 질문에 놀랐다는 기색을 숨기지 않았고, 상대는 잔을 다 비우기 전까지 잔을 내려놓지 않았다, 아니기를 바랐지만 역시 지난번과 같은 커피였고, 이제는 분명 캡슐로 내린 커피일 거라는 확

신이 들었는데, 그런 경우에만 이런 형편없는 맛이 나기 때문이
다, 뒷맛은 나쁘지 않지만, 아, 특별보좌관이 웃으며 말했다, 그런
뜻이 아닙니다, 아시겠지요, 그래요, 알고 있소, 그는 고개를 끄덕
였고, 이제 다 마셨으니 잔을 내려놓았다, 이 커피는 더는 마시지
않겠다고 마음속으로 생각하면서 그에게 말했다, 그럼 본론으로
들어갑시다, 나에 대한 당신들의 계획은 뭐지요?, 왜 내가 여기
있는 거요?, 의장님과 만날 줄 알았소, 당신이 여기 있는 이유는,
카다 씨, 당신은 카다 씨가 아니기 때문입니다, 이렇게 특징지을
수 있겠는데요, 그 사람은 이전보다 더 환하게 웃었고, 존중을 담
아 말을 계속했다, 나중에 추종자들에게 이야기하길, 무언가 고
양된 단순함으로, 따뜻하고 인간적인, 거의 사제 같은 목소리로
말했다고 했는데, 그가 말을 끊고 물었다, 혹시 신부님이시오, 아
니요, 아닙니다, 그럴 리가요, 이번에는 조금 다른 웃음이었다, 순
간적으로 그렇게 보였습니다, 계속 말씀하시지요, 그가 말을 이
었다, 그러니까 우리에게는 전혀 예상 밖의 일이었는데, 물론 몇
몇 연구자들, 그중에는 아치 장군 같은 회고록 작가들도 이미 가
능성을 언급하긴 했지만, 네, 말씀드린 그대로입니다, 당신이 살
아 계시다는 것과 당신이 아르파드 왕가의 후손이라는 사실을
알게 되었을 때, 전혀 뜻밖이었지요, 그런데 민족사학자 버디지
선생한테서 직접 들은 이야기와, 이후 저희의 요청에 따라 버디

지 선생이 문서로도 충분히 입증해준 사실, 즉 44년에 총독 각하께서 직접 당신에게 대관을 거행했다는 점, 그것은 합스부르크의 귀환을 무슨 일이 있어도 막기 위해서였다는 것, 그 사실은 우리가 꿈에서도 생각해본 적 없는 것이었고, 입에 올릴 수도 없었던 것이었습니다, 그는 고개를 끄덕였다, 그 소식이 우리를 얼마나 기쁘게 했는지, 그리고 우리는, 이건 우선 우리끼리만의 이야기로 남겨두기로 하고, 이 일이 실현될 수 있는 기회를 찾자고 생각했습니다, 폐하, 이렇게 불러도 된다면요, 저는 의장님과 우리의 가장 핵심적인 내부 인사들로부터 조국을 구하려는 시도를 해보라는 권한을 부여받았습니다, 그는 침을 크게 삼키고 이렇게 대답했다, 당신들의 노고에는 깊은 경의를 표하오만, 나는 시험 삼아 해보는 일은 하지 않소이다, 나는 들어앉든가, 아니면 안 하든가, 그뿐이오, 그러자 오, 오, 오, 그 남자는 안락의자에 몸을 기대며 웃었는데, 그것은 그의 세 번째 방식의 웃음이었고, 그중에서도 가장 개인적인 특징을 가진 웃음이었는데, 나중에 그가 설명하길, 웃음소리는 들리지도 않았고, 그의 수염 때문에 보이지도 않았다고 했다, 상관과 마찬가지로, 그 역시 매우 두껍고 잘 손질된, 윗입술 위로 기른, 거의 백발의 콧수염을 하고 있었는데, 눈은 가늘게 찢어져 있었으니, 분명히 웃고 있었던 것이다, 그리고 모욕할 생각은 전혀 없다고, 그것만큼은 자신에게서 가장 멀리 있는 것이라고, 직업적으로 자신은, 약간 몸을 앞으로 숙이며, 지저분한 야당 때문에, 모욕을 견디되 되돌려주지는 않는다는 계약을 한 셈이라며, 이제는 진지한 얼굴로 말을 이었다, 그러니 다시 본론으로 돌아가서, 긴 여정이 될지도 모르지만, 나는 당신을 헝가리의 왕좌로 다시 모셔놓기 위해 힘쓸 것입니다, 그리고 이로써 이 나라를 입헌군주국으로 전환하자는 것입니다, 유럽연합 안에서도 이것은 결코 전례 없는 일이 아닙니다, 우리의 처지를 보건대, 우리 주변은 전부 적대적인 국가들뿐입니다, 그 선두에는 브뤼셀이 있고, 미국의 위성국가들이 있습니다, 이것은 우리 조국이 이 극도로 문제적인 상황에서 빠져나올 수 있는 유일한 출구라고 생각합니다, **우리 민족**은 이런 처지를 겪을 만한 존재가 아니기 때문입니다, 그의 어조는 더욱 진지하게 바뀌었다, 과거, 강조하건대, 그 영광스러운 과거는 이것을 우리 후손들에게 명령하고 있습니다, 현재는 무한히 실망스럽고 몹시 힘들지만, 미래를 위해 이것보다 더 나은 정치적 해결책은 상상조차 할 수 없기 때문입니다, 그래서 우리가 이 대화를 제안한 것이며, 그래서 이 사안을 비공개로, 엄격히 비공개로 다루는 것입니다, 우리에게는 버디지 씨의 정보가 전적으로 새로운 것이기는 하지만, 동시에 계속 오랫동안 비밀로 유지해야 할 사안이기도 합니다, 그러니 우리가 이미 당신 덕분에 알고 있는 것을 국가적으로 깨닫게 하기까지는 시간이 조금 더 필요합니다, 이것은 토니*에게 맡겨졌고, 이는 곧 성공이 보장되어 있다는 뜻이기도 합니다, 다만 인내가 필요할 것이고, 절제와 끈기, 선조들에게 우리가 빚지고 있는 그러한 민족적 덕목들이 필요할 것입니다, 이것이 바로 제 발언의 전부입니다, 폐하, 그리고 이제 우리는 당신의 의견을 알고 싶습니다, 이 사안에 대한 당신의 입장을 무엇보다도 먼저 우리가 분명히 알아야 하기 때문입니다, 이에 그가 말을 받았다, 무엇보다도 먼저, 첫째로 자신을 폐하라고 부르지 말아달라고 요청했다, 비록 첫 번째에서는 엄지손가락으로 아무 표시도 하지 않았지만, 두 번째로는, 이라며 검지로 짚고 말하길, 다음에 연락할 때는 반드시 이런 만남에 관해, 날짜, 시각, 분, 그리고 장소까지 이야기할 수 있을 때만 연락해달라고 했으며, 이는 자신의 나이를 고려한 요청이라고 덧붙였다, 그는 의장님과 같은 위대한 역사적 인물들에게 모든 것을 맡기겠는데, 오해는 하지 말라며, 왕좌에 앉을 의향은 있지만, 평소의 생활 방식이 이미 몸에 익었고, 결정적인 날이 오기 전까지는 그 생활로 돌아가기를 원한다는 것이었다, 여전히 왕좌에 앉을 의향이 있으시다, 특별보좌관은 안락의자에 몸을 뒤로 젖히며 말했고, 다시 한번 특유의

---

* 현 헝가리 정부의 실세 중 한 명인 로간 언틸 총리실 내각부 장관의 애칭.

무언의 방식으로 웃음을 터뜨리며 눈을 가늘게 좁혔다, 왕좌에 앉는다니, 이건 정말 재미있군요, 나는 이런 솔직하고 명랑한 말투를 좋아합니다, 아니 정확히 말하면 그런 말투만 좋아합니다, 그러나 그는 자신이 한 말이 농담은 아니었다며 다시 말을 이었다, 그는 주위를 가리키며, 여기에서 사안들이 결정될 때까지, 평온과 안정, 그것이 매우 중요하다고 했다, 그는 특별보좌관을 선생님이라고 칭하며, 반면 이 일과 관련해서는 의장님과 당신 또한 확신해도 좋다고, 그는 모든 면에서, 왕관을 쓴 수장으로서, 민족의 처분에 자신을 맡길 것이며, 이를 신뢰해도 좋다고 했다, 그가 일어서며 손을 내밀었고, 특별보좌관 역시 일어났는데, 미소는 이제 그의 얼굴에 굳어 있었고, 배웅하는 길에서도 그 굳은 미소는 사라지지 않았다, 그가 후사르들에게 인계되려 하는데, 그 순간 갑자기 그가 주최자를 향해 몸을 돌려, 여기까지 온 김에 성스러운 왕관을 보고 싶다고 요청하면서, 그것을 보지 못한 채로는 이곳을 떠나고 싶지 않다고 했다, 아무 문제 없다는 듯 특별보좌관은 고개를 끄덕였고, 이미 그를 지하 차고로 안내할 준비를 하고 있던 후사르들이 그를 돔 홀로 데려갔다, 그는 왕관에 가능한 한 가까이 다가갈 수 있었고, 가능한 최대한 가까이 다가갔으며, 눈을 감고 서서 삼사 분쯤 그대로 서 있었다, 그 후 성스러운 검과 홀, 그리고 국구를 한 번 더 바라본 다음, 이것으로 충분하다고 말하며 감사를 표했고, 곧바로 다시 안내를 받아, 아까 지나왔던 그 건물의 구역으로, 그리고 지하 차고로 내려갔다, 한동안 자신이 본 왕관의 영향 아래 있었지만, 차에 오르자마자 내내 이런 생각에 잠겼다, 과연 이들이 자신을 놀리고 있는 것은 아닐까, 어째서인지 이 만남은 지나치게 가볍고 지나치게 순조로웠기 때문이었는데, 마치 이곳 국회의사당의 이런저런 방 안에서 이미 이 사안이 어린아이 장난처럼 결정돼버린 것처럼 느껴졌다, 정말로 이렇게 간단할 수 있을까?, 그는 스스로에게 물었고, 메르세데스가 길을 찾아가는 동안에도 계속 생각에 잠겼다, 정말 이렇게 간단한 일일까?, 그냥 입헌군주제를 도입하기만 하면 되는 일일까, 헝가리인들이 그 결정을 알게 되고 이해하고 동의하기까지는 이를 위해 국민투표나 국회 표결 혹은 특별 표결, 한마디로 말해 엄청난 시간과 일, 일, 그리고 또 일이 필요할 텐데, 그런데 이 특별보좌관은 복원에 대해 마치 이런 식이야, 국회를 다시 칠해야겠지, 금빛 스투코 장식이 눈에 띄게 닳아 있으니 이제는 손을 봐야 해, 그치?, 개보수를 하거나 해야지, 아냐?, 그는 차 뒷좌석에서 고개를 저었다, 아니야, 이건 그렇게 쉽고 당연한 일이 아니야, 이것은 정치인데, 늘 그 복잡성과 수많은 이해관계 사이에서 균형을 찾기가 너무나 어렵다고 느껴왔기 때문에 그는 정치가 두려웠고, 그래서 자신이 분명하게 말해두었다는 사실에

안도했다, 모든 것이 준비되고, 날짜와 시각과 분과 장소가 정해
졌을 때에만 자신에게 연락해달라고 말한 것을, 그는 왕의 거처
가 성안에 있기를 바랐지만, 만약 세케슈페헤르바르에 새로 짓
거나, 혹은 이곳 부다 성 안에 별도의 궁전을 지어주거나 개보수
한다 해도 받아들이겠다고 생각했다, 다만 이를 위해서 그곳에
있는 사람들이 모두 이주할 때까지 기다려야 할 것인데, 동시에
한 가지 생각이 머리를 스쳤다, 의장과 그 오르반이라는 인물은,
소문에 따르면 젊은 시절부터 절친한 친구라고 했는데?, 오르반
을 어떻게 설득할 생각일까?!, 아니면 어떻게 되는 것일까?, 그는
한숨을 쉬며 뒷좌석에서 고개를 저었다, 그러자 운전사가 물 말
고도 다른 것이 있다며, 곧바로 뒤쪽으로 말을 건넸다, 그동안 그
를 태우고 다니면서 누구도 설명해주지 않았던 것을 알려주었
다, 좌석 맞은편에 있는 버튼을 누르면 작은 문이 열리는데, 그
안에 섹사르드* 언덕에서 온 작은 병의 레드 와인이 있고, 옆에
는 진짜 트란실바니아산(産) 과일 브랜디가 있으며, 물론 몇 가
지 포가처**와 로피***도 준비되어 있다고 했다, 그는 로피를 달
라며 말을 끊었고, 운전사는 굳이 요청하지 않아도 된다며, 마음

* 헝가리 남부에 위치한 대표적 와인 산지로, 깊은 맛의 레드 와인으로 유명하다.
** 헝가리를 비롯한 중부·동남유럽에서 먹는 전통적인 짭짤한 발효 빵이다.
*** 헝가리에서 흔히 먹는 짭짤한 브레첼 스틱 과자이다.

에 드는 만큼 가져가라고 권했다, 운전사는 정말로 친절했고, 그는 모든 것을 조금씩 맛보았으며, 그중에서도 과일 브랜디가 가장 좋았는데, 심장 때문에, 의사의 처방에 따라, 레부스 시크 스탄티부스****, 즉 상황이 바뀌지 않는 한 음주 불가임에도 불구하고, 지금은 이 큰 놀람을 위하여!, 한 모금쯤은 스스로에게 허락할 수 있지 않을까 생각했고, 포가처는 미지근했는데, 그래서 막 구운 것처럼 신선해 보였다, 만족스럽게 몸을 뒤로 젖혔으며, 자신이 얼마나 만족하는지를 운전사에게도 말해주었는데, 알고 보니 그 운전사의 가계는 머저르센트마르톤***** 출신이었다, 그렇다면 우리는 거의 동향 사람이나 마찬가지요, 그는 기뻐했으며, 차 안에서 가능한 방식으로 서로 악수까지 했고, 그가 말했다, 당신이 내 운전사가 되면 좋겠소이다, 당신이 그 잘난 체하는 부류가 아니라는 걸 나는 바로 알아봤소, 오는 길에 혹시 테메시 사람은 아닌지 물어볼까 생각도 해봤소, 내 기억 속에서는 그곳의 좋은 사람들이 많이 떠올라 그렇소이다, 어릴 적에 베거강에서 베이스뮐레르와 함께 물장구치며 놀던 그때, 아, 베거강,

---

**** 라틴어 법률·철학 용어로서 '현 상황이 유지되는 한'이라는 의미인데, 여기서는 의사들의 라틴어 처방을 유쾌하게 표현한 것이다.
***** 루마니아 테메시주 바나트에 있는 작은 마을로, 전통적으로 헝가리계 주민이 다수를 차지한다.

운전사는 한숨을 쉬었고, 저도 기억합니다, 하지만 성인이 되어서였어요, 조상들 묘지에 가던 길에 봤거든요, 참으로 멋진 강이었겠지요, 하지만 요즘은 보지 않으시는 게 좋겠습니다, 루마니아의 공장들 때문에 상태가 끔찍하거든요, 왜요, 베거강에 무슨 일이 있소?, 그가 묻자, 오염됐습니다, 하고 운전사는 슬프게 대답했고, 그 뒤로 한동안은 말이 없었다, 결국 작별할 때에는 그가 아무리 집 안으로 들자고 해도 운전사는 끝내 받아들이지 않았다, 들어가보자고, 테라스가 있는데, 거기서 보면 고향 땅에서나 볼 수 있는, 서버드펄루나 셉헤이* 또는 당신들의 센트마르톤에서도 보기 힘든 풍경을 볼 수 있을 거라고 했지만, 그는 죽어도 안 된다며, 시간에 맞춰 돌아가야 한다고 했고, 결국 최소한 시간이 좀 나면 여기로 찾아오겠다는 약속만 받아냈다, 그때는 테라스에서 함께 작은 와인 한 잔을 마시며 그동안 베거강의 수질에 대해 각자 알아낸 걸 이야기하자고, 그렇게 그를 보냈다, 이번에는 맞은편 이웃은 아예 신경도 쓰지 않은 채 집으로 가서 문을 열었는데, 그게 다였다, 몸을 돌려 문을 닫고, 거기에 몸을 기댄 채 한동안 그대로 서 있다가, 방 안으로 비척비척 갔다, 침대까지 간 뒤 천천히 쓰러지듯 누웠고, 몇 분 지나지 않아 바로

* 루마니아 서부 바나트 지역 테메슈바르 인근에 위치한 헝가리계 마을이다.

잠들어버릴 만큼 그 여정에 지쳐 있었다, 밤 1시 반쯤 다시 깨어나 집 옆 장작더미 있는 쪽으로 비틀거리듯 나가서, 가끔은 야외에서 소변을 보는 걸 좋아했기 때문에, 그렇게 했다, 그다음에 반대편으로 가서 쬠레를 살폈는데 녀석은 등을 대고 누운 채 다리를 벌리고 개집 밖으로 반쯤 튀어나온 상태로 깊이 잠들어 코를 골고 있었다, 아침을 위해 정원에서 수돗물을 떠다 주었으며, 다시 돌아와 별이 가득한 하늘 아래의 테라스에 앉았는데, 거의 보름달이라 모든 것이 훤했다, 골짜기와 산과 나무들이 다 보였고, 모든 것에서 흘러나오는 평온함을 느꼈으며, 확실히 자연은 질서 정연하다는 말을 내뱉었다, 여기서는 아무것도 변하지 않고, 이제 조국의 운명도 그 순리에 따르겠지, 다시 방문자들이 나타났을 때 그들에게 무슨 일이 있었는지 이야기해주었는데, 그들은 충격을 받은 채로 들었으며, 이 모든 것이 무엇을 의미하는지 이해하게 되자 환호로써 그 소식을 받아들였다, 이로써 그동안 늘 화제로 삼아왔고, 그것 때문에 여기 모였었고, 입이 닳도록 믿는다던 그 일이 실제로 성공할 것이라고 확신했던 사람은 극소수였다는 것을 그는 알게 되었다, 한편 부정할 수 없는 사실은, 그들에게 바로 인정도 했던바, 자신 역시 거의 믿기 힘들다는 것이었지만, 어쨌든 그렇게 되었다는 것이다, 그는 의장님의 특별보좌관과 함께 앉아 그 일을 논의했고, 이제는 믿을 수

밖에 없게 되었다고 하자, 곧바로

국왕 만세!

, 가 터져 나왔는데, 처음에는 사보스드-우바시가 고함을 질렀
으며, 이어 작은 합창단의 응답이 뒤따랐다,

만수무강하시기를!

, 그는 그저 손짓만 했으며, 러치커*는 곧장 식료품 저장실로 달
려가 대형 와인병을 들고 왔다, 요즘은 이렇게 집단적으로 나눠
주다 보니 훨씬 빨리 비어갔기에, 그들에게 슬슬 한 번쯤은 보충
을 해주는 것으로 자기 집을 놀라게 해주면 좋겠다고 말하는 것
이 내키지 않았지만, 다행히도 그럴 필요는 없었다, 다음번에는
그들 스스로 생각해내어, 하나도 아니고 곧장 두 개의 10리터짜
리 대형 와인병을 들고 왔기 때문이었는데, 하나는 훌륭한 섹사
르드 커더르커**로, 다른 하나는 솜로이 올러스리즐링***으로 채
워져 있었으며, 기본적으로 자신은 화이트 와인 취향을 가진 사

---

*   라슬로의 또 다른 애칭이다.

람이라고 여겼기에 후자를 달라고 했고, 물론 다른 것도 맛보았는데, 그것도 나쁘지 않았다, 사실 사양할 이유가 없었고, 더 이상 예뇌의 술을 마실 필요가 없다는 사실에, 동료들도 이제는 잔에 더 대담하게 손을 뻗었다, 그는 말리지 않았고, 오히려 그들이 가져온 걸 기뻐하는 게 보였다, 그 이후로는 방문자들이 술을 책임지게 되었으며 하나 또는 다른 대형 유리병이 다 비기 전에 이미 새것을 들고 나타났고, 이 문제는 그렇게 해결되었다, 그들은 부지런히 찾아와 이야기들을 들었고, 어떻게 이 일이 일어났고 저 일이 일어났는지, 어떤 것들은 몇 번이고 다시 들었다, 그에게서 달라진 것은 컴퓨터를 더 자주 켠다는 것뿐이었고, 대(大)면담 이후로는 이메일도, 우편도 오지 않았는데, 아마 준비가 진행되는 중일 것이었으며, 버디지는 그 이후로 딱 한 번만 그를 찾아왔다, 중요한 진전들에 대해서는 말하고 싶지 않았거나 말할 수 없었는데, 의장과 그 주위 분들의 의지가 굳건하다는 것만은 확인해주었다, 그는 이를 받아들여 기다렸으며, 그사이에 때때로 음유시인 러치커의 연주를 들었는데, 그는 점점 더 자주 현을 퉁기며 자기 시에 곡을 붙인 노래 몇 곡으로 집 안을 즐겁게 하려 했

** 헝가리 전통의 레드 와인 품종이다.
*** 헝가리의 서부에 위치한 솜로 지역은 화산 지대로서, 그곳에서 생산되는 올러스 리즐링은 전통적인 드라이 화이트 와인 품종이다.

지만, 큰 환호가 뒤따르지는 않았다, 약간의 박수와 함께 누군가
는, 네가 재능이 있구나, 러치카, 라며 어깨를 두드려주었지만, 그
는 그 성공이 진심이 아님을 느꼈고, 그래서 어느 날 부엌에서 음
유시인이 악기를 들거나 내려놓을 때마다 점점 더 풀이 죽어 있
는 걸 보고는 그를 위로했다, 있잖아, 애야, 그들 안에는 없어, 예
술을 즐길 수 있는 게 없다고, 그다지 음악적인 사람들이 아니
야, 네 마음에 담아두지 마라, 그는 다른 이들을 가리키며, 이 사
람들은 이미 잘 알려진 옛 노래들을 좋아하지만, 애야, 계속해
라, 언젠가는 그들도 네 음악을 들으며 성장할 거고, 그리고 뭐,
알잖아, 시도 그렇지, 내가 알기론 이들 중에는 문학 애호가가
거의 없는데, 너는 그들에게 근친상간이니, 요제프 어틸러*니,
다른 공산주의자들이니, 하며 들이밀고 있으니, 이 사람들에겐
차라리 버시 얼베르트나 메치 라슬로**로 가야 해, 그러면 얼마
나 큰 성공을 거두는지 보게 될 거다, 하지만 유명한 노래를 시
도했을 때도 큰 성공은 없었는데, 이렇게 시작되는 노래였다,

---

*   헝가리 현대문학을 대표하는 시인(1905~1937). 헝가리 문학 정전에서 가장 중
     요한 인물 가운데 한 사람으로, 오늘날까지도 정치·사회적 맥락에서 자주 소환
     되는 상징적 인물이다.
**   헝가리의 가톨릭 사제, 시인(1895~1978). 신앙과 인간 내면을 서정적으로 결
     합한 20세기 헝가리 시의 주요 인물이다.

풀에서, 꽃에서, 노래에서, 나무에서,

탄생에서, 그리고 소멸에서,

미소에서, 눈물에서, 먼지에서, 보물에서,

어둠이 있는 곳에서, 빛이 타오르는 곳에서,

그렇게 높은 곳도, 그렇게 낮은 곳도 없으리니,

그 안에 그분이 계시지 않는다면***

, 계속 그렇게, 그냥 노래해, 사랑하는 아들아, 하고 그는 음유시인을 격려했는데, 그것이 눈에 띄기도 했고, 또 모두 주지하듯, 요지 아저씨가 이 청년을 얼마나 아끼는지를 알고 있었기에, 다른 이들 또한 그의 비위를 맞추려 애썼다, 노래가 끝나자, 이전 어느 때보다도 훨씬 더 크게 박수를 쳤다, 그래도 어쩐지 썩 좋은 반응은 아니었고, 노래들은 여전히 별로였기에, 얼마 지나지 않아 그는 거의 요지 아저씨 앞에서만 노래를 하게 되었다, 요지 아저씨가 바로 그의 예술을 알아주는 사람이었고, 그것이 그를 들뜨게 했으니, 신곡 하나 들고 오지 않은 적이 없었다, 요지 아저씨는 언제나 그를 칭찬해주었기에, 짧은 시간 안에 거의 저녁 한나절을 채울 만큼의 신곡들이 생겼다, 그는 이 곡들로 다음

*** 버시 얼베르트의 시 '보이는 신(神)'을 기반으로 한, 대중음악 장르의 노래이다.

연주회에서 한번 무대에 올라야겠다고, 어쩌면 CD도 하나 내볼 수 있지 않을까 생각했으며, 실제로 그가 가르치는 고등학교에서 무대에 오르기도 했다, 하지만 거기에서도 그렇게 대단한 환호를 받지는 못했고, 오직 '세케이 찬가'와 '크러스너호르커'를 연주했을 때에만 반응이 있었다, 그렇지, 늘 그렇듯이 검증된, 오래된 상록수들만 좋아해, 풀이 죽은 그에게 요지 아저씨는 늘 위로하며 말하길, 음악을 알아주는 사람도 있단다, 예를 들면 여기 나한테서는 언제나 너의 음악을 이해하는 귀를 만나지 않느냐, 커피를 다 내렸는데, 누가 한잔할까, 그가 손님들에게 말했고, 이제는 네 개가 아니라 미리 동네 가게에서 열두 개를 더 주문해두었기 때문에 잔은 충분했다, 이렇게 총 열여섯 개의 커피 잔이 있게 되었으며, 손님들이 올 예정된 시각 몇 분 전에는 두 번 분량의 커피를 미리 내려두었다, 어때, 커피?, 누구?, 선생님들?, 그가 다시 물었다, 잠깐만, 다시 데우겠소, 그렇게 마셔도 괜찮소, 이번에는 두 명만 커피를 청했다, 커피는 손잡이 달린 작은 냄비에 담겨, 음용될 준비가 되도록 기다리고 있소, 그는 농담처럼 말하며 전기 레인지를 3단으로 켰고, 퍼쿠서를 향해 돌아서며 말했다, 버디지 선생을 마지막으로 본 게 언제요, 요즘 왜 오지 않소, 퍼쿠서는 다른 이들을 의아하게 바라보았고, 그래서 그가 아니라 몰나르 베레시 요제프가 설명했다, 알려진 바로는 버디지 선생이 열정적으로 일하고 있습니다, 그들 역시 그를 보지 못했고, 그도 그들과 만나지 못했다, 그들은 레헬 광장* 근처의 '작은 뿔호각'**이라는 술집에서 매주 토요일마다 모이는데, 그 벽에는, 물론 신문 스크랩이지만, 마르크스와 레닌, 엥겔스의 사진이 걸려 있고, 그래서 모두들 그곳을 공산주의 장소라고 생각하며, 바로 그렇기 때문에 그들에게는 완벽하게 잘 맞는 곳이지만, 요즘은 그 모임에도 나오지 않았다, 역사적인 그날의 행사를 준비하고, 조직하고, 업무를 처리하고, 글을 쓰고, 그렇게 다니고 있으며, 세부 사항은 그들도 많이 알지 못했다, 버디지 선생은 어디에 있으세요, 요즘 무엇을 하세요, 그들이 물으면, 그는 곧 다 알게 될 거라는 대답만 하며, 중요한 것은 요지 아저씨를 자주 찾아뵙고, 건강하게 사시도록 설득하며, 산책을 하시게 하는 것이라고 했다, 그러니 요지 아저씨, 아무래도 매일 산책은 꼭 하셔야겠습니다, 건강을 위해서요, 그는 어깨를 으쓱하며, 내 건강에 관련해서는 나를 그냥 내버려두게나, 나는 올해 1월 6일로 아흔둘도 채웠소, 내가 이제 와서 건강을 더 챙길 게 뭐가 있겠소, 자기들 건강이나 챙겨, 여든까지나 살아보시오, 그리고 러

---

*   부다페스트 13구에 위치한 광장으로, 시장과 상점, 술집들이 모여 있는 서민적인 상업·생활의 중심지이다.
** 실제로 레헬 광장 근처에는 같은 이름의 선술집이 있다.

치를 향해 윙크를 했으며, 그냥 농담이었지만, 어쨌든 자신은 신경 쓰지 말고 자기들 몸이나 잘 간수하라며, 자네들이 미래니까, 라는 말로 그렇게 정리되었다, 그동안 버디지는 왕좌 복원을 감독했으며, 모든 군주주의 단체들과 관계를 구축, 유지하느라 정말로 바빴다, 아르파드 왕조의 혈통을 믿는 이들도 있었고, 그렇지 않은 이들도 있었지만, 믿는 이들, 대략 200명쯤 되는 이들, 그 남다른 200명!, 그들 가운데서도 가장 영향력 있는 인물들과 점점 더 자주 만나며 준비 중인 사안에 대해 보고했다, 의장님과 함께 8월 20일, 즉 성 이슈트반의 날*을 택일했는데, 의장님 말씀으로는 이날만이 이런 비상한 중대성을 지닌 사안에 유일하게 적합한 날이었기 때문이었다, 멀게 느껴지기는 하지만, 어쩌면 너무 가까울 수도 있었는데, 그때까지 비상 법률들을 준비하고, 제출하고, 통과시키고, 실제 적용해야 하기에, 앞으로의 이 1년도 충분하지 않을 수 있었다, 그는 한숨을 쉬었지만, 어쨌든 그것은 그들의 일이 아니며, 한 걸음씩 앞으로 나아가는 것이 중요하다고 했고, 이것을 나중에 요지 아저씨에게도 들려주었다, 요지 아저씨는 만족스럽게 그 소식들을 들으며 이제는 그 어떤

---

* 매년 8월 20일, 헝가리 건국의 왕인 성 이슈트반 왕을 기념하는 국가 최대 공휴일로, 국가 건국일·국가 축일·가톨릭 축일의 성격이 겹치며, 부다페스트에서는 대규모 불꽃놀이가 열리는 것으로도 유명하다.

누구도, 그 어떤 것도 이 일에 훼방을 놓을 수 없다고 확신했고, 모든 것이 한 방향을 가리키고 있으며, 그 방향은 가장 큰 선(善)으로 이어지고, 그것이 바로 헝가리인들을 위해 성스러운 헝가리 조국을 구하는 길이라고 믿었다, 의장 특별보좌관과 젊은 버디지는, 그 사람됨 자체로, 이 모든 일이 가장 좋은 손에 맡겨졌다는 확신을 그에게 주었다, 그는 이미 그들을 전적으로 신뢰하고 있었으며, 필요한 것은 오직 인내뿐이라고, 식탁에 앉아 되뇌었다, 인내라면 자신에게 충분히 있다며, 비유적인 의미에서 무려 750년을 그가 기다려왔다면, 8월 20일까지 남은 이 짧은 시간쯤은 우스울 정도라고 생각했다, 열성적인 추종자들을 믿었고 안심했는데, 왜냐하면 그는 자신의 눈으로 직접, 국립박물관에서 성스러운 왕관과 함께 홀과 검과 국구까지 이미 국회의사당으로 옮겨 온 것을 보았기 때문이니, 그것이 다른 무엇 때문이겠느냐, 바로 지금의 준비를 향한 첫 번째 인내의 단계들이 아니었겠는가, 그렇게 해서 특별보좌관과의 만남 이후로는 자연스럽게 의장에게 모든 것을 맡기는 것이 당연하게 느껴졌다, 그는 직접 보지 않고서도 그의 내부에 있는 진정 훌륭한 애국자를 알아보았기 때문에, 과정이 이처럼 극도로 긍정적인 방향을 가리키고 있는 것과 다르게 흘러갈 가능성은 머릿속에 떠올리지도 않았다, 그러니 어느 날 오전, 오후 배달부보다도 더 초라한 몰골의 오전 배달부가, 서른 살쯤 되어 보였지만 술 때문에 이미 쉰 살처럼 보이는 이 남자가, 피투성이 머리와 어딘가 어설픈 동작으로 경비 공간에 다가와 여러 번의 시도 끝에 조그마한 종을 붙잡아 흔들고는, 그에게 경찰 통지서를 건네며, 특정한 날짜와 장소에 피의자 신분으로 출석해야 한다고 알렸을 때, 그가 무너져 내린 것도 결코 이상한 일은 아니었다.

8장

아무 말도 하지 않겠소, 그는 아무말도 하지 않았다, 형사님들, 당신들은 아무짝에도 쓸모가 없소, 특히 내게 이런 질문을 던질 자격은 더더욱 없소, 당신들은 지금 누구와 이야기하고 있는지나 알고 있소?!, 내가 누군지나 아는 거요?!, 알고 있습니다, 그들은 지루하다는 듯 대답했고, 서로를 바라보았다, 당신이 바로 왕이라는 말이지요, 그건 이미 들었습니다, 그보다도 그 일에 대해 알고 있었는지 아니었는지, 거론된 그 장소에 있었는지 아니었는지, 이에 대해 고발을 했는지 안 했는지를, 예, 아니요로, 이 세 가지 중요한 질문에만 답하시면 됩니다, 서명만 하시면 바로 나가셔도 됩니다, 경찰 간부는 어느새 몇 번째인지도 모를 만큼 되풀이해서 말했다, 아마도, 라며 다른 경찰 한 명이 합세하여, 두 명은 다시 서로를 바라보았는데, 의견이 완전히 일치하지는 않는 것처럼 보였다, 보세요, 그들은 몸을 더 굽히며 다가왔다, 우리는 다른 걸 원하는 게 아닙니다, 그저 진실을 알고 싶을 뿐입니다, 그런데 나는, 그는 얼굴이 시뻘게진 채 말했다, 당신들에게, 그러면서 검지로 그들을 가리키며, 진실을 말하지 않을 뿐만 아니라, 오히려 당신들을 상대로 절차를 개시하겠소, 왜냐하면 당신들이 여기서 나에게 하는 이 짓은,

국왕 모독

, 그것이기 때문이오, 그리고 두고 보시오, 그에 대한 법이 생길 거요, 기대하지 마시오, 그때가 되면 당신들은 끝장이오, 그러면서 손바닥의 옆면으로 무엇을 각오해야 하는지를 보여주었다, 알겠습니다, 카다 씨, 맞은편에 앉아 있던 이가 피곤한 눈빛으로 그를 바라보며 말했다, 일단은 돌아가셔도 됩니다, 하지만 연세를 감안해서, 그리고 건강 상태를 고려해서입니다, 뭐라고, 돌아가도 된다고?!, 그가 벌떡 일어나며 소리쳤다, 당신들이 나에게 언제 여기서 나가도 되는지를 정할 수는 없소, 나는 자유인이오, 그럴 겁니다, 지금까지 약간 옆으로 앉아 있던 경찰이 낮은 목소리로 말했다, 그러고는 두 간부가 모두 일어섰는데, 둘 다 느

릿했고, 둘 다 마지못해 움직였으며, 그들의 동작에서는 이제 곧 벌어질 일이 몹시도 마음에 들지 않는다는 것이 분명히 드러났다, 왜냐하면 실제로 벌어진 일은, 그가 그대로 사무실 문을 열고, 복도를 가로질러 휩쓸듯이 나가버린 것이기 때문이다, 그는 건물을 빠져나와 푸슈카시 경기장*에서 지하철을 탔고, 이후 열차 안에서는 바퀴가 덜컹거리며 달리는 소리만 들렸는데, 그의 심장도 똑같이 두근거리고 있었다, 그것도 정확히, 털끝만큼도 어긋남 없이 똑같은 리듬으로,

다-담 다-담 다-담

, 철로 위에서 바퀴가 내는 소리와 같은 리듬으로, 종점까지, 그는 마치 두들겨 맞은 사람처럼 버스가 와서 자신을 산 위로 데려다주기를 기다렸으나, 그때는 이미, 광장에서 집까지 가는 데 필요한 만큼의 걸음만이 다리에 남아 있다는 것을 느꼈다, 집에 빵이 남아 있지 않았고, 저녁에 무엇을 먹을지 전혀 알 수가 없었

---

* 푸슈카시 페렌츠(1927~2006)는 헝가리의 전설적인 축구 신수로서 당시 '황금 팀'으로 불리던 헝가리 국가대표팀의 주전 공격수였다. 그의 이름은 오늘날 경기장과 대중교통 시설 등 여러 공공장소에 남아 있는데, 여기에 등장하는 프슈카시 경기장은 지하철 2호선의 역 이름이다.

기 때문에, 사실은 작은 가게에 들렀어야 했는데, 오후 3시가 되어서야 그는 부엌에서 자리에 털썩 주저앉았고, 천천히 머리를 장작 난로 쪽으로 돌렸지만, 그쪽으로 가서 커피를 올릴 힘조차 없었다, 다행히도 식탁 위에 물이 남아 있었고, 그는 떨리는 손으로 물을 따라 천천히 한 모금씩 마셨다, 그런 다음 그저 웅크린 채 앉아만 있었는데, 아무 생각도 하지 않으려 했으나, 심장이 여전히 너무 크게 뛰고 있어서, 다-담 다-담 다-담이라는 소리가 계속 들렸다, 열차 바퀴가 그의 뇌와 심장에 새겨 넣은 바로 그 리듬으로, 이마의 굵은 핏줄 하나도 여전히 정확히 같은 박자로 뛰고 있다는 것 역시 들을 수 있었다, 그렇게 저녁이 되었고, 그는 주전자에 있던 물을 모두 마신 뒤에, 질질 끌리듯 침실의 침대까지 갔고, 조금만 더 큰 동작을 해도 몸 안의 이것 아니면 저것이 부러질 것만 같은 느낌이 들었기에, 무엇 하나라도 부러질까 봐 조심스럽게 몸을 눕혔다, 이렇게까지 바닥에 내팽개쳐진 모욕을 견뎌야 한단 말인가?!, 그는 자존심 강한 사람이었고, 어떤 권력과도 대립한 적이 없었으며, 오히려 권력과는 언제나 평화로운 거리를 유지한 채 이 아흔한 해를 살아왔는데, 이제 와서 끌려다니듯 모욕을 당했던 것이다, 그 끝이 무엇이 될지는 알 수 없었으니, 더군다나 그 일은 불과 몇 주 전까지만 해도 의장 특별보좌관과 국회에서 협의를 하던 이에게 벌어진 일이었고, 왕이 될 수도 있었던 사람에게 가해진 일이었다, 그렇다면 결국 옳은 것은 그들 쪽인가, 자진해서 내쫓아버렸던 바로 그들이?!, 그럴 수 있는가?!, 그렇다, 그럴 수도 있다, 어쩌면 정말로, 다른 길은 없을지도 모른다, 그는 침대 위에서 그 생각 속으로 자신을 몰아넣었는데, 잠은 오지 않았고, 오지 않았고, 끝내 오지 않았기 때문이다, 심장박동은 점점 잦아들기 시작했지만, 여기서는 오직 폭력적인 권력 장악만이 해결책이라는 생각이 그를 가만두지 않았다, 이것이 그의 뇌 속 모든 세포를 갉아먹고 있었으며, 게다가 그는 오랜 세월, 아니 어쩌면 수십 년 만에 처음으로 두개골의 상처가 다시 타오르기 시작하는 것을 느꼈다, 안에 박힌 그 파편이 타올랐고, 타들어갔고, 불길처럼 활활 타올랐다, 그는 다음 날 아침, 이미 언젠가부터 그의 스마트폰 번호도 알고 있었기에, 버디지에게 전화를 걸었다, 하지만 아무도 전화를 받지 않았고, 하루가 더 지나 저녁 무렵이 되어서야, 버디지가 체포되었다는 사실을 알게 되었으며, 그가 관계를 끊었던 다른 사람들 모두 역시 체포되었다는 것도 알게 되었다, 크리슈토피, 소르시-비로, 요르치크, 보불러, 두다시, 부더펄비, 페트라시, 치세르, 우헬 루돌프, 그리고 물론 퍼이르까지, 모두 머르코가(街)*에 수감 중이라는 것

---

* 부다페스트 5구역의 법원·구금 시설 밀집 지역.

이었다, 가장 크게 걸려든 사람이라고 한다면 퍼이르라고 할 수 있는데, 그에게 쾨바녀 사건을 덮어씌웠고, 그것은 그가 꾸민 일이라며 그를 그 배후의 중심으로 몰아갔다는 것이다, 그들은 왓츠앱에서 비공개 그룹을 만든 뒤, 이제부터는 언제나 한 사람씩만 요지 아저씨를 찾아오기로 합의했기에, 혼자서 찾아온 교수가 그렇게 이야기를 전했다, 교수는 그들이 협박을 받았다고 했는데, 여기서 무리를 이루지 말라는 것이었고, 이제 무슨 일이 벌어질지는 아무도 알 수 없다고 했다, 그들의 희망은 버디지에게 있었고, 그가 일을 처리하고 매끄럽게 해결해주기를 바랐지만 그럴 수가 없었다, 보아하니 그 무기 비축분이 문제였던 모양입니다, 음, 하지 말았어야 했지요, 무슨 말씀이시오?, 그가 물었다, 우리에게는 평화적인 길만이 유일한 길이라는 말입니다, 교수는 확신에 찬 목소리로 대답했다, 이제는 그렇게 생각하지 않소, 이에 그가 조용히 말했다, 무엇을 그렇게 생각하지 않으신다는 겁니까?, 놀란 얼굴로 교수가 바라보았다, 즉위식이 그렇다는 거요, 잠시 정적이 흘렀다, 교수는 한동안 그를 바라보았는데, 마치 자기 귀를 믿을 수 없다는 듯했고, 그러고는 고개를 숙였다, 이런 국면이 얼마나 자기 마음에 들지 않는지, 그것을 요지 아저씨가 알아차리지 않기를 바랐기 때문이었고, 이것은 일대 전환용으로 다뤄져야 할 사안이기 때문이었다, 그는 그다음

주 토요일 레헬 광장 뒤쪽의 작은 뿔호각에서 이를 설명했다, 그 자리에는 그를 제외하고 네 사람만 나타났지만, 그들이 이 소식을 나머지 사람들에게 전할 수 있었기에, 그 네 명만으로도 충분했다, 즉 요지 아저씨는 이제 비폭력을 믿지 않으며, 무기들이 어디에 있는지, 그리고 **그들 가운데** 아직 자유롭게 움직일 수 있는 사람들이 있는지, 그리고 그들과 접촉할 수 있는지, 그 모든 것을 알아내자고 제안했다고 전했다, 이에 대해서는 이의를 제기할 수 없었다, 몇몇은 여기에 위험이, 결코 적잖은 위험이 있다는 점을 숨기지 않았다, 왜냐하면 법적 경로를, 헌법적 경로를, 전환을 위한 평화로운 과정을 버린다면, 그것이 무엇으로 이어질 것인가, 라는 물음에, 왕의 반란, 이라며 베코니 벤데구즈가 답했다, 그것일 겁니다, 그는 불타는 눈으로 동료들을 둘러보았다, 그들은 이에 대해 남아 있던 몇 모금으로 반응했는데, 그러니까 잔을 들이켰다, 그리고 나서는 어떤 합의에도 이르지 못한 채 흩어졌는데, 통일되지 않았기 때문이다, 실제로 결정은 어려웠다, 하지만 그때,

요지 아저씨의 전갈이 도착했다

, 이렇게 안 된다면 그렇게 하라는 것, 그의 말, 그의 의지는 비판

할 수 있는 것이 아니라 오직 따라야만 하는 것, 그저 그 생각에 익숙해져야만 하는 것, 이것은 그다지 어렵지 않은 일로 드러났는데, 그들은 이미 익숙해졌기 때문이었다, 그들은 일단은 직접 만나지 않았다, 레헬 광장 뒤에서도, 다른 어디에서도, 특히 요지 아저씨의 집에서는 더더욱 아니었다, 그들은 자신들이 감시당하고 있다고, 전화는 도청되며, 이메일 교환은 들여다보이고, 모든 움직임이 감시되고 있다고 추측했다, 이런 추측을 하면서, 왓츠앱의 비공개 그룹이 과연 그들을 얼마나 보호해줄 수 있을지가 문제였는데, 아마도 그렇지 못할 것이었고, 그렇다면 다른 어떤 것으로 바꾼다 해도 의미가 없었기 때문에, 결국 다시 대면 접촉으로 돌아갔다, 하지만 언제나 단 한 사람이 다른 한 사람을 만났고, 그다음에는 그 다른 한 사람이 세 번째 사람을 만났으며, 그렇게 준비가 진행되었다, 이것은 본격적인 겨울이 시작될 때까지 이어졌고, 그때쯤에는 크러스너호르커이 러치만이 정기적으로 그를 찾아왔다, 이틀이나 사흘에 한 번씩 마당에 쌓아둔 장작으로 부엌에 불을 땠는데, 요지 아저씨가 매우 단호하게 반대했음에도 불구하고 그랬다, 불을 지피는 것을 내가 막지는 않겠다만, 다시는 장작불을 피우지 않겠다고 말하지 않았느냐, 그는 러치에게 되풀이해서 말했으나, 러치는 다른 사람들과 합의한 대로 이렇게 대답했다, 그렇습니다, 요지 아저씨, 선생님께서는 정말로 그러지 않으셔도 됩니다, 제가 하겠습니다, 그러지 않으면 동사하실 것입니다, 그리고 그것은 저도, 모임의 다른 구성원들도 허용할 수 없습니다, 그래서 다시 장작 난로에 불이 들어왔고, 그때부터는 커피도 전열판이 아니라 난로 위에서 끓였으며, 점심도 마찬가지였다, 그리고 겨울이 1월 말에서 2월 초에 이르러, 눈은 오지 않았지만 매우 혹독한 추위를, 특히 얼어붙을 듯한 강풍을 몰고 왔기에, 그는 더 이상 익숙한 침대에서 자지 않았고, 대신 러치에게 부탁하여 지하실에서 오래된 소파를 가져오게 했으며, 그것을 한쪽 구석에 놓게 했다, 이것은 침실에 있던 오래된, 제대로 된 침대보다 훨씬 작고 좁았기 때문에, 그곳에 들어맞았고, 그 자신도 거기에 맞았기 때문이었다, 두세 시간 동안은 정신을 잃듯 있다가, 그다음에는 같은 시간만큼 뒤척이기만 했기에, 요컨대 그것을 과연 잠이라고 부를 수 있다면, 그는 그곳에서 그렇게 잠에 들었다, 자, 이 뒤척임 말이야, 알겠지, 러치야, 바로 이게 노년에서 가장 나쁜 거야, 이런 밤들, 도무지 지나가지를 않는 밤들 말이야, 이 나이에, 나처럼 아직 심각한 건강 문제가 없는 사람에게도, 이게 제일 나빠, 밤마다 이런 기다림들 말이지, 밖에서는 그 얼음 같은 바람이 울부짖고, 안에서는 이불을 잔뜩 덮고 있어서 움직이는 것조차 힘든데, 오지 않고, 오지 않고, 끝내 오지 않는 잠, 그저 날이 밝아오

기만을, 새벽이 오기만을, 드디어 밝아지기만을 기다리게 되지,
젠장, 그런데도 아침은 오지 않고, 7시가 되어도 여전히 어둡고,
불평은 하지 않겠지만, 사실 할 일이 얼마나 많은데, 문서들도
그렇고, 유럽의 귀족들이며 유럽평의회며 유럽연합 집행위원회
에 보내야 할 이메일과 편지들이 얼마나 많은데, 그리고 바너드
박사*의 가족도 있지 않느냐, 러치야, 너 아느냐, 내가 바너드 박
사와 친구였다는 것을?, 남아프리카에서 최초로 심장이식 수술
을 한 그 사람 말이야, 큰 인물이지, 정말로 큰 인물이었고, 우리
는 아주 가까웠다, 하지만 안타깝게도 죽었지, 폐 때문이었는데,
반면 그의 심장은, 내가 알기로는, 죽은 뒤에도 완벽한 상태였다
고 하더구나, 첫 번째 부인은 알레타였고, 그다음에는 재혼해서
젊은 여자를 맞이했지, 우리끼리 하는 말로, 정말 끝내주는 미인
이었어, 그 바버라 말이야, 셀레츠키 지타처럼 아름다웠거든, 아
니 거의 그만큼이라고 해야겠지, 왜냐하면 이 바너드 박사는 아
주 잘생긴 남자였고, 여자들이 그 주변을 맴돌았단 말이야, 모두
가 자기 심장을 그에게 주고 싶어 했지, 말하자면 말이야, 그리
고 가족과, 그래, 그 박사 말이야, 세상을 떠난 지가 벌써 10년도

---

* 크리스티안 바너드(1922~2001)는 1967년 세계 최초로 인간 심장이식 수술을
성공한, 남아프리카공화국의 심장외과 의사이다.

넘었지만, 그의 가족과는 아직도 잘 지내고 있어, 내가 편지를
쓰면 고마워하고, 그리고 요즘 들어서는 큰딸과 편지를 주고받
고 있는데, 이름을 어떻게 발음해야 할지는 모르겠다, 디르드인
가, 뭐 그런 비슷한 이름인데, 상관없지, 아주 사랑스러운 애야,
다만 그 아이도 이미 늙었겠지, 세월이 흐른다는 게 그런 거야,
사람들이 말하듯, 우리는 다시 젊어질 수는 없지, 아, 그만하자,
불평하려는 건 아니야, 다만 이 잠이라는 게 말이야, 누군가 이
걸 바꿔줄 수만 있다면, 내 왕국의 절반을 줘도 좋을 텐데, 농담
이니 놀라지는 말거라, 그런데도 그 젊은이는 그 말을 그다지 농
담으로 받아들이지 않았는데, 요지 아저씨의 수면 문제에 관해
서는 그 자신도 도울 수 없었기 때문이었다, 비록 친부모처럼 그
를 돌보고 있었음에도, 그는 한번은 성 벌라주의 날**에 밤새 머
물면서, 최근 한두 달 동안 만들어낸 그 스무 곡을 불러주겠다고
제안하려고도 했으나, 그는 그 호의를 사양했고, 대신 계속 뒤척
였다, 이 러치라는 아이는 정말 훌륭한 녀석이야, 그는 속으로
생각했다, 아주 큰 도움을 받고 있지, 내가 부탁하는 건 뭐든 다
해주는 아이야, 그가 이런 이야기를 한 적이 있었다, 눈이 좀 내

** 2월 3일인 성 벌라주 축일을 의미하는데, 이날은 목 질환을 예방해준다는 믿음
과 함께 촛불로 축복을 하는 가톨릭의 축일이다.

려서 거리로 내려갔는데, 마침 맞은편 이웃도 문간에 서 있었을 때였다, 내가 빵이 필요하다고 하면, 벌써 작은 가게로 내려가고, 내가 와인병이 비어간다고 하면, 벌써 예뇌한테서 그걸 들고서 되돌아오고, 이런 식이야, 이 아이는 들어주지 않는 부탁이란 게 없어, 당신은 좋겠네요, 맞은편 이웃이 시큰둥한 얼굴로 대답했다, 나도 곧 여든이 될 텐데요, 나는 말이에요, 신의 어린양처럼 혼자예요, 나한테는 아무도 도와주는 사람이 없어요, 나 같은 사람은 아예 신경도 쓰지 않아요, 땔감 조금 달라고 신청을 해도, 그 무슨 알량한 보조금 신청을 할 때도 그래요, 다 소용없어요, 그런데 저기 얼소가의 늙은 여자들은 크리스마스 전에 연금 보조금을 받았다는데, 누가 못 받았게요?!, 나예요, 그는 분노에 차서 자기 자신을 가리켰다, 왜 그 사람들은 받고, 나는 못 받는 거예요?!, 당신은 그 이유를 아세요?, 나는 알아요, 나는 늘 그들에게 진실만을 써서 보내거든요, 그래서 그들은 나를 싫어해요, 그게 문제예요, 아스팔트도 망가져가고 있어요, 봐요, 그는 길을 가리켰지만, 그 길은 막 내린 눈으로 덮여 있었다, 아니면 하수 배출 문제 말이에요, 사람들이 허리를 다치게 될 거라고요, 가게에 가다가 히르냐크네 집 앞을 지나가면, 관 하나에서 하수가 거리로 흘러나와서 그래요, 그러면 바로 얼어붙어요, 사람이 거길 밟고 미끄러져 넘어져요, 머리가 깨지고, 그걸로 끝, 그러니까 나는 단 한 푼도 못 받는 거지요, 그냥 죽으라는 거야, 그들은 그걸 바라고 있어요, 내가 진실을 쓰는 게 지겨워서 말이에요, 자, 그럼 신의 가호가 있기를, 그는 헤어졌는데, 이제는 눈이 지긋지긋했기 때문이었다, 눈 치우는 것도 결국은 러치가 하게 되겠지, 그가 생각했다, 힘이 없어서가 아니라, 물론 힘도 없지만, 의욕도 없었기 때문이었다, 이제는 그의 인생 자체도 아무런 의미가 없기에, 왜 치워야 하는지, 어떤 의미도 없다, 가족도 말이야, 다 어디 있지?, 딸네 집에 내려간 게 언제였던가, 까마득한 옛날이다, 내려가서 화해하자고 말한 뒤로는 아무 소식도 없어, 그 애들은 눈곱만큼도 움직이지 않아, 이런 상태에서 사람이 어떻게 일을 바로잡겠는가?!, 됐다, 그는 손을 한 번 내저었고, 여전히 빈 부엌에서 큰 소리로 말을 이었다, 길이 좀 나아지면 다시 버스를 타고 내려갈 것이며, 물론 상처를 받을 수는 있겠지만 상처를 받는대도 아무 소용 없을 것, 아니 상처를 받지도 않을 것이다, 그는 내려갈 것이다, 필요하면 몇 번이든 내려가서 바로잡아야 할 건 바로잡을 것이다, 가족, 그것은 중요하니까, 그리고 그 두 명의 똑똑한 아이들이 미래가 될 것이니까, 큰아이 벨루슈커가 그 비밀을 이어받게 될 것이다, 딸에게 부탁할 것이다, 마지막 그때가 오면 아이를 데려오라고, 그리고 아이에게 말해줄 것이다, 네가 누구인지, 무엇이 너를 기다리고 있는지, 무엇을 감당해야 하는지 말이다, 그 아이 벨루슈커가 바로 미래니까, 그 아이가 다음의 벨러 왕이 될 것이다, 물론 비밀리에, 왜냐하면 여기서는 이제 그 사안으로는 아무것도 이루어지지 않을 테니까, 완전한 침묵이었다, 사실 경찰들도 다시는 그를 괴롭히지 않았고, 그의 무리도 사라졌다, 러치만 남았고, 퍼쿠서와 베코니만이 오는데, 그들도 한 번에 한 명씩이었다, 다른 한 사람이 오기까지는 꼬박 2주가 걸리기도 했으나, 때가 되면 다시 이 문제로 되돌아올 것이기에, 이게 오히려 좋았다, 지금은 때가 아닌 모양이었고, 방문자들에게 설명하고 전갈을 보낸 뒤로, 즉 대열을 재편해야 하고 비폭력에 대한 태도를 바꿔야 한다고 말한 뒤로는, 깊은 침묵이 이어졌다, 그래, 봄이 되면, 그리고 봄은 정말로 찾아왔다, 그는 영지에서 사과나무의 첫 봉오리를 보았을 때 몹시 기뻤다, 이 사과나무들은 참으로 용감했는데, 첫 햇볕에 봉오리를 틔웠고, 한 번의 한파쯤은 두려워하지 않는다, 반면 참나무들은 현명한데, 5월이 다 되어서야 안전하게 잎을 낸다, 내 큰나무도 그렇지, 그는 창밖으로 거대한 참나무를 가리켰다, 아마도 200년은 되었을 거야, 저 왕관 좀 봐, 그리고 줄기도, 당신도 팔로는 못 안을걸, 페슈티가 마침 그와 함께 있었고, 그는 이미 그를 용서한 상태였는데, 왜 그랬는지는 스스로도 몰랐지만, 어쨌든 용서했다, 그들은 커피를 다 마시고는, 아직 밖에 앉을 수는 없었지만 부엌 창문에서도 골짜기는 아름답게 보였기에, 빈 커피 잔을 손에 든 채 서 있었다, 그때 페슈티가 말했다, 겨울 동안 우리는 잠들어 있지 않았습니다, 요지 아저씨, 우리를 그렇게 쉽게 흔들 수는 없습니다, 상황을 보면, 퍼이르는 교도소 안에서도 하나의 완전한 소부대를 조직해낼 수 있을 것 같습니다, 그리고 우리 자원으로는 제대한 사람들도 아주 많습니다, 군대든 다른 곳이든, 대규모의 보안 요원들, 과거 경찰이었던, 경보(警報)와 보안 카메라 설치 기사들이 여기 우리 대열에 있습니다, 요지 아저씨, 지난 몇 년, 아니 수십 년 동안 우리는 늘 이제 더 나빠질 수는 없다고 생각해왔지만, 이 나라는 지난 1년 동안, 정말로 지난 1년 동안에만, 경고하듯 손가락을 치켜들며, 바닥 아래의 바닥까지 추락했습니다, 죄송하지만 상황은 너무나도 악화되었습니다, 물가, 빈곤, 체제의 뻔뻔한 냉소, 정권의 하수인들이 내뱉는 불쾌한 숨소리가 사람들 귀에 들려옵니다, 진지하게 말씀드립니다만, 그래서 우리는 계속 우리의 일을 하고 있습니다, 물론 더 조심스럽게, 하지만 끈질기게, 왕국이라는 생각이 점점 더 넓은 범위에서 사람들의 머릿속에 자리 잡도록 하기 위해서입니다, 그리고 사람들이, 평범한 사람들이, 정말로,

어떨까, 만약 한 분의 왕께서

여기 선봉에 선다면, 이라는 생각을 그들이 씹고, 또 씹고 나서, 자신에 대해 이렇게 표현하는 것입니다, 그들에게 이제 그 맛이 시작되었다고, 오늘날 이곳에서 드디어 왕이 권력을 접수하는 것을 사람들이 상상만 하는 것이 아니라, 우리가 돌파하여 그것을 해내겠다는 것입니다, 우리가 다가간 수십만 명의 사람들에게 이제 이것이 곧바로 유일한 해결책으로 여겨지고 있고, 많은 이들이 이미 왕정복고를 하나의 구원으로 받아들이고 있습니다, 이것은 공상도 아니고, 우리가 공상에 빠져 있는 것은 더더욱 아닙니다, 요지 아저씨, 선생님은 살아 계시는 동안 이미 준비되어 있는 그 왕좌를 받게 되실 겁니다, 들리는 말로는 마지막 손질만 남았다더군요, 좀 더 구체적으로 말하면, 술 장식에 쓰일 금빛 실이 조금 더 필요했다고, 크게 손상돼서 4분의 3 이상이 사라졌었다고 하는데, 이제는 더 이상 그렇지 않다고 합니다, 수석 가구 복원사가 교도소에 있는 버디지에게 비밀 경로를 통해 전해왔는데, 한 달만 더 있으면 완성되어 넘겨줄 수 있다고 합니다, 물론 처음에는 국회에서만 전시 형식으로 공개할 것이라고 합니다, 왕관처럼 말이죠, 하지만 저희는 이걸 조금 더 잘 알고 있지요, 그것이 어디에 쓰이게 될 것인지에 대해서는요, 그렇지 않습니까, 요지 아저씨?, 그때 그는 단지 고개만 끄덕였을 뿐 아무 말도 하지 않았다, 의심이 들었기 때문이었다, 그저 소문들만을 전해 들었을 따름이었고, 게다가 그는—사실 바로 자기 자신의 요청으로—세부 사항들에는 배제되어 있었으며, 이런 상황에서 그에게 이런저런 소식들밖에 다른 것은 없었다, 그것마저도 정확한 소식인지 아무런 보장도 없었다, 이런 조건들하에서는 반란의 성공 여부를, 나아가 그 반란이라는 것이 과연 있을지를 전적으로 신뢰하는 것 자체가 불가능했다, 의심, 그렇다, 그는 현대 세계에 대해 너무 많은 것을 알고 있었기 때문인데, 소위 공화국이 되었다는 이 헝가리 역시 그 현대 세계의 일부였고, 뭐가 어떻다 해도 여기가 21세기라는 것은 말할 필요도 없는 것이다, 더군다나 그 의장과 특별보좌관은 완전히 모습을 감추었는데, 그들은 무기 문제로 퍼이르 쪽 집단이 들통 난 이후로 아무런 편지도 보내지 않았고, 연락도 해오지 않았다, 어찌 된 영문인지 요지 아저씨가 풀려난 것을 보면, 그들은 그에게 무슨 일이 있었는지 분명히 알고 있지만, 아무래도 그들의 권력은 충분하지 않은 듯하고, 실제로도 충분하지 않았는데, 기껏해야 구금 시설에 갇혀 있는 이들과 비밀 연락이 유지되고 있는 것, 그리고 그 자신에게 해가 가해지지 않도록 하는 정도에 불과했다, 정작 그 '사안'에 관해서는, 다시 말해 페슈티가 전해준 말을 제외하고는, 물론 방법이 없지는 않았을 텐데도, 어디까지 진행되고 있는지 단 한마디도 없었다, 긴장된 기다림 속에서 몇 달이 흘렀고, 그들로부터 마침내 행동에 나서라는 신호가 오기를 기다렸지만, 아무 일도 없었다, 그래서 결국 5월이 오게 되었고, 그것도 완연한 모습으로 도래했는데, 그의 영지는 아름다운 작은 야생초들로 가득 찼고, 그는 그 꽃들이 빛깔을 잃고 쭈그러든 채 풀밭으로 떨어져 바람에 실려 가기 전까지는 한 번도 그것들을 베게 하지 않았다, 그는 자연이 다시 풍경 속으로 생명을 불어넣는 그 모습을 무척 사랑했고, 아래쪽의 골짜기 역시 온통 초록으로 물들었으며, 산자락에는 이제 잎이 돋지 않은 자리가 거의 남아 있지 않았고, 저녁에도 다시 벤치에 나가 앉을 수 있는 날들이 점점 늘어났다, 요컨대 5월이 왔고, 이어서 6월이 되었을 무렵, 그 계획에서 일어날 것은 아무것도 없다는 생각을 했다, 그는 가끔 쥠레를 사슬에서 풀어주고, 자기 옆에, 담요에 풀쩍 오르게 한 다음 함께 골짜기를 바라보았는데, 쥠레는 모든 것이 괜찮은지를 살피기 위해, 그는 그저 멍하니 빠져들기 위해 바라볼 뿐이었다, 자, 너한테 보여줄 게 하나 있다, 너 말고는 아무도 본 적 없는 거야, 그는 한번은 음유시인을 이렇게 맞이했고, 큰방으로 들어가기 전, 더 효과적으로 그를 놀라게 하고, 어디에서 무엇을 꺼내 보일지를 더 극적으로 만들고자, 그를 방으로 들이지 않았다, 그는 부엌에서만 그것을 보여주었는데, 손바닥을 펼치며, 이게 어디서 온 건지 아느냐?, 아니요, 청년이 대답하자, 그래?, 그럼 말해주마, 그는 자기 자리에 앉아, 식탁 위에 얇은 금 빛의, 닳아 해진 술 조각 두 개를 올려놓고는 말했다, 이것들은 진짜 금으로 짠 것이고, 이 두 개의 금으로 짠 조각은 왕좌의 좌석에 달린 술에서 나온 거다, 내가 장난을 좀 쳤거든, 그는 청년을 자기 쪽으로 손짓해 불렀다, 호르티가 대관식을 했을 때 말이야, 알지, 세레디 추기경과 함께였던 그때, 아무도 주의하지 않고 있을 때, 말하자면 내 엉덩이 밑에서, 내 등 뒤에서, 이 작은 두 조각을 술 장식에서 떼어냈지, 뭔가 기념이 될 만한 게 필요했거든, 사진도 찍을 수 없었으니까, 그래서 주머니에 숨겼단다, 아들아, 그는 탁자 위에서 그것들을 계속 쓰다듬으며 말했다, 이건 내 왕좌에서 나온 거야, 그는 잠시 말을 멈추고 술 조각을 바라보다가, 다시 음유시인에게 시선을 옮기더니 물었다, 어때?, 청년은 고개를 끄덕이며, 정말 예뻐요, 진짜예요, 그들은 잠시 더 그것들을 들여다보았지만, 청년에게 자신이 기대했던 만큼 큰 인상을 주지 못하고 있다는 것을 그가 느끼자, 얼마 지나지 않아 그것을 다시 가져다 두고, 배고프지 않느냐고 물었다, 그러나, 아, 아니요, 얼마 전에 먹었어요, 이 대답은 받아들여지지 않았으나, 두 번째가 되어서야 비로소 정말로 그렇다는 것이 진심처럼 보이자, 그는 저장실에서 주전자와 빵을 가져와, 자기 앞에다 우유를 따르더니, 말수가 없어진 손님이 곁에 있는 가운데, 우유에 적셔가며 빵 조각을 씹었다, 우유에 대해 물어야 할지, 물을 것이 뭘까?!, 아니면 금술 장식에 대해 물어야 할지, 뭘물어야 할까?!, 손님은 무엇을 말해야 할지 몰랐고, 차라리 침묵한 채 손톱으로 식탁 위를 긁고 있었다, 마침내 요지 아저씨가저녁 식사를 마치자, 청년은 기타를 꺼내어 조율하고, 그가 좋아하는 곡들 가운데 하나를 퉁기기 시작했는데, 혹시 요지 아저씨가 노래를 부르지 않을까 해서였지만, 그는 노래하지 않았다, 그저 골똘히 생각에 잠겼다가, 이내 고개가 천천히 떨구어지며 잠이 들어버렸다, 청년은 재빨리 연주를 멈추고, 조용히 기타를 케이스에 넣어 등에 메고, 그를 깨우지 않도록 발끝으로 집을 나섰다, 그는 차가 없었고, 이제는 혼자서 이곳을 오가게 되었기 때문에, 마지막 버스를 타기 위해 늘 신중해야 했다, 정확히 말하면 진짜 막차는 아니었는데, 막차는 10시쯤에야 출발했지만, 바로 그 앞의 차를 타야 확실히 도시로 내려갈 수 있었고, 거기서다시 부다페스트로 돌아가는 데에는 문제가 없었다, 어떤 야간노선이든, 타기만 하면 언제나 부다페스트 13구역에 있는 집으로 돌아갈 수 있었기 때문이었다, 그는 작은 단지의 아파트에 살고 있었고, 집과 학교는 가까워서 걸어서 10분도 채 걸리지 않았으며, 혼자 살고 있었다, 여자 친구는 없었는데, 어쩐지 맞는사람을 찾지 못했다고, 한번은 요지 아저씨가, 애야, 그 여자애와는 어떻게 되고 있니?, 라는 물음에, 그렇게 고백했었다, 그 뒤로는, 걱정 말거라, 얘야, 기다리지 않을 때 찾아오는 법이란 다, 라는 격려를 들었지만, 찾아오지 않았고, 이는 어쩌면 너무 간절히 기다렸기 때문인지도 몰랐다, 기다리지 않을 수도 없었 지만, 삶을 함께할 누군가가 불쑥 나타날 가능성은 점점 더 희 박해 보였다, 그는 혼자 잠자리에 들고, 혼자 밥을 먹고, 혼자 빨래를 하고, 셔츠를 다렸는데, 이 마지막 일에는 특히 신경을 썼다, 많은 동료들이 러닝셔츠나 티셔츠 같은 차림이었으나, 그는 학교에 절대로 그런 차림으로 가지 않았고, 오직 다림질한 셔츠만 입고 교실에 들어갔다, 어러니 야노시*나 메치 라슬로나 요커이 언너**에 대해 학생들에게 이야기하면서, 아무렇게나 옷 을 걸친다는 것은 무례한 일이라고 느꼈기 때문이다, 아니, 다린 셔츠, 이것이 최소한이었으니, 낮 동안에도 더워서 땀을 흘리면 갈아입었다, 오후에는 기타 교실도 운영했지만, 그것 역시 클래 식 기타로만 가르쳤다, 아이들이, 이제는 여자아이들까지도, 이 런저런 일렉트릭 기타를 들고 와서 최소한 가장 쉬운 코드만이

* 19세기 헝가리의 대표적 시인으로, 민족 서사와 언어 예술을 정전의 수준으로 끌어올린 문학가다.
** 도덕·신앙·역사적 책임을 주제로 한 작품으로 알려진 헝가리의 여성 소설가이 자 수필가이다.

라도 가르쳐달라고 해도 그는 완강했는데, 코드는 반드시 클래식 기타로 배워야 하고, 손가락으로 뜯는 것이 기본이기 때문이며, 그다음에야 비틀고 돌리고 마음대로 할 수 있다는 것이었다, 그래서 아이들은 곧, 아, 저 또라이와는 뭐 같이 할 게 없구나, 너무 보수적인 선생이라서 차라리 유튜브로 배우겠다, 라는 생각을 하게 되었고, 그는 학교에서 인기가 없었다, 학생들 사이에서만 그런 것이 아니라, 동료들 사이에서도 그리 호의적인 평을 받지는 못했다, 그는 정말로 보수적이었고, 그 점은 스스로도 부인하지 않았으며, 그래서 그 많은 소위 리버럴들 사이에서 그가 외롭게 느낀다고 요지 아저씨에게 털어놓으면, 요지 아저씨는 그를 위로하며 이렇게 조언하곤 했다, 흔들리지 말고 버텨라, 자기 원칙을 지켜라, 그리고 네게 원칙이 있다는 사실 자체를 자랑스럽게 여겨라, 다른 것에는 신경 쓰지 말고, 네가 맡기로 한 과업에만 충실해라, 그리고 첫 번째이자 마지막으로 성스러운 왕관에 충성을 다해라, 그런데 그것을 본 적은 있느냐?, 그에게 물었고, 네, 그가 대답했다, 국회의사당에서 공개 행사 때 한 번 줄을 서서 끝까지 다 봤습니다, 그러자 다시 물었다, 어떻던가?, 대답하기가 쉽지 않았던지 청년은 잠시 머뭇거리다가 말했다, 마치 어떤 성스러운 것의 곁에 서 있는 것 같은 느낌이 들었습니다, 그런데 성스러운 것에 대해 사람이 무슨 말을 할 수 있겠습니까,

네 말이 맞아, 그는 맞장구를 쳤다, 나도 그랬다, 다만 나는 여러 번 볼 수 있었지, 호르티가 내 머리에서 그것을 내려 추기경님께 건네준 이후로 말이다, 게다가 나는 그들이 그것을 가져왔을 때도 그곳에 있었다, 지미 카터네 사람들 말이다, 한 기자 친구 덕분이었는데, 나를 무척 사랑했던 친구였다, 그래서 페리헤지 공항*에 갈 수 있었지, 비행기가 착륙할 때, 그 에어포스 2, 알지?, 언제였는지 아느냐?, 사실상 내 생일이었다, 1월 5일 밤이었지, 나는 그때 이것을 아주 중대한 우연으로 받아들였고, 오늘날까지도 확신하는데, 지미 카터네 사람들이 성스러운 왕관을 돌려보낸 그 시점은 결코 우연이 아니었다, 헝가리 망명자들 가운데 몇몇의 도움으로, 군중 속 어딘가에 내가 있으리라는 걸 알고 있었을 것이다, 하지만 그때 나는 멀리서만, 비행기에서 내려온 그 상자를 바라볼 수 있었을 뿐이었지, 그래서 그것이 국립박물관에 전시되었을 때, 그리고 내가 처음으로 실제로, 아주 가까이서 내 왕관이 어떤 모습인지 바라볼 수 있었을 때, 그것은 나에게 지금까지도 제대로 말로 표현할 수 없는 경험이었다, 1944년 6월 25일 이후로는 한 번도 볼 수 없었던 것이었으니까, 그 뒤로

---

* 페리헤지 공항은 헝가리 출신의 음악가 리스트 페렌츠의 탄생 200주년을 맞아 2011년에 부다페스트 리스트 페렌츠 국제공항으로 명칭을 바꾸었다.

도 나는 혹시라도 내가 익명성을 벗지 못한 채 죽게 될 경우를 대비해서, 이미 여러 해 전의 일인데, 비망록을 하나 써두긴 했으나, 그 속에서도 나는 적절한 말을 끝내 찾아내지 못했다, 왜냐하면, 도대체,

그가 왕일 때, 사람은 무엇을 느끼는가

, 그리고 그렇게 많은 시련과 도피 끝에, 마땅히 자기 머리 위에 있어야 할 그것을 다시 마주하게 되었을 때의 감정을 어떻게 말로 옮길 수 있겠는가 말이다, 아무튼 다행히도 그것이 마지막은 아니었으니, 예컨대 최근에 세부 사항을 논의하기 위해 국회로 불려 갔을 때에도 그들은 커피를 권했으나, 나는 왕관을 요청했다, 다시 말해 특별보좌관에게 다시 한번 볼 수 있게 해달라고 부탁했다는 말이다, 아무튼, 요컨대 말하자면, 나는 네가 느낀 것을 아주 잘 이해한다, 나 역시 그 곁에 있으면 마치 빨려 들어갈 것처럼, 더 가까이 다가가면 금세 끌려 들어갈 것처럼 느꼈다, 돔 안에서 어디선가 빛이 떨어져 비쳤는데, 아직도 그렇게 눈부셨다, 네가 무슨 말을 하는지 나는 정말 잘 안다, 넌 참 좋은 아이야, 러치야, 계속 그렇게만 해라, 그러면 아무 문제도 벌어지지 않을 것이다, 하지만 문제가 벌어졌는데, 그로부터 얼마 지

나지 않아, 대략 8시쯤 되었을 무렵, 갑자기 밖에서 이상한 웅웅거림이 귀를 때렸고, 마치 비행 물체 같은 것 혹은 그런 무엇인가가 추락하며 아래로 쏠려 내려오는 것 같았다, 이어서 모든 것이 하나의 크고 깊은 굉음으로 변했으며, 금방이라도 지붕이 무너져 내릴 것처럼 요란했다, 그리고 그 순간, 이미 문은 부서졌고, 모든 것이 윙윙거리고 덜컹거리고 울부짖었으며, 러치는 사라졌고, 그는 다리에 힘이 풀려 그대로 굳어버렸다, 얼굴은 하나도 보이지 않았다, 얼굴이 없는 것이나 마찬가지였는데 모두 검은 마스크로 가려져 있었고, 머리에는 커다란 고글이 달린 헬멧을 쓰고 있었으며, 그들 몸에는 기관단총과 수많은 크고 작은 군사용 장비들이 흔들리고 있었다, 전기도 나가버려 완전한 어둠 속에서 느낀 것은 손이 뒤로 꺾여 묶이고, 바닥으로 끌어 내려지며, 누군가가 그의 어깨 위에 무릎을 얹는 감각뿐이었다, 아무도 한마디도 하지 않았는데, 그러다 누군가가 소리쳤다,

클리어

, 그들 머리 위로 여전히 지붕이 무너져 내릴 것 같았지만, 이제는 마치 거대한 선풍기나 프로펠러 같은 것이 위에 있는 듯했다, 끔찍하게 맥박 치는 소리가 규칙적으로 그의 고막을 때렸다, 그

는 생각할 수도 없었다, 러치는 어디 있지?, 그저 헐떡이며 심장이 머리까지 치솟는 것을 느꼈다, 어깨가 아팠고, 손에는 수갑이 채워졌으며, 그들이 그의 몸을 일으켜 세웠으나, 그는 그대로 쓰러졌다, 그러자 그가 설 수 있도록 두 사람이 양쪽에서 그를 붙잡았는데, 누군가 옆에서 아마도 무전기로 무언가를 소리치고 있는 것 같았다, 그때 위쪽에서 들리던 그 끔찍한 쿵쾅거림이 잦아들었고, 그의 아래로 작은 스툴이 밀어 넣어졌다, 전기가 들어왔으며, 그를 덮친 사람들 중 한 명이 헬멧을 벗고 얼굴에서 마스크를 내리며 말했다, 놔둬, 그는 스툴에서 아래로 쓰러지는 느낌을 받았는데, 다시 붙잡힌 상태에서 신음하듯 말했다, 나는 아흔한 살입니다, 1921년 1월 6일에 태어났습니다, 어머니는, 그만두세요, 우리는 다 알고 있습니다, 자진해서 오겠습니까?, 그는 고개를 끄덕일 수밖에 없었고, 입에서는 소리가 나오지도 않았으며, 몹시 겁에 질려 있었다, 부축을 받아 거리로 끌려 나갔으며, 거기에서 어떤 군용 차량에 밀어 넣어졌다, 그대로 굽이진 길을 따라 아래로, 도시 쪽으로 흔들리며 내려갔고, 큰 커브에서 어린 노루 한 마리가 간신히 앞을 피해 달아나는 것이 보였다, 그 후로 누군가가 그의 뺨을 두드리며 소리쳤다, 일어나세요, 노인 양반, 일어나세요, 햇볕이 그의 배 위로 내리쬐었고, 그는 눈을 떴지만 아무것도 보이지 않았다, 나 눈이 멀었어요, 그가 신음했으나, 멀지 않았습니다, 노인 양반, 눈을 좀 더 크게 뜨세요, 대답이 돌아왔고, 그것은 사실이었으니, 눈꺼풀이 부어 있거나 물이 차 있을 뿐이어서, 힘을 주어야만 완전히 뜰 수 있었고, 그러자 그는 다시 볼 수 있게 되었다, 눈앞에는 체구가 큰 군인 한 명이 서서, 괜찮습니까?, 문제없습니까?,

오케이?

, 묻고 있었고, 그는 기계적으로 대답했다, 네, 괜찮습니다,

오케이

, 물 좀 주세요, 병에 든 물과 플라스틱 컵이 바로 앞에 놓였고, 제가 따라드릴까요?, 그는 다시 고개를 끄덕였다, 한 컵을 마신 뒤 손짓해 한 잔 더 따라달라고 했으며, 그것도 단숨에 들이켰다, 그곳에는 창문이 없었고, 벽들 말고는 아무것도 없었다, 바닥에 단단히 고정된 무거운 철제 탁자 하나와 벤치 두 개가 있을 뿐이었다, 여기가 어디입니까?, 그가 물었을 때, 돌아온 대답은 이러했다, 글쎄요, 가장 좋은 곳이라고는 말할 수 없겠군요, 군인은 이렇게 대답했다, 소란을 피우면 상관을 부르겠습니다, 그

러면 그가 직접 당신과 이야기할 겁니다, 알겠습니까?, 알겠습
니다,

오케이

, 그가 대답했다, 소란을 피우지 않겠습니다, 내가 소란을 피
울 사람처럼 보입니까?, 올해 1월 6일에 나는 아흔둘이 되었는
데……, 하지만 그때쯤 그 군인은 벌써 나가버렸고, 잠시 후 민
간인 차림의 남자가 들어와 맞은편에 앉아, 책상 아래에서 버
튼 하나를 눌렀다, 녹음합니다, 손짓으로 알렸고, 그는 그저 그
의 눈을 바라보았다, 나무라듯이, 책망하듯이, 어떻게 이런 짓을
할 수 있었고, 또 어떻게 이런 짓을 하느냐?, 하지만 말은 하지
않았고, 할 마음도 없었다, 그들은 그를 짓밟고, 모욕하고, 범죄
자처럼 여기로 끌고 왔다, 무슨 말을 하겠는가?, 엿이나 먹으라
고 할까?!, 우리는 당신이 누군지 알고 있습니다, 민간인 차림의
남자가 말을 꺼냈다, 뭘 안다는 거요, 그는 낮게 중얼거렸다, 입
술은 바싹 말라 있었지만, 다시 물을 달라고 할 생각은 들지 않
았다, 특히 이 작자에게는 더더욱, 너무 거만한 태도로 말을 했
기에, 그는 한눈에도 그 남자가 마음에 들지 않았다, 그래서 그
는 침묵했고, 기다렸으며, 이 아무개가, 이 하찮은 인간이, 이 더

러운 작자가 무슨 말을 하는지조차 귀에 들어오지 않았다, 이놈, 이 인간 말종, 이 쓰레기 같은 놈, 분노가 점점 그를 뒤덮었고, 언젠가는 말을 해야 하리라는 것을 알고 있었기에, 무엇을 말하는 게 가장 좋을지 머릿속에서 문장들을 준비하고 있었다, 그자는 계속해서 뭐라고 떠들었고, 가끔은 질문하는 말투였지만, 그는 여전히 침묵을 지켰다, 그러다 그자가 소리를 질러 진술하라고 요구하고 있다는 걸 알아차렸을 때, 그는 이미 할 말을 정해두고 있었고, 이렇게 말했다, 내 존귀한 엉덩이나 핥으라, 이 인간 말종아!, 그게 전부였다, 그 이상도 이하도 아니었다, 그에게서 이끌어낼 수 있는 것은 아무것도 없었다, 민간인 차림의 남자는 이러쿵저러쿵 위협을 계속했지만, 그는 전쟁 영웅으로서 겁이 많은 부류가 아니었고, 45년에 러시아인들, 스메르시*로부터 더 험한 말들도 들었기에, 어떤 질문에도 답하지 않았다, 그들이 서류 한 장과 펜을 내밀며 서명하라고 했을 때도 아무것도 하지 않았다, 그는 그 종이를 구겨 그자에게 던졌고, 펜은 벌어진 입 안으로 들어가보라는 심산으로 던져보았지만 빗나갔는데, 그가 생각하길, 헛수고였네, 이제는 예전 같지 않군, 머리가

---

*   2차 세계대전 말기 소련군의 군사 방첩기관. '스파이에게 죽음을'이라는 의미의 약칭이며 점령지에서의 강경한 체포·신문으로 악명 높았다.

윙윙거렸다, 그자는 씩씩대며 나가버렸고, 마침내 그는 혼자 남겨졌다, 정신을 가다듬어야 했다, 투지니 담대함이니 하는 건 둘째 치고, 누군가에게는 무슨 말을 해야 할 테니까 생각을 정리해두지 않으면 안 됐다, 하지만 이자들한테는 아니었다, 이들은 비열한 얼간이들, 이들은 인간 말종들이며, 이들은 부모 속 썩이는 인간들, 이들은 좀도둑들이었기에, 얼굴이 벌겋게 달아올랐다, 만약 올해 1월 6일에 아흔둘이 되지만 않았더라면, 맨손으로라도 이것들을, 하지만 그때 군복을 입은 여자가 들어왔기 때문에 그럴 수는 없었다, 자신을 검사라고 소개했고, 가능하다면 몇 가지 질문을 하겠다고 했는데, 그래도 여자인 데다 검사라 하니 그는 조금 안심했다, 예 또는 아니요로만 대답해주시면 됩니다, 그러면 한동안은 내버려두겠습니다, 아니요, 하고 그는 즉각 대답했고, 그때부터는 오로지 아니요로만 답했다, 여자가 무엇을 묻는지는 전혀 신경 쓰지 않았고, 아니요, 그 말만 되풀이했다, 그래서 신문은 꽤 짧게 끝났고, 그 여자도 큰 소동을 피우며 나가버렸다, 자, 그는 중얼거렸다, 다음은 누구냐, 이 개자식들아, 하지만 아무도 오지 않았다, 그를 그대로 내버려두었다, 일부러 방치해둔 것이었는데, 물이 다 떨어지자 그는 소리를 질렀다, 물을 가져와라, 당장 물을 가져와라, 그러자 처음의 그 군인이 다른 생수 한 병을 들고 들어왔다, 다른 건 없소?, 그가 물었다, 뭘 원

하는데?, 군인이 소리를 질렀다,

탄산수

, 하고 그가 대답했다, 니기미 씨발, 그러면 탄산수를 가져오지, 병사는 탄산 없는 물을 벽에 내던지고 나갔다, 그는 곧 탄산수를 받았지만, 따를 수 없었다, 다시 눈앞이 캄캄해졌기 때문이다, 또 이 고질적인 눈 때문이구나, 그는 생각했지만, 아니었다, 나중에 의사가 설명해주었는데, 그때 이미 그는 병원 침대에 누워 있었고, 코와 팔, 온몸에서 의료용 튜브들이 나와 있었다, 알고 계셔야 합니다, 카다 씨, 가벼운 뇌출혈이 있었습니다, 하지만 이제는 괜찮습니다, 지금부터 검사를 하겠습니다, 이것을 들어보세요, 저것도 들어보세요, 그는 어느 순간, 이제 더는 안 들겠소, 이렇게 말했는데, 이것도 싫증이 났기 때문이다, 의사도 싫고, 의료용 튜브들도 싫었다, 집에 언제 갈 수 있소?, 그가 묻자, 의사는 미소를 지었다, 글쎄요, 카다 아저씨, 그건 제가 결정할 일이 아닙니다, 하지만 최선을 다하겠습니다, 아, 드디어, 그는 말했다, 당신은 적어도 제대로 된 사람이오, 저도 그러길 바랍니다, 의사는 대답한 뒤 나갔다, 그는 마침내 안정감을 느꼈다, 머리는 조금 윙윙거렸고, 그는 자신의 두개골을 만져보며 바랐다,

무슨 일이 있었든 간에 그 파편만은 움직이지 않았기를, 중요한 것은 오직 그것뿐이었다,

파편

, 그것은 제자리에 남아 있어야 한다, 그리고 그는 그 두개골을 만지고 또 만져보았는데, 보기에는 안쪽에서 일이 더 크게 번지지는 않은 것 같았고, 게다가 그때부터 기분이 점점 더 좋아지고 있었다, 도대체 나한테 뭘 주사한 거지, 왜냐하면 좋은 느낌과 평온함이 점점 더 분명해졌기 때문이다, 거의 행복한 기분이기까지 했다, 이 인간들, 나한테 뭘 한 거야, 그런데 쥠레는 누가 먹이고 마시게 하지?, 그 생각이 들자 그는 이것을 숙고하기 시작했고, 그러다 소리를 질렀다, 소리라고 해봐야 누가 좀 오라고, 그 정도 낼 수 있는 만큼이었는데, 얼굴이 검은 간호사 한 명이 고개를 내밀었다, 집에 개가 하나 있소, 그가 설명했다, 쥠레라고 하는데, 적어도 물은 줘야 하오, 굶는 건 좀 버텨도, 목마른 건 못 버티오, 내가 무슨 말 하는지 알아듣겠소?, 그가 물었다, 그 검은 얼굴만 봐서는 헝가리어를 할 줄 아는지 알기 어려웠기 때문이다, 다 알아듣습니다, 걱정하지 마세요, 그녀가 대답하며 이를 드러냈는데, 그 치아들이 얼마나 하얗고 빛나던지, 거의 눈

이 부실 지경이었다, 정말로 아름다웠고, 이렇게 기분이 좋은 김에 조금만 더 수다를 떨고 싶었기에, 그는 당장이라도 그녀를 붙잡아두고 싶었다, 하지만 그녀는 손가락을 입술에 대고 쉿 하는 제스처를 보이며, 손짓으로 나중에, 어쩌면 다시 들어올지도 모른다고, 하지만 지금은 가야 한다고 했다, 쬠레, 그는 다시 한번 말했고, 문을 닫기 직전에 간호사도 달콤하게 웃으며, 그 눈부신 진주 같은 이로 이렇게 되받아 말했다,

숌레[*]

, 그것이 결국 혼자 남겨지게 되었어요, 쬠레, 예, 그 사람의 개예요, 이튿날 아침 맞은편 이웃이 기자들에게 말했다, 그들이 동네를 뒤덮고 모든 집의 초인종을 눌러댔기 때문이다, 사람이 사는 집은 그의 집 하나임이 빤히 보임에도 도대체 왜 그러는지 그는 이해할 수 없었다, 여기 있는 집들은 집이라기보다는 주말용 별장들이라고, 그가 설명했다, 상시 거주자는 모두 합쳐 두 명

---

[*] 원문에는 SOMMLÉ라고 되어 있는데, 실제 발음으로는 '숌리'에 가깝다. 헝가리어 자모들 중 zs, ö 발음이 일반적으로 외국인들에게 어려운 편이고, e와 é의 구분 또한 쉽지 않다. 따라서 이 발음으로 간호사가 외국인이라는 것을 유추할 수 있다.

뿐인데, 자기는 벌써 21년째 여기 살고 있고, 그리고 저기, 하고 그는 고갯짓으로 건너편을 가리켰다, 저 사람도 아마 30년은 족히 됐을 거예요, 혼자예요, 물론 혼자지요, 아니요, 부인도 없고, 자식도 없어요, 쬠레, 그 개 한 마리뿐입니다, 물을 좀 줘야 하는데, 기자들은 이 주민이 왜 그렇게 쬠레, 쬠레 하는지 전혀 관심 없어 보였지만, 마침내 젊은 여자 기자 하나가, 머리에 쓰고 있던 헤드폰 같은 걸 뒤로 밀어 올리고는, 귀를 기울여 듣더니 물었다, 좋아요, 이해는 했어요, 그런데 어떻게 들어가야 하나요, 뒤로 가면 되죠, 아니면 어디겠어요, 집에 없는 거 알잖아요, 이럴 때는 뒤로만 들어갈 수 있어요, 그러니까 정확히는 옆을 말하는 거예요, 저기 작은 길, 집 모퉁이 있는 데서 오른쪽으로 내려가시면 돼요, 대문에 빗장이 풀려 있으니 손을 그냥 넣으시면 돼요, 그렇게 하면 됩니다, 그의 집은 노란 테이프로 칭칭 감겨 있었고, 그 외에도 이미 문제 될 것들이 충분히 많았기에 앞집 사람은 들어갈 수 없었다, 하지만 아가씨, 그래도 개잖아요, 그 개가 혼자 뭘 할 수 있겠어요, 말하자면 밤에, 만약 그 이웃 사람이 그 집에 들어가고 하필 그때 집주인이 돌아온다면, 그와 마주쳐야 할 상황이 될 텐데, 예전에 한번 그가 대문으로 들어오는 것을 못 하게 한 적이 있었고, 한 번만 더 그랬다가는 손을 잘라버린다고 한 적이 있었다는 것이다, 그 사람은 농담 안 해요, 옛길

만큼 나이 든 노인이지만 함부로 시비 걸 사람이 아니에요, 여자가 맞은편으로 건너가서, 작은 오솔길 같은 곳을 다시 가리키며, 묻는 듯이 그를 돌아보았다, 맞아요, 거기예요, 그다음에 그녀는 쉽게 대문을 찾은 듯, 그가 말했던 빗장을 빼는 소리가 삐걱거리며 들렸으며, 쵬레는 마침내 정원에 있는 수도꼭지에서 물을 얻어 마실 수 있었다, 여자는 잠시 그 개와 함께 남아 있었는데, 작은 개는 몹시 불안해 보였고, 물을 마신 뒤에도 몸을 바짝 붙이며 혼자 남겨지기 싫다는 듯했지만, 무엇을 할 수나 있었을까, 그녀는 작은 길로 나와, 있던 곳에 다시 빗장을 걸고, 헤쳤던 노란 테이프를 바로 정리한 뒤, 맞은편 이웃에게 돌아갔다, 그리고 그가 이미 대여섯 번은 여러 기자에게 반복해서 대답한 그 질문을 다시 던졌다, 그러니까 이웃이 국가 전복 음모의 우두머리라는 걸 짐작이라도 했느냐는 것이었다, 그건 몰랐다고 그는 즉각 대답했다, 하지만 뭔가 헛소리를 한다는 건 충분히 느꼈다고, 왜냐하면 내가 이미 RTL과 TV2와 ATV와 그리고 신문사 기자들한테도 다 말한 것처럼, 예의를 갖춰 말씀드립니다만, 이 카다라는 사람은 자기가 헝가리의 왕이라고 믿고 있으니까요.

9장

음식이 끔찍해, 정말로 먹을 수 없는 수준이야, 거의 울먹이면서 면회 온 예뇌에게 말했다, 단순히 먹을 수 없다는 정도가 아니라 아예 사람한테서 영원히 먹고 싶은 마음을 앗아 가려는 것처럼 일부러 그러는 것 같아, 걸쭉한 채소 샐러드 같은 것에 지독한 밀가루 풀을 섞어놓고, 그렇게 파괴적으로 악취가 나고 미끈거리는, 이른바 시금치 수프라는 것들을 내놓고, 소위 잼을 넣은 페이스트리 같은 것들을 일부러 식판 위에 올려놓는데, 그것들은 손을 대는 것조차 겁이 나, 아니 식판 말이야, 제대로 설거지하지도 않은 음식 찌꺼기 때문에 끈적거려서, 이건 사람을 상대로 한 범죄라고 불러도 될 정도야, 만약 이 끔찍한 급식을 가리키는 더 나은 표현이 없다면 말이지, 매일 아침, 점심, 늦은 오후에 영양 공급이라 칭하며 저 탁자들 위에 던져놓는 이 짓은, 실은 복수야, 순수한 증오지, 이른바 병원이라는 곳에 들어오게 되는 불운을 겪은 모든 사람을 향한 증오, 그런데 이건 병원이 아니야, 예뇌, 여기서는 사람을 죽여, 온갖 병을 안고 들어온 사람들을 저 더러운 식판과 살인적인 음식으로 말이야, 그리고 이 모든 것 가운데서 가장 끔찍한 건, 그는 신음하듯 계속 말을 이었다, 여기서는 사람이 살아서는 나갈 수 없다는 거야, 나는 뇌출혈로 여기 들어왔지만, 심장마비로 던져 넣어졌더라도, 어쨌든 도망쳤을 텐데, 봐, 창문엔 쇠창살이 있고, 문은 열 수는 있지만, 열 걸음마다, 분명 봤을 거야, 밖에 헌병이 하나씩 서 있어, 여긴 교도병원이니까, 그런데 대체 뭘 저지르셨길래 그러신 겁니까, 카다 선생님?!, 하느님의 축복이 있으시길, 대체 뭘 하신 거예요?, 술을 너무 많이 마신 건가요?!, 아니면 뭔가요?!, 내가 알겠냐고?!, 그는 소리를 질렀다,

내가 알겠냐고?!

, 더 절망적으로 반복하며 침대 위에서 벌떡 일어났다, 전혀 모르겠어, 목이 터져라 외치자 문이 열리고 경비가 고개를 들이밀었다, 무슨 일이에요, 노인 양반?, 물론 그는 아무 대답도 하

지 않았고, 그대로 침대에 앉아 계속 절망한 눈으로 예뇌를 바라보고 있었다, 경비가 고개를 거둬들이고 문을 닫자, 방문객에게 말을 건넸다, 와인 가져왔나?, 그러자 예뇌는 검지를 입술에 갖다 대고 주위를 둘러봤다, 다른 환자들은 그들에게 특별한 관심을 보이지 않는 것 같았기에, 기다란 코트 바깥 큰 주머니에 손을 넣어 375밀리리터짜리 작은 와인 두 병을 꺼내 침대 옆 탁자 맨 아래 칸에 재빨리 넣었는데, 세워서는 거기에만 들어갔기 때문이다, 그리고 낮은 목소리로 한마디만 했다, 하지만 꼭 밤에만 드세요, 카다 선생님, 밤에만, 아무도 보지 않을 때, 안 그러면 우리 둘 다 들킵니다, 벌써 정문에서 아주 위험했어요, 상상하시겠죠, 그가 속삭였다, 코트를 벗어 팔에 걸치게만 했지 옷을 뒤지지는 않았어요, 그는 마을에서 그 누구보다도 높이 치켜올릴 수 있는 그 두껍고 무성한 눈썹을 잔뜩 치켜올렸다, 다음엔 어떻게 될지 모르겠어요, 나는 전쟁에 나갔었어, 이제 그가 말했다, 전쟁 영웅이야, 전장을 누볐고, 이것도 먹고 저것도 먹고, 앞에 놓인 건 다 먹었어, 그런데 그 음식들이 우리를 죽이려 들진 않았어!!, 이 쓰레기들과는 달리, 자, 됐어요, 괜찮아요, 예뇌가 말했다, 진정하세요, 중요한 건 어떻게든 여기서 나가는 거예요, 뭐래요?, 여전히 낮은 목소리로, 누군가 엿듣고 있는 것처럼 물었다, 아무 말도 안 해, 그는 고개를 저었다, 이제 예뇌를 끌어들일까?, 이미 이만큼이나 알고 있는데?, 하지만 아니었다, 이만하면 충분했다, 예뇌는 제대로 된 사람이었고, 그 때문에 곤경에 빠지게 만드는 건 정직한 일이 아니었다, 그렇게 결심하며 쥠레를 부탁했고, 가끔 집도 좀 봐달라고 한 뒤 작별을 고했다, 예뇌는 눈에 띄게 안도한 표정으로 교도관들 사이를 빠져나가 출입구로 달려갔고, 거기서 서류를 돌려받고 뭔가에 서명을 한 뒤 곧장 거리로 나갔다, 당장이라도 뛰쳐나가고 싶었지만 잠시 걸음을 억눌렀고, 충분히 멀어졌다고 느끼자 먼저 속도를 높이다가 이내 지하철역까지 전력으로 달렸다, 자신이 어디에 다녀온 건지 도저히 믿을 수가 없었다, 사실은 이제야 진짜로 겁이 났는데, 카다 요제프가 자신을 찾는다는 편지를 받았을 때, 기관 이름과 주소를 봤을 때만 해도 그 일을 제대로 이해하지 못했기 때문이었다, 소문은 그도 들었었다, 집 창문으로 술을 파는 사람이기에 못 들었을 리가 없을 터였다, 비록 집에서 하는 장사였지만, 모든 게 너무도 믿기지 않아 이제서야 비로소 믿게 된 것이다, 늙은 카다가 정말로 교도소에 들어갔다는 것을, 도대체 무슨 짓을 했을지 상상조차 되지 않았다, 파리 한 마리도 해치지 못하던 사람이었는데, 가족과 다툼이 있었다는 정도는 알려져 있었지만, 교도소라니?!, 교도관이라니, 교도병원이라니?!, 뇌출혈이라니?!, 말도 안 돼, 하지만 이제 집으로 돌아가는 길, 지하철에서,

기차에서, 다시 버스를 타고 마을로 올라가며 생각할 시간이 있었고, 소문이 사실이라는 걸 받아들이게 되었다, 카다는 정말로 뭔가 심각한 일을 저질렀던 것이다, 그를 기다리다 지친 단골들에게도 그렇게 말했다, 사람이 평생을 살아도 그 인생 안에 도저히 들어맞지 않는 일이 항상 하나쯤은 있어요, 무슨 일이 벌어졌는지 도무지 이해할 수 없다는 뜻이었지만, 그 이상은 말하지 않았고, 그냥 집으로 들어가 창문을 열고, 데시리터 계량컵으로 큰 피처 용기에 있던 올러스리즐링을 재기 시작했는데, 그것이 정말로 올러스리즐링인지, 아니면 애초에 포도로 만든 것인지조차, 그 자신도, 단골손님들도 확신하지 못했으나, 그렇다고 해서 그 문제를 두고 질문을 던지는 사람은 아무도 없었다, 마을 사람들에게 가격이 맞았기 때문에, 정확히 말하면 이 가격만이 맞았기에, 나머지는 저절로 굴러갔는데, 그것도 매일같이 오후 2시 반에서 3시쯤이면, 밴이나 트럭을 타고 사람들이 광장에 도착했고, 곧바로 텅 빈 장바구니를 들고 예뇌의 집으로 향했으며, 그 이후 4시나 4시 반이나 5시쯤에는, 사람마다 다르지만, 완전히 곤드레만드레 취한 채 비틀거리며 집으로 돌아갔다, 노래를 부르는 사람도 있었는데, '노래하는 러요시'는 특히 늘 그랬고, 그에게서 노랫소리가 나오지 않은 적은 한 번도 없었으며, 게다가 그의 목소리는 거의 초자연적으로 강력해서, 그가 아랫길로 접

어들며 노래를 시작하면 온 계곡에 울려 퍼질 정도였는데, 그때
마다 그는 이렇게 노래를 불렀다,

Vynko, vynko červene (빈코, 빈코, 붉은 술)

to piť budem (나는 너를 마실 거야)

kym na tento (이 세상에)

svete živý budem (살아 있는 동안에는)*

, 그 노래의 끝은 언제나 똑같았는데, 집에 도착하면 현관 앞 계
단에 털썩 주저앉아, 완전히 정신을 잃기 직전에, 아래쪽의 소들
까지 울부짖게 할 만큼 큰 소리로, 자기가 가장 좋아하는 야생오
리 노래를 다시 한번 내질렀다, 말하자면 그것은,

Kačička zdivovka, (야생 오리 새끼,)

Zletala zvysoka (높은 곳에서 날아 내려오다)

Šuhaj dobrý strelec (젊은 사내, 솜씨 좋은 사냥꾼이)

* 원문에 슬로바키아어로 적혀 있어서 그대로 옮긴 것이다. 슬로바키아어로 '빈
코'는 와인에 대한 애칭이다. 참고로 헝가리어와 슬로바키아어는 전혀 다른 언
어이기에, 상대 언어에 대한 지식이 없는 사람들은 서로 제대로 된 대화를 할 수
없다. 아래의 노래 역시 슬로바키아어로 된 민요이다.

Streliť jej do boka. (그 옆구리를 쏘아 맞힌다.)

Zastreliť jej krydlo, (날개를 쏘고,)

Aj pavu nožticku (가느다란 다리까지 맞히니)

Sadla na vodičku (물이 있는 곳에 내려앉아)

Horko zaplakala (서럽게 울기 시작했다)

Že som moje drobnie (내 작은 아이들을)

Deti vychovala. (내가 키워왔는데.)

Moje drobnie deti (내 작은 아이들은)

Na kamenok sed'ja (돌 위에 앉아)

Chladnú vodu pijú (찬물을 마시고)

Drobnie pjesok jed'ja. (고운 모래를 먹는다.)

A tovsecko za to (이 모든 것이 다)

Že mater ne majú (어미가 없어서)

Otca si ne znaju (아버지를 알지 못해서다)

, 자, 러요시가 집에 도착했군, 마을 사람들은 곳곳에서 이를 알 수 있었다, 언제나 러요시가 벌써 자기 집 현관 계단에서 가장 좋아하는 노래를 쩌렁쩌렁 울려대며 부르고 있을 때에만 들리는 노래가 바로 그 '오리 노래'였기 때문이었다, 정말로 모두가 들을 수 있었으며, 교회 종소리 같았기에, 그 소리 앞에서 몸은

숨기는 것은 거의 불가능했다, 그러니 당연히 술을 파는 이 집에
서도 모두가 들었고, 노래하는 러요시가 집으로 출발해 도착하
는 순간이 어떤 것인지 모를 수가 없었다, 하지만 지금의 예뇌는
오로지 부다페스트에서 자기에게 벌어진 일을 머릿속에서 몰아
내려 애쓰고 있었기 때문에, 그것이 아무런 상관도 없었고, 아랑
곳하지도 않았다, 아내는 캐묻고 싶어 했지만, 카다 노인이 어디
에 있고 어떻게 지내는지에 대해서는 단 한마디도 끄집어낼 수
없었으며, 그가 알고 있는 것, 그리고 사실은 알고 싶지도 않았
던 것을 그는 혼자만 간직했다, 기억하고 싶지 않았으며, 특히
작별할 때 노인이 그 밝고 푸른 눈으로 자기를 바라보던 그 시
선, 그 속의 무력함을 다시 보고 싶지 않았고, 지워버리고 싶었
지만, 안타깝게도 그 장면은 며칠 동안 계속해서 그를 찾아왔다,
침대에서도, 하루 종일 지친 끝에 아내 옆에 누웠을 때조차, 잠
은 쉽사리 오지 않았으며, 결국 다시 일어나 좀 더 값비싼, 자기
를 위해 아껴두었던 술을 큰 피처 용기에 가득 따라 마셔야 했는
데, 그제야 그것의 도움으로 몇 분 만에 깊은 잠에 빠져들 수 있
었다, 그렇게 약 보름이 지나고, 다시 오전 우편배달부가 마당으
로 들어와 공적인 양식의 봉투 하나를 건넸을 때, 그는 자기 눈
을 의심했다, 이건 말도 안 된다고 생각하며 봉투를 뜯었지만,
그것은 분명 사실이었다, 노인이 다시 그를 불러들였던 것이었

으며, 양심 때문에라도 그는 반드시 가야 했다, 부탁받은 이것들, 저것들, 다시 버스, 기차, 지하철, 그리고 도보, 다시 그 코즈머가(街)*의 섬뜩한 건물, 다시 정문과 복도를 지키는 경비들, 그리고 또다시 늙은 카다, 노인은 병상에서 고개를 올리더니, 예뇌를 보자마자 벌떡 일어나 자리에 앉았고, 이렇게 말할 뿐이었다, 자, 이제야 왔군, 도대체 뭐 하느라 이렇게 오래 걸렸어?, 그러자 방문자는 속으로 생각했다, 그럼 내가 설명을 해야 하나?, 마을 사람들이 '자네 대체 무슨 짓을 한 건가' 하고 계속해서 물어보는 것이 나에게 얼마나 큰 고역인지?, 사람들은 우체부가 나에게 코즈머로 오라는 소환장을 자꾸 가져오는 건, 나에게 뭔가 켕기는 구석이 있어서라고 생각하는데, 이것을 말해야 할까?, 이 길을 왕복하는 데 얼마나 많은 시간이 걸리는지를 말해야 하나?, 하지만 말하지 않을 터, 노인은 이미 충분히 많은 짐을 지고 있을 것이며, 실제로도 그랬기 때문이었다, 아직도 그들이 그에게서 무엇을 원하는지 알 수 없었고, 앞서 그가 마네킹이라고 명명한, 그 검은 피부의 여자가 하얀 이를 반짝이며 다시 병실을 들여다보았을 때, 그들이 원하는 게 뭔지 그녀에게 물어보았다,

---

* 부다페스트 10구역의 코즈머가에는 실제로 법정 치료 시설이 포함된 교정 기관이 있다.

그녀는 침대 가까이 다가와 병실의 다른 누구도 듣지 못하도록
낮은 목소리로 이렇게 속삭였다,

짜고 치는 것[**]

, 더러운 배신자들, 그는 이에 절망적으로 고개를 저었는데, 이
일에는 분명 배신이 개입되어 있다는 확신이 있었기 때문이었
다, 배신, 하지만 누가 누구를 배신했는지, 그리고 자기가 도대
체 이 개탄스러운 난장판에 어떻게 말려들었는지는 전혀 알 수
없었다, 그렇다고 해서 그를 가둘 수는 없지 않은가, 그는 왕인
데?!, 그렇지 않은가?!, 그는 마네킹에게 동의를 기대하며 물었
고, 눈처럼 하얗고 눈부시게 빛나는 치열 위로, 언제나 그랬듯,
이번에도 그 끝을 알 수 없이 깊고 불꽃처럼 검은 눈동자 속에
서는 호기심과 공감이 반짝이고 있었다, 그는 나중에 그저 혼잣
말로 자신에게 설명했는데, 그 자신도 어떻게 할 수 없다고, 평
화와 질서를 신봉한다고 떠벌리던 그 극악무도한 자들이 사실
은 쾨바녀에서 은밀히 군대를 키우고 있었다는 것을 말이다, 그

[**]　원문에는 '메크피젤레시(MÉKFIDZSÉLÉS)'라고 되어 있는데, 이는 영어가 들어
　　간 표현 'make a deal하는 것'을 발음 나는 대로 듣고, 헝가리어로 옮긴 것이다.

게 자기와 무슨 상관이란 말인가?!, 아무 상관도 없었다, 그는 즉시 그들과의 관계를 끊었고, 그러니 정당한 길에서 한 발짝도 벗어난 적이 없으며, 도대체 벗어나야 할 이유도 없는 바였다, 그는 이런 점으로 이전에 신문관들을 계속 설득했으나, 최근 몇 주 사이에 자기 관점 역시 변해 있었다는 점에 대해서만은 입을 굳게 다물었다, 분명 그게 바로 이 난장판을 불러온 원인이었을 것이며, 그가 쾨바녀로 전갈을 보내 그 일에 관심이 있다고 알렸기 때문일 터였다, 하지만 그렇다고 해서 가둔다고?!, 왕을?!, 더군다나 어쩌면 그들이 그 메시지조차 모르고 있을지도 모르는데, 모든 일이 너무 빨리 벌어졌다, 하지만 만약 그들이 알고 있다면?!, 그렇다면 어떻게 되는 거지?!, 그는 갑자기 예뇌에게 소리쳤다, 그러자 예뇌는 놀라서 그를 바라보며, 왜, 무슨 일이에요?, 노인이 정말로 실성한 것인가?, 그의 눈빛이 번쩍였고, 이후 조심스럽게 물었다, 카다 씨, 여기에서 뭔가가 느껴지십니까?, 이렇게 묻고는 머리를 가리켰다, 그만해, 그는 짜증스럽게 손을 내저으며 말했다, 무슨 생각을 하는 거야?, 내가 미쳤다는 거야?, 아니요, 예뇌는 그 특유의 짙고 굵은 눈썹을 치켜올리며 말을 약간 끌었고, 그는 침대에서 단호하게 말했다, 안 미쳤어, 미치긴 뭘 미쳐, 미친 건 저자들이지, 아니면 그보다 더 나쁜 것, 음모야, 예뇌, 음모라고, 책임져야 할 범인들이 무언가를 나한테 뒤집어씌우려

하고 있고, 그래서 나를 여기 가둔 거라고 생각해, 두 번째 뇌출혈 때문이 아니라, 그리고 손은, 예뇌가 말을 끊으며 물었다, 손은 움직일 수 있습니까?, 물론 움직이지, 나한테는 아무 문제도 없어, 좀 진정해, 내 몸에는 몽골 피가 절반이나 섞여 있다고, 그러니 어서 풀어봐, 뭐 가져왔어, 그는 앞질러 탁자 옆 캐비닛 문을 열어주었고, 그러자 밀수하듯 들여온 면도 비누가 한순간에 선반 안쪽으로 사라졌다, 그는 지난번에도 말한 것처럼, 식사보다도 더 견디기 힘든 것이 자기 모습이 거의 원시인처럼 되어가는 것이라고 했다, 그다음에는 작은 술병 두 개가 예뇌의 큰 주머니에서 나왔는데, 또다시 출입구에서 성공했기 때문이었고, 그게 전부였다, 그는 놀란 듯 예뇌를 바라보다가 곧바로 비난하는 눈빛으로 바꾸며, 너, 너, 예뇌, 열쇠를 잊었구나, 아이고, 예뇌는 참회하듯 머리를 숙이며 말했다, 맞네요, 그건 잊어버렸네요, 하지만 어차피 당신에게 그게 무슨 필요가 있겠어요, 집 전체가 노란 테이프로 둘러싸여 있고, 대문도, 안쪽 문도 봉인되어 있어서 아무도 들어갈 수 없어요, 그럼 쵤레는?, 아, 그건 걱정하지 마세요, 히르냐크 부인한테 맡겼어요, 당신이 돌아올 때까지 돌봐주겠다고 하셨어요, 그래, 그럼 됐다, 너는 참 괜찮은 친구야, 나중에 꼭 보답할게, 알잖아요, 보답할 필요 없어요, 이건 사람이 마땅히 해야 할 일이죠, 예뇌가 대답했다, 언젠가 그때, 주님, 그것을 피하게 해주소서, 그래도 만약 제가 여기 오게 되면, 그땐 당신이 가져다주실 거잖아요, 그렇지 않나요?, 그렇지, 하지만 너는 절대 여기 오지 않아, 친구야, 너는 탈세범 교도소로 가게 될 테니까, 그는 농담조로 말했지만, 농담은 통하지 않았고, 예뇌는 곧바로 발끈했다, 그런 말은 하지 마세요, 카다 씨, 그런 농담은 하지 마세요, 그러다 정말 그렇게 되면 어쩌려고요, 매일 밤, 소리만 들리면 뭘 생각하며 깨어나는지 아세요?, 그래, 무슨 생각인데?, 국세청 놈들이 너 잡으러 온다는 거지, 알아, 벌써 몇 번이나 말했잖아, 하지만 잘 들어, 그는 몸을 왼쪽으로 돌려 방문객을 가까이 불렀다, 너 이메일 할 줄 알아?, 저는 못하지만 아내는 아주 잘해요, 형편없는 옷이랑 화장품을 계속 주문해서, 맨날 제 신경을 긁어요, 돈만 써대고, 그러면 잘 들어, 집에 가서 아내한테 말해, 이 사람들한테 이메일을 쓰라고, 여기 이메일 주소와 문구를 적어놨어, 모든 주소에 같은 문구로, 알겠지, 그는 줄무늬 잠옷 주머니에서 접어둔 냅킨을 꺼냈고, 펼쳐서 거기에 적힌 것들을 손가락으로 짚어가며 반복해서 읽어주었다, 이걸 보내라고 해, 집에 도착하자마자 바로, 알겠지?, 알겠어요, 예뇌는 모든 것을 분명히 이해했다고 했다, 그런데 예뇌, 지금 정말로 내 말을 잘 들어, 그가 속삭이듯 말을 이었다, 이건 정말 목숨이 걸린 일이야, 그러지 않으면 나는 여기서 죽어, 예, 예, 카다 씨, 예뇌가 다시 그를 진정시키려 했기에, 그가 말을 끊고 끼어들 수밖에 없었다, 아니, 내가 말하잖아, 내가 하는 말을 정말 잘 들어야 해, 이건 복잡한 일이야, 아내가 그 문장을 그대로, 말 그대로 컴퓨터에 입력하게 해, 오케이?, 오케이, 예뇌는 고개를 끄덕이더니, 곰곰이 생각하다가 덧붙였다, 그런데 아내에게는 노트북이 있어요, 컴퓨터는 없어요, 그는 참을성 없이 그것은 같은 것이라고 말하려 했지만, 예뇌는 그보다 더 참을성 없이 문 쪽을 힐끗거리기 시작했는데, 이제 가야 했기에 출구 쪽으로 몸을 옮기며 슬금슬금 움직였다, 집에 돌아가는 길도 세 시간이나 걸린다고 했다, 그는 경비원이 노크에 응답해 문을 열기 직전에 뒤에서 소리쳤다, 모두 우리가 얘기한 대로 해, 하지만 문이 방문객 뒤에서 큰 소리를 내며 닫혀버렸기에, 대답이 있었는지 없었는지는 듣지 못했다, 그는 다시 베개 위로 쓰러지듯 누웠고, 이곳으로 끌려온 뒤로 수많은 시간과 분, 날들 동안 그래왔듯 천장을 바라보았다, 여기에서 유일한 위안은 '아프리카 공주'였다, 그는 오늘 아침부터 그렇게 불렀는데, 다만 불행히도 그녀는 좀처럼 그를 보러 오지 않았다, 분명 더는 이곳 근무가 아닌 듯했고, 아마도 그에게 이 '뜻밖의 미녀'가 이 끔찍한 장소에서 유일한 기쁨이라는 사실을 눈치챘기 때문이었을 것이며, 매일 아침 찾아왔으나 그들 외에는 아무도 오지 않는 그 밖의 사람들, 말하자면 군복을 입은 의사들은 오히려 그를 접주는 것에는 딱 좋은 사람들이었다, 그들로부터 그는 이 상태가 세상 끝날 때까지 계속될 것 같다는 느낌을 받았다, 가끔은 여기에서 그냥 잊힌 게 아닐까 생각했고, 하루에 세 번 기름기 낀 머리의 마른 사내가 식사라는 것을 들고 들어왔는데, 그것조차 끔찍했다, 그걸 가져오는 자는 대체 어떤 사람이었을까?, 살인자였을까?, 강도였을까?, 강간범이었을까?, 무엇을 기대할 수 있단 말인가?, 아무 일도 그에게 일어나지 않았고, 반드시 먹어야 하는 세 가지 약을 받는 게 전부였으며, 그뿐이었다, 아무 일도 일어나지 않았다, 세상에서 아무 일도, 그는 아주 가끔 혈압을 재는 공주에게 불평했다, 그리고 매주 두 번, 체조를 시키는 여자가 왔는데, 그 여자는 덩치가 큰 투박한 여자였고, 손아귀 힘이 워낙 세서 마음만 먹으면 한 방에 자기를 끝장낼 수도 있을 것 같았다, 하지만 그게 전부였고, 다른 일은 아무것도 없었다, 그는 떨리는 목소리로 공주에게 계속 말을 걸었는데, 이틀 전에는 이미 사랑 고백과 청혼까지 했으며, 함께 여기서 탈출하자고 제안했다, 자기와 함께라면 탄자니아로 곧장 가도 되고, 아니면 그녀가 가고 싶은 어디로든 갈 수 있다고 했지만, 그녀는 다시 한번 그 새하얀 치아를 번쩍이며 장난스럽게 깔깔 웃었을 뿐이었다, 마치 그가 하는 말을 알아듣는 것처럼 보였으나, 그녀는 헝가리어를 몇 개의 짧은 문장밖에 알지 못했기에, 사실은 알아듣지 못했으며, 그것은 거의 확실하다고 할 수 있었다, 하지만 그에게는 어떻든 상관없었고, 그녀에게서 나오는 단 한마디 말조차도 그에게는 큰 기쁨이 되었다, 더 나아가 그녀가 말을 하든 말든, 그것 역시 상관없었고, 중요한 것은 그녀가 가끔 그의 침대 옆에 서주었고, 그가 그 모습을 바라볼 수 있었다는 점이었다, 그녀는 이 어두운 장소에서 태양이었기에, 빛 그 자체, 미(美)의 태양이자 빛이었다, 그러던 어느 오전, 새로운 의사 한 명이 여러 명의 군인인지 교도관인지 모를 사람들과 함께 들어왔는데, 그는 그들을 누가 누구인지 정확히 구별할 수 없었다, 그 의사는 그에게 질문을 던졌고, 그는 팔다리를 들어 올려야 했으며, 머리를 이리저리 돌려야 했다, 이어서 어떤 표지판의 글자를 읽어야 했고, 그런 식의 검사들이 이어졌는데, 그들이 물러간 다음 날, 그는 자신의 옷으로 갈아입어야 했다, 휠체어에 실린 채 병원의 다른 구역으로 옮겨졌는데, 정확히 말하자면, 곧 깨닫게 된바, 그곳은 더 이상 교도병원이 아니라 단순한 교도소였다, 그는 큰 감방으로 들여보내졌으며, 모든 죄수가 휠체어와 그 안에 앉은 왜소한 노인을 본 순간 감방 안이 조용해졌다, 그들은 유령이라도 보는 듯 그를 바라보았으나, 이내 정신을 차리더니 누군가가 그에게 대뜸 물었다, 어이, 유령, 전(錢)은 얼마나 있어, 거의 같은 질문을 거의 같은 위협적인 어조로 예뇌도 했는데,

그때는 그가 버스를 타고 마침내 집에 돌아왔을 때였다, 집에 도착하자 아내는 또다시 노트북 앞에 앉아 있었다, 도대체 우리 집에 아직 돈이 남아 있기는 한 거야, 아니면 네가 다 날린 거야?, 그 목소리에 평소의 불만 섞인 투덜거림이 아닌 분노가 담겨 있었기에, 아내는 오히려 늘 하던 변명이나 자기방어를 하지 못하고 당황하며 얼굴을 붉혔다, 걱정스러운 표정으로 남편을 바라보며 부다페스트에서 무슨 일이 있었는지를 묻는 눈빛을 보내더니, 급히 노트북을 덮고 부엌으로 달려가 죄책감에 사로잡힌 채 저녁 준비를 시작했다, 그날 저녁은 훈제 족발이 들어간 콩 수프였고, 그는 이 콩 수프를 무척 좋아했다, 특히 아내가 끓인 것을 좋아했지만, 그날은 무엇을 먹고 있는지조차 신경 쓸 수 없었는데, 오늘 그를 그곳에서 마지막으로 보고 온 것이, 과연 그 노인에게 어떻게 받아들여질지 모르겠다는 생각만 들었기 때문이었다, 더 이상은 어떤 상황에서도 다시는 그곳에 가지도 않고, 고분고분해지지도 않을 것이며, 휘둘리지도 않을 것이라고 생각했기에 그랬다, 그리고 자신의 아내에게는 노인이 도움을 필요로 하는 것과 차후에 특히 자신이 전혀 짐작도 하지 못하는 어떤 일에 휘말리게 되는 것은 별개의 일이라고 했으며, 어쨌든 그들은 요청받은 과제를 수행했다, 아내는 냅킨에 적힌 그 문구를 일곱 개의 주소 모두에 발송했다, 그는 이제 풀려나기 위한 어떤 움직임이 시작되기를 충분히 기대할 수 있었으나 아무 일도 일어나지 않았고, 1주일이 지나고, 2주가 지나고, 한 달이 지났다, 그는 며칠 뒤 휠체어를 매우 위험한 물건으로 판단한 교정 당국의 결정에 따라 다시 병동으로 옮겨졌고, 비록 같은 방은 아니었지만 같은 쪽, 남향 건물 구역에 배치되었다, 그곳은 창을 통해 드물게나마 잠시 햇빛이 스며드는 곳이었다, 그는 그곳에서 다시 예뇌가 나타나기를 기다릴 수 있었고, 다시 '아프리카 공주'가 문을 열고 들어오기를 기다릴 수 있었으며, 마침내 자신의 사건에 대해 어떤 결정이 내려지기를 기다릴 수 있었다, 이 기다림은 헛된 것으로 드러났는데, 예뇌는 그의 세 번째 요청에 아무런 응답을 하지 않았고, 또다시 실망해야 했던 것은 공주가 문을 열고 들어오지 않았기 때문이었다, 다시는 그녀가 나타나지 않았고, 그의 사건에 대해서 어떤 결정도 내려지지 않았다, 그는 움직임이 제한되지는 않았지만, 휠체어 없이 아직 스스로 움직일 수는 없었다, 하루에 한 번이라도 누군가가 밖으로 자신을 밀어 내보내달라는 요청은 받아들여지지 않았으며, 식단도 바뀌지 않았는데, 그것이 자신의 죽음을 부를 것이라고 교정 당국에 거듭 알렸음에도 아무 소용이 없었다, 이메일을 보낸 이들로부터도 어떤 메시지나 반응도 오지 않았는데, 그는 모든 이메일 주소를 정확히 기억하고 있었다, 그 목록에는 독일연방공화국 대통령도 있었고,

유럽연합 집행위원회의 인권 담당자도 있었으며, 헝가리 국회 의장도 있었고, 바티칸의 베르골리오 대주교 추기경도 있었다, 에스테르곰에서 비밀리에 전해 들은 바에 따르면, 그 인물은 머지않아 확실히 교황이 될 예정이었다, 그는 그 전임자, 정확히는 2대 전의 교황 요한 바오로와도 매우 친밀한 개인적 관계를 유지했었으며, 그 교황이—생전에! 아직 살아 계셨을 때!—헝가리를 방문했을 때, 펀논헐머*에서 그를 만났고, 교황은 그에게 권한을 부여했었다, 그 이후로 자신은 살아 있는 성인이라고, 그는 한 젊은 의대생, 로저뷜지 에텔커라는 이름의 젊은 여성에게 말했다, 그녀는 이곳에서 가끔 병실로 찾아오는 유일한 민간인이었고, 다른 이들은 이미 대화를 나눌 상태가 아니었기에, 특히 그에게 자주 왔다, 살아 있는 성인으로 나를 쳐다봐요, 나를 만지는 자는 누구든 그 교황을 통해 축복을 받게 돼요, 비록 그가 더 이상 이 세상에 존재하지 않고, 그 자리를 그 더러운 수사(修士), 그 못생긴 독일인 베네딕토**가 끼어들었다고 하더라도 말이에요, 그는 예전에 욜런더 건으로 그와도 서신을 주고받았으나, 아무 일도 일어나지 않았고, 그자는 눈 한 번 깜빡했을 뿐이었다, 아니

---

* 996년에 설립된 헝가리의 베네딕토회 수도원으로, 헝가리 가톨릭 문화의 상징적 장소이며 유네스코 세계유산에 등재된 곳이다.

** 베네딕토 16세(재위: 2005~2013)를 가리킨다.

사실은 그것조차 하지 않았는데, 그는 이 베르골리오가 요한 바오로를 충분히 존중한다면, 이번에는 다르게 될 것이라는 희망을 가졌다, 이 젊은 여자 의대생은 그의 상처에 바르는 연고와 같은 존재였으며, 주변인들 가운데 유일하게 제대로 된 사람이었다, 외모는 그다지 예쁘지 않고, 오히려 못생기고 말랐으나, 매우 신앙심이 깊은 영혼이었으며, 그녀는 양심과 신앙이 자신을 이 직업으로 불러들였다고 고백했는데, 그는 그것에 무척 기뻐했다, 가톨릭 신자이기도 했고, 젊기도 했으며, 게다가 여자였기 때문에, 이 세 가지 자질이 그의 나날들을 분명 달콤하게 만들어주었다, 매일의 단조로움은 이제 사실상 느끼지도 못하고 있었는데, 자신의 표현을 따르자면, 시간의 복도 속으로 들어가버린 것 같다고 했다, 그녀는 자기 가족 이야기를 해주었고, 어린 시절 이야기를 들려주었으며, 네 살 때 처음으로 성모마리아를 있는 그대로 보게 되었던 일에 대해서도, 그리고 왜 의과대학에 가기로 결심했는지에 대해서도 설명해주었다, 거의 항상 합창단에 함께 다니는 친구들의 이야기를 꺼냈는데, 그곳에서는 하느님의 말씀이 지켜보는 가운데 경이로운 성가들을 함께 부른다고 했다, 그러자 그가 즉시 물었다,

아르파드 우리 아버지

라는 곡을 알고 있나요, 아니요, 그렇다면,

하늘에는 더 이상 쌍둥이별이 없다네

라는 곡은 혹시 들어본 적이 있나요, 죄송하지만 전혀 모르겠어
요, 수줍고 부끄러워하는 대답이 돌아왔고, 그래서 그는 더 이상
물어보지 않았지만, 이 복된 존재가 아주 조용히, 기꺼이 그에게
불러주는

오소서, 성령이여, 오소서, 성령이여,
오소서, 성령이여, 오소서, 성령이여

로 시작하는 가톨릭 기도를 듣는 것은 무척 좋아했다, 그것은
'최후의 만찬'이라는 침울한 현실 속으로 그를 이끌었고, 그는
이 기도를 알지 못했는데, 마음에 들기는 했으나 그렇다고 다시
불러달라고 하지는 않았다, 대신 감사의 뜻으로 앞서 말했던 그
접촉을 통해 축복을 내려주었으며, 그러자 에텔커는 얼굴을 약
간 붉히고는, 그날은 그렇게 급히 작별을 고했다, 그는 바깥세상
에서 무언가 소식이 오기를 그저 기다리고 기다렸지만, 몇 주가
지나도 아무것도 오지 않았다, 그는 점점 더 병실을 좋아하게 되

었다, 매트리스에는 그가 좋아하는 부분이 한 군데 있었는데, 원래 그곳은 가운데가 심하게 꺼져 있었던 곳이었고, 그가 해결책을 찾아냈다, 역시 왕립 헝가리 군대에서 수많은 세월을 보낸 것이 이런 상황에 대비하게 해주었던 것이다, 그는 매트리스를 뒤집어 꺼진 부분의 오목함과 반대가 되도록 볼록한 면을 맞추었고, 또한 어느 정도 말이 통하던, 청소하는 여자들 중 한 명에게서, 드라이버 하나와 약간의 플라스틱 끈을 얻어 매트리스를 받치는, 바닥에 내려앉은 철제 격자를 보강했으며, 그 뒤로는 더이상 가운데에 눕지 않고, 한 주는 왼쪽에, 다음 주는 오른쪽에 눕는 식으로 해서, 결국 꽤 견딜 만한 잠자리를 만들어냈다, 빛이 대부분 그에게로 들어왔기에 창문에도 만족하고 있었다, 또 이른바 배식원과도 이야기를 해서, 가능하다면 수프 대신 삶은 감자를 조금 달라고 했다, 물론 처음에는 아주 단호한 거절이 답으로 돌아왔지만, 회진 때 다시 요청하자, 다음 날에는 수프 옆에 삶은 감자가 도착했고, 이것으로 어떻게든 견딜 수 있었다, 배식하는 수감자도 서서히 좀 더 친절하게 만들 수 있었고, 그 젊은 여자 의대생도 가끔 들르긴 했지만, 안타깝게도 '아프리카 공주'는 완전히 사라졌다, 혹시 아프리카로 돌아갔을까?, 그는 가끔 침대에서 일어나 화장실까지 걸어갔다가 돌아오기도 했고, 그래서 자신의 운명에 마침내 변화가 오기 전까지는 어떻게든 버틸 수 있을 것 같았지만, 그러다 또 다른 것이 그를 덮쳤다, 죔레가 몹시 그리워지기 시작한 것이었다, 그건 안 됩니다, 그가 그 얘기를 꺼낸 첫 회진에서 주임의가 그에게 호통을 쳤다, 무슨 생각을 하시는 거예요, 카다 아저씨, 여기가 어딘 줄 아세요?,

휴양소예요ㅇㅇㅇㅇ?!

, 하지만 그는 포기하지 않았고, 주임의가 회진에서 비교적 기분이 좋아 보일 때면, 농담처럼 말하면서도 분명하게, 죔레 없이는 이 병실에서 죽게 될 거라고 언급했다, 그때부터 그 주임의에게, 그리고 또 모든 사람에게도 설명하길, 죔레가 그에게는 마치 자신의 심장 같다고 했다, 아무도 자신에게 신경을 쓰지 않는다고 어느 날 분노가 폭발했는데, 자신의 가슴을 가리키고 두드리더니,

그 자신의 심장은 죔레가 지니고 있다

고 했고, 데려와달라고 간절히 부탁했지만, 물론 아무 일도 일어나지 않았다, 주임의는 한마디 말도 하지 않은 채 다음 환자로 넘어갔으며, 그는 결국 환자 권리 대표자를 불러들이는 데 성공했다, 그 사람은 가능한 한 친절하게 진정인의 말을 경청하기

는 했지만, 상시적인 만취 상태로 인해 아무 일도 처리할 수 없었고, 아무것도 바꿀 수 없는 사람으로 공공연히 알려져 있었다, 그래서 무언가를 원하면, 차라리 청소부 여자들 중 누군가에게 부탁하는 편이 나았지만, 그는 환자 권리 대표자에게 고집을 부렸다, 흐릿하고 멍한 표정을 얼굴에 붙이고 다니던 그가 어느 날 침대 발치에 나타나, 뭉개진 발음으로 말하길, 그으으으렇죠오오, 쥠레, 이해합니다, 이보다 더 자연스러울 수는 없지요, 반드시 조치하겠습니다, 걱정 마세요, 라고 말하고는 비틀거리며 병실을 나갔다, 그러자 아직 그런 반응을 할 수 있을 만큼 상태가 괜찮았던 사람들은 모두 한꺼번에 웃음을 터뜨리며, 아, 물론이지요, 카다 아저씨, 내일이면 그 쥠레가 벌써 여기 와 있을 겁니다, 두고 보세요, 비웃던 그들이 옳았는데, 쥠레는 오지 않았기 때문이다, 쥠레 이야기는 더 이상 나오지 않았고, 그도 더 이상 입에 올리지 않았으나 몹시 걱정되었다, 시간이 얼마나 흘렀을까, 반년?, 1년?, 이제는 시간이 얼마나 흘렀는지도 알 수 없었다, 그렇다면 쥠레에게 누가 먹을 것을 주고, 누가 마실 것을 주며, 누가 가끔이라도 놀아줄까, 히르냐크 부인한테 있으면 잘 지낼 거라고 믿었던 것도 거기까지였고, 어떻게 잘 있을 수가 있을까, 만약 미친 토니가 풀려나 다시 돌아온다면?, 마음속에서 불안은 커져만 갔다, 어떤 놈은 기회가 되는 즉시 쥠레를 처형해

버릴 것이다, 어떤 놈은 총으로 난사하고, 또 어떤 놈은 목을 졸라 죽이거나, 얼마나 잘 타는지 보세요, 하며 불에 태워 죽일 것이라고, 그는 완전히 상상 속으로 질주를 했다, 망상은 그때부터 다시 시작되어, 다른 이야기는 하지도 않고, 그는 자신의 공상을 실제 사건처럼 이야기했기에, 흡혈귀 같은 경비병들에서부터 배식원들에 이르기까지 모두가 그의 공포 이야기를 들어야 했다, 이것은 특히 에텔커에게 깊은 영향을 주었다, 카다 아저씨의 이야기들은 그녀를 크게 흔들어놓았고, 그녀는 그 개를 구해주기로 결심했으나, 어떤 계획이 있는지는 말하지 않았다, 그저 그의 카드 기록을 훑어본 후 주소를 적어두고는 쉬는 날 하루를 골라 마을로 내려갔다, 이미 그 노인의 이야기들 속에서 익히 알고 있던 예뇌를 술집에서 찾는 것은 어렵지 않았고, 예뇌는 히르냐크 부인의 집으로 어떻게 가는지까지 상세히 설명해주었다, 그곳에서 그녀는 개가 살아 있고 상태도 괜찮다는 말을 들을 수 있었다, 알다시피 다만 많이 먹고 돈이 많이 들어, 부인이 투덜거리며 기름진 머리칼을 헤집었다, 에텔커는 그 말을 듣고 그녀의 손에 얼마간의 돈을 쥐여주었으며, 그 대가로 앞으로도 계속 잘 돌봐달라는 것과, 또 한 가지, 사진을 찍게 해달라는 부탁을 했다, 그러자 히르냐크 부인은 마치 이해하지 못하겠다는 사람처럼 꼼짝도 하지 않다가 어깨를 으쓱하더니 그녀 앞에 대문을 활짝 열어주었다, 쥠레는 뒤뜰의 비탈진 곳에서 발목까지 차오른 닭똥 위에 사슬에 묶인 채 누워 있었고, 에텔커가 곁에 쪼그리고 앉아 쓰다듬었을 때에도 꼼짝하지 않았으며, 눈은 뜨고 있었지만, 아무 데도 보지 않는 듯했다, 괜찮은 거니?, 젊은 여자 의대생이 물었고, 아, 아무것도 아니에요, 히르냐크 부인은 손을 내저으며 말했다, 그냥 쉬는 거예요, 뛰어다니느라 지쳤거든요, 에텔커는 그저 개를 쓰다듬고 또 쓰다듬다가, 갑자기 그 부인에게 개를 데려가도 되겠느냐고 물었다, 희생적으로 돌봐준 수고비로 돈을 조금 더 드릴 테니, 제가 데리고 가서 돌보고 싶은데, 어떻게 생각하세요?, 그러니까 누구를 말하는 거죠?, 부인은 사시인 눈을 깜박이며 되물었고, 여기 있는 이 아이요, 에텔커가 대답했다, 그건 당신한테 너무 돈이 많이 들 텐데요, 개를 기른다는 것은요, 알잖아요, 늘 신경 써야 하고, 먹이고, 사료, 사슬도 필요하고, 히르냐크 부인은 고개를 저었다, 게다가 얼마 전에 피검사를 했는데 간의 GDP* 수치가 아주 높다고 하더군요, 치료를 받아야 한대요, 그 말을 듣고 에텔커는 자신이 가진 돈 전부를 보여주었고, 이에 곧바로 대답이 돌아왔다, 그럼요, 가능하

---

*   의학 용어에 익숙하지 않은 사람이 GPT 혹은 GGT를 GDP로 잘못 발음한 것으로 묘사한 것이다.

죠, 하지만 부인은 아직도 망설이며, 이게 자기한테 얼마의 값어치가 있는 건지 판단을 못 하는 사람처럼 돈을 바로 받지는 않았다, 그런데 방문객이 돈을 쥔 손을 다시 거두려 하자 여자는 마치 부엌에서 그 지독한 파리들을 잡을 때 하던 바로 그 동작으로, 재빨리 전부 낚아채버렸다, 그렇게 해서 쥠레는 사슬에서 풀려났고, 그녀는 개를 품에 안고 밖으로 나섰으며, 히르냐크 부인은 손을 비비며 그녀 뒤를 따라왔다, 울타리 문에 기대어, 그녀와 개가 멀어져가는 모습을 바라보며 결국 울기까지 했는데, 그날 오후 예뇌에게 술을 사러 내려갔을 때, 그 개를 데려갔다는 말을 했지만, 예뇌의 기분이 썩 좋지 않았기에 그에게서 어떤 대답도 듣지 못했다, 이는 히르냐크 부인이 두 달째 단 한 푼도 치르지 않고 있었기 때문이었는데, 그날도 그는 정산을 하기 전에는 술을 줄 수 없다며 다그쳤고, 그러자 그것 때문인지 아니면 또 다른 무엇 때문인지는 모르겠지만 말수가 적은 히르냐크 부인에게서 지금껏 거의 경험하지 못했던 일이 벌어졌다, 그녀의 말문이 풀려버린 것이었다, 예뇌에게 말하기를, 요지 아저씨의 쥠레를 어떤 여자에게 넘겨줄 수밖에 없었다고, 그 여자는 요지 아저씨의 부탁으로 자신이 앞으로 그 개를 돌보게 될 거라고 했는데, 그 일로 자기는 완전히 망가져버렸다고, 그 개가 얼마나 자기에게 붙어 있었는지 알지 않느냐고, 자기가 얼마나 쉽게 동물을 마음에 품는 사람인지 예뇌 당신도 잘 알지 않느냐고, 그래서 이제 남은 건 소들뿐이에요, 그러니 제게 와인 좀 제발 주세요, 사시인 두 눈 중 왼쪽 눈으로 예뇌에게 윙크를 하면서, 딱 한 잔이라도 주세요, 목구멍이 완전히 말라버렸어요, 그러자 히르냐크 부인이 이렇게까지 장황하게 말을 할 수 있다는 사실에 놀란 예뇌는 잠시 혼란스러워졌고, 그 틈에 여자는 와인 한 잔을 받아 들었지만, 예뇌는 곧 정신을 차리고, 마시려면 돈을 내야 한다고, 술은 공짜가 아니며, 월말에 지원금을 받았을 때 빚을 정리하지 않으면 다시는 한 방울도 주지 않겠다고 경고했다, 한편 에텔커는 버스 안에서 쥠레를 무릎에 안고 달래보려 했지만, 개가 왜 그렇게 겁을 먹는지 알 수 없었다, 낯선 사람의 무릎 위에 앉아 있어서인지, 아니면 버스가 무서운 건지, 기차에서는 한결 나아졌다, 쥠레가 정말로 그녀를 무척 좋아하게 되었다는 사실은 집에 도착해서야 알게 되었는데, 버스와 기차와 2번 트램에서 견뎌야 했던 그 무섭고 지금껏 경험하지 못한 낯선 흔들림이 두려움의 원인이었음은 분명했다, 도착하자마자 물을 마시게 했고, 곧바로 소시지도 먹었다, 에텔커는 어린 시절부터 소시지를 좋아했는데, 요즘식이 아니라 전통적인 것을 좋아해서 늘 집에 두고 있었다, 애정에 가득 차 새 식구가 얼마나 사랑스럽게 먹는지를, 허겁지겁 먹는 게 아니라 우아하다고 할 정도였는데,

그렇게 먹는 모습을 애정이 가득 찬 시선으로 바라보았다, 그 불쌍한 요지 아저씨가 그렇게까지 이 개에게 집착하는 것은 전혀 놀랄 만한 일이 아니라는 생각을 했고, 개가 이제 제대로 된 환경에 있게 되었다는 사실을, 다시 돌려줄 수 있을 때까지는 자신과 함께 지내게 될 거라는 사실을 듣게 되면 얼마나 기뻐할지 잘 알고 있었다, 실제로 그는 이 소식을 듣고 크게 기뻐했으며, 에텔커의 선함에 연신 축복을 했다, 그녀의 손을 쓰다듬고 또 쓰다듬었는데, 의대생은 천천히, 조금은 부끄러워하며 목에 걸린 청진기를 어색하게 고쳐 쥐고는 다른 손으로 그의 손을 물렀는데, 물론 그는 쉽게 그 손을 놓으려 하지 않았다, 그러는 동안 에텔커에게 혹시 그 개가 결국 자기에게로 올 가능성에 대해 말을 꺼냈다, 아니요, 안타깝게도요, 여기로 분명히 허락하지 않을 거예요, 에텔커는 안타깝다는 듯이 고개를 저으며 말했다, 그날 밤, 그는 상시 야간 근무자인 잉어 머리*에게 수호천사가 고개를 저었다는 말을 했다, 그러면 그가 밖으로 나가기 전까지, 그때까지 뭘 해야 하느냐, 라는 말에, 에텔커는, 이것은 과장 의사 회의에서 들은 이야기인데, 자기가 아는 한 요지 아저씨에게 남은 유일

*   원문에서는 머리가 큰 물고기인 '부서(busa, 백련어·큰머리잉어)'에서 나온 별명을 사용하고 있다. 머리의 형태뿐 아니라 조금은 우둔하고 무표정하며 기계적인 모습을 연상할 수 있다.

한 가능성은 정신 상태를 고려해서 교도소에 수감되지 않는 것
이며, 그러기 위해서는 여기서, 그러니까 법무부 정신 감정 및
치료 기관의 원장으로부터 소견서를 받아 두 명의 사법 정신과
전문의에게 제출해야 하고, 그들의 소견을 바탕으로 법원이 그
의 처지가 어떻게 될지를 결정하게 된다는 것이었다, 그러면 이
사람들은

나를 바보로 아는 거예요?

　, 그는 얼굴을 길게 늘어뜨린 채 그녀를 쳐다보았다, 마치 모
든 걸 예상했지만 이것만은 전혀 생각하지 못했다는 사람처럼
그저 바라보기만 했다, 천사 같은 이 의대생의 눈을 묘한 시선으
로 바라보고 또 바라보았는데, 조금 후 에텔커는 그 시선을 더
는 견디지 못하고 눈길을 거두었다, 위로하거나 안심시키려는
말이 거의 입 밖으로 나오려는 순간, 에텔커가 아저씨라고 부
르던 그의 얼굴에서 갑자기 그 알 수 없는 표정은 사라졌고, 뜻
밖에도 얼굴선이 부드러워지더니 한 번 웃고, 또 한 번 웃고, 그
러고는 머리가 베개 쪽으로 다시 넘어가면서 그 웃음이 걷잡
을 수 없는 폭소로 바뀌었다, 그런 모습을 한 번도 본 적이 없었
기에 에텔커는 덜컥 겁이 났다, 그는 포복절도를 멈출 수 없었

으나, 숨을 몰아쉬며 이제는 잔잔해진 웃음을 띠고 말했다, 그
런데 말이에요, 그러니까 나는, 나는 구제된 거잖아요, 그의 수
호천사는 어찌할 바를 몰라 그를 바라보며, 그게 무슨 말씀이
세요?, 그는 침대 위에서 마치 날아오를 준비를 하듯 팔을 벌리
며, 바로 이 말씀이에요,

분명 나는 바보가 아니에요

, 스스로도 알고 있다며, 가장 밝은 표정으로 다시 몸을 일으켰
다, 마치 무죄가 확정되어 당장 집에 갈 수 있게 되었다는 사실
을 이제야 알게 된 사람처럼 보였는데, 몸을 일으켜 앉으며 말
하길, 왜냐하면 말이에요, 내가 하나 말해줄게요, 내가 수호천
사인 당신에게 아직 한 번도 이야기한 적이 없는 건데, 바로 그
거라는 거예요, 그는 숨을 한 번 고르고 이마의 상처를 문지른
뒤 말을 이었다, 왕정을 복고함으로써 이 고통받아온 나라가
도달할 수 있을 그 헝가리, 그 헝가리를 내가 어떻게 상상하고
있는지, 사랑하는 에텔커, 당신이 어떻게 알 수 있을까요?, 그
리고 이것은 수사적인 질문이었기에 그는 곧바로 말을 이어갔
다, 첫째로, 헝가리 왕립 함대의 수치스러운 처지를 고려할 때
이 문제는 새로운 함선을 건조함으로써 해결할 것이고, 이는

구명정에 대해서는 말할 필요도 없으며, 조선소와 선박 건조를 통해 엄청난 신규 일자리를 창출할 것이고, 둘째로, 헝가리 전역의 성곽들이 몰락하여 관광 상품으로 팔려 나간 치욕스러운 상황은 즉각적이고 진정한 복원을 실시함으로써 벗어날 것이며, 그 결과 적절한 왕실 관청들이 자리를 잡게 될 것이고, 셋째로, 국왕, 즉 나 자신은 오로지 왕실 거처에서만 거주할 수 있으며, 다시 말해 부다 성에서만 살아야 하고, 넷째로, 참수형과 곤장형이라는 전통적 처벌 방식을 복원해야 하며, 이와 함께 현재 전통이라는 이름으로 행해지고 있는 모든 활동, 이를테면 궁술, 승마, 민속무용, 전투 놀이, 합창단 같은 것들을 단순한 문화 활동이 아니라 국가적 과제로 이해해야 하고, 다섯째로, 왕정복고에 대한 교황청의 승인 필요성, 왕실 예산의 국회 승인, 궁정 관직의 복원, 즉

대(大)식탁장

대잔관

대궁내관

대금고관

대보물관

대문지기장

그리고 왕실 대마구관*

이라는 직책들을 즉각 승인하고, 급여를 보장하며, 즉시 임명하는 것, 세케슈페헤르바르, 에스테르곰, 오부다**와 부다를 왕실 거점 도시로서 헌법에 명시하는 것, 계속 말해줄까요?, 아, 아니요, 아니에요, 아니에요, 그럴 필요는 없어요, 충분히 파악하고 계세요, 에텔커는 완전히 당황한 채, 그리고 더욱 겁에 질린 목소리로 대답했고, 그가 말을 이었다, 그럼 이것까지만 하지요, 군주제는 헝가리 역사에서 가장 오래된 통치 형태이며, 왕이나 여왕이 국가원수의 지위를 가지기는 하지만, 그는 곧 주권자, 그러니까 문헌에 쓰여 있듯이 수호자일 뿐이고, 최고 권력은 실제로 그에게 있는 것이 아니라 성스러운 왕관에 있으며, 이것은 헝가리의 역사적 특수성으로서, 인간의 권력은 지상에서 유래하지 않는다는 사상에 바탕을 두고 있어요, 이런 점에서 헝가리 통치의 법적 기반은 유일무이하며, 우리를 조상들의 세계로 다시 돌려보내주는 것이에요, 그곳에서는 바로 내가 통치하게 될 때

---

*   이 직위들은 중세 헝가리 왕국 궁정에 실제로 존재했던 고위 관직들이다.
** 중세 헝가리 왕국의 옛 왕실 거점으로, 역사적으로 부다와는 별개의 도시로 존재했으나, 19세기 후반 부다·페슈트·오부다가 통합되면서 현재의 수도 부다페스트가 형성되었다.

와 정확히 똑같은 도덕적 원칙들에 따라 사회가 운영되었어요, 만약 마침내 내가 왕좌에 앉는다면, 그때는 이 성스러운 헝가리 땅 위에서 모든 것이, 사랑하는 에텔커, 그 모든 것이 도덕적 선의 법 아래 놓이게 될 것이며, 그곳에서 왕의 의무, 즉 나의 임무는 성별이나 인종이나 사회적 지위와

관계없이!!!

, 모든 신민의 행복을 보장하는 것이 될 것이에요, 다시 말해 민족적 동일성의 유지, 증진과 보호, 그리고 국가의 통일성과 자부심, 안정성과 지속성의 연속을 보장하는 것이 될 것이며, 나는 이 기만당하고 모욕당하고 아주 잘못된 방향으로 강제된 헝가리 조국으로부터 대략 이런 나라를 만들어낼 것이고, 아니 만들어내고 말 것이에요, 참으로 아름다운 생각이에요, 에텔커는 조용히 대답하더니 물어보았다, 하지만 그것들은 그저 꿈일 뿐이지요?, 그 질문에는 카다 아저씨가 그렇다고 대답해주기를 바라는 바람이 가득 담겨 있었으나, 그는, 아니에요, 아니, 꿈이 아니에요, 이것이야말로 지금 존재하는 이 거대한 세계적인 기만 대신에 올 현실인 것이에요, 왜, 당신은 행복한가요?, 그는 승리감에 가득 찬 목소리로 물었다, 이에 에텔커는 수줍게, 주님의 도

움 덕분이라며, 예, 제 모든 순간이 그래요, 왜냐하면, 하고 말을
이으려는데, 이해해요, 알고 있어요, 비록 절반은 몽골인이지만,
나도 가톨릭 신자예요, 그래도 이 땅에는 지상의 행복도 있어요,
바로 여기, 이 땅 위에, 내가 왕좌에 오르게 되면 이 놀라운 나라
에는 우리 모두가 갈망하는 그런 행복이 있을 것이에요, 여기서
그는 목소리를 길게 끌었다가 천천히 머리를 다시 베개 위로 내
렸다, 왕국이 없으면 아무것도 없을 것이기 때문이에요, 사랑하
는 에텔커, 이것만은 나를 믿어요, 에텔커는 더 이상 대답하지
않고 아무 말 없이 고개를 숙였는데, 그녀가 미소 짓는 모습을
그에게 보이지 않으려는 것으로 그는 생각했다, 미소 지어라, 언
젠가는 드러내놓고 웃게 될 것이다, 그때까지 그녀에게는 매일
매일의 성모마리아와 예수그리스도가 있을 것이다, 복된 영혼,
그는 감상에 젖어 여자의 단정히 빗은 갈색 머리칼을 바라보았
다, 그녀 역시 이 땅 위의 천국을 진정으로 믿지는 못하고 있다
는 것을, 그녀 또한 들어 올려야 할 하나의 신민일 뿐이라는 것
을 그는 알고 있었고, 생각하길, 나는 모든 이의 왕이며 또 그럴
것이기에, 왕으로서 나는 모두에게 책임이 있으며, 나에게 삶이
란 의무이고, 타인을 위한 흔들림 없는 것, 저녁이요오오오, 하
고 당번 배식원이 문을 밀치고 들어왔다, 병상들이 서로 너무 가
깝게 붙어 있었기에 음식 수레는 언제나 그랬듯 곧바로 멈춰 섰

다, 그는 하나하나 식판을 들어 올려 탁자 위에 내려놓고, 저녁
이라 불리는 음식을 던지듯 올려놓았는데, 오늘의 메뉴는 사과
하나와 커드 치즈 파이 하나였다, 사과는 시들고 얼룩투성이였
으며 식판에서 굴러가다 떨어지지 않게 붙잡아야 했다, 그는 풀
죽은 얼굴로 에텔커에게 보여주며 말했다, 봐요, 이게 저들에겐
사과이고, 이게 파이라는군, 하지만 이건 파이가 아니야, 너무
말라서 미친 사람이나 먹을 거야, 둘러봐요, 여기에서 누가 미친
사람인지, 그래도 에텔커는 그 누군가가 누군지 여기 윗사람들
에게 말해줄 수 있을 텐데, 그러니까 그녀는

아니에요

, 어차피 문제는 그에게, 그러니까 그의 정신 상태에 달린 게 아
니라, 이곳 원장이 두 명의 사법 전문가에게 어떤 소견서를 보내
느냐에 달려 있다는 것이었다, 그건 우리가 할 수 있지요, 의미
심장한 얼굴로 그가 말했는데, 그때 에텔커는 작별 인사를 했다,
늘 하던 대로 천천히, 조용히, 문까지 걸어 나가 노크를 했고, 다
시 한번 노크를 했다, 그에게는 이제 기다릴 만한 일이 일어나기
까지 오래 걸리지 않았는데, 불과 일주일 남짓이 지나 다시 문이
벌컥 열리더니,

서류 도착입니다!

라는 외침과 함께 경비원 하나가 들어와 그의 손에 종이 한 장을
쥐여주었다, 그 문서에는 어느 의사가 어느 날짜에 그의 형사 책
임 능력에 관한 의학적 전문가 의견서를 법원에 제출했으며, 따
라서 그는 어느 날, 어느 시각, 어느 법원에 출석해야 하고, 그곳
까지의 호송은 법무부 정신 감정 및 치료 기관이 책임진다는 내
용이 적혀 있었다.

10장

자기 발로 가겠다고 끝까지 우겼지만 더는 말이 통하지 않았다, 두 명의 경비는 또 경비대로 그 점은 알겠으니 타지는 않아도 되지만 휠체어는 반드시 함께 가져가야 한다고, 규정이 그렇다며, 그게 전부라고 물러서지 않았다, 그가 계속 항의할 기색이 보이자 엄한 눈길로 제지했다, 나는 다리가 불편한 것도 아니고 어느 한쪽 다리도 잘린 게 아니니 걸어서 가겠소, 그는 계속 주장하려 했으나, 결국 타협이 이루어져, 자기 발로 수송차에 올라탔다, 그들이 휠체어를 접어 차 뒤쪽에 실었으며, 차는 곧 출발했다, 그리고 다시 법정 안으로는 휠체어에 태워 입장시켰으나, 그는 즉시 거기서 일어나 법정 앞에 서고자 앞으로 나섰다, 연단 위 중앙에는 법복을 입은 여자 한 명이 앉아 있었는데, 그는 이

자체가 마음에 들었다, 상황의 가혹함을 덜어주는 품위를 부여해주었고, 아무래도 법복을 입은 여자니까 그랬다, 한편 그는 집에서 유일한 양복 한 벌을 가져오게 했는데, 그것은 지난번과 마찬가지로 이번에도, 아니 지난번보다도 더 커 보였다, 그 아름다웠던 날, 국회에서 의장 특별보좌관이 그를 맞이했던 그날보다도 더 커 보였다, 거기에다 날씨가 추워졌으니 모피 깃 달린 외투도 함께 가져오게 했다, 인생이 다 그렇지, 그는 무심하게 두 경비에게 말했다, 올라가면 내려가고, 내려가면 올라가는 것, 말을 덧붙였으나, 그들은 아랑곳하지 않고 양쪽에서 그를 붙들었다, 판사 앞에 섰을 때, 또다시 의자에 앉히려 했는데, 그것은 고령을 고려해 특별히 허락된 것이었고, 판사도 즉시 같은 말로 설명했지만, 그는 분명히 밝혔다, 여기 서 있는 이 사람은 전쟁 영웅이고 전상 군인이지만, 그렇다고 장애인은 아니오, 나는 서서 판결을 받겠소, 판사님, 그는 법복을 입은 여자를 정면으로 바라보며 비난하듯 말했다, 이 휠체어에 나는 억지로 앉혀졌을 뿐이며, 나에게는 그것이 필요 없고, 이에 대해 즉시 항의도 제기하겠소, 이에 판사는 두 경비에게 손짓을 했고, 그들이 그냥 힘으로 눌러 앉혔기에, 그는 차라리 그대로 앉아 있는 편을 택했다, 처음부터 법복을 입은 사람에게 나쁜 인상을 주고 싶지 않으려고 그랬으나, 이미 늦었는데, 판사는 벌써부터 안경 너머로 그를 내려다보며 주시하고 있었고, 또한 무심한 목소리로 무언가를 말했지만 그가 아니라 계속 노트북을 두드리고 있던 사람에게였기 때문이었다, 누가 뭐라고 하든 나는 앉아 있겠소이다, 그가 이렇게 밝히자, 두 명의 경비는 양쪽에서 계속 어깨를 눌러 의자에 밀어 넣는 것을 그만두었고, 그는 다시 이를 확인했다, 나는 일어나지 않겠소, 다만 이 말로 표현하고자 했던 것은, 정말 내가 불구자가 아니라는 점, 특히 휠체어가 필요한 사람은 아니라는 점이외다, 판사는 거위 같은 얼굴에 뼈만 앙상한 여자였고, 건강보험의 급여 항목 범위 내에서 제공되는 거대한 안경 너머로 여전히 그를 보고 있었는데, 꼭 엄격해서라기보다는 그렇게 보였을 뿐이었다, 이때 고개를 끄덕이며 피의자의 태도를 헤아린다는 뜻을 보였고, 건조하고 갈라진 목소리로 말했다, 이제, 그러면 재판을 개시하겠습니다, 그 이후로 판사는 누가 무엇을 말하는지 간간이 들을 수만 있었는데, 발언을 하고 있던 사람으로부터 그가 계속해서 발언권을 가로채려 했기 때문이었다, 하지만 판사가 그를 즉시 제지했기에, 단지 처음 몇 차례 이후로는 그럴 수 없었다, 그다음에는 판사가 손짓으로만 지적했고, 그를 바라보는 눈빛이 너무 분명해서, 그도 손짓으로 알겠다고, 좋다고, 기다리겠다고, 순서를 지키겠다고 의사를 표시했다, 재판은 그렇게 시작되었고, 이렇게 띄엄띄엄 진행되다가 휴정이 선포되었다, 그사이에 그는 마침내 일어설 수 있었으며, 한 경비에게 귓속말로 소변이 마렵다고 했다, 화장실에서도 그의 뒤에 한 명이 서 있었고, 다른 한 명은 문밖에서 기다렸다, 그가 말했다, 내 전립선은 스무 살짜리나 다름없소, 이 몸 안의 많은 것에 대해 그렇게 말할 수는 없겠지만, 가장 자랑스러운 건 전립선이라오, 그렇소, 자랑스럽소, 나는 올해 1월 6일에 아흔두 살이 되었는데, 이 전립선은 신생아하고도 바꾸지 않겠소, 밖에서 벨이 울렸고, 그들은 돌아가야 했으나, 그는 아직 일을 끝내지 못했기 때문에 지체했다, 판사는 앞서보다 더 엄격해 보이지는 않았으나, 그래도 한마디 덧붙였는데, 그가 아니라 우선 노트북을 쓰는 사람에게, 그리고 이어서 국선변호사에게 한 말이었다, 변호사는 지금까지 그에게 단 한마디도 하지 않았으며, 사실 그는 그제야 저 사람이 자기 변호사라는 걸 알게 되었다, 판사가 한 말의 골자는 피의자에게 앞서 나가지 말라고 이해시키라는 것, 이곳은 법정이지 정신병원이 아니라는 것이었다, 변호사는, 알겠습니다, 판사님, 그렇게 하겠습니다, 하고는 그에게 다가와 귀에 속삭이기를, 자리에 가만히 있어, 이 늙은 좆같은 새끼야, 꼼짝하지 말고, 알아듣겠어?, 묻지 않으면 한마디도 하지 마, 그러자 그는 다시 분노가 치밀어 올랐다, 우선 그 좆같은 새끼라는 말 때문에 그의 목을 잡아채고 싶었는데, 손이 닿지 않자 그에게 소리를 지르기 시작했다, 당신은 대체 누구요?!, 어디서 굴러 온 거요?!, 두 팔을 벌린 채 연단을 바라보며 철저한 환멸이 서린 눈빛으로 저 인간을 여기서 당장 끌어내달라고, 최대한 빨리, 그리고 콧물이 흐르니 밖에서 누군가가 코 좀 닦아주라고 요구했다, 이에 대해 법복을 입은 판사는 그가 이해하도록 아주 천천히, 이 신사가 바로 당신의 국선변호사라고 알려주었다, 그러자 그는 목소리를 높여, 그럼 그를 임명한 사람도 불러들이라고, 그 역시 제정신이 아니라고 계속해서 말을 쏟아냈다, 이제 판사가 금속 같은 무관심을 띤 시선을 그에게 던지자, 그는 입을 다물 수밖에 없었는데, 끝까지 이런 식으로 재판이 이어졌다, 그는 여러 차례 주의를 받았으며, 네 번이나 법정에서 끌려 나올 뻔, 아니 정확히 말하면 법정에서 내쳐질 뻔했는데, 마지막에는 그가 판사에게 이렇게 말했기 때문이었다, 존경하는 부인께서는 왕에게 그런 식으로 말할 수 없소이다, 이것은 아르파드 왕조에 대한 모욕이오, 당신을 처형케 할 것이외다, 이렇게 기소인 측의 긴 진술과 변호인 측의 상당히 짧은 진술이 이어졌고, 이후 판사가 판결을 내렸다, 지금까지는 그렇게 하지 않았으나, 이제 그는 두 경비에 의해 휠체어에 안전벨트로 묶였다, 그리고 복도로 밀려 나갔으며, 거기서 엘리베이터를 타고 내려가 호송 차량으로 향했고, 차량은 곧바로 부다 쪽으로 달리기 시작했다, 그를 놀라

게 한 것은 목적지가 왜 코즈머가의 교도소가 아닌가 하는 점이
었는데, 그는 재판 중에 그다지 주의를 기울이지 못했고, 제대로
재판에 집중할 수 없었기 때문이었다, 여기에는 이런저런 이유
가 있었다, 때로는 법정의 퀴퀴한 공기가 신경 쓰였으며, 또 한
편으로는 자기 외투에 대해 아무것도 모른다는 점이 걱정되었
기에,

내 외투는 어디 있소?

, 말하자면 기소인 측 진술 도중에 경비들에게 물었으나, 그들
은 아무 대답도 하지 않았다, 나중에는 등 뒤에 앉아 있던 사람
들 중 많은 수가 그의 주의를 빼앗았는데, 그는 아는 얼굴을 찾
으려 했지만 한 명도 찾지 못했다!, 딱딱한 법률 용어들이 그를
몹시 괴롭히기도 했다, 그 때문에 들린 말의 절반도 이해하지 못
했고, 판결문에서도 앞으로 어떻게 되는지조차 알 수 없었다, 그
가 한 경비에게 묻기를, 그러면 이제 드디어 풀어주는 거요?, 돌
아온 대답은 이랬다, 물론이죠, 노인 양반, 풀어주고말고요, 여
기가 어딘 줄 알고, 무슨 생각을 하는 건가요?, 그 말에도 분명
한 것은 아무것도 없었고, 그사이에 다른 경비가 그의 외투를 가
지고 와서 입혀주었다, 그들은 마치 쫓기기라도 하는 것처럼 출

발했다, 그가 다시 물었지만, 경비들은 자기들 식사에만 정신이 팔려 있었다, 재판 동안 몹시 배가 고팠던 게 분명했는데, 가져온 맥도날드 버거를 거의 순식간에 먹어치웠고, 차의 흔들림이나 커브 때문에 케첩이 흘러내리지 않게 하는 데만 신경을 썼다, 그들은 무엇이 다가오는지 미리 내다보고, 커브, 요철, 그런 것들에 맞춰 고개를 옆으로 휙 젖혔고, 벌린 입을 마치 버거 아래에 받쳐 두듯이 해서 혹시라도 흘러나올 케첩이 그쪽으로 흐르도록 방향을 잡았다, 호송 차량은 계속 사이렌을 울리고 또 울리며 달렸고, 그들은 줄곧 질주에 질주를 거듭했다, 리포트*에 도착했을 때, 그제야 그는 판결이 무엇이었는지 이해했고, 운전사가 혼자 뛰어내려 열쇠로 직접 대문을 열었다, 이후 거대한 공원으로 차를 몰고 들어갔고, 수많은 폐허처럼 버려진 건물들 옆을 지나, 거대한 성채 같은 건물을 돌아, 마침내 꽤 허술해 보이는 차 진입로에 멈췄다, 문 하나로 그를 안내해 들여보내고, 소리도 나지 않는 엘리베이터로 3층까지 올려 보냈다, 정식 인수인계 절차에 따라 서류, 신분증 사본, 서명 등등을 거쳐, 철창문 너머 마른 체

---

* 부다페스트 2구역에 있던 헝가리의 대표적인 국립 정신병원을 의미한다. 공식 명칭은 국립 정신의학-신경학 연구소이며, 흔히 이 기관이 위치한 거리명에서 유래한 '리포트' 또는 '리포트메죄'로 불렸다. 2007년에 이 기관이 폐쇄된 뒤에도 '리포트'라는 이름은 정신병원을 가리키는 상징적 표현으로 남아 있다.

구의 간호사에게 그를 넘겨주었다, 그가 들어섰고, 휠체어는 밖에 두어야 했다, 그녀는 곧바로 뒤에서 철창을 닫고 열쇠를 주머니에 넣은 다음, 복도를 따라 마지막 방의 문까지 그를 데려갔다, 다른 열쇠로 문을 열고, 안으로 그를 들여보내며, 침대 하나를 가리켰다, 여기가 어르신 자리예요, 지금은 두 분뿐이니까 잘 지내실 거예요, 걱정 마세요, 걱정하지 않소, 그가 대답한 뒤, 그런데 여기가 어디인지 좀 말해달라고, 자기는 잘 모르겠다고 그녀를 향해 말했다, 뭐를 모르시겠다는 거예요, 어르신?, 당신이 원하신다면, 당신은 아르파드 왕가의 카다 요제프세요, 나는 요제프 1세 국왕이오, 그런데 내가 어디에 있는지, 지금 무슨 일이 벌어지는지를 모르겠다는 거요, 풀어준다고 하지 않았소?, 법정에서 그렇게 들은 것 같소만, 그러자 간호사는 상냥하게 대답했다, 음, 완전히 그런 건 아니고요, 일단은 여기로 이사 오시는 겁니다, 보시면 아시겠지만, 잘 지내시게 될 거예요, 자, 여기에, 하고 철제 침대를 가리키며, 이제 누우세요, 많이 피곤하셨을 텐데요, 피곤하지 않소, 그는 화가 나서 쏘아붙였다, 일단 내가 여기에 있다는 게 무슨 뜻이오, 내가 아프오?, 나는 아프지 않소이다, 그는 이해할 수 없다는 듯 팔을 벌리며 말했다, 내가 뭘 했소, 무슨 일을 저질렀소?, 나는 아무것도 하지 않았고, 아무 일도 저지르지 않았소, 그래요, 어르신, 이제 옷 좀 벗으세요, 금방 예쁜

잠옷을 가져다드릴게요, 그동안 이 외투와 이 멋진 양복은 벗어
두세요, 안전한 곳에 잘 보관해드릴게요, 대략 그즈음에서야 그
는 무슨 일이 벌어졌는지, 그리고 자신이 어디에 있는지를 이해
했고, 침대 위에 털썩 주저앉아 손에 얼굴을 파묻고는 꼼짝하지
않았다, 그가 재킷과 바지와 셔츠를 벗는 데는 도움이 필요했다,
팬티는 그대로 입고 있을 수 있어 그나마 다행이군, 그는 콧수염
아래로 중얼거렸고, 잠옷을 받은 게 아니라 환자용 긴 셔츠를 받
았는데, 너무 거친 천으로 짠 것이기에 곧바로 불만을 터뜨렸다,
이건 내 피부를 상하게 할 거외다, 부탁하오, 나는 전쟁에서 이
것저것 다 겪어봤소이다, 나는 전쟁 영웅이고 전상자요, 그런데
이건 천이 아니라 사포라오, 그리고 내 외투는 어디 있소?!, 하
지만 더는 대화를 진행할 수 없었는데, 들을 사람이 없었기 때문
이었다, 다른 침대에는 젊은 아이 한 명이 엎드린 채 누워 있다
가 그에게 이제 좀 그만하라고, 자기는 자고 싶다고 으르렁거리
듯 말했다, 그러자 그는 입을 다물고 자기 자리로 가서 몸을 눕
혔지만, 한동안 아무도 오지 않을 거라는 것을 확신한 후에, 침
상에서 일어나 창가로 옮겨 갔다, 창살을 흔들어보고, 미리 설치
된 고정 나사들을 살펴본 다음, 수도꼭지에서 물을 거의 반 리
터나 마신 후에야 다시 누웠다, 바깥 풍경에는 관심이 없었는데,
사실 바깥은 아름다웠고, 거대한 참나무 숲과 너도밤나무 숲이

보였음 직했다, 더군다나 아래쪽 출입구의 좌우편에는 키 큰 전나무 두 그루가 서 있었고, 둘 다 아주 과할 정도로 장식이 되어 있었다, 아래에서 위까지 전구가 달린 전선을 가지마다 너무 촘촘히 감아놓아서 나무 자체는 거의 보이지 않을 정도였다, 양쪽에는 곧게 뻗은 빽빽한 빛의 다발이 하나씩 있었고, 그것은 맥박 치듯 작동하고 있었다. 켜졌다가, 맥동하다가, 다시 꺼졌다가, 또다시 켜졌으며, 여러 색을 오가는 빛이 위쪽의 꼭대기에서 가장 아래 가지들에 이르기까지 즐겁게 굽이치듯 흘러내렸고, 멈춤 없이 계속 작동했으며, 보라색, 분홍색, 붉은색, 초록색, 파란색, 주황색이 차례로 켜졌다, 하나의 영원한 크리스마스였으니, 아침이 되었는데도 끄지 않았다, 의무적으로 먹은 저녁 약 때문인지, 언제부터였는지는 알 수 없었지만, 그는 밤에 한 번도 깨지 않았을 뿐 아니라, 마치 양심에 조금도 거리낌이 없는 사람처럼 깊은 잠을 잤다, 다만 끔찍했던 것은 깨어나는 순간이었다, 소음들이 낯설어 반쯤 눈을 떴고, 자신이 어디에 있는지 몰라서 집에 있던 침대 옆 작은 램프를 찾기 시작했지만, 스위치가 없었다, 그러다 서서히 어제 하루의 기억들이 희미하게 떠오르기 시작했다, 천장, 문, 창문들과 두 개의 침대가 윤곽을 드러냈고, 아이는 여전히 엎드린 채 자고 있었다, 심장에 좋지 않단다, 그는 낮은 목소리로 아이에게 말했지만, 아이는 미동도 하지 않았다,

아프리카 공주는 어디에 있지, 에텔커는 어디에, 예뇌는, 충성스러운 신하들은 다 어디에 있지?, 그는 침대에 누운 채 골똘히 생각하며 머리 아래로 두 손을 깍지 끼고 천장을 바라보았다, 정확히 말하면 갓도, 장식도 없는 병실의 맨전구 두 개 중 하나를 바라보았는데, 그 전구는 정확히 그를 향해 있었다, 그는 스스로에게 물었다, 왜 아무것도 하지 않는 거지, 이제 제대로 깨어나야 하지 않나, 그리고 일을 시작해야 하지 않나, 그런데 바로 그 순간, 이곳에서도 역시 밖에서만 열 수 있는 문이 벌컥 열리더니 간호사 세 명이 두 사람에게로 들이닥쳤다, 한 명은 늘 놓여 있는 작은 탁자에 아침 식사 쟁반을 내려놓았고, 다른 한 명은 채혈을 했으며, 세 번째 간호사는 반대쪽 팔에서 혈압을 쟀다, 우리는 급여가 너무 적어요, 채혈하던 간호사가 그에게 말했다, 그래도 이 병동이 리포트 전체에서 유일하게 제대로 돌아가는 기관인데 말이에요, 상상해보세요, 저는 한 달에 초과근무를 여덟 시간이나 하고, 16구역*에서 출근하는데, 짐작하실 수 있겠지만, 하루 종일 잠깐도 쉬지 못하고 움직여도, 받는 것은 세금 포함해서 19만 3천 포린트예요, 그녀는 그의 팔에서 바늘을 빼고 팔꿈

---

*   병원이 위치한 2구역은 부다페스트의 서쪽 끝에 있는 지역이고, 16구역은 동쪽 끝에 있는 지역이다.

치 정맥을 톡톡 두드린 다음 다시 찔렀다, 제 남편은 술을 마시죠, 뭐 어쨌든, 어르신, 그 연세에 비하면 혈액은 꽤 좋아 보이네요, 그러자 그는 발끈하며 되받아쳤다, 그 연세라니?, 나를 두고 하는 말이오?, 나는 여든셋까지 석 달마다 헌혈을 했소?!, 더 이상 하지 않은 것도, 그들 말로는, 할 수는 있지만 나이 때문에 우리가 감히 못 하겠다, 고 했기 때문이오, 이해하겠지만, 나이 탓이 아니라, 다른 사람들의 경우 예순몇 살만 되어도 피가 물처럼 묽고 오줌처럼 노랗게 나오곤 했지만, 내 피는 이렇게 선홍색이오, 보시잖소, 참 내, 말을 말아야지, 간호사가 인정하듯 말했다, 상태가 꽤 괜찮아 보이세요, 자, 이대로만 계속되시길, 그렇게 되길 바랍니다, 그러면서 그녀는 다른 침대로 쏜살같이 달려갔다, 혈압을 재던 그녀의 동료는 말 한마디 하지 않았으며, 음울했고, 얼굴은 기름기로 번들거렸고, 머리는 감지 않은 상태였다, 눈은 노랗고, 눈 밑에는 불룩한 두덩이 있었다, 말을 하지 않은 것도 무리는 아니었다, 그저 재고, 기록하고, 아이 쪽으로 갔을 뿐, 그는 쟁반을 바라보았다, 조그만 버터 조각과 초승달 모양의 롤빵, 입맛은 없었다, 여태껏 그랬던 것처럼, 그들이 그를 납치해 이런 감방들에 처넣은 이후로 줄곧 그랬지만, 다만 여기서 주는 이 음식보다는 맨 처음 그 '감호소'의 것이 훨씬 나았다, 특히 껍질째 삶은 감자를 얻어낼 수 있었을 때는 더더욱 그랬다고, 나중에 젊은 병상 동료에게 말했다, 그러니 이 새로운 곳도 별로 좋은 예감이 들지 않았는데, 아무도 중요한 말은 하지 않았으며, 불규칙한 간격으로 이루어지는 의사 회진은 조용히, 때로는 거의 침묵 속에서 진행되었다, 운동으로 다져진, 힘 있고 단정한 주임의가 회진을 이끌었는데, 그는 매일 아침 테니스 코트에서 막 돌아온 사람처럼 말끔했고, 머리는 금방 감은 듯했으며, 피부는 잘 관리되어 있었다, 금속 테의 안경이 어찌나 번쩍이는지, 그가 그것을 바라보고 있노라면, 주임의 자신은 보이지도 않고 오로지 그 번쩍임만 보일 뿐이었다, 반대로 그가 바라보고 있지 않다면, 다시 말해 그 주임의가 그를 보고 있지 않다면, 바로 이미 그가 거기에 없다는 뜻, 이미 지나가버렸다는 의미였다, 그래서 그는 늘 의사에게서 무언가를 알아내는 데 늦었다, 음식 다음으로 가장 끔찍한 것이 바로 이것이었는데, 그것은 정보로부터의 완전한 단절이었다, 여기에는 텔레비전도 없어서, 최소한 바깥세상이나 날씨나 뭐라도 알 수 있는 것이 없었고, 간호사들에게 왜 여기 있는지, 언제까지 여기에 붙잡아둘 것인지, 적어도 마당에는 언제 나갈 수 있는지를 물어보아도 소용없었다, 그래서 그는 가장 적합해 보이는 간호사에게 뇌물을 써서, 자신이 알아야 할 내용이 기록되어 있는 서류를 몰래 들여오게 하겠다는 생각을 해냈다, 그녀는 처음에는 단호하게 거절했지만, 이후

밤에 다시 몰래 돌아와, 지금은 다른 환자들이 듣지 못할 거라며
물었다,

얼마를 생각하신 겁니까, 어르신?

, 그는 처음에 1천이라고 했다가, 간호사가 벌써 밖으로 나가려
하자, 급히 1만을 제안했더니, 그녀가 멈추었다, 어르신, 아시겠
지만, 리포트에서 환자 서류를 환자에게 내주는 게 어떤 결과를
초래할까요?, 즉시 해고될 것이고, 게다가 여기 이런 기관 같은
사립 기관에서도 다시는 채용되지 않을 것이며, 아마 직군 자체
에서 퇴출당할 수도 있다고 했다, 그는 어쩔 수 없이 금액을 3만
까지 끌어 올려야 했다, 5만, 간호사가 쉬쉬거리며 말하면서 몸
을 아주 가까이 기울였다, 그가 좋다고 하자, 보시게 해드릴게
요, 어디에 두셨어요?, 그는 베개 밑으로 손을 뻗었다가 곧 생각
을 바꿔, 매트리스 밑으로 손을 집어넣었다, 봉투 하나를 끄집어
냈고, 눈도 마주치지 않은 채 1만짜리 지폐로 5만을 세어주었
다, 당신이 나를 털고 있소, 돈을 그녀 손에 쥐여주며 그가 말하
자, 알아요, 간호사가 대답한 뒤 발끝으로 조용히 방을 빠져나갔
다, 그러나 낮에도, 그다음 밤에도 헛된 기다림만 계속되었다,
약기운이 너무 강해 두 시간도 버티지 못하고 자연에 굴복해버

렸으며, 낮 동안 그녀를 유심히 지켜보았지만, 일부러 그러는 듯, 들어와서도 그를 쳐다보는 것조차 하지 않았다, 특히 다른 간호사들과 함께 들어올 때는 다른 환자나 더군다나 동료들 앞에서 수상한 몸짓이나 말로 주의를 끌지 않으려나 보다고 생각할 수 있었지만, 그것조차 이해되지 않기 시작했다, 그다음 밤에도 나타나지 않자 그는 의심하기 시작했으며, 다음 날 아침 혈압을 재러 왔을 때는 간호사가 자신을 속였다고 확신했다, 하지만 이는 사실이 아니었는데, 마지막에 그의 팔에서 커프를 풀어주며, 귀에 속삭였다, 어렵지만 걱정은 마세요, 될 겁니다, 이로써 혈압 측정을 마쳤고, 그는 밤낮을 가리지 않고 기다렸다, 마침내 기적이 일어났다, 그가 자는 동안 누군가의 손이 그의 발치에서 이불 아래로 무언가를 밀어 넣었고, 귀에 대고 속삭였다, 일어나세요, 어르신, 그는 여기서 다른 이들한테서도 어르신이라 불리는 것을 눈감아주었는데, 이곳에서는 자신이 단순한 어르신이 아니라는 사실을 드러낼 여지가 없었기 때문이었다, 아무튼 그는 반쯤 잠든 채로 서류철을 붙잡았다, 한 시간 뒤에 다시 올게요, 간호사가 말했다, 한 시간은 너무 짧소, 간호사는, 한 시간, 이라고 협박하며, 어둠 속에서도 보일 만큼 번뜩이는 눈길을 던졌다, 그는 침대 위의 작은 형광등을 켰고, 50분 만에 벌써 끝내버렸다, 그러고는 펴진 이불 위에서 그녀의 손에 서류철을 쥐여주었고, 그녀는 재빨리 받아 들고 다시 발끝으로 살금살금 방 밖을 향해 잽싸게 빠져나갔다, 그렇다, 결국 그는 유죄판결을 받은 셈이었다, 징역형은 아니었지만 심신미약자로서 이곳으로, 그것도 평생 동안, 그가 짐작했거나 어쩌면 이미 알고 있었을지도 모르겠으나, 이 세상에 드러난 수치와 정면으로 마주한 것은 바로 지금이었다, 게다가 바깥세상과는 어떤 형태로도 접촉할 수 없었기에, 그는 아무것도 할 수 없었다, 스마트폰도 없었다, 집에서는 유선전화만 있으면 충분했기에, 그걸로 족하다고 여겼던 것을 이제야 진심으로 후회했다, 비록 가지고 있었더라도 가장 먼저 빼앗겼을지도 모를 일이나, 하지만 컴퓨터 역시 집에 있었고, 여기서는 직원들 가운데 자신의 비밀을 맡길 수 있고 실제로 도와줄 의지를 보일 것 같은 사람은 단 한 명도 찾지 못했다, 바로 그때 그 일이 벌어졌다, 기적이 일어난 것이다, 어느 금요일 이른 저녁 무렵, 한 간호사가 문을 열더니 수호천사 에텔커를 병실 안으로 들여보냈다, 그는 몇 초 동안 눈을 부릅뜨고 그녀가 유령은 아닌지 확인하더니, 이것이 바로 현실이라는 기쁨에 벌떡 일어나 침대에서 뛰어내렸다, 달려가서 그녀 앞에 무릎을 꿇고 1분 동안 그저 손에 입을 맞추기만 했다, 아무 말도 할 수 없었으며, 늘 그랬듯 그녀의 얼굴은 붉어졌고, 그의 손에서 자신의 손을 조심스럽게 빼내려 애쓰며 계속 말했다, 괜찮아요, 카다 아저씨, 괜찮아요, 놓아주세요, 저도 정말 기뻐요, 정말 기뻐요, 하지만 이제 놓아주세요, 제발요, 어떻게 나를 찾았지요?, 이것이 그의 첫 질문이었고, 에텔커는 고개를 저으며, 아휴, 크게 한숨을 쉬었다, 그건 말로 다 할 수 없어요, 카다 아저씨, 모든 게 너무 복잡하게 돌아갔고, 안타깝게도 여기까지 오는 데 시간이 꽤 걸렸어요, 그는 여전히 그녀의 손을 붙잡아 자기 침대 쪽으로 끌어당기려 했지만, 에텔커가 오히려 스스로 다가왔다, 제 손을 다시 잡지는 말아주세요, 그는 나중에 젊은 병상 동료에게, 에텔커가 수줍음이 많다고 설명했는데, 그 아이는 전혀, 조금도 관심이 없었다, 아무런 관심도 없으니 하는 말인데, 알겠지만 나는 종교적인, 아주 가톨릭적인 영혼을 가진 사람이야, 그는 계속 말했고, 몇 분 동안 열광의 여러 단계를 거치다가, 상대가 이미 오래전에 잠들어버렸다는 걸 알아차리자 그만두었다, 이제는 자기가 들은 것과 가능한 것, 그리고 서로 합의한 것들을 정리하기 시작했다, 우선 에텔커가 전한 것은, 나중에 그가 알아낸 사실과 동일하게, 의료 감정인들이 그를 심신미약자로 판정했고, 엄격한 치료를 받으며 여기서 계속 지내도록 결정했다는 것이었다, 외출도 허용되지 않았고, 오랫동안 이어진 박해 탓에 훨씬 쇠약해지기는 했지만, 그럼에도 불구하고 그는 체력적으로는 무엇이든 할 준비가 되어 있었다, 다시 말해, 그의 신체 능력은 근본

적으로, 그가 뜻밖의 방문객에게 여러 차례 강조했듯이, 고대 헝가리-몽골식으로 말하자면, 멀쩡했으며, 그는 탈출을 계획하고 있다고 털어놓았다, 지금은 아직 이론을 다듬는 단계일 뿐이나, 비슷한 상황을 이미 겪어본 적이 있으며, 그것도 한 번이 아니라고 했다, 처음 그런 상황에 몰렸던 건 44년에 스메르시의 손에 넘어갔을 때였는데, 그때 함께 붙잡힌 스물네 명과 함께 모두 총살당할 거라는 걸 확신할 수 있었지만, 그들은 그렇게 되지 않았고, 모두 도망쳤었다, 신문을 맡았던 스메르시의 한 젊은 여자 장교가 그와 깊이 사랑에 빠지는 바람에, 어디를 열어둘지, 그리고 밖으로 나가는 길이 어디인지를 러시아어로 설명해주었기 때문이었다, 그는 러시아어 역시 할 줄 알았다, 여기서도 그렇게 복잡하지는 않을 거라고 에텔커를 향해 윙크를 하며 말했다, 건장한 체구의 간호사 몇 명을 보기는 했지만, 애초에 그들을 제압할 생각은 없었고, 물론 그럴 마음이 전혀 없는 것은 아니었으나, 지금은 한 가지 술책을 짜고 있는 중이었다, 그 자신의 표현으로는, 그들을 속여 넘어뜨릴 계획이라는데, 바깥에는 분명 직원들이 머무는 공간이 하나 있을 터, 밤마다 계속해서 텔레비전으로 스모나 난투극, 복싱을 보는 소리가 들려왔고, 그렇게 환자들에게는 전혀 신경을 쓰지 않는다는 점을 이용하려는데, 그 점을 이용할 생각이고, 또 이용하게 될 것이라고 했다, 계획은 아직 이론 단계에 있으나, 탈출 자체가 그렇게 복잡한 문제는 아니었다, 문제는 그다음, 그 뒤에 어떻게 몸을 숨길 것인가, 군사 용어로 말하자면 잠수하는 문제였다, 당연히 산으로 돌아갈 수는 없었고, 그렇다면 어디에서 어떤 네트워크를 통해 이 잠수를 실행할 수 있을지, 그것이 관건이라고 했다, 에텔커는 그저 조용히 앉아, 손을 무릎 위에 얹은 채, 그의 말을 들었다, 병실에 의자를 두는 것은 허용되지 않았기에, 침대 옆에 앉아 있었다, 그녀는 그렇게 앉아 듣기만 하며, 약간 고개를 기울인 채 슬픈 눈으로 그에게 그저 미소만 짓고 있었다, 고개를 살짝 옆으로 기울인 채, 그녀로서는 마침내 아저씨를 찾았다는 이 기쁨을 그렇게 빨리 털어낼 수가 없었기 때문이었다, 여전히 이 사실 하나만으로 기뻐하고 있었고, 그것이 정말로 이루어졌다는 것을 거의 믿을 수 없었다, 벌써 몇 달째 그를 찾아다녔지만, 그녀의 모든 시도는 실패로 돌아갔었다, 알 법할 만한 사람들, 알고 있어야만 했을 사람들이 도와줄 생각이 없다는 것을 공공연히 밝히며 아무 말도 해주지 않았다, 불가능한 상황이 너무 많이 닥쳤고, 가망 없는 시도 또한 너무나 많았었다, 그녀는 계속 미소를 지었으며, 지금 이렇게 아저씨의 침대 곁에 앉아 속으로 기도를 하고 있었다, 하느님 감사합니다, 하느님 감사합니다, 하느님 감사합니다, 주님, 그녀는 카다 아저씨를 정말로 많이 좋아하게 되었는데, 이미 코즈머가에서부터였다, 그와 연락이 가능하던 동안 그를 좋아하게 되었으나, 우선 출입이 금지되었고, 그다음에는 아저씨가 다른 곳으로 옮겨졌고, 그다음에는 재판이 열렸고, 그리고 판결이 내려졌다, 그것은 공개되지 않았기에, 그녀는 알 수 없었다, 아니, 그에게 무슨 일이 벌어졌는지, 그를 어디에 숨겨두었는지, 전혀, 짐작조차 할 수 없었다, 처음에는 시골 어딘가에, 모든 것에서 멀리 떨어진 곳에 가두어두었을 것이라고 의심했다, 아무런 단서도 없다는 절망 속에서, 그녀는 오히려 그를 더 마음 깊이 생각하게 되었는데, 그의 부재가 되려 그를 더 중요한 사람으로 여겨지게 했기에, 곧 그를 돕는 일이 자기 삶의 가장 중요한 과제라고 느끼게 되었다, 그가 도움을 필요로 한다는 것은 의심의 여지가 없었기 때문이었다, 그녀는 그제야 그에게 말했다, 아주아주 복잡했어요, 재판에 대해서는 알고 있었지만, 비공개 재판이었고, 그래도 몇몇 선정적인 신문들이 짧게, 그리고 아주 조롱하는 논조로 보도했어요, 거의 백 살에 가까운 헝가리 출신의 전직 독일 국방군 장교가, 이후에는 전기 기술자로 일했고, 다시 국영건물관리공단(IKV)의 직원으로서 50년대와 60년대에 수많은 주요 역사적 건물들에 출입할 수 있었으며, 그곳에서 이른바 역사 연구를 수행했다는 것인데, 아무튼 이 괴짜 별종은 자기를 헝가리인들의 왕이라고 여기고 있으며, 자신이 칭기즈 칸의 직계 후손이라고 주장하고, 또 1944년에 호르티 미클로시 총독이 자신에게 비밀리에 대관식을 해주었다고 말하지만, 거론되는 이 노인은, 그러니까 그냥 노인이라고 부르겠는데, 아마도 문제의 그 노인은 전쟁 중에 파편상을 입었고, 파편 하나가 머리를 너무도 강하게 타격한 바람에 두개골에 10센티미터 길이의 상처, 혹은 전해지는 말에 따르면 움푹 파인 흔적을 남겼으며, 작은 파편 조각 하나가 뇌 속에 박혀버렸다, 게다가 한 기자는 꽤 심각한 부상이었을 것이라며 농담을 했는데, 만약 나였다면, 그러니까 나, 곧 그 기자 자신이 그런 사고를 당했다면, 자신을 헝가리의 왕이라고만 여기지 않고 아예 제다이 기사라고 여겼을 거라고 비아냥거렸다, 그녀는 그 지점에서 신문 읽기를 그만두었다, 이 출처로부터는 더 이상 아무것도 알 수 있으리라 기대하지 않게 되었는데, 기자들 역시 아무것도 모르고 있다는 걸 깨달았기 때문이었다, 그 후, 어렵게 더 파헤쳐 알아낸 것들을, 물론 지금 모든 것을 말해줄 수는 없다고 그녀가 말했지만, 어떻게 찾아냈는지는 말해줄 수 있다고 했다, 좋아요!, 좋아!, 모두 그리고 자세하게!, 자세하게요!, 그는 손을 비비며 말하면서 아무것도 빠뜨리지 말아달라고 부탁했다, 아, 저는 세부적인 것 모두는 말씀드리고 싶지 않아요, 저 자신이 불쌍해 보이고 싶지 않아서 그래요, 이에 그가 대답했다, 그러면 중요한 것만 말해줘요, 좋아요, 무엇보다도 그 끔찍한 형 집행 기관의 근무자들, 저 자신도 코즈머가에서 많은 시간을 근무했으나 말을 섞기만 하면 무조건 훼방만 놓았던 바로 그 사람들을 통하지 않고, 지금은 저에게조차 혼란스러워 보이는 우회로를 거쳤다는 것이 중요하다는 말씀을 드릴게요, 아무튼, 그녀는 목소리를 낮추며 말했고, 결국에는 보건 쪽 경로를 통해 계속 알아봤는데, 요컨대 짧게 말하자면, 안 돼요!, 그가 외쳤으나, 이 천상의 사자(使者)는 이야기를 끊지 않고 계속했다, 그녀는 현재 재직 중인 한 정신과 교수의 도움으로 이곳을 알아냈고, 방문 허가를 받아냈으며, 형 집행 기관 사람들의 시선에서 최대한 멀리, 최대한 눈에 띄지 않는 방식으로 자신의 시도들이 이루어지도록 몹시 조심했다고, 흔적을 남길 수도 없었다고, 만약 그랬다면 그들이 모든 것을 가로막았을 것이기 때문이었다고 했다, 아무튼, 그녀는 노인의 손을 가볍게 두드리며 말했다, 이제는 제가 여기에 있어요, 그리고 모든 게 잘될 거예요, 카다 아저씨, 하지만 이 말은 그녀의 오산이었으니, 왜냐하면 그는 워낙 눈치가 빨랐고 틈을 노리고 있었기에, 두드리던 그 손을 다시 붙잡고 놓아주지 않고, 눈물을 글썽이며 그녀를 바라보다가 이렇게 말했기 때문이었다, 에텔커, 당신은 내 생명을 구해주었어요, 제발, 내 아내가 되어줘요, 이것이 내가 당신에게 진 빚에 대한 최소한의 보답이에요, 나도 가톨릭 신자이며, 좋아요, 나이가 좀 있긴 하지만, 그러나 두 사람이 서로 사랑한다면 나이가 무슨 상관이겠어요, 그러자 그녀는 먼저 늘 그렇듯 당황하여 침대 가장자리에서 몸을 뒤로 뺐다가, 웃음을 터뜨렸다, 다시 고개를 돌려 옆을 향한 채 자기가 좋아하는 그 얼굴을 바라보았다, 지금의 그 콧수염은, 물론 처음 만났을 때와는 달라서, 양옆으로는 제멋대로 자라 있었고, 가운데는 너무 길어져서 윗입술을 가리고 있었다, 카다 아저씨, 그녀가 말했다, 저는 아저씨에게 시집가지 않아요, 아시겠지만 저는 누구에게도 시집가지 않아요, 그사이에 저에게는 국경 없는 의사회라는 단체에 들어갈 수 있는 기회가 열렸어요, 아직 학위는 없지만 특별 허가로 들어가는 것은 가능했어요, 그 단체는 가정을 꾸리는 것을 허락하지 않아요, 거기에는 그 자신으로 온전한 한 사람이 필요하기 때문이에요, 그러니까 곧 석 달 동안 칼라브리아*로 가게 되었는데요, 절대 놀라지는 마세요, 그가 벌써 굳은 눈으로 자신을 쳐다보고 있는 걸 보았기에, 그녀는 허둥대며 말했다, 그러지 마세요, 사랑하는 에텔커 박사님, 가지 마세요, 그는 말하며 또다시 그녀의 손을 향해 손을 뻗었고, 그녀는 간신히 피했다, 걱

* 이탈리아 남부의 변방 지역으로, 최근 수십 년간 지중해를 건너온 이민자·난민 문제가 집중된 곳으로도 유명하다.

정 마세요, 카다 아저씨, 고작 석 달이에요, 그리고 당장 떠나는 것도 아니고 3월에나 가게 될 거예요, 3월?, 그는 놀란 듯 물었다, 제발, 3월은 안 되오, 애원하오, 여전히 놀란 채 그녀를 바라보았다, 그 무렵에 나는 마차시 성당*에서, 아니면 아직 어디가 될지는 모르겠지만 성안에서 나의 왕좌 복귀를 계획하고 있기 때문이에요, 그가 설명했다, 원래 대관한 국왕으로 인정받으려면 세케슈페헤르바르의 성모마리아 대성당에서 에스테르곰 대주교가 성스러운 왕관으로 대관식을 해야 했지만, 역사적 격변 때문에 나중에 이것이 바뀌어, 어떤 때에는 에스테르곰의 성 이슈트반 순교자 성당에서, 어떤 때에는 포조니에서, 또 어떤 때에는 마차시 성당에서 그 행사가 거행됐다고 했다, 그는 자기 자신을 가리키며, 하지만 자신의 경우 그럴 필요는 없고, 에스테르곰 대주교와 함께 즉위 절차만 마련하면 충분하며, 의식을 그렇게 크게 벌일 필요도 없고, 그냥 그 의식이 있기만 하면 된다고 했다, 저도 그렇게 되길 바라요, 에텔커는 고개를 끄덕였다, 그럼에도 솔직히 말하자면 그렇게 될 거라고는 별로 생각하지 않아요, 카다 아저씨, 그런 것 같아요, 그는 화들짝 놀라며 물었다, 왜

---

* 부다 성곽 지구에 위치한 헝가리의 대표적 가톨릭 성당으로, 공식 명칭은 부다의 성모마리아 성당이다. 중세 이후 여러 차례 헝가리 국왕의 대관식과 국가적 의례가 거행된 장소로, 특히 합스부르크 시대 왕들의 대관식이 이루어졌다.

그렇게 생각하지요?, 세상이 많이 달라졌어요, 그녀는 조심스럽게 말을 꺼내기 시작했으나 해야 할 말은 모두 전했다, 이로써 그는 마침내 자신의 직속 신하들에게 무슨 일이 벌어졌는지를 알게 되었다, 버디지는 징역 7년 형을 선고받았고, 퍼이르와 쾨바녀의 동료들은 국가 질서를 무력으로 전복하려 한 예비 행위 혐의로 각각 징역 19년 형을 선고받았으며, 다른 이들은 실형이나 집행유예를 받았는데, 이는 에텔커의 말에서도 알 수 있듯이 가벼운 선고였다, 에텔커가 말하기를, 그들 가운데 누군가는 어쩌면 카다 아저씨를 방문할 가능성도 있을 정도로 경미한 처분이었어요, 솔직히 말해 이제야 비로소 그들 중 몇 명의 이름과 연락처를 재판 기록에서 알아낼 수 있었어요, 카다 아저씨도 아시겠지만 이건 쉬운 일이 아니었어요, 만약 제 아버지께서 대법원에서 근무하지 않으신다면, 저는 절대 이런 자료들에 접근하지 못했을 거예요, 그가 놀란 표정으로 끼어들었다, 대법원?, 왜 진작 말하지 않았어?, 그랬다면 아버님이 개입해서 이런 수모를 당하지 않게 해주실 수도 있었을 텐데, 아, 에텔커는 손을 내저었다, 아무것도 할 수 없었어요, 상상하실 수 있겠죠, 카다 아저씨, 제가 얼마나 간청했는지, 하지만 아버지께서는 늘, 바로 그렇기 때문에, 바로 거기에서 근무하고 계시기 때문에 도와줄 수 없다고, 그리고 이런 것들은 법으로 아주 엄격하게 통제된다고 하셨어요, 하지만 아저씨에게 무슨 일이 일어났는지, 그리고 어디로 옮겨졌는지를 알게 되었을 때, 마지못해 허락해주셨어요, 즉시 회수되었던, 그러니까 공개가 허락되지 않았던 재판 관련 공문들을 내주셨는데, 저는 그것을 볼 수 있었고, 거기 자료들을 옮겨 적을 수도 있었어요, 저는 그저 이름과 주소, 혹은 연락처만 궁금했을 뿐이었어요, 당신이 곧바로 그들에 대해 물어보시리라는 걸 알고 있었으니까요, 그리고 그들이야말로 충직하게 당신 곁을 지킨 사람들이었어요, 하지만 당신 같은 사람은 아무도 없었어요, 그 순간 아르파드 왕가의 카다 요제프의 눈에 눈물이 고였다, 에텔커, 당신한테 사정이 있다 해도, 그래도 나의 아내가 되어줘요, 애원해요, 하지만 그녀가 이번에는 당황하지도 않고 그저 웃음만 터뜨렸으며, 자리에서 일어나 길게 늘어진 치마를 매만졌다, 그리고 모피 달린 외투를 걸치며, 이제 합창 연습에 가야 한다고 했다, 그러나 맥시 이틀 안에 다시 오겠다고 했다, 맥시?, 그는 즐겁다는 듯 그녀를 보며 물었는데, '최대한'을 줄인 맥시라는 말이 마음에 들었다, 에텔커는 고개를 끄덕였다, 예, 맥시, 이것 하나만 더, 사랑하는 작은 아가씨, 그녀 뒤에서 그가 말했다, 죔레는 어떻게 지내요?, 아, 네, 죔레는 감탄할 만해요, 잘 지내요, 제가 거뒀어요, 뭐라고요?!, 그는 소리쳤고, 그녀로부터 들은 말을 한순간에 이해했으며, 갑자기 감사와 안도의 감정에 겨워, 하마터면 에텔커를 끌어안을 뻔했다, 그녀의 손만 다시 붙잡고 꼭 쥔 채로 단지 중얼거릴 뿐이었다, 내게 와 줘요, 사랑하는 천사님, 제발 약속해줘요, 결국엔 내 아내가 되어주겠다고, 쵬레를 구해준 것에 대해 내 삶을 바치는 것 외에 다른 어떤 식으로도 이 은혜를 갚을 수 없기 때문이에요, 에텔커는 그저 웃기만 한 뿐 아무 말도 하지 않았고, 가능한 한 침대 끝 쪽으로 몸을 빼며 물러났다, 괜찮아요?, 조금 후 그가 물었다, 정말로 데리고 있는 거지요?, 그러자 그녀는 그렇다고, 자기가 데리고 있다며, 그동안 돌보고 있던 마음씨 좋은 부인에게서 데려왔다고 했다, 그러면, 그러면, 그러면, 쵬레에 대해 더 말을 해줘요, 에텔커는 다음에 전부 말해주겠다고만 답했고, 벌써 그 자리를 떠났다, 그때부터 사건들은 속도를 내기 시작했는데, 정확히 말하자면 이제야 움직이기 시작한 것이었다, 지금까지는 정체 상태였었다고 그는 판단했으며, 이제부터야 정말로 모든 것이 탄력을 받기 시작했다고 여겼다, 바로 다음 날 이른 오후에 문이 살짝 열리더니 러치커가 들어왔고, 그는 어젯밤 정체불명의 주소에서 회람 메일을 하나 받았다고 했다, 요지 아저씨는, 그 정체불명의 주소가 무엇인지는 곧 알게 될 거라고, 전날 저녁의 즐거운 눈빛을 아직도 간직한 채, 러치커에게 눈을 찡긋했다, 그는 자신이 제거될 뻔했던 이후로 그동안 그 집단에 무슨 일이 있었는지를 들려달라고 했다, 버디지가 먼저 체포되었고, 그다음이 퍼이르였어요, 청년이 대답하며 침대 가장자리, 그가 권한 자리에 앉았다, 두 사람 모두 합법 국가를 전복하려 한 쿠데타 기도 혐의 때문이었어요, 다만 퍼이르와 그와 가까웠던 사람들의 경우에는 무기 문제로 인해 사안이 훨씬 더 중대했는데, 그들이 무기고의 배후였다는 점이 입증되었고, 그들과 함께, 멀리서나마 군사 봉기만이 군주제와 관련된 고르디우스의 매듭을 풀 수 있다고 동의했던 이들까지 모두 연루되었어요, 버디지는 비교적 적은 형을 받았고, 그중 일부 기간은 반드시 복역해야 할 거예요, 여기서 러치커는 잠시 멈추었다, 지금은 잘 모르겠어요, 몇 년이었는지는 확실치 않지만 어쨌든 몇 년은 될 거예요, 레하르의 변호사가 도와보려고 했지만, 그 이상은 어쩔 수 없었어요, 퍼이르 쪽은 말씀드렸듯이 훨씬 더, 훨씬 더 무겁게 처벌되었어요, 아주 중형이 내려졌지요, 마치 국가가 자신들에게 맞서는 자들을 주먹으로 응징한다는 걸 보여주려는 듯했어요, 요컨대 지금 상황은 이래요, 그러고는 낮게 중얼거렸다, 꽤 예민한 사람처럼 보이는데, 버디지가 과연 견뎌낼 수 있을까요?, 그는 곰곰이 생각하더니 러치커에게 큰 소리로 이야기하며 머리로 위 방향을 가리켰다, 윗선의 큰사람들과 직접 연결된 유일한 인물이 바로 그야, 그게 무슨 의미예요?, 러치커가 물었다, 우리가 아무런 의미도 없다고는 믿지 않지, 우리 믿어볼까?, 예, 하고 음유시인이 말을 이었다, 우리는 믿어요, 지금으로서는 다른 선택지가 없어요, 하지만 조금은 안심하세요, 집행유예를 받았거나 저처럼 경고 정도로 아무런 처벌도 받지 않은 몇 명이 남았잖아요, 왜, 그 사람들 앞에서 발랄라이카라도 연주해줬나?, 그는 조금이나마 청년에게 기운을 차리게 해주고 싶었기에 농담처럼 묻고 눈을 찡긋했는데, 사실 여전히 기분은 지독히도 좋았다, 그것은 에텔커 때문이었는데, 이런 모든 상황에도 불구하고 그녀로 인해 결국에는 성공할 수도 있겠다는 희망이 생겼으며, 이것을 러치커에게도 털어놓았다, 이제는 눈이 멀고 귀가 먹은 사람이 아니라면 누구나 이 나라가 파멸을 향해 달려가고 있다는 걸 보고 듣지 않을 수 없다고 했다, 여기서 그는 훨씬 더 진지한 어조로, 국가, 즉 그 오르반이라는 자가 스스로를 약하다고 느끼지 않았다면, 이렇게 폭력적으로 굴지 않았을 것이며, 이렇게 가혹한 판결을 내리지도 않았을 것이고, 또한 자신을, 왕위 계승권을 지닌 축성된 국왕을 이 미친 사람들의 수용소에 평생 가두지도 않았을 것이라고 했다, 그의 나라가 자기 것이 될 때에는, 자신은 권력을 폭력으로 증명하지 않고 도덕적 법칙을 지켜내도록 강제함으로써 증명할 것이며, 그때의 강제는 폭력이 아니라 본보기가 될 것이고, 국왕과 왕실, 그리고 성스러운 헝가리 땅의 번영을 위해 선발된 모든 고위직 인사들이 그러한 도덕적 모범을 보임으로써 사람들의 삶에 대한 태도가 바뀌게 될 것이라고 말을 이어나갔다, 이곳에서는 모두가 소유만을 생각하고, 다른 어떤 것에도 관심이 없으며, 오직 더 많이, 더 많이, 더 많이 갖는 것에만 집착하고 있지만, 그의 나라에서 사람들은 더 이상 끊임없이 소유만을 생각하지 않게 될 것이라고 했다, 사람들이 냉소적으로 말하길, 우리는 돈으로 살아간다며, 그것이 진실이라고 믿고 있기에, 가장 비열한 짓들까지도 서슴지 않고, 처음에는 작은 잘못들을 저지르지만, 스스로에게 이미 그 첫 번째를 허용했다면, 그다음 것들이 이어지고, 그곳에서 그들에게는 한계라는 것이 작동하지 않으며,

붕괴되어버리지

, 그는 러치커 쪽으로 몸을 숙이며, 붕괴되어버린다는 이 단어를 아주 무겁게 강조해서 발음했다, 오, 요지 아저씨, 러치커가 눈을 반짝이며 고개를 들었다, 저는 이렇게 말씀하시는 걸 지금까지 한 번도 들어본 적이 없어요, 이런 분을 여기에 가둬두다니, 완전히 말도 안 돼요, 악몽이에요, 이제 뭐라고 말해야 할지 모르겠어요, 그러니까 우선은, 이제부터라도 폐하라고 불러도 되

는지요, 허락해주세요, 그의 목소리 톤이 낮아졌다, 말도 안 돼, 그는 엄하게 러치커를 바라보며 말했다, 내가 전에 분명히 말했 잖아, 나는 요지 아저씨이고, 그건 그대로여야 한다고, 그리고 이어서, 상대의 눈을 깊이 들여다보며, 반은 농담처럼 반은 진 지하게, 그를 가볍게 위협하듯 집게손가락을 흔들며 말했다, 그 건 나중 일이야, 그때가 되면 허락하는 정도가 아니라, 내가 직 접 요구할 거다, 올바른 호칭을 말이야, 그 전까지는 내가 너희 에게 명령한 대로 모든 게 그대로 유지돼야 한다, 그런데 다음 에 올 때 커피 좀 가져다줄 수 있겠나?, 늘 그렇듯 갑자기 화제 를 바꾸며 말했다, 여기서는 그냥 나가서 자판기에서 한 잔 뽑 아 마실 수도 없거든, 게다가 이제 돈도 없어, 일을 꾸미느라 다 써버려서 말이야, 그래도 커피 없이는 힘들어, 우유는 이제 포기 할 수 있어, 생각도 안 하면, 그게 다야, 술도 가끔 떠오르긴 하지 만, 그건 내가 헝가리 사람이기 때문에 그런 것이고, 이런 젠장, 내가 없어도 해가 여전히 저 너머로 지는 테라스가 그립군, 하지 만 커피, 커피는 달라, 그건 나한테 중요해, 사실을 이야기할까?, 정말 좋아해, 이 세상에서 나한테 중요한 건 거의 그거 하나뿐 이야, 그러면 너는 물을 수도 있겠지, 그럼 쥠레는요, 하지만 내 가 바로 대답해주지, 쥠레는 이 질문에 해당하지 않아, 왜냐하면 내 눈에 쥠레는 이 세상에 속하지 않거든, 그는 나에게 속해 있어, 그리고 바로 이 문제와 관련해서 아주 큰 소식이 있어, 말해 줄까, 그는 잠시 말을 멈추고 이 충직한 신하를 바라보다가 결국 내뱉었다, 쥠레를 찾았어, 아, 정말 다행이에요, 러치커가 환호했다, 내 새로운 사랑인 에텔커가, 그가 다시 말을 이었다, 내가 첫 번째 교도소에 있었을 때는 의대생이었는데, 이제는 곧, 아직 몇 년은 더 남았지만, 정신과 의사가 될 거야, 사랑스러운 사람이지, 그런데 말이야, 내 허락도 없이 산으로 올라가서, 예뇌가 내 부탁으로 맡겨둔 쥠레를 히르냐크 부인 집에서 데려왔어, 알겠나, 내 개를 구해준 거야, 이런데도 내가 그녀와 결혼을 안 하겠어?, 미인이라고는 할 수 없지, 내 취향과는 달리 좀 마른 편이야, 하지만 나는 그녀의 모든 부분을 사랑해, 그래서 이제 내가 여기서 나가기만을 기다리고 있어, 어떻게든 나가게 될 테니까, 그리고 에텔커는 왕비가 될 거야, 저희가 도와드릴게요, 러치커가 벌떡 일어났다, 가만히 있어, 러치커를 앉히며 다시 말했다, 이건 내가 직접 다룰 것이야, 에텔커는 이미 상황을 다 알고 있어, 정말로 유능해, 그렇게 신앙심 깊은 가톨릭 신자가, 그런 영혼이 이렇게까지 현실적일 수 있으리라고는 상상도 못 했어, 처음 그녀를 만났을 때는 언젠가 나를 구해줄 사람이 될 거라는 생각은 전혀 하지도 않았지, 물론 그때도, 내 안에 희망을 붙들어 주었을 때도, 고마워하지 않은 건 아니었어, 하지만 그 이후로 나를 위해 해준 일들은 정말로 위대한 영혼을 가진 사람이라는 걸 증명해, 나는 그녀와 결혼할 거야, 이것은 포기하지 않아, 그녀가 지금은 조금 망설이고 있긴 해도 말이야, 어디 무슨 적십자 같은 데에 들어갔다나 뭐라나, 그래서 잠시 헝가리를 떠나려고 한다는데, 나한테는 시간이 없어, 그건 그녀도 알아야 해, 나와 함께하는 시간이 몇 년에 불과하다고 해도, 그 몇 년이면 충분히 깊은 흔적을 남길 거야, 나한테도, 그녀한테도, 몇 년이면 내 대관식에는 충분한 시간이잖아, 그렇지?, 게다가 그녀는 왕비로서 역사에 들어가게 될 거야, 나의 조상인 욜런더처럼 말이야, 사실 내면의 가치로 보자면 둘은 꽤 닮았어, 자, 두고 봐, 두고 보자고, 그는 손짓을 하며 자신을 다독였다, 이제 다음 단계가 뭐가 될지 한번 보자고, 거기에 대해 그들은 상의했고, 그런 다음 러치커를 돌려보냈다, 그는 왕이 명령한 대로 움직였고, 그에게는 의심이 없었다, 그는 헝가리 왕을 섬기고 있었고, 불과 거의 1년 반도 채 되지 않는 시간 동안 이렇게 높은 자리까지 올라왔다는 사실을 말로 다 할 수 없는 영광으로 여겼다, 실제로 요지 아저씨를 처음 만난 이후로 흐른 시간은 그 정도에 불과했지만, 그 만남은 그의 삶을 송두리째 바꿔놓았다, 이제는 자신의 개인적인 목표에는 더 이상 관심이 없었고, 시에 곡을 붙이는 작업도 소홀히 하게 되었으며, 가르치는 일은 지루해졌는데, 언제 자신에게 맡겨진 그 중대한 일들을 처리할 수 있을지에 대해 참을 수 없이 초조했기 때문이었다, 그는 자신이 이미 역사 속으로 들어섰다는 것을 느꼈고, 언젠가 때가 오면 프레세르*처럼 이 모든 일에 대해 록 오페라를 하나 쓸 것이라고 생각했다, 바로 자기 자신, 즉 왕이 곁으로 불러들여 역사 속으로 끌어올린 유랑 가수가 주인공이 될 것이며, 따라서 그는 자신이 하고 있는 일이 단지 그냥 좋은 하나의 대의를 위한 것이 아니라 바로 가장 위대한 대의를 위한 것임을 의심하지 않았고, 요지 아저씨로부터 받은 임무들을 수행하는 것이 곧 그 대의를 위한 것이라고 믿었다, 그래서 그는 하루의 중간쯤이면 마지막 수업이 끝났다는 종이 울리기만을 손꼽아 기다렸다가, 종이 울리자마자 달려 나가 바깥에 남아 있는 사람들을 모았고, 임무의 취지에 따라 하나의 네트워크를 구축하고자 했다, 그것은, 왕 자신이 그렇게 불렀듯이, 탈출과 잠행을 위해 그를 도와줄 네트워크였다, 왜냐하면 가장 중요한 목표는, 다음번 방문 때 요지 아저씨가 그의 귀에 낮게 속삭이며 다시 한번 강조했듯이, 그에게 마땅히 돌아가야 할 자리를 찾아주는 것이었기 때문이다, 요지 아저씨가 말했다, 부다 성,

* 헝가리의 대표적인 대중음악 작곡가이자 키보디스트. 헝가리에서 록 오페라와 뮤지컬 장르를 정착시킨 인물로 평가되며, 그의 작품들은 대중음악과 서사적 극 형식을 결합한 것으로 유명하다.

거기가 나의 거처가 될 것이다, 그리고 1944년에 장식 가운데 하나에서 바로 그 두 가닥의 실을 내가 뽑아냈기 때문에, 너희는 왕좌의 장식 테두리에 특별히 신경을 써야 하고, 그것을 복원해야 한다, 그는, 즉 러치커는 그 두 가닥을 큰방에서 찾을 수 있을 터, 선반을 마주 보고 섰을 때 왼쪽 아래에서 두 번째 칸, 거기, 자개로 덮인 작은 상자가 하나 있을 텐데, 그것은 2009년에 이곳을 방문했던 이집트 대통령에게서 받은 것이다, 그는 국회에서 나오자마자 곧바로 인파 속으로 섞여 들어갔으나, 그들은 아주 자연스럽게 서로를 알아보고 통역의 도움을 받아 대화를 나누게 되었고, 그 과정에서 그가 누구인지 밝혀진바, 이름이 무르카박인지 뭔지** 하여튼 아주 이상한 이름을 가진 그 이집트 대통령은 헝가리 왕위 계승자에게 마땅한 예를 갖추어 그와 대화했으며, 마침내 어딘가 뒤쪽을 향해 손짓하더니 선물을 그의 손에 쥐여주었는데, 그것이 바로 그 상자였으니, 그 상자 안에 왕좌의 장식 테두리에서 뽑아낸 그 두 가닥의 실이 들어 있다는 것이었다, 그러니 그것을 복원가들에게 넘겨서 어떻게든 다시 달아놓게 해야 하는데, 그것이 없으면 왕좌는 더 이상 같은 왕좌가

** 2009년에 이집트의 실제 대통령은 호스니 무바라크였으며, 그의 공식 재임 기간은 1981년부터 2011년까지였다.

아니기 때문이라고 했다, 언젠가 입성과 즉위가 이루어질 때 반드시 품위 있는 분위기를 조성해야 하며, 왕실의 다른 의장품들 또한 중요하지만, 그것들은 그가 마지막으로 국회에서 점검했을 때 모두 제자리에, 제대로 갖추어져 있었던 것을 확인했기에, 중요한 왕좌, 지금으로서는 그 왕좌에 관한 한 이 작은 일만 남아 있다고 했다, 그래서 그날도 종이 울리자마자 그는 가능한 한 빨리 성으로 가기 위해 서둘러야 했다, 폐쇄된 구역 안으로 들어가는 일은 쉽지 않았다, 옆 날개 방향의 보조 출입구로 들어가려다 신분 확인을 받았으며, 네 번이나 쫓겨났다, 그러다 어느 순간, 아마도 점심시간이었거나 담배를 피우러 간 틈이었는지, 우연한 행운 덕에 아무도 지키고 있지 않은 때가 있었다, 어쨌든 마침내 안으로 들어갈 수 있었고, 그곳에서 무슨 천장 작업을 하고 있던 복원가들을 찾아냈는데, 너무 높은 곳에서 일하고 있었기에 소리를 질러야 했다, 그렇게 해서 왕좌를 담당하는 가구 복원가들이 어디에 있는지를 알 수 있었으며, 거기에서 그는 다시 수석 가구 복원가에게로 보내졌고, 그는 간단한 설명과 함께 산에서 가져온, 금박 장식 테두리에서 나온 그 두 가닥의 실을 건넸다, 수석 가구 복원가는 그를 보지 않고 주변에서 일하던 동료들을 바라보며 물었다, 혹시 이 사람이 자신을 바보 취급하는 것은 아닌지, 이건 무슨 농담이지?, 다시 그를 향해 돌아섰을 때 그가 말했다, 아닙니다, 농담이 아닙니다, 아주 진지한 일이기에 정중히 부탁드립니다, 헝가리 국왕의 위임을 받아 이 두 가닥의 실을 인계하러 왔습니다, 이것들은 왕좌에서 나온 것입니다, 나중에 시간이 되면 이 두 가닥이 어디에서 왔는지, 어떻게 다시 여기로 돌아오게 되었는지를 누군가가 당신들께 설명해줄 수 있을 것입니다, 그는 수석 가구 복원가에게 이것은 한 편의 소설 같은 이야기라고 말하며, 그러나 그에 앞서 국왕이 여기서 진행되고 있는 이 헤아릴 수 없이 값지고 중요한 작업을 돕고자 한다고 덧붙이고, 손으로 주변을 가리켰다, 그러자 수석 가구 복원가는 다시 한번 동료들을 바라보았는데, 그들은 이미, 그가 금박 장식 테두리에서 나온 두 가닥의 실을 들고 수석 가구 복원가 앞에 선 순간부터 일을 멈추고, 아래에서 그들을 지켜보며 듣고 있던 참이었다, 지금은 말없이 자신들 역시 이게 도대체 무슨 상황인지 이해하지 못하겠다는 표정을 지었다, 이렇게 수석 가구 복원가는 상태가 꽤 좋지 않은 그 두 가닥의 실을 받아 들었고, 누군가를 향해 손짓을 했으며, 그 사람이 러치커를 밖으로 안내했다, 목록에서 하나는 체크한 셈이라고 러치커는 생각했는데, 밖으로 나오자마자 갑자기 경비원들이 그를 둘러싸고 어떻게 들어왔는지, 누구인지, 여기서 무엇을 하려는 건지 캐물었으나, 그때는 더 이상 중요한 말은 하지 않았고, 길을 잘못 들었다는 말만 늘어놓았다, 신분증을 제시한 뒤에는 목소리에 약간의 거만함을 담아, 마치 자기 급에 맞지 않는 직원들과 이야기하고 있다는 점을 느끼게 하려는 사람처럼 행동했다, 그 뒤에는 자유롭게 떠날 수 있었는데, 한 경비가 그에게 말했다, 젊은이, 우리가 이걸로 문제 삼지는 않겠네, 하지만 러치커가 곧장 뛰어나가지 않자 호통을 쳤다, 뭐 해,

지금

, 이에 그의 동료들은 히죽거리며 웃었고, 러치커는 속으로 그들을 비웃으며 달리기 시작했다, 아, 이 사람들이 나중에 왕과 함께 내가 다시 이곳으로 돌아오면 그때는 얼마나 놀라게 될까, 그때는 분명 신분증을 요구하지도 못할 것이고 소리를 지르지도 못할 텐데, 하지만 뭐, 그는 그 일은 대수롭지 않게 넘겼고, 중요한 건 첫 번째 임무를 성공했다는 사실이었다, 이제 다음 임무 차례인데, 그는 벌써 길을 나섰다, 즉 집으로 가는 길이었는데, 그가 할 일은 이메일로, 자신의 언어로 국회의장 특별보좌관에게 허가를 요청하는 것이었다, 주소와 이름, 그 밖의 모든 중요한 정보는 이미 요지 아저씨에게서 정확하고 또렷한 글씨로 받아두었다, 그는 또 벌써 국회로 발걸음을 재촉했는데, 요지 아저

씨가 상세히 설명해준 계획에 따라 뒤쪽이나 옆쪽의 적당한 출입구로 가서, 그곳의 근위병에게 누구를 찾는지 말했다, 기다리고 기다리던 후, 자신을 보안 당직자라고 소개하는 인물이 나와 그가 찾는 사람에게서 무엇을 원하느냐고 물었다, 그는 다시 한번 자신의 용건을 설명했다, 즉 아르파드 왕가의 카다 요제프 헝가리 국왕으로부터의 메시지를 전달하러 왔으며, 찾는 사람인 고위 특별보좌관은 그가 대리하는 인물, 즉 카다 요제프를 잘 알고 있고, 이전에 이미 이야기를 나눈 적도 있는데, 그가 리포트메죄에 불법적으로 감금되어 있다는 내용이었다, 그는 심신미약자로 분류되었기 때문에 그곳에 붙잡혀 있지만, 아르파드 왕가의 카다 요제프 헝가리 국왕은 석방을 위해 그에게 조치를 취해달라고 요청하고 있으며, 그때까지 적어도 그 악명 높은 리포트메죄 교도병원에서 인간다운 조건 속에 나날을 보낼 수 있도록 해달라고, 일일 산책을 허용하고, 노트북을 돌려주며, 이른바 '급식'을 중단해달라고 요청했다, 다시 말해 리포트메죄에서 그의 입맛에 맞는 음식을 따로 제공해달라는 것이었는데, 코즈머가 교도소에서 받았던 것보다 겨우 한 단계 나은 수준의 끔찍한 음식으로는 그가 사망에 이를 수밖에 없을 것이고, 정말 죽이려는 거라면, 이런 방식은 느린 고문사에 해당하기에 멈추라는 말까지 덧붙였다, 그는 이 모든 것을 외워 온 메시지대로, 감정에 북받친 상태에서도 거의 정확하게 전달했다, 마지막에 가서는 메시지의 마지막 부분을 덧붙이려 했는데, 그것은 폐하에게 그의 개가 필요하므로 이에 대한 허가도 요청한다는 내용이었다, 보안 당직자가 그에게 말했다, 보세요, 젊은이, 나는 보안 책임자입니다, 당신의 메시지를 전달하겠다고 약속하겠습니다, 그러면서 근위병에게 손짓을 했고, 근위병은 그를 코슈트 광장의 2번 트램 정류장까지 안내한 뒤, 그곳에 남겨두었다, 그는 곧바로 다음 임무 수행에 착수했다, 한편 이렇게 움직이고 있는 동안, 이른바 그 리포트메죄 교도병원 안에서는 계속해서 사건들이 벌어지고 있었다, 어느 날 전혀 예상하지 못했던 방문객 한 사람이 들어왔기 때문이다, 그 방문객은 다름 아닌 그가 살던 곳의 면장이었는데, 그는 한바탕 크게 인사를 하고는 교활한 눈빛으로 병실을 둘러보며, 마치 의자를 찾는 사람처럼 행동했지만, 아마도 실제로는 상황을 살피고 있었던 듯했다, 어쨌든 요지 아저씨는 그에게 침대에 앉으라고 권하지 않았고, 눈썹을 치켜올린 채, 무슨 일로 이 귀한 행차를 하게 되었냐고 물었다, 이에 상대방은 텔레비전에서 그를 보았고, 그래서 그가 어디에 있는지 알게 되었으며, 오래전부터 그에게 부탁하고 싶은 일이 하나 있다고 했다, 어떻게 말을 꺼내야 할지도 모르겠지만, 이제 여기까지 온 이상 빈손으로 돌아가고 싶지는 않다고, 그러니 더 이

상 빙빙 돌리지 않겠다고 말하면서도 계속 빙빙 돌리다가, 오
래전부터 글을 써왔고 소설을 쓰고 있다고 했다, 알고 있습니
다, 그는 침대에서 무심하게 대답했다, 그래요, 하지만 항상 문
제가 하나 있었는데, 고백하자면, 여기서는 아무도 듣지 않을 테
니 말하겠지만, 맞춤법이 문제입니다, 나는 슬로바키아 사람이
고, 학교에서도 'ly'인지 'j'인지* 같은 것에는 별로 신경을 쓰지
않았어요, 그리고 'férfinek'인지 'férfinak'인지**, 이 같은 문제
도 그랬고요, 그러니까 이런 종류의 이야기입니다, 어젯밤 텔레
비전에서 요지 아저씨를 보았을 때, 그리고 여기에서 형편이 꽤
좋아 보이는 것을 보고, 이런 생각이 들었습니다, 저 역시 병원
에 있었던 적이 있고, 거의 3년이 다 되어가는데, 외과 클리닉에
서 수술을 받았습니다, 그러면서 그는 무릎을 가리켰다, 이식 수
술이었고, 너무 오래 입원해 있어서 지루해 죽을 지경이었습니
다, 저는 병원을 도무지 견디지 못하고, 늘 어떻게든 집으로 돌
아갈 방법만을 생각했습니다, 그러니까 더 이상 빙빙 돌려서 말

*   현대 표준 헝가리어에서는 ly와 j가 동일하게 발음되지만, 철자와 어원상 구분이
유지된다. 들리는 발음으로는 철자법에 맞게 쓰기가 쉽지 않다.
**   원문에 등장하는 férfi(남자)라는 단어가 격조사 -nak 또는 -nek(-에게)와 결합
할 경우, férfinek(남자에게)가 된다. 하지만 férfi라는 단어는 중립모음 é와 i로
구성되어 있기에 접미사나 격조사와 결합할 때 전설모음 e에 따를지 후설모음 a에
따를지 불분명해 보일 수 있다.

씀드리지 않겠습니다, 오늘 제가 온 이유는 여기 이것을 한번 봐주실 수 있는지 여쭤보기 위해서입니다, 그러면서 파란 천으로 된, 어깨에 메는 가방에서 두툼한 서류철 하나를 꺼냈다, 이것은 센트케레크의 노상강도에 관해 쓴 저의 새 소설로, 제목도 그대로 '센트케레크의 노상강도들'이라고 정했는데, 혹시 안에 오류가 있는지 없는지 봐주시겠습니까, 저는 당신께서 수십 년 동안 역사 연구를 수행하신 것으로 알고 있습니다, 우리 작은 마을 공동체에서는 누구나 다 그렇게 알고 있기 때문입니다, 당신도 아시다피시, 당신께서 얼마나 교양 있는 분인지에 대해서는 누구도 의심한 적이 없습니다, 그러니 말씀드리자면 이와 관련한 것인데요, 이 말을 하며 침대 쪽으로 한 걸음 더 다가와 서류철을 내밀었지만, 그는 그것을 건네받지 않았다, 당신은 내가 괜찮은지 묻지도 않소?, 그가 물었다, 아이고, 세상에, 맞는 말씀이십니다, 그게 어떻게 머리에서 빠져나갔을까요, 죄송합니다, 요지 아저씨, 제가 조금 정신이 없어서 이런 부탁을 먼저 꺼냈네요, 요즘 어떠신지요, 몸은 어떠신지요?, 끔찍합니다, 그런데 이제 당장 산으로 돌아가서 모금을 시작하시오, 마을 공동체가, 당신 말대로라면 당신의 그 패거리들이 나에 대한 태도를 바로잡도록 뭔가를 하게 말이오, 나를, 이 유명한 주민을 미치광이인 것처럼 끔찍한 곳에 가두어두었는데, 나는 그런 사람이 아니오, 그건 당신도 알고 있지 않소, 돈을 모아 여기로 가져오시오, 내가 비록 인간다운 수준까지는 아니더라도 최소한 스스로를 조금은 돌볼 수 있게 말이오, 여기에는 커피조차 없다는 걸 아시오?, 이게 무슨 말인지 이해하시오?, 그건 가져오지 못했습니다, 방금 들은 대답으로 마치 명치를 한 대 얻어맞은 것처럼 느껴졌기에, 면장은 안절부절못했고, 얼굴에는 속에서 끓어오르는 것을 간신히 참고 있다는 기색이 역력했다, 하지만 어쩌겠는가, 그는 늘 이런 비판을 받아왔고, 자비로 출판한 자기 책들이 페이스북에서 공격을 받을 때마다 맞춤법도 제대로 못 쓴다는 소리를 들어왔다, 다른 사람에게는 감히 부탁하지도 못했는데, 그러면 정말 그렇다는 소문이 퍼질 것이기 때문이다, 그런데 이 개새끼가 아흔몇 살이라는 나이에도 마을의 변두리에서만 살았으니, 그가 최소한 이 새 작품, 면장 자신에게 각별한, 그 어느 소설보다도 마음을 많이 쏟은 작품인 '노상강도들'만이라도 고쳐준대도, 아무도 모를 터였다, 이것은 중요한 일이기에, 튀어나올 뻔한 말을 결국에는 삼켰다, 반면 그는 이 상황을 몹시 즐기고 있었는데, 나중에 러치커에게 이야기해줄 때 그렇게 불렀듯이 이 음흉하고 뚱뚱한 돼지의 얼굴에 그의 속내가 고스란히 드러나 있었기 때문이었다, 그는 자신의 마을을 잘 알고 있었기에, 설령 아무 성과도 없을 걸 알고 또 실제로 그렇게 되지 않을 터였음에도, 결국 면장을 돌려보내며 자기 자신을 위해 모금을 조직하라고 했다, 이렇게 상대를 제대로 망신시키는 것만으로도 충분하다고 생각했다, 그 이야기를 나중에 다시 찾아온 에텔커에게도 들려주었다, 그녀는 1회용 커피를 한 박스 들고 왔는데, 뜨거운 물만 조금 부으면 언제든지 마실 수 있기에, 그는 그것을 부정적으로 이야기할 때면 늘 카세트 커피라고 표현했었다, 이것이 제대로 된 커피가 아니라는 것은 알고 있지만 없는 것보다는 나을 것이라고 에텔커는 애써 설명했다, 물론 더 낫지, 아니 더 나은 게 아니라 훌륭해, 요지 아저씨는 고마워하며 말했고, 곧바로 방문객에게 뜨거운 물을 가져다달라고, 어디선가 잔도 하나 구해달라고 부탁했다, 하지만 병원에서 잔은 내주지 않았고, 이곳에서는 전부 플라스틱만 가능하다고 하자, 에텔커는 곧장 요양원 매점으로 내려갔다, 요지 아저씨가 마실 수 있는 무언가를 마련해주기 위해서 그곳까지 꽤 많이 걸어야 한다는 것을 나중에야 알게 되었다, 거기까지 간 김에 200밀리리터짜리 1회용 플라스틱 컵에 담긴 에스프레소까지 한 잔 주문했고, 완전히 식기 전에 전하고자 서둘러 돌아왔다, 당신은 정말 천사예요, 요지 아저씨는 감사의 인사를 했다, 이제는 내가 이걸 어떻게 보답해야 할지조차 모르겠네요, 그는 커피를 후루룩거리며 말을 이었다, 에텔커, 물론 당신을 왕비로 맞이하는 것, 당신을 맡겠다는 것은 포기하지 않아요, 아무리 반대하더라도, 당신이 승낙할 때까지, 나는 애원하고, 무릎을 꿇고 애원할게요, 나를 물리칠 수는 없을 거예요, 내 여성 지인들 가운데 단 한 명도 나에게 끝까지 저항하며 견디질 못했어요, 내가 그들에게 무엇을 원했든 그들은 기꺼이 들어주었죠, 내가 그들에게 요구했던 것들이 어떤 것들이었는지 생각하면, 아이고, 아이고, 나중에 성 베드로 앞에서 정산을 하게 될 때가 오면, 참으로 쉽지 않을 거예요, 자, 어쨌든, 그는 컵을 탁자 위에 내려놓으며 말했는데, 그 말의 요체는 승낙을 하라는 것이었다, 에텔커는 그런 인물이 아니었기에 물론 승낙하지 않았고, 이번에도 당황하지는 않았다, 비록 매번 찾아올 때마다 청혼을 받기는 했지만 즐기고 있다는 것이 보였는데, 그것은 이 일을 진지한 것이 아니라, 요지 아저씨가 늘 하던 수많은 말처럼 그저 농담쯤으로 여겼기 때문이었다, 하지만 여기서 에텔커는 착각을 하고 있었는데, 그는 이것을 죽음에 이를 정도로 진지하게 생각하고 있었으며, 어떻게 하면 그녀의 마음을 사로잡을 수 있을지 여러 계획과 술수를 짜내고 있었다, 그는 에텔커를 말 그대로 열렬히 숭배했고, 예컨대 마데이라섬*을 주겠다거나 하는 약속

---

* 포르투갈 본토에서 대서양의 서쪽으로 떨어진 자치령의 섬으로, 온화한 기후와 휴양지 이미지로 잘 알려져 있다. 실제로 요지 아저씨와 아무런 관련이 없다.

이나 그런 비슷한 말들을 늘어놓았기에, 두 사람 모두 웃음을 멈추지 못할 정도였다, 에텔커는 처음 코즈머에서 만났을 때만 해도 그렇게 내성적이고, 그렇게 수줍고, 그렇게 깊이 자기 안으로만 침잠해 있던 성격이었기 때문에, 그는 에텔커의 웃는 모습을 좋아했다, 이제는 활짝 핀 장미처럼 밝아졌고, 농담도 알아듣고, 실무적인 감각과 끈기, 충실함에 대해서는 말할 필요도 없었다, 그리고 이 마지막 내용은 정말로 사실이었는데, 두 사람이 알게 된 뒤로 에텔커는 성장했다, 에텔커가 어른이 되었어, 합창단원들이 서로 말하곤 했다, 분명 남자가 개입된 일이겠지, 한 명이 다른 이에게, 그 다른 이는 또 누군가에게 눈을 찡긋했다, 에텔커가 이렇게 되는 게 맞는 것이지, 합창단장도 되뇌었다, 에텔커 자신 역시 단원들과 그녀 사이의 애정 어린 관계가 이전보다도 더, 훨씬 더 깊어졌음을 느끼고 있었다, 그래서 그들에게 이야기해주었는데, 누군가를 돕기 위해 그 많은 모든 것에서 애쓰고 있지만 단 한 가지 문제에서는 더 이상 앞으로 나아갈 수가 없으며, 그 당사자는 사실상 이미 갇혀 있는 셈이라고, 아직도 일부는 어찌어찌 운영되고 있는 리포트메죄 요양원의 폐쇄 병동에 있으며, 쥠레까지도 마음이 쓰인다고, 쥠레는 그의 개이고, 자신에게 쥠레가 오게 된 것은 그 사람의 운명이 좋지 않게 흘러갔기 때문이라고, 이 일은 전혀 진전이 없고 완전히 불가능한 것으로, 서면으로도 구두로도 모두 거절당했다는 것, 그것은 그들이 여기서 절대로 허용할 수 없는 것, 그 이유는 너무 많아서 나열할 생각조차 할 수 없다는 것, 그래서 꽉 막혀버린 상태라고, 에텔커는 합창단장을 기다리던 단원들을 둘러보며, 혹시 무슨 생각이 없느냐고 물었다, 그래, 나한테 좋은 생각이 있지, 하고 네 아들을 키운 체구가 큰 여자가 말했는데, 나이를 봐서도 자연스러운 맏언니 격이기도 한 사람이었다, 사랑하는 에텔커, 그건 돈이야, 돈이면 이 나라에서는 뭐든 해결할 수 있어, 돈이요?, 하지만 규정이라는 게 있잖아요, 그녀는 믿을 수 없다는 듯 말했다, 그러나 모두는 에텔커의 이 말을 수용하지 않았다, 이런 전례가 없었다는 것은 자매님도 물론 알고 계시잖아요, 얘야, 그건 그런 병원 병동이 아니야, 맏언니가 맞받았다, 그건 말하자면, 내가 어디서 읽었는데, 요즘은 이제 존재하지도 않는 요양원이야, 그러니까 그냥 장기 입원자 수용소 같은 곳이지, 즉 제대로 된 병원이 아니란 말이야, 게다가 네가 그 문제를 해결해버리면, 다른 단원이 끼어들었다, 그러면 너는 어떻게 할 건데?, 쥠레는 그렇게 네 마음속으로 깊이 들어왔잖아, 안 그래?, 네, 그렇긴 하지만 그래도 결국 그분의 개니까요, 그게 유일한 기쁨일 텐데요, 그러자 다시 맏언니가 말을 이었다, 돈이야, 에텔커, 돈, 우리 모두 10만 포린트를 모아보자, 그녀는 다른 사람들을 바라보며 말했다, 이제 에텔커의 고민은 해결이 되었구나, 물론 에텔커는 그 제안을 거절했다, 말도 안 돼요, 로지커, 여러분이 왜, 나한테 돈은 있어요, 그런 의미의 도움은 필요 없어요, 그러자 그녀가 말했다, 그래도 그렇지, 이 일에서도 우리는 네 편에 서야지, 그리고 실제로 모금을 시작했고, 일주일 만에 10만은 아니지만 7만 얼마의 돈이 모였다, 그들 중에는 변호사도 있었고, 회사 소유주도, 자동차 정비소 주인도 있었으니, 이 정도를 모으는 것은 실상 어렵지 않았다, 그런데 그다음이 문제였다, 에텔커는 고민했다, 7만이나 10만 포린트를 들고 그냥 들이밀 수는 없잖아?!, 고개를 저으며, 어떤 여건하에서 건넬 수 있을지 계획을 짜보려 했지만, 누구에게?, 병동 전체에?, 게다가 이건 매수잖아, 모두를 공범으로 만들어야 한다고, 하지만 곧 드러났듯이, 문제는 거기에 있지 않았고, 병동의 수간호사가 그 액수를 적다고 여겼다는 데 있었다, 특수한 상황에서 발생하는 문제에 대해 10만 포린트로 병동을 지원하고 싶습니다, 그녀는 얼굴이 새빨개진 채말을 건넸다, 추가 청소 인력, 특별 청소 인력이 매일 소독을 하며 병실을 청소하도록 한다든지, 중요하다고 생각하시는 곳에쓰시면 됩니다, 그런데 수간호사가 동료의 제안 또는 요청을 마치 완전히 자발적인 성금인 것처럼 즉각 받아들이는 모습에 에텔커는 놀랐다, 처음 수간호사와 약속한 면담에 들어갔을 때, 주임의와 다른 정신과 의사 둘도 함께 앉아 있었고, 그들에게서 가장 강하게 느껴진 것은 분명한 도움의 의지였다, 하지만 그러면 저희가 1인실을 드려야 하니까, 최소한 매달 10만 포린트는 생각하셔야 합니다, 주임의가 말했다, 매달 10만이요?!, 하고 에텔커는 굳은 얼굴로 되물었다, 그렇죠, 하지만 솔직히 말해, 수간호사가 고개를 저었다, 이게 충분할지도 확신이 없어요, 매달 10만은 모을 수 없어요, 에텔커가 말하자, 그러면 안 됩니다, 주임의는 탁자에서 일어나 그들을 남겨둔 채 나가버렸다, 하지만 이 일로 놀라지는 마세요, 수간호사가 에텔커를 안심시켰다, 뭔가 방법을 찾아낼 테니까요, 그리고 실제로 무언가를 찾아낸 것은 그들이 아니었다, 다시 한번 기적에 가까운 반전이 일어났기 때문이었는데, 그것은 누구도 예상하지 못한 일이었고, 에텔커는 물론 병동의 간호사들과 의사들조차도 전혀 상상하지 못했던 일이었다, 정말로 아무도 생각할 수 없는 일이었기 때문이다.

11장

정확히 말해 주임의도 수간호사도, 그렇게 간호사들과 간병인들 역시도, 어떤 높은 사람의 지시 때문인지 알지 못했고, 분명 그 마케도니아인 때문이겠지만, 어느 순간 갑자기 요지 아저씨를 이 병동의 유일한 1인실로 옮겨야 했다, 여기는 옷장도 있기에, 그 흡혈귀 간호사가 그의 옷을 가져와서 정성스럽게 옷장에 걸어두었다, 에텔커는 개를 데려올 수 있었으며, 어떤 이유에서인지 돈도 받지 않았다, 물론 이와 함께 병동에는 엄격한 규정을 마련해야 했다, 복도에 개를 내놓아두어서는 안 되며, 개가 볼일을 봐야 할 경우에만 입마개를 씌우고 목줄을 잡은 채 가능한 한 최대한 서둘러 데려갈 수 있고, 그 볼일은 오직 그리고 전적으로 밖에서만 볼 수 있으며, 병실 안에서 대소변을 보게 하는 것은 엄격히 금지되고, 실내에서는 오직 먹이만 줄 수 있으며, 개와 관련된 모든 일은 본인이 직접 책임져야 하고, 소독, 동물의 청결 유지, 필요할 경우의 수의학적 처치, 모든 예방접종은 전부 점검할 것이며, 기타 등등이 그 규정의 일부였다, 한마디로 말해 정말 기적에 가깝게도 개와 관련된 이 모든 사안이 갑자기, 그렇게 아무 장애 없이 진행되어 모두가 놀랐다, 보다 정확히 말하면 요지 아저씨만큼은 놀랐다기보다 침대에 누운 채로 뭔가를 짐작해보았는데, 동시에 큰 변화 때문에 직원들 대부분이 갑자기 그를 미워하게 되었다는 점도 알아차려야 했고, 또 실제로 알아차리기도 했다, 지금까지는 나에게 그렇게 친절하더니 이제는 담요처럼 무뚝뚝하시네, 그가 묻자, 그중 간호사, 그 흡혈귀가 답했다, 아니요, 아니에요, 그녀는 변명을 했으나 대답을 피하고 있다는 것이 분명히 보였고, 그녀에게 더 가까이 가서 고개를 떨구며, 진실을 말해주오, 왜 하루가 멀다 하고 사람들이 자신에게 그렇게 불친절해지는지를 물었다, 그러자, 여기서는 특별 대우를 받는 환자를 달가워하지 않아요, 아저씨, 당신은 저기 위 어딘가로부터 이 특별 대우를 받아 오셨고, 게다가 이에 대해 돈도 내실 필요가 없잖아요, 이 때문이에요, 이 때문이라고?!, 그는 깜짝 놀라 물어보았다, 내가 그걸 위해 한 것은 아무것도 없소, 하늘이 두 쪽 나도 아무것도 한 것이 없소, 흡혈귀는 그 말을 믿었으며, 그 효과도 감지되었다, 며칠 사이에 파도는 가라앉았고, 직원들과 심지어 의사들까지도 다시 예전처럼 그를 대하기 시작했기 때문이다, 아마도 그 모든 일이 요지 아저씨의 인지나 비밀스러운 중재 없이 벌어졌고 그에게 아무 책임도 없다는 점을 이해하게 되었던 것 같지만, 한동안은 그래도 병원에 어떤 쓸쓸함이 남아 있었고, 그것은 주로 배식원에게서 드러났다, 그는 환자를 면책해준 내부 정보를 아직 소화하지 못한 듯 보였는데, 어쩌면 그에게는 알리지 않았을지도 모른다, 누가 알랴, 어쨌든 그는 여전히 음식이 담긴 쟁반을 좀 더 화를 내며 탁자 위에 내려놓았고, 그러면서 이를 악물고 그를 험하게 노려보는 것처럼 보였다, 그를 험하게 노려본다는 것을 그가 알아차릴 수 있도록 의도적이었다, 그러나 자신의 처지가 예외적이라는 점을 인정했기에 이 정도는 감수할 수 있다고 그는 생각했다, 이런 임상 시설 같은 곳에 누군가가 자신을 위해 반려동물을 들인다는 것, 게다가 소위 그들 말대로 하면 호화 스위트룸을 무료로 사용한다는 것은, 솔직히 말해, 보건 의료 역사 전체를 통틀어 이런 일은 그 누구도 들어본 적이 없었기 때문이다, 솔직히 말했던 것은 또 있는데, 마침 그를 찾아온 예뇌에게 아직도 여전히 꿈을 꾸고 있는 것으로 생각한다고 한 것이다. 그는 조금 이상하게 예뇌를 바라보며, 어쩌면 당신도 그냥 꿈일 뿐인지 모른다고 하자, 예뇌는 아니라고 항변하며, 자신은 정말로 그의 침대 가장자리에 앉아 있다고 했다, 텔레비전에서 자신을 헝가리 왕이라고 상상하는 특별한 아저씨에 관한 RTL 채널의 보도를 그도 보았는데, 그 보도에서 예뇌는 적잖은 역할을 맡았다. 실제로 이로 인한 양심의 가책에 예뇌는 다시 그를 찾아 길을 나서게 되었다. 하지만 지금은 이제 그 끔찍한 곳이 아닌, 보도에서 언급한 리포트메죄의 신경정신요양원으로 오게 되었다, 보도에 따르면 이 시설은 재개원을 예정하고 있으며, 당분간은 시범적으로만 운영된다고 했다, 히르냐크 부인이 돌을 던져 창문을 깨뜨렸어요, 그는 곧 가장 최신 소식부터 꺼냈는데, 게다가 그 일은 바로 자기 자신과 관련된 일이었다, 분명 그가 더 이상 외상을 주지 않는 데 대한 명백한 보복이었다, 그러니까요, 상상해보세요, 카다 씨, 내가 물건을 파는 그 창문에 존나게 크고 투박한 돌을 내던졌다니까요, 이걸 어떻게 생각하세요, 요즘에는 우리 마을에서도 이런 일들이 벌어진다니까요, 하지만 이건 범죄예요, 그래서 나는 당장 경찰에 그 미친년을 신고했죠, 물론 경찰은 당장은 귓등으로도 안 듣고 있지만, 한번 두고 보세요, 외상값 정산은 말할 것도 없고, 만약 내 피해에 대한 배상과 히르냐크 부인에 대한 처벌까지 아무것도 이루어지지 않는다면, 그때는 내가 직접 행정 기관들이 있는 시내로 들어갈 거예요, 그러면 히르냐크 부인이 알게 되겠지요, 어이, 하고 그가 말을 끊었다, 와인이 어떻게 되었는지나 말해봐, 살아 있나, 예뇌가 밝은 표정으로 답했다, 살아 있어요, 통 안에 들어가 있고 발효 중이에요, 요즘은 제 납품업자가 철제 통을 쓰더라고요, 현대적인 거죠, 뭐, 그 사람 마음이겠죠, 나한테는 딱 하나만 중요하니까요, 그래서 분명히 말해뒀어요, 가격은 올리면 안 된다고, 요즘 인플레이션이 얼마나 심한지 선생님은 상상도 못 하실 거예요, 선생님이 여기 계신 동안인지, 아니면 내가 어디 있었던 동안인지는 모르겠지만, 그 사이에 버터 한 통 가격이 얼마나 올랐는지 아세요, 카다 씨, 100퍼센트예요, 그는 침대 가장자리에서 몸을 조금 움직였는데, 침대 틀이 엉덩이를 눌러서였다, 단언컨대, 험한 세상이 옵니다, 선생님은 정말 운이 좋은 거예요, 여기서는 다 해주잖아요, 먹을 것도 주고, 마실 것도 주고, 이 개도 여기서 키울 수 있고, 전부 국가의 젖을 빨고 있는 거죠, 나는 솔직히 선생님과 바꾸고 싶어요, 해마다 이렇게 고생하는 게 이제 정말 지긋지긋하거든요, 자, 예뇌, 그렇다고 그렇게 앞서가지는 말자고, 그는 밝게 말했다, 우선 여기가 뭐 사설 기관이라고, 간호사들 말로는 어떤 마케도니아인이 주인이라고 하지만, 어쨌든 그런데도 네 말대로 여전히 국가의 젖을 빨고 있는 셈이야, 좋아, 오케이, 그런데 우리 내기 하나 할까, 네가 나와 바꾸고 싶지는 않을 거라는 데 와인 한 통 걸게, 예, 좋아요, 선생님은 밖에 나갈 수도 없고 문이 전부 잠겨 있는 것을 저도 알고도 있고 보고도 있어요, 그래요, 봤어요, 하지만 선생님이 도대체 어디로 가신다는 거예요?!, 밖이 어떤지 아세요?, 여기 있는 게 선생님한테는 훨씬 낫습니다, 제 말 좀 들으세요, 나는 자유에 익숙한 사람이야, 그가 말을 끊었다, 나는 평생 한 번도 갇혀 살아본 적이 없어, 예외가 있다면, 그렇지, 있었지, 하지만 그건 전쟁 때문이었고, 다른 이유는 전혀 없었어, 그땐 말하자면 비상 상황이었지, 아, 이 작은 놈이 빠졌네, 이 녀석이 없었던 게 제일 힘들었어, 정말로 정이 들어버렸거든, 알잖아, 그는 계속 말하며 쥠레를 바라보았는데, 쥠레는 자기 얘기라는 걸 알아챘는지 느릿하게 기지개를 켜기 시작했다, 이게 제일 힘들었어, 쥠레를 데리고 있을 수 없었다는 것, 우리 헝가리 사람이 어떤지 알잖아, 개와 함께 사는 데 익숙하잖아, 그리고 나는 헝가리인이지, 너처럼 슬로바키아인이 아니야, 지금 그 말은 설마 그걸 말하려는 것은 아니죠?!, 예뉘가 화를 내며 그를 바라보았다, 우리에게요?!, 슬로바키아인에게요?!, 우리에게는 정도 없다는 말이에요?!, 헝가리인들은 저기 구석에나 처박혀 있으라고 해요!, 햐!, 우리 헝가리 사람이라니요!, 카다 씨!, 우리는 당신은 상상도 못 하실 만큼 커다란 심장을 가졌다고요, 우리한테 세상에서 제일 중요한 건 흙바닥의 아이 한 명, 정원의 장미 한 송이, 그리고 뒤뜰에서 사슬에 묶인 개 한 마리예요, 우리는 모든 동물을 사랑해요, 이걸 슬로바키아 민족주의라는 말로 해도 될지, 뭐라고 해야 할지는 모르겠지만, 나는 학교를 여덟 군데나 다녔고, 그중 여섯 군데는 졸업도 했어요, 그런데 마음은 이렇게 커서 여기에 겨우 들어간다니까요[*], 라며 그는 웃음을 터뜨리고 가슴을 세게 쳤다, 그래, 됐어, 예뇌, 알겠다니까, 내가 널 모욕하려던 건 아냐, 그냥 우리 헝가리인들한테는 개가 제일이라는 말이었지, 음식도 나눠 먹는다니까, 뭐, 됐어, 그보다 마을에서는 무슨 일이 있었는지나 말해봐, 그는 화제를 돌렸다, 무슨 일이 있냐고요?, 예뇌는 시무룩한 표정을 지으며 그 유명한 눈썹을 다시 치켜올렸다, 글쎄요, 물가가 오르고 있어요, 아주 많이요, 아니, 이 얘기는 이미 했던가요?, 그러고는 뭐, 아시잖아요, 차가 또 들이받았어요, 지난 주말에 노루 한 마리를요, 위쪽은 날씨가 아주 추운데, 이럴 때에는 동물들도 돌아다니는 걸 더 조심하잖아요, 그런데도 그놈이 돌아다니다가 피추 아저씨 앞으로 튀어나왔어요, 아시죠, 크로스뇨스니 가족 옆집에 사는 그 피추 아저씨 말이에요, 제 조카딸네 맞은편에 사는

그 사람 말고, 우체국 위에 사는 사람 말고요, 하여튼 그때 마침 보브캣을 몰고 집에 오던 길이었는데, 보브캣이, 아시다시피, 쉐보레는 아니잖아요, 그냥 들이받은 거죠, 뒷다리 두 개가 다 부러졌고, 내장이 도로 위로 그대로 쏟아져 나왔어요, 간신히 몸을 끌고 가기는 했는데, 결국 도랑에서 죽었죠, 그래서 아주 그럴듯한 파프리카 스튜가 되었고, 피추 아저씨는 일곱 명의 사촌들과 그 아이들까지 전부 초대했어요, 그 맛있는 냄새가 우리 집까지 다 느껴질 정도였죠, 그래서 아내한테도 말했어요, 내일 점심은 푀르퀠트**로 하자고, 너무 먹고 싶어졌거든요, 뭐, 아무튼, 그 외에는 별일 없어요, 크리저코브스키 집에서는 돼지 세 마리가 다 죽었어요, 말도 안 되죠, 그리고 그의 이야기는 계속 이런저런 일들로 이어졌다, 그는 이제 잠시 머리를 식히고 있었다, 처음에는 흥미롭다고 느꼈던 이야기들이 중간쯤 가자 지겨워졌기 때문이었고, 그래서 오히려 그의 머릿속에는 에텔커가 왜 이렇게 늦는지, 지난번에는 5시라고 했는데 벌써 한참 지났다는 생각, 그리고 러치도 마치 땅으로 꺼진 것처럼 며칠째 아무 소식이 없다는 생각이 맴돌았다, 이들에게 무슨 일이지, 곰곰이 생각하고 있는 동안에도 예뇌의 말은 계속 쏟아졌다, 마침내 예뇌는 침

**   헝가리의 대표적인 고기 스튜 요리.

대에서 일어났는데, 침대 틀을 더는 견딜 수가 없었기 때문이었다, 시간이 나면 다시 들르겠다고 인사를 하고는 떠났다, 쥠레는 누군가 문으로 나가리라는 걸 감지하자 고개를 번쩍 들었다, 그는 초반에 서류 문제로 거래를 했던 바로 그 간호사에게서 꽤 큰 돈을 주고 작은 러그 하나를 구할 수 있었는데, 그게 개집 역할을 했다, 비교적 저렴하게 구한, 하루 한 번분의 음식 찌꺼기를 담는 작은 그릇 하나도 부엌에서 반입되었다, 물을 담는 조금 더 큰 그릇도 하나 생겼는데, 그는 그때 에텔커에게 이상적인 건 아니라고 투덜거렸지만, 임시로는 그 역할을 하고 있고, 중요한 건 쥠레가 여기 있다는 것, 떨어져 있는 동안 아무 일도 생기지 않았다는 것이었다, 조금 살이 빠지고 털빛도 바랬지만 곧 회복되었다, 앞에 놓인 것은 무엇이든 다 먹고 마셨으며, 러그를 포함해 전반적으로 모든 것을 받아들였는데, 쥠레에게는 분명 결국 주인을 다시 찾았다는 사실만이 중요했기 때문이었다, 그는 떠돌던 주인을 자신이 찾아냈다고 느꼈으며, 며칠이 지나자 예전처럼 다시 활기를 띠고 장난기도 되찾았지만, 그는 더 이상 놀이에 썩 적합한 상태는 아니었다, 그래도 밖에서는 하루에 두 번, 안에서는 오후마다 조금씩 달리게 했는데, 빙글 빙글 돌며 마치 쥠레를 쫓는 척했지만 사실은 몇 걸음만 다가 갔다, 그러면 개는 휙 하고 옆으로 달려갔다가 방향을 틀어 다시 돌아와 몸을 앞으로 숙였다, 그들은 이것을 반복했고, 결국 그가 먼저 지쳐버리면, 지금처럼 다시 자기 자리로 돌아가 눕곤 했다, 쥠레도 러그 위로 갔지만, 한쪽 눈으로는 그래도 문이 열리지 않는지를 살폈는데, 간호사들도 이내 쥠레를 좋아하게 되었기 때문이었다, 여기서 사랑받을 수 있는 존재는 쥠레가 유일했으므로, 사람들이 들어올 때마다 항상 한두 마디 다정한 말을 건넸다, 지금도 마찬가지였는데, 예뇌가 노크를 했고, 다시 한번 더 큰 소리로 노크를 하자 마침내 한 간호사가 문을 열었다, 그녀의 머리가 큰머리잉어의 머리 같다는 이유로, 예전에 코즈머가에서도 이런 간호사가 있었기에 거기에서 그랬던 것처럼, 그는 여기서도 '잉어 머리'라고 불렀다, 그 간호사는 예뇌를 내보내며 개를 아예 못 본 척했고, 예뇌가 나간 뒤에는 문을 바로 닫지 않고 약간의 틈을 남겨두었다, 하지만 그건 그저 장난이었는데, 쥠레는 그 틈으로 민첩하게 뛰어 복도로, 복도에서는 정원으로 빠져나가고 싶어 하고, 그녀는 쥠레가 이를 위해 도약을 준비한 채 가장 알맞은 순간을 기다리고 있는 것을 즐겼기 때문이었다, 리포트메죄 요양원의 정원은 아주 넓었고, 사실상 숲에 가까웠다, 거대한 참나무와 너도밤나무, 때로는 소나무들도 있었지만, 전체적인 인상은 체르노빌 같았다, 뒤편으로는 어디나 야생 잡초와 키 큰 덤불, 덩굴식물들, 무성한 나무들, 치명적인 겨우살이*가 있었다, 모든 것이 노랗거나 색을 잃은 창백한 상태였고, 일기예보에 따르면 눈은 전혀 기대할 수 없었기에, 그나마 초록빛을 간직하고 있던 얼마 안 되는 것들조차 아무것도 보호해주지 못할 것처럼 보였다, 벌써 크리스마스가 다가오고 있었다, 반면 살을 에는 추위가 들이닥쳐 매일 밤 심하게 얼어붙었고, 낮에도 기온이 좀처럼 영하를 벗어나지 못했다, 하지만 물론 이에 대해 안에서는, 그의 동료들은 전혀 알지 못하고 있었다, 이제 그들을 동료라고 부를 수 있다면 말이다, 얼마 전에 러치가 병원에 왔을 때 그 정신이 나간 불쌍한 사람들에 관해 이야기를 들려주었다, 이제는 개 덕분에 자신도 복도로 나갈 수 있게 되었기에, 오가면서 엘리베이터 쪽으로 갈 때마다 하루에 두 번씩은 그들을 볼 수 있었는데, 모두가 너무나도 가엾게 느껴졌으며 복도에는 늘 사람들이 많았다, 한 사람은 침을 질질 흘린 채 벤치에 앉아 고개를 축 늘어뜨리고 마치 자는 것처럼 보였으나, 끊임없이 아주 빠르게 눈을 깜빡이고 있었기에 자고 있는 건 아니었다, 또 다른 한 사람은 자기 머리카락을 쥐어뜯으며 쉬지 않고 울고 있었고, 때때로 손톱으로 자기 얼굴에 이중십자가**를 긁어 새기면서 이중십자가라고 속삭였

*   유럽에서는 독성을 지닌 기생식물로도 알려져 있다.

으며, 얼굴만 그런 것이 아니라 팔다리도 온통 상처투성이였다, 세 번째는, 뭐, 무슨 상관이랴, 그가 러치에게 말했는데, 이것도 러치가 아직 오던 때 이야기였고, 지금은 러치도 오지 않고 다른 사람들도 오지 않았다, 예늬 말로는 이메일이 분명 모든 지정된 주소로 발송되었다고 하는데도 그랬다, 그런데 그가 정말 깊이 낙담하려던 그때, 바로 다음 날 오전, 회진이 끝난 지 얼마 지나지 않아, 낮 근무 간호사 한 명이 퍼쿠서를 들여보내주었다, 퍼쿠서!, 그는 기쁨에 차 침대 위에서 소리쳤고, 그 바람에 퍼쿠서는 너무 놀라 그대로 돌아서 나가려 했지만, 낮 근무 간호사가 이미 문을 닫아버렸기 때문에 그대로 머물 수밖에 없었다, 그는 곧 상황을, 요지 아저씨가 얼마나 기뻐하는지를 알게 되었다, 그는 기쁨에 겨워 이불을 두드리며 손짓했다, 괜찮으니 더 가까이 오시오, 내가 얼마나 기쁜지 당신은 상상도 못 할 것이오, 얼마나, 이미 교수에겐 놀람의 순간도 지나갔다, 그러니까 마치 유령 영화 속에 사람이 다니는 그런 곳, 여기 전체가 그런 공간 같습니다, 그는 이리저리 고개를 두리번거리며 말했고, 요지 아저씨가 자리를 권하자 조심스럽게 그곳에 앉았다, 마치 바로 밑이 꺼

**　헝가리 국장에 포함된 상징으로, 두 개의 가로막대를 지닌 십자가를 가리킨다. 중세 헝가리 왕권과 기독교 국가 정체성을 상징하며, 사도적 왕권과 종교적 정통성을 나타내는 표지로 사용되어왔다.

질까 봐 완전히 믿지 못하는 것처럼 보였고, 이후 가져온 것들을 건넸다, 과일이 든 장바구니와 과일 주스, 화장지, 그리고 작은 비닐봉지 하나에 잔뜩 담긴 닭다리 튀김이었다, 아내가 튀겼습니다, 아, 하느님이시여, 교수님, 요지는 탄성을 내질렀고, 닭다리 봉지를 열자마자 아직도 미지근한 고기 하나를 집어 들어 곧바로 베어 물었다, 이건 정말 신의 음식이오!, 음식을 입에 가득 문 채 감탄했고, 정신없이 먹어치우며 끊임없이 감사를 표했다, 자기를 찾아오는 다른 사람들에게는 이런 걸 부탁하고 싶지 않았는데, 이런 일로까지 그들을 부담스럽게 만들고 싶지 않았기 때문이었다, 하지만 이 닭다리 튀김 냄새를 들이켠 지금 그가 말했다, 이건 정말 왕의 음식이오, 내가 말하잖소, 그가 말했다, 이것은 정말로 왕의 음식이오, 퍼쿠서는 요지 아저씨가 마지막 한 조각까지 다 먹을 때까지는 적어도 나쁜 소식은 미뤄두는 게 낫겠다고 판단했으나, 결국 말해야 했다, 안타깝게도 좋은 소식은 없습니다, 요지 아저씨, KP, 당신이 아시는 그 KP는 쾨바녀에서 당신의 그 불운한 방문을 조직했을 때 이미 해체되었습니다, 그 다음에는 대테러 센터가 우리 모두를 사냥하듯 체포했고, 이어서 조사가 시작되었습니다, 요지 아저씨, 그건 말로 다 설명드릴 수 없을 만큼 끔찍한 시간이었습니다, 이후 재판과 판결, 언론을 통해 저희는 조롱의 대상이 되었고, 인쇄 매체든 텔레비전이든 라디오든 어디서든 누구 한 명도 조롱할 일이 아니라는 것을 이해하거나 받아들이거나 공감해주지 않았습니다, 오직 게뢰라는 이름의 동료 한 명만이 제 편에 서주었습니다, 솔직히 말해 기쁘기도 했지만, 보수적이라고는 할 수 없는 그가 왕정복고라는 생각을 들고나왔다는 점에서, 저는 결국 그가 상상하는 것은 실질적인 권력이 없는, 비어 있는 왕국이라는 사실을 인정할 수밖에 없었고, 그곳에서 왕의 역할은 영국처럼 순전히 상징적인 것에 불과한데, 저희 상황에서 그건 말이 안 되는 일입니다, 왜냐하면 저희는 이미 왕을 모시고 있으니, 바로 선생님, 요지 아저씨께서 계시기 때문입니다, 누구도 선생님께 단지 상징으로만 왕좌에 앉아 계시라고 강요할 수는 없으니까요, 맞는 말이오, 당신의 말이 맞소, 퍼쿠서, 그는 닭다리를 먹은 뒤 입을 닦으며 말했다, 그런 후 그가 아는 모든 것을 처음부터 보고해달라고 부탁했고, 닭다리 때문에 지금까지는 제대로 집중하지 못했으니 처음부터 다시 시작해달라고 했다, 전부 다, 무엇보다도 지금 우리 상황이 어떤지, 그들이 우리를 산산조각 내고 비웃었잖소, 그런 일이 벌어진 것은 맞소?, 그렇습니다, 사실입니다, 그들은 난도질을 했고, 그리고 네, 비웃어댔습니다, 네, 그게 진실입니다, 교수는 그것을 인정하며 슬프게 말했다, 코받침 위로 안경을 밀어 올렸는데, 몹시 땀이 났고, 몸에서는 땀이 줄줄 흘러내리고 있었다, 엘리베이터를 타고 올라오지 않았소?, 그가 물었다, 고장이었소?, 아닙니다, 아니에요, 저는 엘리베이터를 견디질 못합니다, 그래서 걸어서 올라왔습니다, 그리고 이 건물은, 중앙 건물도 마찬가지지만, 합스부르크 시대에 지어졌고, 오늘날에는 낯설 정도로 층고가 높아서, 한 층을 오르는 데에도 상당한 수의 계단을 밟아야 합니다, 그런데 선생님께서는 3층에 계시니, 그래서 그렇습니다, 요지 아저씨, 문제가 생겼습니다, 저희 사안이 끝장나버렸습니다, 저희 편이라고 생각했던 이들은 사라졌습니다, 대테러 센터가 들이닥친 것은 아마도 국회의장단과 그리고—아마?—내무부 사이의 내부 권력 투쟁을 암시하는 것 같습니다, 그 이후로는 아무도 저와 말을 섞으려 하지 않기에, 저는 아무것도 알지 못합니다, 선생님께 무슨 일이 있었는지도 알지 못했고, 지금도 사람들이 여기서 선생님께 무엇을 하려고 하는지 알 수 없습니다, 뉴스를 읽었고, RTL에서 그 보도를 봤는데, 사람들이 어떻게 이렇게까지 선생님께 비인간적일 수 있는지 도무지 상상조차 할 수 없었습니다, 황색 언론이 완전히 저희를 집어삼켰습니다, 이제 어느 쪽이든 상관없습니다, 개인의 문제가 아니라, 체제 전체의 문제니까요, 저희는 이제 고작 며칠짜리 선정적인 보돗거리에 지나지 않게 되었습니다, 아니, 더 정확히 말씀드리면 그것조차도 아닙니다, 그 저급한 잡지에 실린 그 보도가 도대체 뭐였습니까, 그것도 맨 끝에 무슨 작은 가십 기사 같은 형식으로, 요점은 우리를 참수해버렸다는 것입니다, 요지 아저씨, 저는 며칠 전에 선생님께서 이곳에 유배되었다는 것을 알고는 있었지만, 진지하게 말씀드리건대, 용기를 내어 찾아오기까지 시간이 필요했습니다, 왜냐하면 전해드릴 수 있는 건 나쁜 소식뿐이었고, 선생님은 분명 이런 걸 원하지 않으실 테니까요, 여기 갇혀서, 외부와 차단된 채로, 그나마 다행인 건 선생님께서 유죄판결을 받은 게 아니라 그저 여기로 보내졌다는 점입니다, 정말로 하는 말입니다, 다른 이들, 거의 우리 모두는 가혹한 처벌을 받았습니다, 저는 직장에서 쫓겨났고, 저와 함께 몇몇 선인(善人)들은 수년간의 집행유예를 받았습니다, 퍼이르네 사람들은 말할 것도 없습니다, 그들은 한 명씩, 요지 아저씨, 한 명씩, 전례 없이 잔혹하게, 19년 실형을 선고받았습니다, 이것은 세계적인 스캔들입니다, 게다가 우리에게 가장 중요한 인물인 버디지 소시 레네도 7년의 징역형과 함께 무대 아래로 사라졌습니다, 어디 있는지 짐작조차 할 수 없습니다, 그는 최고위층과 접촉할 수 있었던 유일한 사람이었는데, 그 없이 저희는 아무것도 아닙니다, 뭐, 이렇게 됐습니다, 요지 아저씨, 정말 죄송합니다, 원하신다면, 이제 진실을 아셨으니, 앞으로는 매일이라도 찾아와서, 매일 선생님께 닭다리 튀김을 가져다드리겠습니다, 아니면 드시고 싶은

게 무엇이든지요, 어쨌든 저를 들여보낸 것 자체가 기적입니다, 밖에 있는 경비실에서, 그는 머리로 어딘가 먼 곳을 가리켰다, 아무도 찾을 수 없었습니다, 러치에 대해서는 알고 있습니다, 그도 여기 드나든다고요, 그런데 그가 말하길, 그냥 문 옆에서 담을 넘어 들어온다고 하더군요, 자기는 경비원을 본 적이 없다고요, 들어오면서 눈에 띄긴 했습니다만, 여기저기서 뭔가 보수 공사가 진행 중인 것 같았습니다, 들은 바로는 마케도니아의 한 억만장자가 이곳에 대해 큰 계획을 품고 있다더군요, 그래서 제 느낌엔 이 모든 게 수상합니다, 하지만 어차피 저희와는 상관없는 일이지요, 제가 틀렸습니까, 요지 아저씨?, 그는 이때에 이르자 대답하지 않고, 침묵한 채 그를 바라보았다, 닭다리들이 불러일으켰던 도취는 사라졌고, 소식은 끝까지 들었으며, 무엇보다 퍼쿠서가 이렇게까지 망가진 모습을 보며 그 자신도 낙담했기 때문이다, 그는 대체로는 급격한 기분 변화에 잘 휩쓸리는 편이었지만, 그런 변화들은 빨리 왔다가 빨리 가곤 했다, 하지만 지금은 그것이 남았다, 그러니까 그 나쁜 기분 말이다, 그는 교수를 바라보며 듣고 있었고, 분 단위로 점점 더 음울한 어둠 속으로 가라앉았으며, 밝아지고 싶지 않았다, 조이는 느낌은 풀리지 않았고, 정말 어둠이 내려앉았을 때에도 전등을 켜지 않았다, 전등을 켠다 한들?, 그 무슨 소용이 있을까?, 환멸에 찬 얼굴로 베개 위에서 고개를 흔들었다, 야간 근무를 서는 잉어 머리가 늘 하던 대로, 한밤중에 병실들을 돌며 스위치를 켜고는, 어떠세요?, 여보세요, 노인 양반, 아무 일 없죠?, 말을 걸었지만, 그는 꼼짝도 하지 않았다, 그래서 잉어 머리는, 뭔가를 이해라도 한 듯, 다시 불을 껐다, 그리고 다음 날부터 그는 더 강한 약을 처방받았지만, 그 이후로 그의 영혼 위에 내려앉은 그 무엇인가에는 아무것도 소용이 없었다, 잠들기 전에 복용해야 할 그 새 약을 벌써 이른 오후마다 하나둘 삼키곤 했지만, 이것들 역시 한 푼의 값어치도 하지 못했다, 아니, 아니, 잠이 오지 않았다, 잠으로 도피하려 했지만, 대테러 센터의 등장에 그는 계속해서 화들짝 깨어났으며, 자주 이런 꿈을 꾸었다, 그는 얼음같이 식은 땀에 흠뻑 젖은 채, 한밤과 한낮, 이 꿈의 마지막 순간에 깨어나곤 했다, 여전히 하루에 두 번씩 마당에서 쥠레를 산책시켰는데, 외투를 입고, 얼어붙은 추위 속으로 함께 나갔다, 바람이 휘몰아쳤다, 쥠레 역시 이리저리 뛰어다니며 놀 기분은 아니었고, 볼일은 마쳤지만, 몇 분도 채 지나지 않아 몸을 떨며, 언제쯤 다시 돌아가게 될지를 묻는 듯, 문 쪽을 기웃거렸다, 그것은 추위 때문만은 아니었는데, 어떻게든 주인의 마음을 함께 느끼고 있다는 게 보였다, 이 때문에 이전의 활기를 잃어가기 시작했고, 너무 많이 잠을 자기 시작했으며, 자물쇠에서 열쇠가 돌아가는 소리가 나도 예전처럼 벌떡 일어나는 일이 점점 드물어졌다, 여기에는 퍼쿠서의 나쁜 소식들뿐만 아니라, 교수가, 아무리 약속했어도, 더는 오지 않았다는 점도 크게 작용했다, 러치도 오지 않았고, 에텔커도 오지 않고 발길을 끊었다, 그들이 오지 않은 건, 오전 혹은 땅거미가 지기 전 오후의 끝자락에 무릎 위에 있는 것을 무척 좋아하던 그 개, 쥠레와 함께 창가에 앉아 밖을 내다보던 습관이 유지되던 그런 때가 아니었다, 그들이 오지 않은 건, 다시 한번 불쑥 들어와서 왜 오지 않았는지를 설명하고 거기에 닭다리까지 곁들여질 수 있는 그런 때도 아니었다, 그는 그들의 발길이 완전히 끊겼다고 여겼는데, 왜냐하면 그들은 침울한 오후에 그냥 그렇게 오지 않은 것이 아니라 어쩐지 다시는 결코 오지 않을 사람처럼 오지 않았기 때문이다, 그때부터 그는 농담 섞인 말들을 더 이상 흩뿌리지 않았고, 말없이, 침울하게, 흡혈귀 같은 간호사와 혈압을 재는 간호사를 맞았으며, 그들에게 말을 걸지도 않았고, 질문에도 대답하지 않았다, 그러다 어느 날 한 간호사가, 크리스마스까지 딱 하루가 남은 날, 상태가 가장 좋은 환자이니, 로비에서 열릴 성탄 전야 행사에 참석해달라고 했다, 아니요, 사양하오, 아니외다, 그는 짧게 대답했다, 아니요, 다시 한번 반복하며, 여긴 로비도 없잖소, 라는 말조차 하지 않고, 간호사에게서 몸을 돌렸다, 그러자 몇 분 뒤, 지금까지는 없었던 일인데, 수행 인원도 없이 주임의가 혼자 들어와 침대 발치에 서서, 손에는 펼친 파일을 들고, 손가락 사이에는 펜을 끼운 채, 의사 자신을 향해 몸을 돌리고 있는 그에게, 마치 작별 인사라도 하듯, 이 말만 물었다,

당신이 헝가리 왕입니까?

, 그렇소, 그는 대답하며 담요를 턱까지 끌어 올렸다,

그러면 당신을 어떻게 불러야 합니까?

, 요지 아저씨, 그는 대답한 뒤, 침대 안에서 등을 돌려, 주임의의 차갑고 무심한 안경을 더 이상 보려 하지 않았다, 약한 빛이 그 안경 렌즈 표면을 이따금씩 둔하게 훑고 지나가는 모습이었고, 이렇게 그에게도 더 남은 질문은 없었다, 파일에 집게로 고정된 종이에 무엇인가를 몇 줄 더 적은 다음, 힘 있는 손놀림으로 서명하고, 아무 말 없이 나가버렸다, 그 이후로는 다시 여러 가지 다른 약들로 바뀌었을 뿐인데, 그 때문에 그는 완전히 잠을 잘 수 없게 되었다, 게다가 몽골 전립선이든 뭐든 간에, 화장실에도 꽤 자주 가야 했는데, 그럴 때마다 쥠레는 이따금 고개를 들기는

했지만, 이제는 화장실 문까지 따라오지도 않았다, 그가 일을 마
칠 때까지 거기서 보초를 서며 그가 다시 눕기를 기다리지도 않
았고, 늘 하던 대로 한숨을 쉬며 스스로 러그 위에 드러눕는 일
도 없었다, 그저 다시 고개를 떨어뜨렸을 뿐이었으며, 귀 모양
을 보아 모든 소리를 다 듣고 있다는 것은 분명해 보였지만, 그
것들이 그에게 관심사라는 기색은 더 이상 없었다, 사물들에 대
한 흥미를 잃어버렸고, 이따금 슬픈 눈길로 침대를 바라보며 처
음처럼 다시 즐거워질 수는 없을지 묻는 듯했으나, 아무 변화도
없이 주인을 따라 점점 쇠락해갔는데, 이 사건이 이어졌기 때문
이다, 어느 밤, 잉어 머리가 들어왔지만, 곧바로 문을 닫지는 않
고 잠시 손잡이를 잡은 채 복도에서 다른 이의 발소리가 나는지
귀를 기울였다, 어떤 인기척도 없자, 소리 하나 없이 문을 닫고
다가왔다, 침대 곁으로 와서 몸을 숙이고는 그의 귀에 속삭였다,
방금 훈령을 읽었다고, 입에서 심한 악취가 나서 그는 그 냄새를
피하려고 몸을 조금 옆으로 옮겨야 했지만, 그녀는 뭔가를 계속
속삭여야 했기에 그를 따라 몸을 더 기울이며, 자, 노인 양반, 월
요일부터는 흥청거림도 끝이에요, 더는 독방도 없고, 월요일에
대병실로 옮겨져요, 월요일부터는 껍질째 구운 감자도 없어요,
방문객도 기대하지 마세요, 전부 금지됐어요, 그리고 개도 뺏기
실 거예요, 개 잡는 사람에게 끌려갈 거예요, 이 모든 것이 좋은

뜻이었는지, 그러니까 이런 식으로 소식에 대비하게 해주려는 것이었는지, 아니면 그저 고소해하는 심보였는지, 자, 이 늙은 사기꾼아, 월요일부터 여기서 제대로 좆되는 거야, 라는 뜻이었는지는 알 수 없었고, 그 자신도 그다지 알고 싶지 않았다, 다만 그 소식들은 영향을 주었고, 그때부터 원시 헝가리-몽골의 육체는 매시간 원시 헝가리-몽골의 정신적 힘과 맺어왔던 이전의 합의를 하나씩 파기하기 시작했다, 오로지 소변을 보러 가야 할 때만 어쩔 수 없이 일어났으며, 아침과 점심을 먹기는 했지만 소화가 느려졌고, 음식 때문에 배가 더부룩하게 불러왔으며, 간호사 하나가 문을 벌컥 열고 들어와도 예전처럼 무엇을 생각하거나 무엇인가를 하려는 기색은 보이지 않았다, 그들이 늘 보게 되는 것은 언제나 같았는데, 즉 그는 습관대로 오른쪽으로 몸을 돌린 채 옆으로 누워 있었고, 꼼짝도 하지 않았으며, 누가 들어왔는지도 보지 않았고, 그때부터는 그에게 중요한 것은 아무것도 없었다, 모든 것에 대해 무딘 무관심이 발작처럼 그대로 그 안에 남아 있었는데, 그것은 아주 오래전 집에서 장작불을 피우지 않을 때 시작했었고, 그것이 너무도 격렬해서 그날 저녁이 되자 이미 그의 상태는 되돌릴 수 없게 되었다, 그때 그는 다시 한번 사태를 처음부터 끝까지 짚어보며 무엇이 어떻게 되어 있는지를 가늠해보았다, 그리고 정확히 저녁 7시에 어딘가에서 틀기 시작한

작은 성탄, 큰 성탄*

을 들었는데, 거리 때문에 답답하게 들리긴 했지만 그 소리는 건물 전체에 둔하게 울려 퍼졌다, 그는 이제 자신의 지위에 걸맞게 지금까지의 것들에 밑줄을 긋고 그것들을 더한 다음, 그 결과가 무엇이든 그렇게 하기로 마음먹고, 저녁이 밤으로 바뀌기를 기다렸다, 당직 간호사는 공교롭게도 또다시 잉어 머리였는데, 그녀에게 더 강한 드라이버를 하나 요청했다, 얼마나 더 강한 드라이버인지는 자신이 직접 침대의 스프링을 고치고 싶다는 말로 설명했다, 잉어 머리는 이에 적잖이 놀랐는데, 바깥에서도 그는 이미 끝난 사람으로 치부되었고, 이제는 침구를 걷어내기만을 기다리고 있었기 때문이다, 알겠지요, 그가 말했다, 아무튼 그녀에게 무언가를 부탁할 때면 늘 그랬듯, 500포린트를 쥐여주었다, 천천히, 이제는 말들을 힘없이, 부서지듯 겨우 내뱉었다, 나는 전쟁 영웅이오, 이 말은 곧 전쟁 동안 아주 많은 일을 겪었다는 뜻이고, 수많은 어려운 상황들, 심지어 생명이 위태로운 상황들에도 놓였었다는 뜻이오, 그리고 비록 직접적인 최전선은 아니었지만, 헤아릴 수 없을 만큼의 봉사로 상급 군 지휘부의 인정

* 헝가리에서 가장 널리 알려진 크리스마스캐럴.

378

을 받았으며, 대단한 훈장도 여러 개 있소, 전부 당신에게 맡기겠소, 당신이라면 그 가치를 알아볼 거라고 믿소, 무엇인지 말해주겠소, 혹시라도 속는 일이 없도록, 잘 들으시오, 아니면 아예 적어두는 것이 좋겠소, 무슨 일이 어떻게 될지는 아무도 모르기에 잉어 머리는 어느 정도는 이를 진지하게 받아들이더니, 급히 밖으로 나갔다, 부탁한 일반 드라이버 대신, 연장선까지 포함해서 피스가 하나도 빠짐없이 다 갖춰진 전동 드라이버 세트를 곧장 가져왔다, 거기에 더해 받침대 하나도 가져왔는데, 밤마다 근무 중일 때면 〈TREND〉[**]라는 낱말 맞추기 잡지를 올려두곤 했던 거였다, 그런데 이번에는 그 위에 A4 종이 한 장을 올려놓았으며, 흰 가운의 시가 주머니[***]에서 연필을 꺼냈다, 그는 받아 적으라며 말하기 시작했다, 그러니까 그가 말하기를

불의 십자 훈장, 왜냐하면
내가 솔노크를 구했기 때문이다
호르티 미클로시 공로훈장, 깃발 달린

[**] 헝가리에서 발행되는 주로 퍼즐·낱말 맞추기 내용의 대중오락 잡지로, 병원·대기실 등에서 흔히 볼 수 있는 가벼운 읽을거리다.

[***] 원문의 szivarzseb를 그대로 옮긴 것이다. 간호사 복장의 윗주머니를 의미하는데, 군복 등의 경우에 사용하는 '시가 주머니'를 선택한 작가의 의도를 존중하여 그대로 옮겼다.

금장(金裝) 등급

국방 공로훈장 칭호 제2급,

56년에 조국을 지켰기에

더러운 러시아 놈들에 맞서

국민수비대 전우 증서

국민수비대 준장

임명

역사적 용사 기사단 금(金)

공로십자

테오도어 호이스 훈장

성(聖) 조지 기사단 증서, 성

이슈트반 국왕의 검과 함께*

, 그리고 이건 전부 당신이 가지시오, 아들아, 내 생의 마지막 시간에 네가 내 곁에 있으니, 그러자 잉어 머리는 당황했다, 목록에 밑줄을 긋고 나가자, 곧 안에서 다시 노크 소리가 들렸고, 그는 거기에 하나를 더 적게 하고 싶다며, 실제로 훈장 수여 내역

* 여기에 나열된 훈장·칭호 중 일부는 실제 역사적 제도나 단체 명칭에서 따온 것이지만, 정확한 공식 훈장명으로 존재하지는 않는다. 실제와 허구, 공식과 비공식이 의도적으로 뒤섞인 나열로 볼 수 있다.

을 추가했다,

페트루 그로자^{**}로부터, 루마니아의 총리이자

헝가리인들의 친구로부터

루마니아 군 최고사령관으로부터

모나코 공으로부터

레흐 바웬사^{***}로부터

에스테르곰 대주교청으로부터

에게르 시청으로부터

허트번^{****} 시청으로부터

포로슬로^{*****} 시청으로부터

부다페스트 12구역 구청으로부터

, 그리고 그는 모든 것을 제대로 적었는지 묻기만 한 것이 아니
라 직접 확인까지 했는데, 전부 문제없다고 판단했고, 마침내 서
명을 한 후 그녀에게 엄숙하게 말했다, 이제 너를 놓아주마, 나

** 　전후 1945년부터 1952년까지 루마니아 총리를 역임했다.
*** 　폴란드의 민주화 운동 지도자로, 1990년부터 1995년까지 폴란드 대통령을 역임
　　했다.
**** 헝가리 북부 헤베시주(州)에 위치한 중소 도시이다.
***** 헤베시주 티서 호수 인근에 위치한 소도시이다.

가도 좋다는 듯 손짓을 했다, 그녀는 조금 감동을 받은 상태였는데, 그 목록이 진짜일지도 모른다고 믿기 시작했기 때문이었다, 만일 조금이나마 사실이라면, 게다가 오늘이 크리스마스이브이기도 했으니, 그래서 고개를 숙인 채로 나가며, 지금껏 한 번도 없었을 정도로 조용히 문을 닫고 나갔다, 그는 혼자 남았고, 방 안에는 고요가 깔려 있었으며, 아주 미세한 소리 하나라도 있었다면 들렸을 텐데, 어떤 소리도 없었다, 완전한 침묵이 이곳을 지배하고 있었고, 다만 멀리서 음악이 들려왔는데, 더 억눌린 소리였으나, 그 먼 거리에서도 여전히 마치 천둥처럼 울려 퍼지던 것은,

썰매 종*

이라는 제목의 헐라스 유디트의 노래였다, 그는 불을 끄고 창가에 앉았으며, 쥠레도 무언가를 느꼈는지, 이번에는 부르지 않아도 스스로 일어나 다가왔다, 갑작스레 사라진 빛 때문이었는지, 아니면 이례적으로 늦은 밤 시간이어서였는지, 누가 알랴, 그는

---

* 헝가리에서 크리스마스 시즌에 널리 불리는 노래로, 가수 헐라스 유디트의 음반을 통해 특히 익숙해진 곡이다.

쥠레를 무릎 위에 올려놓았으며, 둘은 칠흑 같은 어둠을 향해 밖을 바라보았고, 그렇게 아마도 한 시간쯤은 앉아 있었던 것 같았다, 그때 건물 어딘가에서 그 유명한 아바의 노래가 흘러나왔다,

김미(GIMME)! 김미! 김미!

, 그것은 성탄 전야의 분위기가 무르익었다는 신호였다, 그는 개를 바닥에 내려놓고, 연장선을 연결해 전동 드라이버를 작동하게 만든 다음, 창틀에서 철창을 고정하고 있던 나사들을 풀기 시작했다, 그 일을 끝내자 철창을 들어 올려 제거했으며, 창문짝을 열고, 침대 옆에 있던 탁자를 끌어당겼다, 이어서 침대까지 끌어왔으며, 다시 개를 안아 들고, 몇 차례 시도 끝에, 먼저 침대 위로, 거기서 탁자 위로, 그리고 마침내 기쁜 흥분에 떨고 있는 쥠레를 꼭 끌어안은 채, 함께 열린 창으로 기어 올라가, 깊이 숨을 들이마신 다음, 그에게 말했다, 꽉 잡아.

저자는 작업을 도와준 모든 이들에게 감사를 전하며, 특히 외르메녜시와 카란세베시의 남작이자 전직 가수인 피아트 티타닐라 박사, 디트하르트 레오폴트 박사, 엘리자베트 레오폴트 박사, 토머스 핀천, 그리고 바버라 에플러, 또한 뉴욕 뉴디렉션스 출판사의 모든 편집진에게 감사의 뜻을 전한다.

이 책은 상상의 산물이며 그것 자체로도 현실의 일부로서 이번에도 현실로부터 양분을 얻고 있지만, 간접적으로 양분을 얻은 그 현실과 이 작품은 여기에서 읽히는 예술적 형식 안에서 이제부터는 더 이상 아무런 관련도 없다. 유감스럽게도.

K. L.

크러스너호르커이 라슬로와 결국은 이렇게 만났다. 약 10년 전에 《저항의 우울》이라는 작품으로 만날 수 있었으나, 출판사로부터 영문판을 바탕으로 번역하게 되었다는 연락을 받고 내내 아쉬웠던 기억이 난다. 이후 지인들을 만나서 헝가리 문학 얘기를 할 때면, 언젠가 노벨문학상을 받을 작가로 주저 없이 그를 첫 번째 작가로 손꼽았다. 2025년 10월, 노벨문학상 수상 작가 발표 직후에 몇몇으로부터 내가 한 말 중에 '맞는 말도' 있다는 연락을 받기도 했다. 나에게는 벌써부터 그가 '미래의 노벨상 수상 작가'였기에, 그의 친필 서명이 들어 있는 작품을 헝가리 중고 서점에서 경매로 구입한 것을 주변의 지인들에게 언급한 적이 있었다. 또 다른 지인으로부터 노벨문학상 수상 이후 그의 친필 사인이 든 서적이 높은 가격에 거래된다는 얘기를 듣고 '현실적인’ 기쁨을 내색하지 않고자 한동안 애를 쓰기도 했다. 하지만 무엇보다도 그의 수상 소식과 함께 기뻤던 것은 드디어 그의 작품 번역을 의뢰받은 것이었다.

덕분에 2년 연속 노벨상 수상 작가의 작품을 번역했다는, 특히 이 작품《쥠레는 거기에》의 경우 외국어로는 처음으로 한국어로 번역한다는 호사를 누릴 수 있게 되었다. 선뜻 번역 의뢰를 받고는 덥석 번역을 맡겠다고는 하였으나, 헝가리 내에서 작품 관련 논의를 살펴보던 중,《사탄 탱고》이후 점점 더 난해해지는 크러스너호르커이 작품의 정점이라는 어느 독자의 댓글을 읽고, ‘큰 나무에 도끼가 제대로 물렸다(Nagy fába vágta a fejszéjét)’는 헝가리 속담이 떠올랐다.

이 작품은 헝가리의 역사, 정치사에 대한 이해가 없이는 제대로 소화하기 어려운 작품이다. 헝가리 사람들조차 젊은 세대는 이해하지 못하거나 어렴풋이 짐작만 할 수 있는 서사와 묘사들이 가득하다. 최대한 많은 한국 독자들의 작품에 대한 이해도를 최대한 높이기 위해 많은 설명을 곁들였는데, 작가의 의도와 메시지가 제대로 전달되었는지에 대해서는 번역가로서 사실 할 말이 없다. 이 작품을 번역하면서 주위의 많은 헝가리 분들이 응원을 해주었는데, 특히 직장 동료 한 명이 보내준, 이 작품에 대한 작가의 대담은 작품 해석에 큰 도움이 되었다. 한 가지 흥미로운 점은, 작가는 대담에서 줄곧 이 작품을 제3의 인격체로 거리를 두고 설명했다는 것인데, 이는 작가의 손을 떠난 작품에 대한 비평의 영역에서 보다 열린 관점을 포용하는 의미로 해석할 수도 있을 것이다.

따라서 이 작품은 헝가리의 역사, 정치사에 대한 이해가 없어도 제대로 소화할 수 있는 작품이다. 특히 지역, 인종, 정치, 세대, 그 외 각종 구분에 따른 혐오가 만연한 이 사회에 던지는 대가의 큰 울림이다. 실상은 이러한 혐오에 대한 혐오가 아닌, 현재 그것이 발현되는 구조, 정치라는 말을 갈아타며 편 가름을 하는 그 악성적인 구조가 되풀이되는 과정을 소설이라는 형식의 서사를 빌려 우리에게 보여주고 있다. 작가는 이로써 한국 사회에서도 만연해 있는 혐오와 정치의 함수 관계를 되돌아보게 하는 메시지를 던지고 있다. 이 작품이 돋보이는 이유는 거대담론을 소담론으로 풀어내고 거대서사와 미시서사를 비유적이되 일상의 틀로 엮어낸다는 것이다.

요지 아저씨는 자신이 750여 년 동안 비밀리에 이어진 헝가리 왕가의 혈통을 가진 자라고 여기지만, 여염집 노인과 하등 다를 바 없다. 하지만 어쩌면 순수하다고도 할 수 있는, 정치적인 의도를 가진 집단들이 그를 찾으면서, 노인의 뜻하지 않은, 지금까지 전혀 다른 삶이 전개된다. 진정한 헝가리의 왕정복고를 주창하는 그 집단들 내에서도 주화와 주전을 지향하는 또 다른 세력이 존재하고, 그들을 둘러싸고 이용하는, 합법을 가장한 또 다른 정치 세력들도 등장한다. 신체적으로도 정신적으로 쇠약한 요지 아저씨는, 설령 왕가의 명맥을 유지하고 있다 한들, 현실적인 일들, 말하자면 자녀와 이웃과의 문제, 쓸쓸한 노인의 삶, 심리적 보상으로 이해해도 부족함 없을 만한, 과거에 대한 인지부조화, 문득 드는 회춘에 대한 갈망 등에 더 사로잡혀 있다. 정치라면 무릇, 너무나도 평범하고, 사회적인 악행과는 거리가 먼, 요지 아저씨의 이러한 일상적인 상황을 조금 더 편하게 해줘야 하는 것이 아닐까?

그리고 요지 아저씨가 몇 번이고 강조해서 말하듯, 그 속에 고스란히 이어져오는 몽골의 피, 이 단순하고 명징한 진술을 어쩌면 모두가 애써 외면하고 정통성 있는 헝가리 왕가만을 강조하는 것은 가장 모순적인 상황이라고 할 수 있을 것이다. 그리고 쥠레는 대를 거쳐 이 모든 것을 목격하고 있다.

이 소설은 신랄하다. 몇몇 장면에서는 실명을 거론하거나 섭게 추측 가능한 인물들을 등장시키면서 소설이라는 장르를 멋들어지게 펼쳐 보인다. 사실과 비사실의 경계를 모호하게 펼쳐 놓고, 그 모호한 공간을 신랄함으로 채우고 있다. 소설 초반에 등장하는 그 많은 'Make Hungary Great Again'류의 단체들이 실체가 있거나 있었던 단체임을 알고 번역자인 나 자신도 적잖이 당황했다. 특히 90년대 중반에 이 단체들의 활동이 활발했었는데, 그때는 내가 처음 헝가리에 왔을 때와 시기가 얼추 닿아 있다. 문득 당시 길에서 나에게 협박하고, 욕을 하고, 옷에 침을 뱉었던 그 사람들이 30년이 지난 지금은 무엇을 하고 있을까, 라는 생각이 들었다. 종종 헝가리 동료들로부터 '헝가리 사람들보다 더 헝가리를 좋아하는 한국 사람'이라는 얘기를 듣곤 한다. 어쩌면 30년 전의 그들보다 지금의 내가 정말 헝가리를 더 사랑하고 있는지도 모를 일이다.

이 공간은 지난했던 번역 과정으로 채우는 지면이 아니기에 그에 대한 부분은 생략하고자 한다. 하지만 없었다고 할 수 없는 그 과정을 즐길 수 있었던 이유 중 하나는 이 소설에서 뿜어 나오는 농익은 유머였다. 어떤 부분은 번역을 하면서, '이것은 번역을 한 사람만이 웃을 수 있는 부분'이라고 생각하면서도 최대한 '웃음 포인트'를 살리고자 했다. 독서 내내 노벨상 수상 작가의 최근 작품을 웃음 없이 진지한 표정으로만 읽었다면, 그것은 번역자로서 나의 잘못이라고 인정할 수밖에 없다.

이 작품은 전통적인 의미의 소설로서는 크러스너호르커이의 마지막 작품이라고 언급된 적도 있는데, 그럼에도 여전히 그의 필력을 고대하는, 저 먼 동아시아의 한국이라는 나라의 독자들도 그가 잊지 않았으면 한다.

끝으로 번역에 집중할 수 있도록 최적의 근무 환경과 많은 정보를 제공해주었던 헝가리 국립 아카이브의 서보 처버(Szabó Csaba) 원장님을 비롯한 동료들, 특히 원고 제출 마감일이 다가오는 것과 비례해 늘어만 났던 나의 짜증과 불안감을 모두 받아주었던 집사람과 딸들에게 감사를 전한다. 또한 몇 군데의 '분명한 오역'을 피할 수 있었던 것은 헝가리어 원본을 살펴보며 교정을 맡아주신 은행나무출판사의 심하은 선생님 덕분임을 이 자리를 빌려 밝히고, 감사의 뜻을 전한다.

김보국

은행나무세계문학 에세 • 30

쾸레는 거기에

1판 1쇄 발행 2026년 2월 25일

지은이 · 크러스너호르커이 라슬로
옮긴이 · 김보국
펴낸이 · 주연선

(주)은행나무
04035 서울특별시 마포구 양화로11길 54
전화 · 02)3143-0651~3 | 팩스 · 02)3143-0654
신고번호 · 제 1997—000168호(1997. 12. 12)
www.ehbook.co.kr
ehbook@ehbook.co.kr

ISBN 979-11-6737-590-2 (04800)
ISBN 979-11-6737-117-1 (세트)